MEAT MARKET

JUNO DAWSON

MEAT MARKET

SCHÖNER SCHEIN

Aus dem Englischen von Christel Kröning

CARLSEN

Außerdem von Juno Dawson im Carlsen Verlag:

Clean

Sag nie ihren Namen

Für das Dreamteam:
Sallyanne, Ivan, Marc, Samar und Max.
Danke, dass ihr nicht wie die Agenten
in diesem Buch seid.

MIX
Papier aus verantwortungsvollen Quellen
FSC® C083411

Carlsen-Newsletter: Tolle Lesetipps kostenlos per E-Mail!
Unsere Bücher gibt es überall im Buchhandel und auf carlsen.de.

Originalverlag: Quercus Children's Books, an imprint of Hachette Children's Group, part of Hodder and Stoughton
Originaltitel: Meat Market
Umschlaggestaltung unter Verwendung des Originalentwurfs: formlabor
Umschlagbild: Trevillion © Daniil Kontorovich
Aus dem Englischen von Christel Kröning
Lektorat: Brigitte Kälble
Herstellung: Derya Yildirim
Satz: Dörlemann Satz, Lemförde
Druck und Bindung: CPI books, Leck
ISBN: 978-3-551-58418-2

Vorbemerkung der Autorin

Meat Market – Schöner Schein ist eine fiktive Geschichte,
Themen wie sexuelle Gewalt, Essstörung und Abhängigkeit
sind hingegen ernst zu nehmen und real.
Rat und Hilfe bieten die hinten im Buch genannten Anlaufstellen.

Juno x

»Mode sollte kein Gefängnis sein,
sondern eine Realitätsflucht.«
– Alexander McQueen

- Okay, Kamera läuft.
- Was soll ich sagen?
- Warum du diesen Film machen willst zum Beispiel.
- Es ist an der Zeit dafür, denke ich.
- Warum jetzt?
- Keine Ahnung. Etliche Leute haben sich etliche Meinungen über mich gebildet. Wer ich bin. Was passiert ist. Jetzt will ich meine Seite der Geschichte erzählen.
- Cool.
- Gut. Wo soll ich anfangen?
- Na, am Anfang.
- Ähm ...
- Lass dir Zeit. Wir haben es nicht eilig.
- »Es war einmal die Geburt eines kleinen Mädchens ...«
- Okay, vielleicht nicht *ganz* am Anfang.
- Ich komme mir blöd vor.
- Du machst das super, versprochen.
- Ich schätze ... es ging an dem Tag im Freizeitpark los.
- Dann fang da an.

GESCOUTET

Warum sind Kerle so scheiße?

Ich bin mir ziemlich sicher, dass wir verfolgt werden. Und als ich jetzt wieder über die Schulter gucke, ist er, jawoll, immer noch da. So ein Widerling. Seit wir auf dem Weg zum *Stealth* noch pinkeln waren, schleicht er uns hinterher. Echt mal: Igitt. Es ist doch wohl offensichtlich, dass wir mit der Schule hier sind. Was zur Hölle stimmt nicht mit dem? Beschissene Mistkerle, alle miteinander.

Mein Handy vibriert in der Hosentasche. Ferd schreibt. Sie haben sich umentschieden. Jetzt wird's der *Swarm* statt dem *Stealth*.

»Die andern stehen schon beim *Swarm* an«, gebe ich die Info an Laurel weiter. Sie sind vorgegangen, während ich mit Laurel auf dem Klo war. Mit Laurel und ihrer winzigen Konfirmandinnenblase.

Sie nickt. »Okay.«

An der *Tidal Wave*, der wir in großem Bogen ausweichen, um nicht durchnässt zu werden, biegen wir ab. Und während Laurel in einer Tour vor sich hin erzählt, werfe ich die Haare über die Schulter, um unauffällig nach hinten zu gucken.

Was zur verdammten Hölle? Der Kriecher ist immer noch da.

Okay. Jetzt mache ich mir langsam Sorgen.

»Nur, warum ...« Ich versuche mich auf Laurels Worte zu konzentrieren. »... warum muss sie es so raushängen lassen? Ich meine, schon klar, Harrison ist jetzt ihr Freund, aber muss sie ihm deswegen ständig in den Haaren rumwühlen oder sich wie eine läufige Hündin an ihm reiben? Hat sie noch nie was von Würde gehört?«

Ein weiterer verstohlener Blick über die Schulter. Immer noch da. Scheiße. Er sieht aus wie um die dreißig. Nicht alt genug, um mein Vater zu sein, aber es fehlt auch nicht viel. Wir biegen jetzt auf den

Weg ein, der in die Warteschlange vom *Swarm* mündet. Um uns her wird das Katastrophenszenario nach einer Alieninvasion imitiert: brennender Krankenwagen, Polizeisirenen, eine verkohlte Telefonzelle. Eigentlich ganz cool, nur –

»Jana, hörst du mir überhaupt zu?«

»Laurel«, sage ich und lege ihr den Arm um die Hüfte. »Schau jetzt *nicht* nach hinten, wir werden verfolgt.«

»Was?« Natürlich dreht sie sich sofort um.

»Laurel!«

Und dreht sich wieder zu mir. »Von wem? Dem Hipstertypen?«

»Exakt«, zische ich. »Seit dem Klo klebt er uns an der Hacke, da bin ich ganz sicher.«

»Im Ernst? Igitt! Was für ein Freak.« Auch Laurel greift zum Trick mit dem Haarezurückwerfen. »Oh mein Gott, Jana, er kommt auf uns zu.«

»Was?«

»Hallo! Entschuldigt bitte!«, ruft er.

Geht's noch? »Lauf einfach weiter«, befehle ich Laurel. Zwar kommen auch wir nicht an jeder Baustelle vorbei, ohne dass uns irgendein Dreck zugerufen wird, aber so richtig verfolgt wurden wir noch nie. Ich kriege echt Angst. Sollte man sich nicht zumindest im verfickten Freizeitpark einigermaßen sicher fühlen können?

»Ihr zwei da, ganz kurz nur«, ertönt es in unserem Rücken.

»Hm, mal gucken. Vielleicht hast du ja was verloren oder so.«

»Nein, Laurel, wir sollten –«

Aber zu spät. Mit wenigen Schritten ist er bei uns. »Meine Güte, ihr habt vielleicht ein Tempo drauf. Seit Ewigkeiten versuche ich schon euch einzuholen.« Er streckt mir die Hand hin. »Hi, ich heiße Tom Carney. Ich bin ...«

Der *Swarm* rattert samt schreienden Fahrgästen über unsere Köpfe hinweg und weht mir die Haare ins Gesicht.

»... bist du?«

»Was?«, rufe ich.

»Ich habe gefragt, wie alt du bist.«

Laurel verzieht das Gesicht. »Zu jung für dich, du Perversling.«

Der Mann, Tom, greift lächelnd in seinen Rucksack, zückt eine Visitenkarte und hält sie mir vor die Nase.

PRESTIGE MODELS

Tom Carney
Leiter der Abteilung Scouting

Ich blinzle. Während die Bahn ein zweites Mal über uns hinwegdonnert, bewegen sich seine Lippen. »Tut mir leid, was?«

»Ob du schon mal gemodelt hast«, wiederholt er. Er sieht nicht aus wie ein Pädophiler, wobei wohl auch nur die wenigsten wie einer aussehen. Vielmehr könnte er problemlos in einer Gruppe Shoreditch-Hipster untertauchen: Beanie, Plastikbrille, Karohemd und roter Bart. Wetten, er fährt Klapprad?

»Fragst du das im Ernst?«, fragt Laurel gerade. »Ob *Jana* schon mal gemodelt hat?

Ich ignoriere den Seitenhieb und antworte ihm. »Nein, noch nie«, nuschele ich. Ich hasse es, wie ich klinge, wenn ich nervös bin. Meine Stimme rutscht dann so tief, dass ich mich wie ein Riese anhöre. Wie ein Hagrid-O-Ton.

»Ist denn noch keine Modelagentur an dich herangetreten?«

»Nein«, antwortet Hagrid. Ist das real? Modelagentur? Moooment, geht es hier um Pornos? Wer würde denn bitte meinen flachen Arsch im Porno sehen wollen?

»Wow, das wundert mich«, sagt Tom Carney. »Wie alt bist du gleich?«

»Sechzehn.«

Glühende Junisonne auf meiner mit Fünfziger-Sonnencreme eingeschmierten käsigen Blässe. Die abgeschnittenen Jeansshorts kleben mir an der Haut. Ebenso das Nirvana-Shirt und die gammeligen Converse, die irgendwann einmal weiß waren. Der Klassenausflug in den Thorpe Park gilt als Belohnung nach der Prüfungsphase. Die Luft ist schwer von Nivea, Zuckerwatte, Würstchen, Senf und Ketchup.

»Sag ihm das doch nicht«, schimpft Laurel und zieht mich an der Hand. »Nachher ist er pädophil. Lass uns einen Lehrer suchen.«

»Es ist gut, dass ihr misstrauisch seid. Fallt bloß nicht auf Pseudo-Talentscouts rein. Aber ich bin ein echter, versprochen. Prestige gehört zu Londons besten Adressen in der Branche. Ihr könnt mein Büro anrufen oder auf unsere Website schauen. Wie heißt du?«

Ich habe keine Ahnung von Mode und so, aber von Prestige habe ich tatsächlich schon mal gehört. Weil sie Clara Keys vertreten. Alle in der Winstanley lieben Clara. Sie ist eine von uns. »Ich heiße Jana. Jana Novak.«

»Schöner Name. Woher kommst du?«

»Battersea, Winstanley-Siedlung.« Die Frage nach meiner Herkunft höre ich *immer*, wenn ich meinen Nachnamen sage. »Aber meine Eltern kommen aus Serbien.«

»Wundervoll. Weißt du, wie groß du bist?«

Verdammt zu groß. »Nicht genau.« Ich zucke die Schultern. »Vielleicht eins achtzig?« Über eins achtzig will ich nicht sein. Ich gehe beim Messen schon immer ein bisschen in die Knie, nur für den Fall.

Eine weitere Bahn voller Schreihälse fährt vorbei. »Hör zu«, sagt Tom, »nimm meine Karte. Die Telefonnummer steht auf der Rückseite. Ich will dich zu nichts drängen, aber wenn du Interesse hast, besprich dich doch mit deinen Eltern und dann vereinbaren wir einen Termin im Büro.«

Laurel stellt sich mehr oder weniger zwischen uns. »Dein Ernst, Kumpel?«

»Absolut. Das ist mein Job.« Er lächelt breit und seine Zähne sehen zu perfekt aus – wie schneeweiße Monopoly-Häuser –, um echt zu sein. »Ich gehe auf Festivals, in Freizeitparks, überall dahin, wo viele Teenager sind, um neue Talente zu entdecken. Verrückt, ich weiß.«

»Cooler Job«, sagt Laurel mit großen Augen. »Was ist mit mir? Könnte ich ein Model sein?«

Oh, Honey, bitte nicht. Autsch. Doch Tom spielt mit und tritt einen Schritt zurück, um sie in Augenschein zu nehmen. Laurel ist *wesentlich* hübscher als ich. Sie hat eine niedliche Stupsnase und Allergische-Reaktion-Lippen, von denen Jungs einer abzugehen scheint. »Wie heißt du?«

»Laurel Ross.«

»Nun, Laurel, du bist definitiv ein hübsches Mädchen, aber wie groß bist du?«

»Eins fünfundsechzig«, antwortet Laurel betrübt. »Aber größer in High Heels!«

Tom nickt mitfühlend. »Leider kommen für uns nur Mädchen infrage, die größer als eins siebzig sind.«

»Kate Moss ist nicht größer.«

Tom lächelt. »Aber Kate Moss ist Kate Moss.«

»Oh. Okay.«

»Also, Jana, wenn du dich bei uns melden würdest, wäre das großartig. Ich würde mich sehr freuen.«

Laurel steht der Mund offen. Wie verrückt tippt sie auf ihrem Handy herum. Ich sehe zu Tom und schüttele den Kopf. »Ich? Sind Sie sicher?«

Er grinst. »Jana, ganz ehrlich, es ist mir *unbegreiflich*, dass du nicht längst gescoutet wurdest. Deine Eltern sollen sich bei mir melden, ja? Hab einen schönen Tag. Und immer hübsch Sonnencreme benutzen.«

Nachdem er in einer spanischen Touristengruppe verschwunden

ist, frage ich mich, ob ich ihn nur halluziniert habe. Vielleicht vertrage ich die Landluft nicht.

»Oh mein Gott, Jana! Ist das gerade wirklich passiert?« Aha, wenn Laurel ihn auch gesehen hat, muss er wohl echt gewesen sein. Sie hüpft von einem Fuß auf den anderen, als müsste sie schon wieder pinkeln. »Na komm! Lass uns das sofort Sabah und den anderen erzählen!«

Ich zucke die Schultern und betrachte die glänzende Visitenkarte in meiner Hand. Fahre mit dem Daumen über die aufgeprägten Buchstaben. Sie fühlt sich *teuer* an. Ich muss an Charlie den Schokoladenarsch und seine goldene Eintrittskarte denken.

– Das war er. DER GROSSE AUGENBLICK.

– Wie meinst du das?

– Ab da hat sich … alles verändert.

– Zum Guten oder zum Schlechten?

– …

– Jana?

– Zum Guten. Erst mal.

PRESTIGE

Alle Novaks sind ziemlich groß geraten. Dad auf jeden Fall, Mum eigentlich auch, Milos: eindeutig. Was blieb mir also anderes übrig?

Vor dem Spiegel in meinem Zimmer, das unterm Dach liegt und daher überall diese nervigen Schrägen hat, muss ich mich immer leicht bücken. Richtig aufrecht stehen kann ich ungelogen nur ganz in der Mitte.

War es am Ende doch nur eine Halluzination? Ich kann mir beim besten Willen nicht vorstellen, dass *irgendwer* mich *irgendwas* modeln lassen würde. Ja, ich bin verdammt groß, und Models haben groß zu sein, aber das da im Spiegel ist doch ein überdimensionaler, ungelenker Freak. Ich tue nur so, als würde ich die Spötteleien in der Schule nicht hören: Riesin, She-Hulk, Madame Maxime, Transe, Goliath, Lady Frankenstein, Slenderman (den fand ich sogar irgendwie witzig), Bohnenstange, Olive Oyl, Queen Kong – ich kenne sie alle. Und wenn es nicht um meine Größe geht, geht es um mein Gewicht: *Oh, die muss magersüchtig sein. Guck mal, wie klapprig ihre Beine sind! Als würde sie auf Stelzen laufen!* Um dem entgegenzuwirken, esse ich oft und mit großer Geste Käsechips. *Ach so, dann wohl Bulimie.*

Jedenfalls bücke ich mich vor meinem Spiegel und habe den einen Bikini angezogen, den ich besitze. Lila mit dunkelblauen Punkten. Einmal hatte ich ihn in Gebrauch – vor zwei Jahren auf Mykonos –, fühlte mich aber zu nackt darin, um ihn öffentlich zu tragen, und zog die gesamte Woche lang mein T-Shirt nicht aus. Kam so goth-artig käsig, wie ich hingefahren war, auch wieder zurück. Heute werde ich das Ding doch noch vor Fremden tragen müssen. Wurde mir schon angekündigt. Ist wohl nur fair, dass sie meinen Körper in Augenschein nehmen wollen. Der sieht nur leider ganz merkwürdig aus. Ist kein heißer Kardashian-Körper. Nicht mal ansatzweise. Statt Titten und Arsch nichts als Gräten und Gelenke. Als hätte ein Beutel Knochen das Laufen gelernt. Und dank der von Dad geerbten Hakennase bin ich nicht mal vom Gesicht her irgendwie niedlich.

Die Jungs in der Schule stehen auf Emily Potter (D-Körbchen) oder Tiana Blake (Doppel-D), nicht auf mich. Was vollkommen okay ist, weil ich ja Ferdy habe, und solange er mich mag, kümmert mich alles andere einen Scheiß.

Boah. Was zur Hölle soll man anziehen für einen Modelagenturtermin? Ich habe keine hübschen Klamotten. Hübsche Klamotten passen mir nicht. Ich muss zu den »Überlängen« greifen, weil mir sonst die Ärmel nur bis zum Ellbogen gehen.

Letzten Endes entscheide ich mich für eine Skinny-Jeans, mein schwarz-weiß gestreiftes T-Shirt, das laut Laurel französisch und damit schätzungsweise irgendwie modisch aussieht, und ziehe dazu die unvermeidlichen einst weißen Converse an.

Obwohl mein Magen vor Nervosität auf die Größe einer Rosine geschrumpft ist, stapfe ich die Treppe hinunter zum Frühstück. Genauso ging es mir während der Prüfungen, die ich auf Imodium und Hoffnung hinter mich brachte.

»Seht her, da kommt das Model«, verkündet Milos. Sarkastischer kleiner Mistkerl.

Im Vorbeigehen kriegt er eins auf die Ohren. »Halt die Klappe.«

»Mum! Hast du das gesehen? Jana hat mich tätlich angegriffen!«

»Kein Wunder«, sagt Mum und reicht mir einen Teller, auf dem ein Bagel liegt. »Bitte iss.«

»Wahrscheinlich trage ich einen Hirnschaden davon, aber was soll's.« Beleidigt lässt Milos seinen Teller in die Spülmaschine fallen und verschwindet im Bad, um sich für die Schule fertig zu machen. *Er* muss noch zwei Wochen weiter büffeln. Dumm gelaufen, Arschnase.

Als ich Nutella auf meinen Bagel schmiere, knurrt mein Magen. Vielleicht will er ja doch was zu tun kriegen. »Tee für dich? Kaffee? Saft?« Mum sitzt nie still, auch jetzt flattert sie schon wieder im Zimmer umher wie eine Motte auf Crack. Ich frage mich, ob wir deswegen alle so dünn sind. Weil wir nicht relaxen können.

»Saft, bitte. Ist noch Apfel da?«

»Milos hat ihn getrunken. Orange ist da.«

»Mum, der Apfelsaft soll für mich sein. Milos trinkt ihn mit Absicht leer! Er mag ihn eigentlich nicht mal!«

Mum wirft die Arme hoch. »Ich kaufe neuen später.«

»Wo ist Dad?« Die Tür, die von der Küche in unseren kleinen Garten führt, steht offen. Vielleicht frühstückt er ja draußen. Heute scheint wieder ein herrlicher Tag zu werden. Der heißeste Juni seit Beginn der Wetteraufzeichnungen, so sagen sie in den Nachrichten.

»Arbeiten.«

»Ach. Wollte er nicht mitkommen?«

»Geht nicht. Frühschicht.« Dad arbeitet als Bahnführer auf der Bakerloo Line. Blöde Frühschicht. Zumindest er ist auf meiner Seite. Mum hingegen ... »Jana. Bist du dir sicher, du willst dahin?«

Ich verdrehe die Augen und nehme einen großen Schluck Orangensaft. »Bäh, der mit dem Fruchtfleisch? Eklig. Warum kaufst du immer –«

»Jana Katharina.« Uff. Das war ein Rüffel.

Ich seufze. »Dad ist doch auch dafür.«

»Hier geht es nicht um deinen Vater. Was denkst *du*?«

»Ich denke ...« Den Rest des Satzes formuliere ich mit Vorsicht, weil Mum nie etwas vergisst und potenziell jedes Wort bei künftiger Gelegenheit gegen mich verwenden würde. »Ich denke, dass man immerhin mal hingehen und gucken könnte, was sie zu sagen haben. Meinst du nicht?« Sie verzieht das Gesicht, als hätte sie sich drei Zitronenscheiben auf einmal in den Mund geschoben. Das ist ihre NICHT-GLÜCKLICH-Miene. »Mum?«

»Ich denke, wenn du willst modeln, kannst du das in zwei Jahren machen, nach deinem Abschluss.«

Sie versteht es nicht. Normalerweise verkneife ich mir Widerworte, aber das hier ist etwas anderes. Es ist nicht wie damals mit zwölf, als ich aus einer Laune heraus Geige lernen wollte. Einerseits hat Mum natürlich irgendwie recht. Modeln war nie mein Traumberuf oder so. Vielmehr wollte ich als Kind entweder Stewardess oder Dinosaurier werden. Andererseits ist mir die Möglichkeit mit dem Modeln einfach so in den Schoß gefallen. Das kann ich doch nicht ignorieren.

»Mum, überleg doch mal. Was, wenn hier gilt: jetzt oder nie? Was, wenn ich nur diese eine Riesenchance kriege, und wenn ich die nicht ergreife, dann – peng – platzt die Sache? Was, wenn sie mich in zwei Jahren nicht mehr wollen? Was, wenn ich dann mein Leben lang ein Was-wäre-gewesen mit mir herumschleppen muss? Ich will mich auf dem Sterbebett nicht fragen müssen, was ich alles verpasst habe. Deswegen lass mich das jetzt bitte ausprobieren.«

Mum lächelt. »Du hast ein Problem.« Sie zwickt mir sanft ins Kinn. »Dein Problem ist, du bist viel zu schlau.« Ich lache. Sie räumt weiter die Spülmaschine ein. »Immer dein Großvater hat das zu mir gesagt.«

Über ihn oder meine Großmutter spricht sie eigentlich nie. Milos und ich haben gelernt, nicht nach dem Krieg zu fragen.

Mit einem einzigen Happs verputze ich die zweite Bagelhälfte. »Vielleicht wollen sich mich eh gar nicht haben«, sage ich. »Vielleicht hatte Tom Carney einen Sonnenstich.« Man bedenke die Beanie bei fünfundzwanzig Grad im Schatten.

Zur Poland Street fährt man am besten von Clapham Junction aus. Nachdem ich mir nach dem Frühstück die Zähne geputzt habe und einen kleinen Nervositätsschiss losgeworden bin, nehmen Mum und ich die Abkürzung zur Bahnstation. Mum sagt, als Dad und sie nach England kamen, war unsere Siedlung noch eine richtig üble Gegend, in der sich nie ein Polizist blicken ließ und jede Woche wer abgestochen wurde. Doch mittlerweile, wenn man von den grottenhässlichen Gebäuden mal absieht, lässt es sich in der Winstanley ziemlich gut leben. Auf der neuen Grünfläche kann man schaukeln und rutschen, rechts und links der Straße wurden Bäume gepflanzt und vom karibischen Café an der Ecke her riecht's den ganzen Tag nach Jerk Chicken. Worüber will man da meckern?

Wir nehmen die Overground bis Vauxhall und steigen von dort in die Victoria Line um. Selbst fürs Handygedaddel bin ich zu nervös und starre stattdessen aus dem Fenster, während Mum die *Metro* durchblättert. Weil Mum an jeder Ecke Mörder und Terroristen wähnt, lässt sie mich nur ungern allein in die Innenstadt fahren (und »allein« bin ich in ihrer Welt auch dann, wenn Laurel, Sabah, Ferdy oder Robin dabei sind). Trotzdem finde ich natürlich den Weg zum großen Topshop im Schlaf. Mum weiß hingegen mit London immer noch nicht richtig was anzufangen. Die Stadt macht sie fertig, sagt sie. Manchmal redet sie sogar davon, »wieder nach Hause« zu gehen. Worunter wiederum ich mir nichts vorstellen kann.

Jedenfalls hat sie seit dem Thorpe Park mehr als einmal mit Tom Carney telefoniert, der ihr – ungeachtet der Tatsache, dass die Agentur natürlich dick und fett bei Google Maps steht – eine detailverliebte, idiotensichere Wegbeschreibung geliefert hat. Dass ich überhaupt hinfahren darf, kostete ihn einige Überredung. Wahrscheinlich dachte Mum, dass er mich als Sexsklavin verkaufen will oder etwas in der Richtung. Erst der Satz »Mrs Novak, wir vertreten *Clara Keys*« besänftigte ihr Misstrauen. Von ihr hat selbst meine Mum schon gehört. Wie könnte es anders sein, schließlich wohnen wir in Claras Viertel. Na ja, früherem Viertel.

Beim Aussteigen am Oxford Circus ignorieren wir einen gruseligen Typen mit Zahnlücken, der mich als »hübsches Liebchen« betitelt – London, oder? Hier wird's nie langweilig. Bis zum Büro von

Prestige sind's nur ein paar Schritte über die Oxford Street. Obwohl die Rushhour schon lange vorbei ist, sind hier unzählige Londoner unterwegs, die kaum je von ihren Handys aufsehen.

Ich merke deutlich, dass auch Mum nervös ist. Sie hat sogar Make-up aufgelegt. Das macht sie sonst *nie*. Mit ihrem blumengemusterten Sommerkleid, das sie sich vor zwei Jahren für ihren und Dads zwanzigsten Hochzeitstag gekauft hat, würde sie eher auf eine Gartenparty passen als in die City. In der Pflege arbeitende Geflüchtete aus Serbien fügen sich wohl nicht einfach von selbst in die Londoner Fashionszene ein. *Ich* mich eher auch nicht. Hoffentlich muss ich keinen Test über Klamotten, Designer und so ablegen. Den würde ich gründlich versemmeln.

»Okay, wir sind da«, stellt Mum das Offensichtliche fest. PRESTIGE MODELS verkündet das bestimmt teure Glasschild über der Tür. Ansonsten ist von außen kein Unterschied zu einem x-beliebigen Büro feststellbar. Ich hatte irgendwie was ... Abgefahreneres erwartet.

»Mum, mir ist ein bisschen schlecht.« Wie gesagt, ich wollte noch nie Model werden. Nie im Leben wäre mir das von selbst eingefallen. Obwohl es sich genau wie etwas anfühlt, das ich sein wollen *sollte*. Ich meine, wer wäre das nicht gerne? Erkennt man doch schon am Wort: ein Modell sein, ein Vorbild. So aussehen, wie ein Mensch aussehen sollte.

»Alles gut«, sagt Mum. »Die haben dich eingeladen, oder? Die freuen sich auf dich.«

Gutes Argument. Bringen wir's hinter uns. Könnte ich bloß aufhören, so nervös zu sein. Hoffentlich habe ich keine Schweißflecken unter den Achseln. Schweißflecken sind weder französisch noch modisch. Ach, ich *schäme* mich einfach in Grund und Boden, weil mein Erscheinen hier mir so vorkommt, als würde ich sagen: »Hi, ich bin Jana, und ich bin *so was von* hübsch genug, um Model zu werden.« Dabei weiß ich doch ganz genau, dass ich mich nur in den Wald stellen müsste, um mit einer Elchkuh verwechselt zu werden.

Tatsächlich war Ferdy derjenige, der mich auf der Rückfahrt vom Thorpe Park von der Idee überzeugt hat. Ich hatte das Ganze eigentlich schon als absolut lächerlich verworfen, er aber sagte: »Models sollen nicht hübsch aussehen, sie sollen einen in ihren Bann ziehen. Und das tust du.«

Mein Ferdy. Ich liebe ihn.

Und natürlich habe ich die Sache auch mal weitergedacht. Stellt man sich aufs Dach von Ferdys Plattenbau, kann man jenseits der Themse die schicke Flussseite sehen: Fulham, Chelsea, die protzigen Apartmenthäuser mit ihren Glasfronten, Balkonen und Dachgärten. Und wer wohnt da wohl? Verdammte Models, die wohnen da.

Reich und berühmt. Jeder will reich und berühmt sein, oder?

Mum wagt den ersten Schritt hinein und ich folge ihr.

Als Nächstes schnappe ich nach Luft. Hinter der Tür ist es hell, sehr hell. Weiß wie in einer Zahnpastawerbung. Als beträte ich eine andere Dimension. Die Zeit bleibt kurz stehen und dann …

Dann läuft sie weiter. Wir stehen in einem Vorzimmer. Das im Grunde auch in eine Zahn- oder Tierarztpraxis führen könnte. Direkt vor uns ist ein Empfangstresen. Die Frau dahinter *muss* ein Ex-Model sein, da sie zu etwa siebenundachtzig Prozent aus Wangenknochen besteht. Na ja, welche Modelagentur würde sich auch schon eine alte Schabracke ins Vorzimmer setzen? »Hallo«, begrüßt sie uns mit einem herzlichen Lächeln.

»Hallo«, sagt Mum, und ich bin heilfroh, dass ich nichts sagen muss, sondern mich darauf konzentrieren kann, nicht vor Aufregung in die Hose zu machen. Mum holt ihr bestes Oxford-Englisch hervor, das sie sonst nur am Telefon oder beim Elternabend benutzt. »Es ist ein Termin vereinbart. Für Jana Novak.«

Die Empfangsdame braucht einen Moment, bevor sie auf meinen Namen reagiert. »Ach, genau. Ein Termin mit Tom, richtig? Lassen

Sie mich nachfragen, ob er Sie schon empfangen kann oder noch im Meeting sitzt. Eine Sekunde, bitte.« Sie greift zum Telefon und wählt eine Nummer.

Die erwarten mich tatsächlich. Das Ganze ist kein schlechter Scherz. Die Begegnung im Thorpe Park war keine Slushietrip-Hallu.

»Er ist gleich bei Ihnen. Setzen Sie sich doch kurz.«

Von der mintgrünen Chaiselongue aus – ganz schön nobel, die Hütte – kann ich ein Büro ausmachen, in dem von zwei inselgroßen weißen Schreibtischen eine immense Geschäftigkeit ausgeht. Zwischen durcheinanderklingelnden Telefonen sind Gesprächsfetzen auf Englisch und Französisch zu hören. Der kleine Couchtisch vor uns ist bestückt mit *Vogue, Elle, Tatler* und *Harper's Bazaar*. Ein Flatscreen an der Wand gegenüber zeigt in wechselnden Bildern die neuesten Engagements der Prestige-Models. Obwohl ich von fast keiner den Namen wüsste, denke ich hier und da: Ach, die kennste doch. Unterschiede gibt es kaum zwischen ihnen. Goldenes Haar, goldener Teint, goldene Beine, goldenes Gold. Keine von ihnen sieht auch nur annähernd aus wie ich.

Auf einmal muss ich an die Schulaufführung in der ersten Klasse denken, bei der wir unseren Mums und Dads etwas vorsingen sollten. Unsere Englischlehrerin Miss Skipsey hatte »English Country Garden« ausgesucht und alle verkleideten sich als Blumen, Falter oder Igel. Bis auf mich. Natürlich. Laurel eine Narzisse, Sabah ein Schmetterling, ich ... ein Kraut. Zu einer grünen Strumpfhose und einem alten sumpfbraunen Pulli von Dad bekam ich das Gesicht in der Farbe von Moos angemalt. Ich war ein verdammtes *Kraut*.

Clara Keys, die diesen Monat offenbar das Cover der australischen *Vogue* ziert, erscheint auf dem Flatscreen. Wie eine schwarze Barbie sieht sie aus mit ihren riesigen Disney-Augen, den vollen Lippen und der berühmten makellosen Haut. Wobei natürlich ihre märchenhafte Geschichte sie genauso ausmacht wie ihr Gesicht (und ihre Beine). Das traurige Pflegekind, das von Familie zu Familie gereicht wird. Das sich eines Tages im McDonald's an der Clapham Junction einen McFlurry gönnt, genau wie ich schon tausendmal, und dort gescoutet wird. Das wenige Wochen später auf der London Fashion Week läuft und ab da die neue Naomi genannt wird. Doch abgesehen von ihrer Hautfarbe ist sie keine Naomi. Sie ist Aschenputtel. Die zur Prinzessin wurde.

Ein Mädchen setzt sich in den Sessel gegenüber von Mum und mir. *Sie* sieht eindeutig wie ein Model aus. Zahnstocherarme umschlingen eine Prestige-Fotomappe und unter feinen, sandblonden Haarsträhnen spähen dunkel geränderte Augen hervor. Sie ist groß, aber sehr zierlich, wie ein Vogel vielleicht, und wirkt ein bisschen so, als wäre sie gerade aus einem sehr hohen Nest gefallen. Wir könnten ungefähr gleich alt sein, sie allerdings scheint seit mindestens einem Monat nicht geschlafen zu haben.

Wenn sie darauf aus sind, bin ich am Arsch.

»Jana! Hallo!« Strahlend kommt Tom mit großen Schritten und ausgebreiteten Armen auf uns zu. Ich stehe auf, um ihm die Hand zu schütteln, werde aber in eine Umarmung gezogen. Hmm, bin kein Fan. Ich mag meinen Tanzbereich.

»Wie geht es dir? Vielen Dank fürs Kommen.«

»Kein Problem«, murmele ich. Mit fremden Erwachsenen zu reden, die keine Lehrer sind, ist komisch. Wobei. Mit Lehrern zu reden ist auch komisch. Ich vermeide es nach Möglichkeit. »Das hier ist meine Mum.«

»Hallo, Mrs Novak. Wie schön, Sie endlich persönlich kennenzulernen. Wollen wir dann zu den anderen? Sie sind schon ganz gespannt!«

Kurz will ich fragen, wie viele Leute mich denn erwarten, aber das klänge irgendwie gaga. Ich hatte gehofft, wir würden uns nur mit ihm treffen. Muss ich gleich im Bikini vor einem ganzen Publikum auf und ab laufen? Das will ich nicht. Nein danke.

»Hier entlang zur Treppe. Oben sind die Konferenzräume.« Mum und ich folgen ihm durch das Großraumbüro, in dem kaum jemand den Kopf für uns hebt. Eine Frau mit halb blonden, halb blauen Haaren schreit auf Französisch in ihr Telefon, feuert ungefähr tausend Worte pro Minute ab. Irgendwer in Frankreich hat so richtig verkackt.

Am nächsten Tisch wird ein absurd schöner Typ mit fluffigen roten Haaren angekeift: »Verdammt noch mal, Seamus!«, ruft das Mädchen und rauft sich die Haare. »Ich gebe hier alles, um dir Aufträge zu verschaffen! Da kannst du dich doch zumindest BEIM KUNDEN BLICKEN LASSEN!«

Doch Seamus ist zu stoned für eine Reaktion. Er könnte schwerlich noch desinteressierter dreinblicken.

Tom führt uns eine schmale Treppe hinauf in den ersten Stock, von dessen Flur wir durch Glaswände in weitere Büros gucken können. Eines sieht aus wie dieses TV-Studio von *The Apprentice*, in dem Trump immer seine Bewerber angeschnauzt hat. Zum Glück lassen wir es links liegen und betreten ein weniger Furcht einflößendes Zimmer, in dem sich weitere Sitzgelegenheiten um einen weiteren Couchtisch gruppieren. Ach, guck mal, da steht sogar eine Schale dekorativer grüner Äpfel, die bestimmt nie gegessen werden. »Setzen Sie sich doch.«

Das Sofa wird bereits von zwei Frauen okkupiert. Von einer sehr coolen Asiatin mit türkisem Pixie-Schnitt und einer zur Empfangsdame passenden Version des Supermodels im Ruhestand. Mit diesen Schlüsselbeinen könnte sie einem die Augen ausstechen. »Tag auch!«, sagt Pixie-Schnitt und steht zur Begrüßung auf. »Ich bin Ro. Leiterin der Abteilung *New Faces*. Ich freue mich, dich kennenzulernen, Jana.«

»Hi.«

»Hallo, Jana, und ich bin Cheska DeBrett, ich leite die Abteilung *Frauen*.« Zugegeben sieht sie original so aus, als könnte sie locker die Abteilung *Alle Frauen der Welt* leiten. Wie eine Göttin steht sie mir gegenüber – keinen Zentimeter kleiner als ich, goldene Locken. »Nimm doch Platz. Möchte jemand einen Tee oder einen Kaffee?«

Ich schüttle den Kopf, aber Mum sagt Ja zu dem Tee, für den Tom eine Praktikantin losschickt, bevor er sich zu uns setzt.

»Wie fühlst du dich?«, schnurrt Cheska an mich gewandt mit einer aufregend rauchigen Stimme. Diese Frau wurde zu hundert Prozent kontrolliert biologisch in Chelsea angebaut. Da verwette ich meinen Arsch drauf.

Ich zwinge meine Hände, sich auf meinen Knien still zu verhalten, und kreuze die Beine wie eine Lady. »Leider bin ich sehr nervös. Tut mir leid«, lasse ich mit dumpfer Stimme verlauten.

»Nicht doch, Liebes!«, ruft Ro. »Du musst dir überhaupt keine Sorgen machen. Wir wollen dich doch nur mal persönlich kennenlernen. Deine Fotos haben uns schon sehr gefallen, von daher musst du das hier überhaupt nicht als Test betrachten, versprochen!« Beide Porträts, die ich per E-Mail geschickt habe, eins von vorne, eins von der Seite, liegen vor ihr auf dem Couchtisch.

Die Praktikantin kommt mit einem Tablett herein, auf dem eine Karaffe Wasser mit Gläsern und Mums Tee stehen.

»Seit Tom dich im Thorpe Park entdeckt hat, kann er gar nicht mehr aufhören, von dir zu reden«, sagt Cheska.

»Allerdings! Im Ernst, Jana, es ist mir immer noch ein Rätsel, wo du dich die ganze Zeit versteckt hast. Du bist die Entdeckung des Jahrzehnts!«

Ich merke, wie ich feuerrot werde.

»Tom! Jetzt überfahr das arme Mädchen nicht so«, tadelt ihn Cheska und gießt mir ein Glas Wasser ein.

»Meine liebe Jana«, ergreift Ro wieder das Wort. »Du bist außergewöhnlich, ist dir das bewusst?«

Ja toll, was zur Hölle soll man darauf sagen? »Äh. Okay. Danke?«

Cheska lächelt. »Lass mich raten. In der Schule machen sie sich über dich lustig, stimmt's?«

Peinlich. Ich weiche Mums Blick aus. »Manchmal nennen sie mich Giraffe oder so. Aber im Basketball bin ich trotzdem eine Niete.«

Ich ernte allgemeine Erheiterung. »Guck mal da rüber.« Cheska weist durch die Glaswand in den Flur, wo Reihe um Reihe ein Hochglanzmodelfoto neben dem anderen hängt. »Jedes dieser Mädchen wurde mal Freak genannt, oder Bohnenstange oder Stabheuschrecke ... und viele von ihnen bestimmt auch Giraffe. Aber jetzt verdienen sie dank uns Tausende Pfund mit ihrem Aussehen.«

»Jana, du hast einfach einen ... absolut einzigartigen Look«, verkündet Ro und trinkt unter munterem Eiswürfelgeklimper den letzten Schluck Latte aus ihrem Glas. »Ich sage es geradeheraus: Du bist nicht die herkömmliche Werbeschönheit. Aber wenn ich mir dich im Bereich Editorial oder auf dem Laufsteg vorstelle ... OH MEIN GOTT! Da wirst du wortwörtlich durch die Decke gehen.«

Sie meint sprichwörtlich, nicht wortwörtlich, aber egal. »Glauben Sie wirklich?«

»JA!«, intonieren Ro, Cheska und Tom gleichzeitig. »Und duz uns doch bitte, so machen wir das alle in der Branche, okay?«, fügt Cheska hinzu. Dann fällt ihr Blick zur Tür. Die gleich danach AUFKNALLT und den Weg frei macht für einen Wirbelsturm rot gefärbter Korkenzieherlocken. Sofort nehmen Tom, Cheska und Ro eine strammere Haltung an. »Hallo, hallo, hallo. Achtet gar nicht auf mich.« Die Besitzerin der Locken ist älter als die anderen drei. Ende vierzig vielleicht. Ihr Outfit ist der Wahnsinn. Sowohl sprich- als auch wortwörtlich: Zum Nadelstreifenkleid mit Slippern von (wie auf ihnen zu lesen ist) Gucci trägt sie mehr Schmuck, als ich je an einer einzelnen Person gesehen habe. »Ich *musste* einfach noch vorbeikommen, um einen Blick auf Toms neues Herzensprojekt zu werfen.«

»Jana«, stellt Tom vor, »das ist Maggie Rosenthal. Sie leitet unsere Agentur.«

Ich halte die Luft an, um keine Schnappatmung zu kriegen. Als ich sie das letzte Mal im Fernsehen gesehen habe, hatte sie noch eine andere Haarfarbe, aber jetzt fällt es mir wie Schuppen von den Augen. *Maggie Rosenthal.* Kaum eine Nachricht aus der Modebranche kommt ohne ihr Gesicht aus. Sie war es auch, die am Meckes vorbeiging, als Clara Keys mit ihrem McFlurry hinter der Scheibe saß.

»Hallo, meine Schöne. Und das muss deine Mum sein.« Sie schüttelt ihr die Hand.

»Ich bin Rita. Rita Novak«, stellt Mum sich vor.

»Freut mich, Sie kennenzulernen. Also gut, Jana. Dann lass dich mal ansehen.« Mit diesen Worten reißt sie mich abrupt aus meinem Staunen heraus. Was? »Aufstehen. Na los!«

Ich tue wie geheißen.

»Steh gerade, Liebes. Gutes Mädchen. Wahnsinnsgröße. Knapp eins achtzig?«

»Glaube ja.«

Sie umkreist mich und scannt mich von oben bis unten wie eine von diesen Kabinen am Flughafen. »Hervorragend. Hast du ein Haargummi dabei, Schätzchen?«

»Ähm ... nein. Tut mir leid.«

»Hier, nimm.« Cheska reicht mir eins.

»Wunderbar, Darling, bindest du dir dann jetzt bitte die Haare zurück?«

»Klar.« Gesagt, getan.

»Entschuldige meine Ausdrucksweise, Liebes, aber deine Knochenstruktur ist ein arschgeiler Hammer. Entschuldigung auch an Sie, liebe Mum.« Sie zwinkert übertrieben in Mums Richtung. »Aber ein neuer Haarschnitt muss her, oder, Ro?«

Ro nickt weise, als hätte sie die Frage kommen sehen. »Du nimmst mir die Worte aus dem Mund.«

»Welche Schuhgröße hast du, Schätzchen?«

»Vierzig.«

»Wie heißt die Praktikantin?«

»Nevada«, antwortet Tom.

»Nevada!«, brüllt Maggie Richtung Flur. »High Heels, Größe vierzig, bitte!« Dann legt sie mir behutsam die Hand unters Kinn und dreht mein Gesicht von rechts nach links. »Versteh das nicht falsch, Herzchen, du hast ziemlich maskuline Züge. Augenbrauen, Profil. Steh ich verflucht noch mal drauf. Sehr androgyn. Androgyn ist *so was von* modern.«

Mir wurde schon oft gesagt, dass ich wie ein Mann aussehe, aber niemand hat es je als Kompliment gemeint. Als Nevada ins Zimmer huscht, trägt sie eine Furcht einflößende Kreuzung aus Schuh und Stelze in Händen. Schwarzes Lackleder, rote Sohle. Mir ist klar, was als Nächstes kommt. »Soll ich in denen laufen?«

»Ja, bitte.«

»Ich ... ähm ... komme nicht so gut klar in hohen Schuhen.« Was mir beim Schulball in High Heels passiert ist, behalte ich lieber für mich, muss ja keiner wissen, dass ich auf einen Rollstuhlfahrer gefallen bin.

»Was nicht ist, kann ja noch werden. Rein in die Dinger, Schätzchen, und lauf einfach mal für uns«, sagt Maggie und drückt meinen Arm.

Ich werde aufs Neue rot, während ich mich umständlich hinsetze, um meine Converse auszuziehen. Auf meinen Socken sind kleine Herzchen drauf. Typisch Jana. Als ich sie von meinen Füßen rolle, bleiben die Abdrücke vom Bündchen zurück. Im Innern der Stilettos steht »Louboutin«. Die haben hier Louboutins rumfliegen. Lässig. Sabah und Laurel werden anfangen zu heulen, wenn ich ihnen das erzähle.

Nachdem ich hineingeschlüpft bin, hole ich tief Luft.

»Gib einfach dein Bestes«, sagt Cheska. »Bevor ich mit dem Modeln anfing, habe ich auch nie High Heels getragen. Warum sollten du und ich das auch? Bei unserer Größe. Die gute Nachricht ist:

Auf hohen Schuhen laufen kann man lernen. Groß und schön sein nicht.«

»Einmal bis zur Tür und wieder zurück«, sagt Tom. »Du musst dabei gar nicht versuchen, wie ein Model auszusehen. Einfach laufen.«

Ich hole ein weiteres Mal tief Luft und drücke mich mit beiden Armen aus dem Sessel hoch. Sofort beschweren sich meine Zehen: *Hey, warum quetschst du uns in ein Dreieck? Ein Fuß ist nicht dreieckig!* Ich kenne Modenschauen aus dem Fernsehen. Ich habe *Next Top Model* gesehen. Ich weiß, dass Models nicht wie normale Menschen laufen. Als Clara Keys bei der Victoria's Secret Show war, hat sie diese Über-Kreuz-Schritte gemacht. Soll ich die auch versuchen? Oder einfach nur darauf achten, mir nicht die Beine zu brechen.

Ich nehme die Tür ins Visier und laufe los. Meine Knöchel fühlen sich sehr wackelig an. Der eine Schuh ist etwas zu groß und scheint mir gleich vom Fuß fallen zu wollen. Auf einmal bin ich wieder vier, trage meinen Peppa-Wutz-Schlafanzug und lache mich tot, während ich in Mums riesigen Stöckelschuhen umherstakse. Dads Schnappschuss davon steht zu Hause auf dem Kaminsims.

»Guck nach vorne, meine Schöne, nicht auf deine Füße«, ruft Maggie, als ich bei der Tür ankomme.

Ich drehe mich um und trete den Rückweg an. Da knickt mein linker Fuß um und ich gerate ins Stolpern.

»Keine Fäuste machen, Liebes. Du siehst aus, als würdest du eine Schlägerei anfangen wollen.« Auf meine Hände habe ich überhaupt nicht geachtet. »Lass die Arme schwingen. Entspann das Gesicht.«

Die zweite Runde laufe ich etwas lässiger. Lege sogar ein bisschen an Tempo zu.

»Alles klar, Herzchen, das reicht erst mal«, sagt Maggie. »Gott segne dich, du hast es ehrlich versucht.«

»War ich so schlecht?«

Tom lächelt mich an. »Es war in Ordnung. Wir haben schon viel Schlimmeres gesehen.«

»Absolut«, stimmt Ro zu. »Das lässt sich hundertprozentig noch hinbiegen.«

Endlich sagt auch Mum was. »Bedeutet das, Sie wollen Jana ... einstellen?«

Tom, Ro und Cheska schauen zu Maggie, die sich in einer dramatischen Pause suhlt. »Mrs Novak, ich sage das nur selten, deswegen erlauben Sie mir bitte, es zu genießen. Ich lasse Ihre Tochter nicht eher gehen, bis sie bei uns unterschrieben hat. Wenn es sein muss, verbarrikadiere ich höchstpersönlich diese Tür.« Maggie grinst mich verschmitzt an. Dann lehnt sie sich über den Couchtisch und nimmt meine beiden Hände in ihre. »Jana, Darling, es wäre eine verdammte *Ehre* für uns, dich bei Prestige Models unter Vertrag zu nehmen. Was sagst du?«

AUFBAU

»Was bedeutet das?«, fragt Ferdy. »Oh Mist, warte, wir müssen das Lagerfeuer ausmachen, sonst erwischen die uns wieder.«

Wir spielen Final Fantasy.

Ich bin zurück in der realen Welt. Meiner Welt. Unserer Welt.

»Verdammt, du hast recht. Mache schon.« Ich lasse Ignis zurücklaufen und die Flammen löschen. »Aufbau bedeutet … keine Ahnung … Aufbau halt.«

»Sehr hilfreich, Babe, vielen Dank.«

Ich schnaube abfällig und pausiere das Spiel, damit ich in Ruhe erklären kann. Weil ich im Gruppenchat schon mit Sabah und Laurel und zu Hause mit Milos alles durchgekaut habe, bin ich es eigentlich satt. Trotzdem schwinge ich jetzt die Beine herum, sodass ich nicht mehr den Fernseher, sondern Ferdy vor mir habe. Als ich seine Wange mit meinem nackten Zeh streicheln will, schlägt er danach, weil er Füße absolut eklig findet.

»Hör auf!«, fleht er. »Ich muss gleich kotzen.«

Vor lauter Lachen falle ich fast von der Bettkante. »Ich schätze, mit Aufbau meinen sie eine Art Training oder so. Obwohl ich laut Tom eigentlich schon zu alt dafür bin.«

»Du bist sechzehn.« Ferdy greift an mir vorbei nach den *Sweet-Chili-Walkers-Sensations*, den besten Chips der Welt. Ferdys Eltern arbeiten meist bis in den Abend und seine Schwester hat heute Schicht bei Asda, deswegen haben wir die Wohnung für uns. Umringt von Harley-Quinn-, Daenerys-Targaryen- und Deadpool-Postern hocken wir auf dem schmalen Bett in Ferdys winzigem Zimmer.

»Vielen Dank für die Info. Aber andere Mädchen fangen schon mit zwölf oder dreizehn an.«

Ferdy verzieht das Gesicht. »Abartig.«

»Da fangen sie nur mit dem Training an, die Aufträge werden erst ab sechzehn vergeben. Ist ja keine Kinderarbeit.« Er gibt mir die Chipstüte zurück. »Ferd, da sind ja nur noch Krümel drin. Ich hasse dich.«

Er grinst. »Das sind keine Krümel, sondern Bruchstücke. Ein kleiner, aber feiner Unterschied!« Mit diesen Worten drückt er mir einen Sweet-Chili-Kuss auf die Lippen. »Und was musst du da jetzt genau machen?«

»Na ja, ich fange an zu üben. Beim Termin konnte ich ja kaum geradeaus laufen. Du hättest dir bestimmt vor Lachen in die Hose gemacht, wenn du dabei gewesen wärst. Und nächste Woche schießen sie ein paar Fotos für mein ›Webbook‹. Ach richtig, dafür sollen mir offenbar noch die Haare geschnitten werden.«

Ferdys Augen werden groß. »Echt? Wie denn?«

»Keine Ahnung. Kürzer halt.«

»Und das willst du zulassen?«

»Ist mir egal.« Ich streiche durch meine nicht existente Frisur. Momentan fallen mir die Haare bis auf die Möpse und sind an den versplissten Spitzen immer noch etwas heller, weil ich Mum letztes Jahr so lange bekniet hatte, bis sie mir einen Ombré-Look erlaubte. Das Ergebnis konnte ich vom ersten Moment an nicht leiden. Statt »bronde« kam ein Gelbton à la Pissemopp dabei raus.

»Dafür, dass du heute eine Karriere als Supermodel angetreten hast, wirkst du erstaunlich entspannt.«

Ich zucke die Schultern. »Weil ich nicht darüber nachdenke. Mir wird nur komisch davon, deswegen lass ich es.«

»Komisch?«

Ich schüttle den Kopf und drehe an dem silbernen Totenkopfring herum, den er mir zum sechzehnten Geburtstag geschenkt hat. »Keine Ahnung. Es ist ... viel auf einmal.«

»Du weißt, dass du das nicht machen *musst*.«

»Ja. Nein. Alles gut. Ich meine nur … Letzte Woche musste ich höchstens darüber nachdenken, ob ich fürs nächste Schuljahr die richtigen Fächer gewählt habe. Und Bio will ich jetzt schon wieder rauskicken. Bei dir und Sabs ist das was anderes. Ihr wisst ja schon, was ihr mal werden wollt.«

Er legt den Kopf schief. »Und du nicht?«

Ich zucke erneut die Schultern. »Das weißt du doch.« Ich habe nicht den leisesten Schimmer und das jagt mir eine Scheißangst ein. Man könnte unseren Jahrgang in zwei Gruppen aufteilen. Auf der einen Seite ahnungslose Deppen wie Heather Daley, die bei *Love Island* mitmachen und für ihren Bikini berühmt werden wollen – und auf der anderen Seite Leute wie Ferdy, die alles schon säuberlich geplant zu haben scheinen: welche Uni, welches Fach, welche Zukunft.

Ich weiß noch *nichts*. Und dieses Nichts ist so riesig, dass es mich manchmal zu erdrücken scheint. Ich kann einfach nicht sehen, was jenseits von Final-Fantasy-Spielen, Rummachen mit Ferdy, oder Chillen im Park mit Sabah und Laurel auf mich wartet. Es ist verdammt noch mal zu heiß, um an die Zukunft zu denken.

»Wenn ich da mitmache … verändert sich alles. Das macht mir Angst. Als würde mein Kopf implodieren. Kennst du das Gefühl? Ich … na ja. Ich dachte immer, irgendwann, wenn ich zweiundzwanzig bin oder so, ergibt sich bestimmt was für mich, einfach so. Ganz nach dem Motto: ›Hi, Süße, ich bin dein Job.‹«

»Vielleicht sagt der Modeljob ja genau das … halt ein paar Jahre früher als gedacht.«

So habe ich das noch gar nicht gesehen.

Er nimmt meine Hand. »Und, hey, *ich* verändere mich nicht. Egal, was passiert. Ich bleibe der Gleiche.«

Davon geht es mir besser. »Versprochen?«

»Versprochen.«

Und deswegen liebe ich Kai Ferdinand. Meinen Fels in der Brandung. Ich lege den Controller beiseite, küsse ihn und vergrabe die Hände in seinen langen schwarzen Haaren. Die nicht so lang sind wie meine, aber fast. Er löst sich kurz von mir, um die Brille abzunehmen, dann küssen wir uns weiter.

Es gibt ja solche und solche Küsse: einen Kuss halt oder einen … Startschuss. Der hier fühlt sich sehr nach Letzterem an. Nach einer Absicht, nach mehr. Wir legen uns hin und ich ziehe die leere Chipstüte unter meinem Po weg. Ferdy schiebt die Hände unter mein T-Shirt. »Hast du einen Bikini an?«

Den hatte ich ganz vergessen. »Ja, war für die Agentur.«

»Sehr Miss-America-mäßig.«

»Die Kinder sind unsere Zukunft, und so weiter. Weltfrieden!«

Es folgen weitere Küsse. Er zieht mein T-Shirt aus. Ich seins auch. Und dann mein Bikinitop, weil ich mir doof darin vorkomme. Wir schmiegen uns aneinander. Haut an Haut. Den Teil mag ich am liebsten. Seine Hände fahren daunenfederleicht über meine Hüfte, meinen Bauch, meine Nippel, und das fühlt sich so unglaublich an, dass ich mich wohlig winde und mir ganz kribbelig wird, also knöpfe ich seine Jeans auf und schiebe meine Hand in seine Boxershorts. Sein Schwanz ist hart und hat einen kleinen feuchten Fleck auf dem Stoff hinterlassen.

Als ich sanft zu reiben beginne, stöhnt Ferdy auf und ein Schauer durchläuft ihn. »Willst du …?«, frage ich.

»Ja.«

Jetzt müssen wir Glück haben. Er kickt seine Hose von sich und ich pelle mich aus meiner Skinny-Jeans. Dann klettert er so halb über mich hinweg, zieht die Nachttischschublade komplett heraus und nimmt sich eins von den Kondomen, die er darunter versteckt hat, damit seine Mum sie nicht findet. »Soll ich, oder willst du selber?«, frage ich. Ich nehme zwar die Pille, aber wir passen immer doppelt auf, weil die Gefahr einer Schwangerschaft noch viel Furcht einflößender ist als alle Modeljobs der Welt. Ich verspüre keinerlei

Verlangen, mich der Winstanleyer Kinderwagenclique anzuschließen. Zumindest nicht für die nächsten zwanzig Jahre oder so.

»Besser, ich mache das«, sagt er, reißt die Packung auf und rollt sich das Gummi über. »So.«

Ich küsse ihn, er legt sich auf mich und ich öffne die Beine. Ich bin größer als er, aber in der Horizontalen ist das einerlei. »Bereit?«

Auf mein Nicken hin fängt er an. Es tut nicht mehr weh wie am Anfang, aber ich merke es immer noch deutlich. Ich beiße mir auf die Lippe. »Alles gut?«

»Ja.«

Er geht tiefer, wir stöhnen beide auf und ich umfasse seinen Po. Doch da verkrampft er sich, seine Hüften schnellen nach vorne. »Ach, scheiße«, zischt er, während er kommt. »Fuck. Jana. Scheiße. Es tut mir leid.«

Sein Körper erschlafft über mir. »Hey, es ist in Ordnung.« Ich umfasse sein Gesicht und küsse ihn. Sanfter diesmal. Nur ein Kuss.

Er löst sich von mir, streift das Kondom ab, knotet es säuberlich oben zu, wickelt zur Tarnung ein Tempo drum und wirft es in den Papierkorb. Dann fährt er mit der Hand an meinem Bein hoch. »Gerade nicht«, sage ich. Der Moment scheint vorüber.

»Bist du sicher?«

»Ja.«

Er plumpst neben mich auf die Matratze und streicht sich die Haare aus dem Gesicht. »Scheiße. Das ist so peinlich.«

»Babe, alles gut!« Ich stütze mich auf den Ellbogen, um ihm ins Gesicht sehen zu können. »Ich liebe es, dass du so heiß wirst.«

»So heiß, dass ich in die Hose abspritze?«

»Diesmal hast du's bis rein geschafft.«

»Großer Applaus.«

»Es hat sich schön angefühlt.«

»Ganze fünf Sekunden lang.«

»Ferdy …«

Er sieht mich an und ich halte seinen Blick mit einer feierlich ernsten *Es macht mir nichts aus*-Miene fest. Zumindest hoffe ich, dass es so eine ist. Er lächelt ein bisschen. »Schätze, wir müssen weiter üben.«

Ich lächle zurück. »Falls ich dafür die Zeit finde. Schließlich muss ich auch noch Geradeauslaufen üben.« Er zieht mich in die Arme und ich lege den Kopf auf seine Brust. Dann schließe ich die Augen und lausche seinem Herzschlag.

Ich döse kurz weg, wache wieder auf und muss mich erst mal zurechtfinden. »Blöder Mist«, nuschele ich. »Wie spät ist es?«

»Kurz nach sechs.«

»Verdammt, ich hatte versprochen, um sechs zu Hause zu sein. Pünktlich zum Abendessen. Mum wollte da das Modelding mit Dad besprechen.«

Ich ziehe mir den Bikini und die Hose wieder an und suche unter dem Bett nach meinem T-Shirt. »Das klingt nicht gut«, sagt Ferdy und setzt die Brille wieder auf.

Ich verdrehe die Augen. »Mum kackt echt rum deswegen.« Er runzelt die Stirn. »Was ist?«, frage ich.

»Na ja«, fängt er an, »immer noch besser, sie macht sich Sorgen um dich, als dass sie sich wie eine von diesen penetranten Talentshow-Geiern à la *Dance Moms* aufführt.«

»Guter Punkt. Trotzdem muss ich jetzt echt los.« Ich verpasse ihm einen schnellen Abschiedskuss.

»Warte, ich begleite dich.«

»Bin mit dem Rad da. Alles paletti. Bis morgen, ja?«

»Ja.«

Ferd wohnt in Brannigan House, einem dieser Plattenbau-Hochhäuser, die sie abzureißen drohen, seit das mit dem Feuer im Grenfell Tower passiert ist. Flure und Fahrstühle hier muss man nicht mögen, aber die Wohnung an sich ist schön und groß und bietet eine abgefahrene Aussicht auf die Themse und die Battersea Power Station.

Beim Rausgehen ignoriere ich eine bedrohlich wirkende Girlsgang, die ausgerechnet da herumlungert, wo ich mein Fahrrad abgeschlossen habe. Zwar fühle ich ihre Blicke auf mir und ihr Gespräch verstummt, doch ich gucke einfach stur nach unten, schließe mit fliegenden Fingern auf und fahre davon, ohne mich umzudrehen. Das funktioniert so ganz gut mit den Gangs hier: Wenn man ihnen nicht blöd kommt, kommen sie einem auch nicht blöd. Wir verlotterten Indie-Kids tauchen auf ihrem Radar nicht weiter auf. Glücklicherweise kenne ich die Siedlung wie eine Zwillingsschwester, kenne jede Gasse, jede Abkürzung. Vorbei am *Chicken Bucket*, hinterm Waschsalon und dem Friseur lang, und schon bin ich in gerade mal fünf Minuten zu Hause.

Dort angekommen schließe ich mein Fahrrad ab und stürze in den Flur. Wie befürchtet hängt der schwere Geruch nach irgendeinem Eintopf in der Luft. (Wer hätte schließlich mitten in der Hitzewelle keinen Appetit auf Eintopf?) Wegen meiner Verspätung hat Mum jetzt bestimmt *noch* bessere Laune. »Tut mir leid!«, rufe ich und bin fast versucht, ein *Bin nach dem Sex mit Ferdy eingeschlafen* hinterherzuschicken, um damit gleich beiden Eltern den Rest zu geben.

»Jetzt aber schnell«, ruft Dad aus der Küche zurück. »Dein Essen wird kalt.«

Ich kicke meine Schuhe weg und tapse durchs Wohnzimmer. Sie haben schon angefangen. Im Hause Novak wird um sechs gegessen und auf niemanden gewartet. »Guckt mal, wer da kommt«, spöttelt Milos, »Cara Delevingne.«

»Soll ich jetzt beleidigt sein?«, frage ich und setze mich auf meinen Platz.

»Fangt gar nicht erst an«, mahnt Dad.

Ich lehne mich zu ihm hinüber und gebe ihm ein Küsschen auf

die Wange. »Hallo, *Tata*.« Ich weiß, voll das Klischee, aber ich war immer schon Daddys kleines Mädchen. Nicht auf die schräge Art natürlich.

»Hallo, mein Mäuschen, wie lief's heute?«

Ich sehe zu Mum, die auf einmal ganz fasziniert ist von dem Spargelstück auf ihrem Löffel. »Sie wollen mich unter Vertrag nehmen.«

Von Dad habe ich meine »eisblauen Augen« (Sabahs Worte, nicht meine) und fast schwarzen Haare geerbt. Unter seinen dichten Brauen hervor richtet er einen durchdringenden Blick auf mich. »Und was willst du?«

»Zoran«, mischt Mum sich ein. »Sie ist sechzehn ...«

»Alt genug, um eine Meinung zu haben.«

Das bringt Mum erst mal zum Schweigen. »Ich gefalle ihnen offenbar. Sie finden, ich tauge gut für Modeschauen und Editorial, was so Kunstkram in Zeitschriften ist, glaube ich. Ooh, Kartoffelspalten!« Gierig schiebe ich mir eine in den Mund. Ich bin am Verhungern.

Milos setzt zu einer fiesen Bemerkung an, doch Dad erspürt das sofort und stoppt ihn mit erhobenem Finger. »Und *willst* du das denn?«, fragt er mich.

Das ist wohl die große Frage. Tausende Mädchen würden für so eine Chance glatt die eigene Oma abmurksen. Warum also freue ich mich nur so halb? »Schätze schon«, sage ich. »Da lässt sich gutes Geld mit verdienen. Hat Maggie gesagt.«

»Wer?«

»Die Besitzerin der Agentur«, erklärt Mum. »Sie ist ... eine komische Frau.«

»Weiß aber, worüber sie redet«, werfe ich ein.

»Was ist mit der Schule? Mit dem Studium?«

Auch wenn ich mein Zeugnis noch nicht bekommen habe, sollte ich mich auf dem sicheren Weg Richtung Uni befinden. Denn außer in Sport habe ich überall richtig gute Noten, und mit denen geht man studieren, oder nicht? »Na, das mache ich ja trotzdem.« Genauer gesagt sollen wir alle im September aufs Hollyton College kommen. Und von da geht's dann in zwei Jahren weiter zur Uni.

»Kannst du beides gleichzeitig?«

Ich zucke die Schultern. »Och, bestimmt.«

Mum und Dad tauschen einen Blick aus, durch den sie sich telepathisch abzusprechen scheinen. Ich hasse es, wenn sie das tun. »Frag dazu auf jeden Fall genau nach, bitte. Vielleicht rede ich auch selbst noch mit ihnen. Bildung ist sehr wichtig, mein Schatz.«

»Weiß ich doch. Und ihr sagt schließlich selbst, wie teuer die Uni ist.« Mum und Dad reden in letzter Zeit immer häufiger über Studentendarlehen und Studiengebühren und so, wenn sie glauben, dass ich es nicht mitkriege, weil ich in meinem Zimmer bin. Sie machen sich echt Sorgen. Und ich mir auch. So viel Geld haben wir nicht. »Wie wär's, wenn ich das ein paar Jahre mache und mir dadurch was für die Uni verdiene?«

Sofort verändert sich etwas. Offenbar funke ich endlich auf der elterlichen Frequenz. Da nicht nur ich, sondern auch Milos auf die Uni will (mein Bruder ist ein Arsch, aber noch besser als ich in der Schule), lässt sich wohl auch ohne telepathische Fähigkeiten erkennen, dass Geld in den nächsten fünf Jahren ein Thema sein wird. Ein großes Thema, um genau zu sein. Dad verdient zwar tatsächlich ganz gut bei TfL, Mum hingegen arbeitet in Teilzeit und nur als Vertretung. Zwei Studiendarlehen, eine Hypothek und ein Auto? Alles auf einmal würde kaum gehen, möchte ich meinen.

Wenn ich nun aber für mich selbst bezahlen könnte ... läge die Sache anders. Man stelle sich vor: einen Uniabschluss in der Tasche und kein Studiendarlehen an der Hacke, das zurückbezahlt werden will. Zu schön, um wahr zu sein.

Früher oder später hätte ich mir wahrscheinlich eh einen Job suchen müssen. Zwar wäre ich im Leben nicht auf einen Modeljob gekommen, aber das könnte immerhin vergnüglicher werden, als wie Ferdy im Starbucks Milch aufzuschäumen.

Mum ergreift wieder das Wort, sanfter diesmal. »Ich möchte nicht, dass die Schule links liegen bleibt, Jana.«

»Ich auch nicht.« Denn ich freue mich aufs Hollyton. Ganz ehrlich. Schule ohne Sportunterricht. Was will man mehr?

»Es wäre durchaus von Vorteil, wenn du an der Uni nicht nebenher arbeiten müsstest«, denkt Dad laut nach.

Ich ergreife meine Chance. »Also darf ich?«

»Wenn du es willst, ja«, sagt Dad, und Mum nickt, obwohl sie überhaupt nicht begeistert aussieht.

Okay, das wäre geklärt. Ich steige bei einer Modelagentur ein. Schräg hoch zehn. Jetzt allerdings, da die Entscheidung getroffen ist, scheint in meinem Bauch, unter den Kartoffelspalten hervor, ein kleines Glühwürmchen aufzuleuchten.

»Darf ich dann mit Davey und seinem Dad nach Korfu?«, schaltet Milos sich ein.

»Nein«, antworten Mum und Dad gleichzeitig.

Ich kann nicht einschlafen. Selbst durch das sperrangelweit aufgerissene Kippfenster weht nicht der geringste Lufthauch ins Zimmer. Unterhemd und -hose kleben mir an der Haut, während ich auf der Bettdecke alle viere von mir strecke.

Meine Gedanken wollen partout nicht abschalten. Irgendwer hat in meinem Kopf eine endlose Powerpoint-Präsi ans Laufen gebracht, die nun ein Bild nach dem anderen dazu abspielt, wie mein Leben als Model aussehen könnte.

Modenschauen, Fotoshootings, Musikvideos, Werbedrehs. Ruhm und Reichtum. Also: SCHOTTER. Seit ich denken kann, müssen wir jedes Geldstück zweimal umdrehen. Als Mum und Dad kurz vor meiner Geburt das Haus von der Stadt kauften, hat sie das fast in den Ruin getrieben. London ist scheißteuer.

Das heißt jetzt nicht, dass Milos und ich hungern müssen oder so. Wir haben Essen auf dem Tisch und Klamotten am Leib. Vielen geht es um einiges schlechter als uns. Jedes zweite Jahr fahren wir sogar in den Urlaub, wenn das machbar ist. Aber letztes Jahr ist das Auto kaputtgegangen, da mussten wir dann zu Hause bleiben.

Wir sind meilenweit davon entfernt, *reich* zu sein. Irgendeine Rechnung landet immer auf der Matte, irgendein Schulausflug will immer bezahlt werden, irgendwas gibt immer den Geist auf und muss ersetzt werden. Wir zählen schon nicht mehr mit, aus wie vielen Paar Schuhen Milos mittlerweile rausgewachsen ist, und Mum verbringt die Hälfte ihrer Zeit mit Stullenschmieren, weil sich niemand von uns schicke Sandwiches von *Prêt à Manger* und Konsorten leisten kann.

Aber was, wenn ich sie mir doch leisten könnte? Wenn ich mich zu den hochnoblen Mädchen mit den schneeweißen Kauleisten setzen könnte, die in Chelsea oder auf der Northcote Road Avocados brunchen? Drei Pfund der Kaffee, fünfzehn das Spiegelei auf Toast. Ferdy und ich könnten am Wochenende den Eurostar nach Paris nehmen, oder gleich einen Flieger nach Berlin. In ein hübsches Hotel einchecken, mit Balkon und großer Wanne im Bad.

Nicht mal mehr an Geld *denken* zu müssen, weil ja eh mehr als genug davon auf dem Konto liegt. Ein Traum.

Mittlerweile ist es fünf vor eins. Ich knipse meine Nachttischlampe an und krabble zum Plattenspieler. Dad hat ihn letztes Jahr auf dem Dachboden gefunden und wollte ihn schon wegwerfen, bevor ich das gute Stück gerettet habe. Ja, ich weiß, wie unangenehm hipsterig das ist, aber dieser kratzige Plattensound ist einfach das Größte für mich. An Musik lag auch noch einiges auf dem Speicher. Joy Division, The Cure, Roxy Music. Sie haben den Grundstock der Sammlung gebildet, die ich seitdem kontinuierlich erweitere.

Wäre ich mal früher auf die Welt gekommen, als die Musik noch richtig gut war. Blondie, The Runaways, Siouxsie and the Banshees,

Kate Bush, Stevie Nicks. Mal im Ernst, wo findet man heute noch solche Hammerfrauen? Ich lege *Rumours* von Fleetwood Mac auf. Das vertraute Rauschen und Knistern ertönt, dann beginnt »Second Hand News«.

Schon wieder muss ich ans Modeln denken. Ein *hübsches* Mädchen werde ich nie sein können, so viel steht fest. Aber ein Teil von mir fragt sich, ob ich ein *cooles* Mädchen sein kann, so wie Debbie Harry oder Annie Lennox. Auf Barbiepuppen habe ich eh nie gestanden. Mir fällt ein, was Ferdy über Models gesagt hat: »Sie sollen einen in ihren Bann ziehen.« Und dann hat er noch hinzugefügt: »Models sollen keine Zuckerfeen sein.«

Ich lege mich wieder hin und versuche, mich auf den Songtext zu konzentrieren, auf Stevies Stimme statt auf das Gedankengeschepper in meinem Kopf.

Und tatsächlich, als Nächstes dämmert schon der Morgen. Die Flugzeuge fangen wieder an, in Heathrow zu starten und zu landen. Ich habe gar nicht gemerkt, wie ich eingeschlafen bin. Bin nicht mal bis zum Ende der A-Seite gekommen.

Ich liebe London bei Sonnenschein. Die Krawatten werden abgenommen, die verranzten Flip-Flops angezogen und alle streben dem nächsten Fleckchen Grün zu, nur für den Fall, dass dies Englands letzter Sommertag ist. Wir treffen uns bei Laurel, da sie den größten Garten hat. Ihr Dad, ein dauergebräunter Essex-Boy, ist Bauunternehmer und wohnt in der schönen Gegend am Battersea Park.

Weil die Prüfungen vorbei sind, hat Ferdy ein paar Extraschichten bei Starbucks übernommen und wird erst später zu uns stoßen. Laurel hat so einen tragbaren Lautsprecher für ihr Handy, deswegen müssen wir auf der Terrasse ihren höchst fragwürdigen Musikgeschmack ertragen. Ich meine, ich liebe sie über alles, aber das ist schon echt viel Ed Sheeran.

»Dann mal los, Miststück«, kommandiert Sabah und sieht mich

über den Rand ihrer Sonnenbrille hinweg an. »Zeig uns deinen besten Walk.«

»Dein Ernst?«

»Ich kann immer noch nicht *fassen*, dass du die Louboutins mit nach Hause nehmen durftest«, sagt Laurel und sprüht ihre Arme mit Faktor dreißig ein. »Das ist so was von drüber!«

»Na, sie passen halt perfekt zu diesem Outfit«, sage ich und zwänge meine verschwitzten Füße in die Stilettos. Schwarze Lackleder-High-Heels zu abgeschnittenen Jeansshorts und einem Mein-kleines-Pony-T-Shirt. Das nenn ich mal einen Look.

»Der Gartenweg ist dein Laufsteg«, sagt Sabah, die heute ein pfirsichfarbenes Kopftuch zu einem schlichten, cremefarbenen Top und passendem Rock kombiniert. Sie sieht einfach immer absolut umwerfend aus und ihr Instagram-Feed – von HijabLondongirl – wird allmählich richtig beliebt. Sie hat jedenfalls mehr Follower als Laurel, Ferdy, Robin und ich zusammen.

»Nicht lachen«, bitte ich mein Publikum. Auf den Steinplatten läuft es sich noch schlechter als auf dem Teppichboden im Prestige-Büro. Ich versuche zu überspielen, wie steif und unförmig ich mich fühle, während ich im Stechschritt den Weg hinunterstampfe. Mit in die Hüfte gestützten Händen probiere ich vor dem Whirlpool ein, zwei Posen, dann laufe ich wieder zurück. »Und?«

Sabah und Laurel tauschen einen Blick aus.

»Mist, war es so schlecht?«

»Nein!«, sagt Laurel. »Wir haben nur … Ich …«

»Wir sind bloß nicht daran gewöhnt, dich in High Heels zu sehen, Babe«, ergänzt Sabah schnell.

»Richtig«, steigt Laurel wieder ein. »Genau das habe ich gemeint. Und, PS: Wie abgefahren lang sind deine Beine denn bitte? Ich hatte ja keine Ahnung!«

»Tja, das liegt daran, dass ich normalerweise nicht in Nuttentretern rumlaufe!« Ich kicke die Schuhe weit in den türkisblauen

Himmel. »Bitte helft mir! Ich will nicht wie ein kompletter Idiot aussehen!«

»Null Problemo«, sagt Sabah. »Laurel, holst du mal Schuhe?«

Sowohl Sabah als auch Laurel haben winzige Prinzessinnenfüße, deswegen bringt Laurel hochhackiges Material aus ihrem Zimmer herunter. Sie selbst schnallt sich ein silbernes Riemchenteil vom Abschlussball an und Sabah leiht sich was Schwarzes mit hohem Keilabsatz.

»Wir brauchen bessere Musik«, verlange ich und tausche Laurels Handy gegen meins aus.

»Oi! Was wird das?«, fragt Laurel.

»Dreimal darfst du raten.« Doch da erklingen schon die ersten Akkorde von David Bowies »Fashion«.

»Perfekt!« Sabah klatscht in die Hände. »In unseren Herzen lebst du weiter, David.«

»Wer?«, fragt Laurel, worauf Sabah und ich die Augen verdrehen.

Sabah fängt an. Mit müheloser Eleganz und langen, selbstbewussten Schritten läuft sie den Weg hinunter. Ihr schöner Po wiegt dabei auf eine Art hin und her, die ich mit meiner platten Rückseite niemals hinbekäme. Vor dem Schuppen posiert sie, dann kommt sie zurück. Als sie auf halber Strecke ist, geht Laurel ihr entgegen. Ihr Gang ist weniger entspannt. Sie *will* sexy sein. Prestige-Tom sagte, dass man genau das vermeiden soll.

Trotzdem laufen beide wesentlich lässiger als ich. Eigentlich echt unfair. Bestimmt lieben sie das hier. Beide shoppen für ihr Leben gern Klamotten. Stundenlang können sie im Westfield von Laden zu Laden stromern, während Ferdy und ich eigentlich alles bei Beyond Retro oder Rockit kaufen. Sabah ist eine aufstrebende Instagram-Fashionqueen, verdammt noch mal. Laurel und sie scheinen mit hohen Hacken auf die Welt gekommen zu sein. Und ich? Ich bin halt groß und dünn. Genetischer Zufall.

Als Sabah bei mir auf der Terrasse ankommt, laufe ich los. »Schon viel besser!«, ruft sie. Als ich an Laurel vorbeikomme, gibt die mir ein High-Five. Irgendwie peinlich. »So machen sie das bei der Victoria's Secret Show!«, klärt sie mich auf. »Versuch, genervter auszusehen«, meint Sabah. »Laufstegmodels gucken immer extrem angepisst.«

Runde um Runde führen wir unsere kleine Modenschau fort. Je öfter ich laufe, desto weniger wackele ich, obwohl meine Füße mit jedem Schritt mehr wehtun. Besonders die Ballen brennen schon nach kurzer Zeit wie Hölle. Sabah hat gerade »Supermodel« von RuPaul angestellt, als Robin mit den Armen voll Burgern, Bier und ein bisschen Gras zu uns stößt. »Was für'n Scheiß treibt ihr denn da?«

»Wonach sieht's aus, du Idiot, wir machen eine Modenschau!«, kommt von Laurel zurück.

»Robin, welche Schuhgröße hast du?«, frage ich.

»Einundvierzig ...«

Ich pule mir die Louboutins von den Füßen. »Hier! Du bist dran!«

»Auf keinen Fall!«, lacht er. »Ich ziehe keine Mädchenschuhe an.«

»Musst du aber, sonst kannst du nicht mitspielen«, sage ich. »So sind die Regeln.« Über Robin machen wir uns gerne mal lustig, weil er ein bisschen wie ein adliger Privatschüler daherkommt. Zwar ist er nicht der totale Rupert oder Tarquin, aber auf jeden Fall blaublütiger als Laurel, Sabah oder ich.

Folgsam schlüpft er aus seinen Flip-Flops. »Also schön. Aber erzählt's keinem.«

»Wir werden es definitiv *allen* erzählen«, sagt Sabah.

Robin zwängt sich in meine Schuhe. »Die sind zu klein.«

»Wie bei einer echten Modenschau«, erklärt Laurel. »Weiß ich von *Next Top Model.*«

»Na los, Robin«, sage ich und zitiere RuPaul: »You better work!«

Robin stützt die Hände in die Hüften, setzt einen Schmollmund auf und stolziert mit wackelndem Hintern über unseren »Catwalk«. Sabah, Laurel und ich brechen in gackerndes Lachen aus. »Oh, das ist so sexy!«, ruft Sabah. Dabei steht Robin viel mehr auf Laurel. Seit der Neunten schon ist er verknallt in sie, ohne dass sie seine Gefühle je erwidert hätte.

»Robin!«, rufe ich. »Du bist locker besser als ich, ungelogen!«

Mittlerweile hat er kehrtgemacht und stolziert den Weg zurück auf uns zu. Auf halber Strecke jedoch stolpert er und landet unsanft auf dem Arsch. Schnell laufen wir hin, um ihm hochzuhelfen. »Ich habe mir bestimmt den Knöchel gebrochen! Dafür verklage ich euch!« So laut, wie er lacht, muss sich der Schaden allerdings in Grenzen halten.

»Ooch, armes Hascherl«, kichert Laurel.

»Wie lauft ihr bloß in diesen Dingern?«

»Ich gar nicht!«, antworte ich. »Das ist ja das Problem!«

Wir setzen uns auf den kühlen Rasen. »Nicht zu glauben, dass Ferdy ein echtes Model vögelt«, sagt Robin und erntet dafür einen Knuff von Sabah. »Wenn du deine erste Million verdient hast, kaufst du mir dann ein Auto?«

»Noch bin ich kein Model«, sage ich leise und zwinkere in die Sonne.

Die anderen schweigen. Sie müssen nichts sagen. Keiner von ihnen hält mich für ein Model. Denn, mal ehrlich, ich bin auch keins.

- Komisch, rückblickend hätte ich es eigentlich gleich erkennen müssen. Es war die ganze Zeit vor meiner Nase.
- Wovon sprichst du?
- Ganz am Anfang schon, bei diesem »Aufbau«, gab es massenhaft Anzeichen.
- Anzeichen worauf?
- Dass etwas falsch lief. Dass ich ... wir ... in Gefahr geraten würden.
- Erzähl weiter.

NEW FACE

Wie ein totaler Pro mache ich mich ganz alleine auf den Weg zur Poland Street. Mum ist nicht begeistert von meinem Solotrip ins Zentrum, aber sie und Dad müssen arbeiten, daher blieb nicht viel anderes übrig. Zudem werde ich in vier Monaten siebzehn. Da kann ich mich wohl selbstständig in der Stadt bewegen, sollte man meinen. Einer Londonerin macht London eh keine Angst. Beim Aussteigen das Handy in der Tasche lassen, auf Mopeds achten – nichts leichter als das.

Ein weiterer Hochsommertag. Die Stadt riecht nach Mülltonnen und Wurstfürzen. Ro hat mich gebeten, »etwas Schlichtes« anzuziehen, weil sie heute Fotos machen wollen. Ich rief daraufhin Sabah zu Hilfe, die mir *versicherte*, dass echte Models Skinny-Jeans und schwarze Tops tragen. Deswegen habe ich genau diese Kombi jetzt an. Meine Füße stecken in Ballerinas, die Louboutins habe ich sicher in meiner Umhängetasche verstaut. Auch Ros Anweisung, kein Make-up aufzulegen, habe ich befolgt und also selbst das bisschen Wimperntusche weggelassen, das ich sonst schon mal drauftue.

Ohne Probleme finde ich den Weg zur Agentur, wo sie über mein Auftauchen ziemlich erfreut zu sein scheinen. »Da ist sie ja!«, ruft Ro, eilt zu mir an den Empfang und nimmt mich mit zu den anderen.

Cheska umarmt mich direkt. Sie riecht umwerfend. Irgendwie ... zitronig, wenn auch nicht nach der Frucht an sich. »Hallo, meine Kleine, wie geht es dir?«

»Mh-hm. Gut.«

»Wir sind *so* aufgeregt, dass wir mit dir arbeiten dürfen. Ehrlich, das komplette Team ist ganz aus dem Häuschen.« Eifriges Nicken in der Runde. Gerade stellt Ro mich den Kolleginnen und Kollegen der Abteilung *Männer* und der Abteilung *Commercial* (Busen und Bikinis) vor, als Tom dazukommt und mich begrüßt.

Auch er ist ganz aus dem Häuschen, und die allgemeine Aufregung steckt mich an. Wie nett sie alle sind.

»Dann kann es ja gleich losgehen«, sagt Ro. »Soll ich dir etwas zu trinken holen lassen, oder zu essen? Nevada könnte schnell zum Prêt à Manger laufen.«

»Nein danke. Ich hatte auf dem Weg hierher ein Mandelhörnchen.« Mist. Darf ich so was überhaupt noch essen?

»Die Dinger sind *das Beste* überhaupt!«, sagt Ro. Puh. Eigentlich macht es eh keinen Unterschied, was ich esse. Fett hat sich bei mir noch nie wohlgefühlt. Als ich in der Grundschule war, hat die Schulschwester sogar mal bei uns zu Hause rumgeschnüffelt, weil sie mich für mangelernährt hielt. Aber nein, mein stangenartiges Aussehen ist rein naturbedingt.

Tom folgt Ro und mir nach oben, wo ich diesmal in Richtung des Furcht einflößenden Apprentice-Zimmers geführt werde. Durch die Glaswand kann ich sehen, dass drinnen bereits zwei Mädchen auf uns warten. »Was wir heute machen«, erklärt Tom, »ist unsere Standard-Einführung. Da wir zwei weitere New Faces haben, erschien uns ein gemeinsamer Termin sinnvoll. Ist das okay für dich?«

»Klar«, sage ich und komme mir wieder mal wie eine totale Hochstaplerin vor. Ich kann das hier doch alles überhaupt nicht.

Ro geht mit mir hinein. Drinnen sitzen zum einen das hohlwangige Koboldmädchen, das bei meinem letzten Besuch mit mir am Empfang gewartet hat, und zum anderen ein atemberaubender Rotschopf mit perfekt symmetrischen Sommersprossen auf milchweißer Porzellanpuppenhaut.

»Jana, das ist Arabella, das ist Viktoria.«

Arabella springt von ihrem Sessel auf und schüttelt mir enthusiastisch die Hand. »Hallo, wie schön dich kennenzulernen«, sagt sie in überartikuliertem King's English. »Ich freue mich so, dass noch andere Mädchen hier sind. Dadurch fühlt es sich fast wie der erste Schultag an, findest du nicht?«

»Stimmt«, sage ich und erwidere den Händedruck. Leider bin ich schlecht im Händeschütteln. Ich weiß nie, ob ich es zu schwach oder zu stark mache. »Hi.«

Viktoria guckt durch einen Spalt in ihrem Haarvorhang zu mir hoch. »Hallo«, sagt sie mit starkem Akzent. Russisch vielleicht?

»Hallo«, grüße ich zurück.

»Viktoria kann noch nicht so gut Englisch«, sagt Tom. »Wir üben das aber. Sie kommt von unserer Partneragentur in Paris. Kein New Face im engeren Sinne, aber natürlich freuen wir uns sehr über sie. Über euch alle.«

»Wurdest du auch gescoutet?«, fragt mich Arabella.

»Ja, im Thorpe Park.«

»Im Thorpe Park! Der ist klasse! Mich hat's beim Hay Festival erwischt. Ich war gerade auf dem Weg zu einer Rede von Caitlin Moran, plötzlich tippt mir Cheska auf die Schulter. Und ich dachte: *Oh mein Gott, wie unwahrscheinlich ist das denn?*«

Je länger sie redet, umso deutlicher wird ihre gestelzte Aussprache, doch sie scheint aufrichtig nett zu sein. Ich entspanne mich ein wenig. Zum Glück bin ich nicht mit Viktoria allein hier. Sie jagt mir echt Angst ein.

»Okay«, sagt Ro, »bringen wir den langweiligen Teil schnell hinter uns, ja? Wen darf ich als Erste ausmessen?« Mit einem hörbaren Schnappen zaubert sie ein Messband hervor. Arabella fängt an. »Hmm«, überlegt Ro, das Gesicht auf Hinternhöhe. »Welche Kleidergröße trägst du, Liebes?«

»Sechsunddreißig«, antwortet Arabella.

Ro steht auf und misst den Brustumfang. »Okay, alles gut, mein Herzchen. Gib vielleicht drauf acht, wie viele Kohlenhydrate du so zu dir nimmst – Brot, Nudeln und Konsorten. Ich weiß ja nicht, wie dir das geht, aber mich blähen die immer total auf.«

»Alles klar!« Arabella nickt eifrig und dann bin ich dran. Ro nimmt die Maße, Tom notiert sie. Größe, Beinlänge, Hüft- und Brustumfang. Viktoria ist die Dünnste – wer hätt's gedacht? –, aber ich bin die Größte. Wie üblich.

»Sehr gut!«, sagt Ro abschließend und setzt sich. »Uns allen hier bei Prestige ist nämlich superwichtig, dass jedes unserer Models fit und gesund ist.«

»*Super*wichtig.« Tom nickt.

»Wir fordern unsere Mädchen *nie* dazu auf, ihr Gewicht zu reduzieren. *Nie. Manchmal* helfen wir bei der richtigen Ernährung und einer sportlichen Lebensweise. Aber das ist natürlich etwas ganz anderes. Dabei geht es nicht ums Abnehmen, sondern um Fitness. Ihr seid Athletinnen.«

Himmel, bitte nicht. Ich wollte doch gerade erst den Sportunterricht für immer hinter mir lassen.

»Ein gesundes Gewicht ist das Beste für alle Beteiligten«, sagt Tom. »Für euch und für die Kunden.«

»Es *gibt* natürlich Caster oder Designer«, sagt Ro mit einem Augenrollen, »die euch Mädchen eben doch zum Abnehmen auffordern. Aber *wir* sind da anders.«

Mir erschließt sich nicht ganz, wo wir noch abnehmen sollten. Wir sind doch schon allesamt Striche in der Landschaft. Bei mir ist das wie gesagt angeboren. Sowohl Milos als auch ich können spachteln wie die Scheunendrescher und legen kein Gramm zu. Tatsächlich bekomme ich von dem ganzen Gerede über Essen langsam Hunger. Ist ja bald Mittag. Vielleicht gönne ich mir nachher einen Cheeseburger beim Meckes in der Bahnstation. Die kosten nur ein Pfund.

»Leuchtet doch eigentlich total ein«, kommt Ro zum Ende. »Die Devise lautet: Nicht *weniger* essen, sondern *das Richtige*. Viel Obst, Gemüse und Wasser! So einfach ist das!«

Drauf geschissen, denke ich. Gemüse ist bäh. Babymais lasse ich durchgehen, aber das war's mehr oder weniger.

Ro geht mit uns die »Strategie« durch. Offenbar sind Viktoria und ich mit unserer Größe besser für den Laufsteg geeignet als Arabella, die mit ihren eins dreiundsiebzig zu den Kleinen gehört – in der Modelwelt. Sie werden sie daher hauptsächlich für Fotos beziehungsweise »Editorials« vorschlagen.

»Es funktioniert folgendermaßen«, sagt Tom. »Wir bringen euch für passende Aufträge ins Spiel. Dann geht's ab zu den Castings nach London, New York, Paris, Mailand, und wenn alles klappt – Daumen drücken –, bucht man euch für Shows oder Shootings. Wir pushen euch als die Next Big Girls, die New Fresh Faces. Je öfter ihr euch auf den Laufstegen zeigt, desto mehr Leute aus der Branche kriegen euch zu Gesicht und irgendwann werden euch alle haben wollen. Die Idee ist, dass euch, wenn ihr erst genug gelaufen seid und genug Editorials geshootet habt, eine Kampagne angeboten wird – Werbung zum Beispiel –, denn genau da steckt das große Geld drin.«

»Und was, wenn uns erst gar keiner buchen will?«, erkundige ich mich leise. Oh-oh. Falsche Frage. Sowohl Ro als auch Tom erstarren und ich frage mich unwillkürlich, ob aus dem Prestige-Müllcontainer hinterm Haus die Arme und Beine verrottender Models herausragen.

»Wenn wir nicht daran glauben würden, dass die Kunden euch haben wollen, hättet ihr keinen Vertrag angeboten bekommen«, sagt Tom und findet lächelnd seine Fassung wieder. »Wir nehmen vielleicht, na, zwei Prozent der für uns infrage kommenden Mädchen überhaupt erst auf.«

»Wir wissen, was wir tun«, stimmt Ro ihm zu. »Euch wird es gut gehen. Mehr als gut, hervorragend! Ihr seid Stars!«

Als Nächstes laufen wir ein paarmal den Flur auf und ab. Viktoria weiß, was sie tut. Sie fegt dahin, als wäre sie zu einem Mord unterwegs. Arabella läuft offenbar »zu verspielt«. Sie erinnert tatsächlich etwas an eine Kandidatin beim Kinderschönheitswettbewerb. Als mir gesagt wird, dass ich mich verbessert habe, bin ich froh, die ganze letzte Woche trainiert zu haben. Aufmerksam betrachte ich Viktoria und versuche, es ihr nachzumachen.

»Einfach laufen«, weist Ro uns an. »Schultern zurück, Kopf gerade, langer Hals. Und schiebt die Hüfte ein bisschen vor.« Die letzte Anweisung hilft seltsamerweise. Mit normalem Laufen hat das nichts zu tun, aber ich fühle mich tatsächlich ausbalancierter. Es tut glatt weh, nachdem ich mich eine Weile lang so stolz und aufrecht gehalten habe. Meine normale Haltung ist *Müll*. Ich weiß noch, wie meine Grundschul-Tanzlehrerin Miss Breen mich ankiekste: *Du hast eine Wirbelsäule, Jana Novak! Benutze sie!*

Nach dem Laufen geht's ins Untergeschoss, wo wir fotografiert werden sollen. Zwei Scheinwerfer beleuchten einen weißen Hintergrund, der von der Decke bis weit über den Boden ausgerollt ist. Arabella geht freiwillig als Erste, sodass Viktoria und ich vom Rand aus zuschauen können, wie Ro etwa eine Million Fotos schießt. »Rauchst du?«, fragt Viktoria irgendwann und guckt dabei so angeödet, als würde sie gleich sterben vor Langeweile.

»Nein. Aber ich komm mit frische Luft schnappen.« Vermutlich sollte ich irgendwie nett sein, wenn sie schon was anbietet.

Wir stellen uns vor den Eingang und gucken eine Zeit lang den Passanten zu. »Und«, frage ich schließlich, »woher stammst du?«

Ihr Gesicht leuchtet auf. Das wird sie wohl oft gefragt. »Weißrussland«, antwortet sie und saugt zischend den Rauch ihrer Marlboro Light ein. Zwischen den Schneidezähnen hat sie eine Lücke, aber das sieht ganz süß aus.

»Ah. Ist das neben Russland?«

Sie nickt und schlingt trotz der schwülen Hitze den Arm um sich. »Ja. Neben Russland und Ukraine. Es ist ... schlechtes Leben.«

»Wie lange arbeitest du schon als Model?«, frage ich weiter und muss mir große Mühe geben, dass ich nicht so beleidigend langsam und laut spreche, wie manche das gegenüber Ausländern machen.

»Seit dreizehn.«

»Seit du *dreizehn* bist?« Die Überraschung in meiner Stimme lässt sich nicht verhehlen.

»Ja. Ich gehe nach Minsk zu Agenten. Agenten gehen nach Minsk ... suchen nach Mädchen.«

»Und wie ging das mit dem Schulunterricht zusammen?« Viktoria sieht mich fragend an. »Ähm ... Schule?« Ich tue so, als würde ich ein Buch lesen und etwas schreiben.

Sie schüttelt den Kopf. »Nein, ich ... keine Schule. Geld verdienen. Ich schicke Geld nach Hause zu Mutter und Großmutter.«

Oh, wow, wie edel von ihr. »Hast du schon viel ... gemacht?« Ich zeige hinter uns auf die Agentur.

»Ja. In Japan und Paris, ich war vierzehn.«

»Wie alt bist du jetzt?«

»Siebzehn. Ich bin jetzt scheiße alt«, sie lacht, meint es aber halb ernst. Glaube ich.

Ich lache zurück. »Hast du kein Heimweh?« Sie guckt wieder fragend. »Ähm ... dein Zuhause. Vermisst du es nicht?«

»Nein«, antwortet sie mit Nachdruck. »Es war ... nicht gut.« Ihre Augen werden groß und ich frage mich, was sie gesehen haben. Sie erinnern mich daran, wie Mum immer guckt, wenn jemand Jugoslawien erwähnt. Und den Krieg. Ich notiere mir in Gedanken, bei nächster Gelegenheit Weißrussland zu googeln.

Ro streckt den Kopf aus der Tür. »Wer als Nächstes? Jana?«

Wir gehen zurück ins Kellergeschoss. Behutsam gibt Ro mir Anweisungen. »Streich die Haare zurück ... Kinn hoch ... ja, und den Nasenring einmal rausnehmen bitte ... jetzt Kinn runter ... guck nach links ... geh ins Hohlkreuz ... entspann dich ... versuch mal, ganz schlaff zu werden.« Nach gefühlten tausend Fotos soll ich auf meinen Bikini umsteigen. Am Wochenende habe ich mit Laurel und Sabah bei H&M einen schlichten schwarzen gekauft. Meine winzigen Titten füllen das Oberteil kaum aus und mein Schritt ist immer noch ganz rot und pickelig, wo ich ihn rasieren musste. Hoffentlich fällt das nicht auf.

Die Fotos sind sofort auf einem Computer sichtbar, den Tom in der Ecke überwacht. »Echt gut, Jana. Die Kamera liebt dich.«

»Lass das besser mal mich beurteilen!«, ruft eine gut gelaunte Maggie, die mit einem gigantischen Erdbeer-Sahne-Frappuccino ins Zimmer gerauscht kommt. MOSCHINO steht ihr quer über die Brust geschrieben. »Hallo, meine Hübschen, wie geht es euch?«

Arabella läuft auf sie zu und umarmt sie. Viktoria nicht. So im Bikini würde sich eine Umarmung irgendwie komisch anfühlen, also verschränke ich stattdessen befangen die Arme über meinem nackten Bauch.

Tom zeigt Maggie die Fotos. »Geiler Scheiß, Janaschatz, die sind ja tatsächlich umwerfend. Dieser Hals! Du bist ein verfluchter Schwan, Honey! Und diese Wangenknochen!« Sie kommt zu mir herüber und nimmt meine Haare zusammen. »Nur die Frisur überzeugt mich weiterhin nicht. Sie tut nichts für dich. Schnippschnapp würde ich sagen, meinst du nicht auch, Ro?«

Ro nickt wieder, als hätte Maggie ihr die Worte aus dem Mund genommen. »Total.«

»Die langen Haare passen einfach nicht zum Paket«, fährt Maggie fort. »Das Androgyne müssen wir betonen. Damit können wir punkten.«

»Absolut richtig.«

Maggie packt mich an den Schultern. »Jana, Herzchen, vertraust du mir?«

Ich zucke die Achseln. Was soll ich darauf sagen? Ich kenne sie kaum. »Jaah ...«

»Dann zieh dich an und folge mir.«

Ich schlüpfe in Jeans und Top und gehe hinter ihr her ins Erdgeschoss, wo sie sich an einen der zwei weißen Riesenschreibtische stellt. »Jana, Kleines, hast du je von Alexandra Holmes gehört?« Sie blättert durch ein paar Polaroids und hält eines für mich hoch. Es zeigt ein Mädchen, das mit seinen langen sandblonden Haaren Viktoria ähnelt.

»Ich glaube nicht.«

»Natürlich nicht. Aber jetzt: Wer ist das?«

Sie schubst eine alte Ausgabe der *Vogue* über die Tischplatte. Auf dem Cover streckt ein Mädchen mit wasserstoffblondem Pixie und Nasenring die Zunge raus. Ich lese die Schlagzeile: Punk is back.

»Oh, das ist Lexx.« Kein Nachname, einfach nur Lexx. Sie war *der Renner*, als ich auf die Grundschule ging.

»Jana, Lexx *ist* Alexandra Holmes.« Sie hält das Polaroid noch mal hoch. »Das hier ist Lexx, bevor ich sie in die Finger bekam. Ich sah etwas in ihr und ... wusste es einfach. Du muss mir vertrauen. Das ist, was ich tue. Ich offenbare den Diamanten im Kohlestück.«

Kaum zu glauben, dass die beiden Mädchen ein und dieselbe Person sind. Lexx ohne ihren Markenzeichen-Pixie? Das geht doch gar nicht. »Okay.«

»Ganz sicher, Schätzchen?«

»Ähm. Ja. Wenn du glaubst, dass es hilft ...«

»Ich *weiß* es.« Sie lächelt so breit, dass ich ihre silberfarbenen Plomben sehen kann, und zwinkert mir zu.

Ich lächle zurück. »Okay. Aber bitte nicht wasserstoffblond!«

»Würde mir nicht im Traum einfallen.« Sie schnappt sich den Telefonhörer und wählt eine Nummer. »Hallo, Liebes, hier ist Maggie von Prestige. Kann Remy eins meiner ganz besonderen Kindchen für ein Umstyling dazwischenschieben?« Am anderen Ende der Leitung wird gesprochen. »Darling, würdest du ihm sagen, wer dran ist?« Längere Pause. »Oh, das ist wundervoll. In einer halben Stunde sind wir da.«

Was habe ich mich nicht über die armen Zicken bei *Next Top Model* beömmelt, wenn sie hysterisch losschluchzten, während der Rasierer durch ihre Goldlöckchen mähte. Mittlerweile kommt mir das gar nicht mehr so lustig vor. Aus dem Spiegel schaut mir über dem ordentlich verschnürten Remy-Lopes-Friseurumhang mein Gesicht entgegen. Meine Lippen sind ganz blass und zittern leicht. Mir geht der Arsch auf Grundeis.

»Maaaggie, Daaaaarling!« Remy, ein kleiner Mann mit abgezirkeltem schwarzen Bart und dem Hals voller Tattoos, flattert durch den Salon auf uns zu, worauf er und Maggie einander Luftküsschen geben wie überkandidelte Damen in einer Pantomimeshow.

»Remy, mein Schatz, wir müssen ein Supermodel erschaffen.«

»*Dios mío!* Wen haben wir denn hier?« Seine Hände schließen sich wie Schraubstöcke um meine Schultern.

»Ich bin Jana.«

»Exquisit. Was tun wir für dich?«

»Also«, sagt Maggie, »wir brauchen was Kurzes. Androgyn, nicht *zu* männlich. Lang genug, dass man es noch stylen kann.«

»Ja! Wangenknochen und Kinn!« Er strubbelt mir durch die Haare. »Mh-hm, mh-hm, mh-hm. Weißt du, woran ich denke? An Peter Pan, Liza Minnelli und Stella Tennant, aber edgy und messy und punk.«

Hä? Redet er in fremden Zungen?

»Oh, absolut! Ich liebe es jetzt schon!«, sagt Maggie.

»Wen? Was?«, mache ich und sie lachen.

»Du bist ja zum Knutschen!« Remy lacht erneut. »Du wirst *sagenhaft* aussehen. Vertrau mir.«

Wem soll ich denn noch alles vertrauen?

»Bereit, Kleines? Es geschieht zu deinem Besten. Glaub mir.«

Was stell ich mich überhaupt an? Es geht hier um einen *Haarschnitt*. Die wachsen eh wieder nach. »Klar.«

»Braves Mädchen.« Maggie grinst. »Mit einer positiven Einstellung ist schon die Hälfte gewonnen, Jana, merk dir das. Sag einfach Ja!«

Etwa dreißig Sekunden später hat Remy vergnügt vor sich hin pfeifend fast alle meine Haare in einen Pferdeschwanz gebunden, den er mir mit einem beherzten Schnitt vom Kopf trennt. Was verbleibt, fällt auf Kinnhöhe. Mir dreht sich der Magen um und ich verstehe auf einmal, warum die *Top Model*-Mädchen heulen müssen.

Doch das überwinde ich schnell. Ich bekomme einen Tee mit zwei Stück Zucker, und eine supernette Kollegin von Remy wäscht mir die Haare. »Wie ist es so, ein Model zu sein?«, fragt sie. »Keine Ahnung«, antworte ich wahrheitsgemäß. Anschließend werde ich wieder bei Remy abgeliefert, der meine tropfnassen Haare nur kurz mit dem Handtuch abrubbelt, um gleich darauf mit einer Rasierklinge auf sie loszugehen.

Es passiert alles sehr schnell. Keine Dreiviertelstunde später kommt Maggie, die in der Zwischenzeit was zu erledigen hatte, mich wieder abholen. »Wie findest du's?«, fragt Remy sie.

Ich erkenne mich kaum wieder. Mein Nacken fühlt sich *nackt* an. Hinten ist alles raspelkurz, oben wird's länger und vorne fällt mir ein dicker Pony in die Augen und über die Ohren. Und natürlich hatte Maggie recht. Meine Wangenknochen und mein Kinn sind ... auf einmal *da*. Man kann sie auf einmal sehen. Es gibt nichts, wohinter ich mich verstecken könnte. Die Frisur ist wie ein Rahmen für mein Gesicht. Ich sehe nicht direkt wie ein Junge aus, aber, so ganz ohne Make-up, auch nicht direkt wie ein Mädchen. Ich bin mir nicht sicher, wie ich das finde.

Ehrlich gesagt bin ich absolut nicht cool genug für diese Frisur.

»Einfach perfekt!« Maggie klatscht in die Hände. »Jana, was hältst du davon?«

»Es ist anders ... irgendwie sehr ... East London.«

Remy und Maggie lachen mal wieder. »Das war der Plan«, sagt er. »Jetzt siehst du wie ein Model aus.«

Da bin ich mir nicht so sicher. Aber normal sehe ich jedenfalls nicht mehr aus. Ich falle jetzt auf, schätze ich.

»Findest du mich noch heiß?«, frage ich beim Nachhausekommen Ferdy auf FaceTime.

Er lacht. »Das ist eine blöde Frage. Ich könnte dich nie *nicht* heiß finden. Du könntest dir eine Papiertüte über den Kopf ziehen und ich fände dich heiß. Mach doch mal und hol die Titten raus.«

Ich lache gackernd. »Träum weiter!« Dann fahre ich mir mit der Hand durch den Pony. Mich plagt das Phantomhaarsyndrom. Ständig will ich mir eine imaginäre Mähne über die Schulter werfen. Nach dem Friseur ist Maggie mit mir für neue Fotos zurück in die Agentur gefahren. Die alten waren schließlich nicht mehr zu gebrauchen. Ich muss zugeben, dass ich mit den kurzen Haaren viel eher in eine Modelagentur zu passen scheine. Auf den Schwarz-Weiß-Fotos sehe ich aus wie ein extrem angepisstes, geschlechtsloses Alien. Was alle sehr beeindruckt hat.

»Das ist so schräg.« Ich lasse mich rücklings aufs Bett fallen und halte das Handy über mich. »Ich sehe überhaupt nicht mehr wie ich aus.«

»Oh doch. Und das ist heiß.«

»Ach ja?«

»Noch mal: ja.«

»Ich finde, ich sehe älter aus.«

»Ein bisschen vielleicht. Und sehr hipster.«

»Womöglich sollte ich nach Peckham fahren und vor der Kunstschule rumlungern.«

»Oder nach Haggerston, Stoke Newington, Hackney ... Es sieht cool aus.«

Unten geht die Haustür auf. »Oh Gott, das ist bestimmt Mum. Ich bring es besser gleich hinter mich.«

»Hast du sie vorgewarnt?«

»Ja. Na ja, ich habe ihr zumindest gesagt, dass sie mir die Haare schneiden wollen. Sie wird einen Anfall kriegen.«

»Kommst du später noch vorbei?«

»Klar, falls ich keinen Haushaarrest kriege. Har har. Gucken wir dann die neue Folge von *Drag Race?*«

»Logo, RuPaul lass ich mir nicht entgehen.«

»Topp. Ich sag mal halb acht.«

»Viel Glück. Und was immer du tust«, er zieht im RuPaul-Style die Brauen hoch, *»don't fuck it up!«*

Ich grinse zum Abschied, lege auf und hole tief Luft. Hier und jetzt bin ich, glaube ich, noch nervöser als vorhin im Salon.

»Jana!«, ruft Mum. »Bist du oben?«

»Ja!« Ich überprüfe mein Spiegelbild und wuschle den neuen Pony zurecht, lege sogar ein bisschen Eyeliner und Wimperntusche auf, um wieder mehr wie ein Mädchen auszusehen. Himmel, sie wird austicken. Bestimmt wird's noch schlimmer als das eine Mal, als sie das Rezept für die Pille in meinem Rucksack entdeckt hat. Aber da muss ich durch. Ich schlurfe runter in den Flur. Mum kommt mir in *Green River Care*-Overall und Birkenstocks aus der Küche entgegen.

In böser Erwartung verziehe ich das Gesicht.

Sie schlägt die Hand vor den Mund. »Oh mein Gott! Jana! Was haben sie mit deinen Haaren gemacht?«

»Du kannst es nicht leiden?« Unnötigste Frage der Welt.

Sie holt tief Luft. Und seufzt. »Oh, Jana, es ist so ... anders.«

»Auweia, du kannst es *echt* nicht leiden, hm?«

»Es ist ... ein Jungenhaarschnitt.«

»Das stimmt nicht«, verteidige ich den Look. In dem Moment kommt Milos mit seinem Skateboard unterm Arm ins Haus marschiert. Ich wappne mich schon mal für die unvermeidliche Beleidigung. »Na los. Dann haben wir's hinter uns.«

»Hm?«, macht er. »Ach, wegen deinen Haaren. Sieht cool aus.«

Oh. Okay. Ich warte kurz ab, ob er mich nur verarscht. »Sie gefallen dir?«

»Ja. Kann man machen.« Er drängelt sich an Mum und mir vorbei Richtung Kühlschrank.

Mum schüttelt entnervt den Kopf. »Wer versteht euch junge Leute? Ich gebe auf. Ich bin alt.« Sie wirft resigniert die Arme hoch und macht sich wieder ans Abendessen.

SHOOTING

Fünfter September, das Schuljahr geht los. Ich bin ganz schön aufgeregt. Hollyton College schien mir immer so weit weg und nur für die großen Mädchen und Jungs zu sein. Jetzt sind auf einmal *wir* die großen Mädchen und Jungs. Vor allem aber muss ich nie wieder den durchfallbraunen Blazer der Wandsworth Technology Academy tragen.

Der Zeugnistag kam und ging ohne großes Drama. Wir alle haben ziemlich gut abgeschnitten. Ich hab's gerockt, um genau zu sein. Laurel ist in Mathe durchgefallen, kann die Prüfung aber im November wiederholen, von daher nicht so wild. Sie will Flugbegleiterin bei British Airways werden, schon immer, deswegen kommt sie um Mathe nicht herum.

Zur Feier des ersten Tages an der neuen Schule treffen wir uns alle vorm Starbucks und gehen gemeinsam die Saint John's Hill hoch. Mit Ferdys Mitarbeiterrabatt haben wir uns jeder einen Coffee to go gekauft, weil sich das sehr erwachsen anfühlt. Robin kippt sogar zwei Espressos kurz hintereinander, weil der Dödel nicht damit aufhören kann, Laurel beeindrucken zu wollen.

»Wie fühlt ihr euch?«, fragt Ferdy, der sich den Riemen seiner Kamera zweimal um den Arm gewickelt hat. Sie ist sein Baby.

»Filmst du?«, fragt Sabah.

»Ja, teste nur den neuen Akku. Will mal gucken, wie lange der auf dem letzten Loch noch durchhält.«

»Mann, für mich müsste's gleich ne neue Kamera sein«, seufzt Sabah. »Ich will endlich wieder vloggen. Hilfst du mir, Ferd? Wenn ich auf YouTube so viele Follower wie bei Insta gewinnen könnte, würde gut Kohle bei rumkommen.«

»Klar.« Ätzend. Wenn Sabah und Ferd gleich mit Fachsimpeln loslegen, bin ich aber so was von raus.

»Ich fühle mich super!«, ruft Laurel und zieht an Ferdys Arm, sodass die Kamera auf sie gerichtet ist. »Wir dürfen in der Mittagspause gehen, wohin wir wollen ... Freistunden ... keine Mrs Fletcher mehr, die uns in Englisch mit Zahnpastaschaum bespuckt.«

»Kein Sportunterricht mehr«, füge ich hinzu.

Sabah nickt. »Ganz genau.«

»Rob? Was ist mit dir?«

»Mir ist hauptsächlich ein bisschen schlecht, Kumpel. Der zweite Espresso war offenbar keine gute Idee.«

Den ganzen Weg bis zur Schule interviewt Ferdy uns weiter. Vor Jahren hat er mit einem YouTube-Kanal angefangen, in dem er Computerspiele bespricht, aber mittlerweile konzentriert er sich aufs Filmemachen. So hat er zum Beispiel einen total einfühlsamen Kurzfilm darüber gedreht, wie seine Mutter in den Achtzigern von Nagasaki nach London gekommen ist, und ich weiß, dass er darauf brennt, Mum und Dad über ihre Zeit in Serbien zu interviewen. Er ist echt gut darin, wobei ich das so oder so denken würde, nicht? Schließlich liebe ich ihn.

Das Hollyton-Gebäude sieht immer noch nigelnagelneu aus. Der Vorgänger wurde vor wenigen Jahren abgerissen und durch ein glänzendes Konstrukt aus Glas und Stahl ersetzt, das ein bisschen aussieht wie der Todesstern. Nachdem wir uns durch den Eingang gefädelt haben, schlendern wir auf dem Rasen herum und warten, dass es läutet. Vor der Kantine befindet sich eine Art Terrasse mit Picknicktischen. Aus einer Verkaufsklappe werden dort Kaffee und Croissants gereicht. In unserem durchkoffeinierten Zustand verzichten wir auf eine Kostprobe, doch das alles hier wirkt schon mal um einiges entspannter als an der Wandsworth. Wir setzen uns an einen der Tische.

»Oh mein Gott, Jana!« Heather Daley kommt mit Lily McCoy und

Emily Potter im Schlepptau auf uns zu. Mir ist klar, dass das nicht besonders schwesterlich oder feministisch ist, aber ich ertrage diese ätzende Schlampenmeute einfach nicht. Vielleicht könnte ich sie mögen, wenn sie nicht so ätzende Schlampen wären. »Wir haben von der Frisur gehört, und es stimmt also!«

Emily raunt Lily etwas zu und kichert. Ich ignoriere sie. Die meisten Schultyrannen hatten zu schlechte Noten fürs Hollyton, aber da mit wirklich effektivem Mobbing offenbar *Cleverness* einhergeht, müssen wir diese bösartigen Barbies zwei weitere Jahre aushalten.

»Laurel hat Harry erzählt, dass du jetzt ein Model bist.«

Laurel wird rot. Harry ist Heathers Zwilling. »Ich hab bloß mit ihm auf WhatsApp geschrieben«, nuschelt sie. Mit Heather war Laurel sogar mal richtig gut befreundet. Bis sie sich zerstritten haben, weil Heather an Laurels zwölftem Geburtstag nicht zu ihrer Beauty-Party oder so ähnlich kommen wollte. So was ist natürlich hochdramatisch mit zwölf.

Jetzt erst sehe ich Heather richtig an und muss blinzeln. Ihre beige gefärbten Haare hat sie mit dem Lockenstab aufs doppelte Volumen gebauscht und sich so viel Highlighter ins Gesicht geklatscht, dass sie aussieht wie der Blechmann in *Der Zauberer von Oz*. »Ja, und?«, frage ich.

»Ich meine, dann stimmt es also? *Du* bist ein Model?« Ah. Gemein.

Ich zucke die Schultern. »Pff, unwennschon.« Automatisch verfalle ich in extrastarken South-London-Dialekt, mit dem ich mich in der Schule schon öfter vor Ärger bewahrt habe. Heather soll bitte einfach verschwinden. Niemand braucht ihre fiese Art. Ihre Mum ist stellvertretende Schulleiterin an der Wandsworth, deswegen kam sie bisher immer ungeschoren davon, sogar dann, wenn sie es echt übertrieben hatte. Davon kommt mir jetzt noch die Galle hoch. Hoffentlich hat sie an dieser Schule nicht so leichtes Spiel.

»Hast du Clara Keys getroffen?«, fragt Lily unter lautem Kaugummischmatzen. Sie ist sehr blond und sehr dumm. Einmal hat sie Laurel erzählt, dass man nicht schwanger werden kann, wenn man direkt nach dem Sex Diätcola trinkt. Wie sie es aufs Hollyton geschafft hat, ist mir ein Rätsel.

»Nein«, antworte ich, lasse mir jedoch nicht nehmen, betont leichthin nachzuschieben: »Aber wir sind bei der gleichen Agentur.«

»Ich meine, ich will ja nicht beleidigend sein«, lügt Heather, »aber du siehst wie ein Junge aus. Ist das jetzt *in* oder so?«

»Heather«, geht Sabah mit einem liebreizenden Lächeln dazwischen, »verpiss dich einfach, okay?«

»Hä? Was soll das denn jetzt? Ich wollte Jana nur beglückwünschen.«

»Indem du mir sagst, dass ich wie ein Junge aussehe? Mach ne Fliege.« Ich drehe ihr den Rücken zu. Falls sie auf mich losgeht, reiße ich ihr einfach die falschen Nägel ab.

»Ach Gottchen, dann lass ich dich mal in Ruhe heulen.«

Mit betont schwingenden Hüften treten die drei den Rückzug an. »Glaubt mir«, sagt Emily laut genug, dass wir es ganz sicher noch hören, »sie ist ein Er-Sie. Ich meine, letztens im Schwimmunterricht konnte ich deutlich ihren kleinen Jana sehen.«

»Einfach ignorieren«, sagt Sabah. Wir werden nie mit Sicherheit wissen, wer das Jana-Novak-ist-ein-Zwitter-Gerücht in Umlauf gebracht hat, aber mit ziemlicher Sicherheit hat Heather es, wennschon nicht erfunden, dann mindestens fleißig verbreitet.

Ferdy richtet die Kamera auf sich selbst. »Wie Sie sehen, ist die weiterführende Schule *kein Vergleich* zur vorigen.« Er verdreht die Augen. »Alles okay?«, fragt er mich.

Im Grunde fühle ich mich sogar beruhigt. Ich hatte mir schon Sorgen gemacht, alles würde sich zu schnell ändern. »Ja. Mir geht's gut.«

Vielleicht bin ich selbst schuld. Vielleicht hätte ich zu mehr Make-up oder einem rosa Tutu greifen sollen, um mein Geschlecht eindeutiger zu markieren. Die Sache setzt sich fort, als wir in der

Schlange vor der Aula stehen, in der unser großes Einführungsversammlungsdings stattfinden soll. »Woah, ist das ne Schwuchtel?«, flüstert irgendein Großmaul seinen Freunden zu. Teenies aus vielen verschiedenen Schulen kommen hier zusammen. Viele neue Gesichter.

Sehe ich so männlich aus? Ich habe heute eine Jeans mit Karohemd über weitem Top angezogen. Offenbar ein Fehler. Ich spüre, wie meine Schultern in dem Versuch, mit der Menge zu verschmelzen, noch weiter nach vorne fallen. Ferdy nimmt meine Hand, aber ich ziehe sie weg. »Was ist denn?«, fragt er.

»Nachher halten sie uns noch für ein schwules Pärchen.«

Er nimmt erneut meine Hand und drückt sie. »Was mich nur dann stören würde, wenn ich ein homophobes Arschloch wäre.«

Ich könnte fast losheulen vor Rührung. »Du bist der beste Mensch der Welt.«

»Nein, *du* bist das.« Einer unserer Running Gags. Wir haben buchstäblich schon ganze Stunden lang so getan, als würden wir darüber streiten.

In der Aula geht der Direktor, Mr Bennet, noch mal ein paar Eckpunkte mit uns durch. Es wird nämlich doch ganz anders werden als an der Wandsworth. Wir haben keinen durchgehenden Unterricht, sondern müssen nur zu den Kursen da sein. Mit unseren Chipkarten können wir uns am Eingang selbstständig an- und abmelden.

»Heute ist Orientierungstag«, erklärt Mr Bennet weiter. Er ist ein Riese à la Idris Elba. Wenn Idris Elba sich etwas gehen ließe. Trotzdem würde ich mich nicht mit ihm anlegen. Jedenfalls müssen wir heute erst mal nur gruppenweise an einem kurzen Softwarekurs teilnehmen, unseren Schüler-Account aktivieren und unseren personalisierten Stundenplan abholen. Danach haben wir frei.

»Abgefahren«, sagt Sabah, als wir wieder vor der Aula stehen. »Unternehmen wir was am Nachmittag? Robin, kriegst du uns in einen Film?«

Robin arbeitet beim Clapham Picturehouse. »Ich darf doch eigentlich nicht mehr als zwei umsonst reinlassen …«

»Wie sieht's mit Gratis-Popcorn aus?«, fragt Laurel.

»Das krieg ich hin!«

»Ich kann nicht«, sage ich traurig.

»Warum nicht?«, quengelt Laurel.

»Heute Nachmittag findet Janas großes Fotoshooting statt«, erklärt Ferdy.

»Ach, richtig! Das ist doch viel spannender! Dein Startschuss als echtes Model«, sagt Sabah.

»Ich bin so neidisch«, fügt Laurel hinzu.

»Hm-mh«, sage ich. Weil für mich heute Nachmittag eh kein Kurs auf dem Plan gestanden hätte, fragte Ro letztens, ob ich für weitere Fotos zur Verfügung stehen könnte. Offenbar hat Prestige ein Studio für den ganzen Tag gebucht und will in der Zeit so viele Mädchen wegshooten wie möglich. Bezahlte Aufträge, erklärte Ro weiter, könne ich ja noch nicht vorweisen und irgendwo müsse man schließlich anfangen.

Ferdy guckt den Flur runter. »Rob, wir müssen da lang, glaub ich.« Die Schüler vorne im Alphabet sollen sich als Erste im Computerraum einfinden. Sabah, Laurel und ich sind erst in einer Stunde dran.

»Warte noch kurz.« Rob tippt etwas in sein Handy. »Okay, heute Nachmittag stehen der neue Marvel, der Pixar mit den Katzen, das Streetdance-Ding oder das deutsche Musical zur Auswahl.«

Fast alle votieren sofort für den Marvel und überstimmen damit Laurel, die als Einzige für Streetdance ist. »Ooch«, mache ich. »Den Marvel wollte ich auch sehen.«

»Dann geh ich heute nicht mit«, sagt Ferdy. »Wir gucken ihn einfach zu zweit am Wochenende oder so.«

Ein weiterer der vielen Gründe, warum ich Ferdy so liebe. »Schon okay, geh ruhig. Kann eh gut sein, dass Dad sich den mit Milos und mir anschauen will.«

»Nope, alles cool.« Er gibt mir einen Kuss. »Hey, warum begleite ich dich nicht einfach nach Bethnal Green?«

Der Gedanke ist mir noch gar nicht gekommen. »Ähm, klar, das sollte in Ordnung gehen. Mum hätte mitkommen können, von daher gilt das Gleiche wohl auch für dich.«

»Super! Meinst du, sie lassen mich da filmen?«

»Wüsste nicht, was dagegenspräche.«

»Cool. Also dann, wir beeilen uns besser. Rob!«

Die Jungs hetzen davon und schließen sich der Prozession in den Computerraum an. »Setzen wir uns in die Kantine?«, fragt Sabah.

Der Verlockung von Schinkensandwiches folgend machen wir uns auf den Weg dorthin. »Bist du gar nicht nervös?«, fragt Laurel.

»Weswegen?«

»Pff, keine Ahnung, wegen des Fotoshootings vielleicht!?«

»Eigentlich nicht. Die Leute da ziehen mir die Klamotten an und stylen mir die Haare. Ich selbst muss nichts weiter tun, als aufkreuzen und posen. Sie schicken sogar einen Fahrer, der mich hinbringt. Null Hirnschmalz erforderlich. Ich könnte genauso gut eine Schaufensterpuppe sein.«

Per SMS wird mir das Kennzeichen des Addison Lee mitgeteilt, der uns zum Studio fahren soll. Wir stecken *Ewigkeiten* im Verkehr fest und ich muss immer wieder daran denken, wie viel schneller wir mit der Central Line wären. Ich bin froh, dass Ferdy mir Gesellschaft leistet. Wir vertreiben uns beide die Zeit mit einem entspannenden kleinen Handyspiel, bei dem man Farben ins richtige Spektrum einordnen muss.

Es ist schwül, die Luft fühlt sich fast schon fiebrig an. Während wir durch die Stadtmitte Richtung East London schleichen, rotten sich imposante schwarze Wolken über den Hochhäusern zusammen. Ein leichter Kopfschmerz bestätigt mir, dass es auf jeden Fall noch gewittert. Die ersten schweren Tropfen platschen gegen die

Windschutzscheibe, als wir auf einem gepflasterten Hof zwischen Lagerhäusern ankommen. »Da lang«, sagt der Fahrer und zeigt links aus dem Fenster.

»Jetzt aber flott«, sage ich zu Ferd. »Gleich pisst es richtig.«

Dem Schild mit der Aufschrift THE IMAGEWORKS folgend laufen wir eine Feuertreppe hoch. Kaum habe ich angeklopft, macht Ro uns auf. »Hallo, Liebes! Schnell rein mit dir.«

»Das hier ist mein Freund, Ferdy. Er begleitet mich. Ist das okay?« Falls nicht, ist es eh zu spät, schätze ich.

»Oh.« Sie sieht tatsächlich nicht gerade begeistert aus, doch nur etwa eine Sekunde lang. »Aber sicher doch. Es freut mich, dich kennenzulernen ... Ferdy?«

»Oder Kai. Kai Ferdinand.«

»Und ich bin Ro, Janas Agentin.« Das hört sich in meinen Ohren zwar absolut schräg an, doch insgeheim freut es mich auch. *Ich* habe eine Agentin. Verrückt. »Ein Hübscher bist du«, sagt Ro zu Ferdy und lächelt im Gehen über die Schulter. »Aber zu klein. Schade.«

Ferdy grinst und ich verdrehe die Augen. Er ist ein absoluter Hingucker. »Pan-ethnisch«, so bezeichnet er sich. Seine Mum ist Japanerin, sein Dad halb Argentinier, halb Deutscher – ein Mix, den man unmöglich erraten kann. In Ferdy kommen alle Disneyprinzessinnen zusammen: Jasmin, Mulan, Pocahontas, Vaiana.

Wir folgen Ro in das Studio. Wie beim ersten Betreten des Prestige-Büros kommt es mir kurz so vor, als würde ich in eine andere Wirklichkeit eintauchen, die Schrankrückseite nach Narnia durchschreiten. Der Raum ist riesig, weitläufig und sonnenhell erleuchtet, obwohl mittlerweile der Regen gegen die Glasdecke prasselt. Auf diesen nackten Holzdielen fühle ich mich irgendwie sofort in ein New Yorker Loft versetzt. Nicht, dass ich je in einem gewesen wäre. Uns gegenüber ist wieder ein Hintergrund ausgerollt, ein größerer diesmal. Um ihn herum stehen neben Scheinwerfern auch Ventilatoren. Eine Fotografin kniet vor dem Model, das sich jetzt, da der

Hairstylist zur Seite tritt, als Arabella herausstellt. »Das ist Arabella«, sage ich zu Ferdy.

»Oh mein Gott!«, ruft sie, als sie mich sieht. »Hallo, Jana, das ist ja schön! Ich hatte keine Ahnung, dass du auch herkommst!« Während dieses kleinen Ausbruchs bleibt sie wie angewurzelt auf ihrer Markierung stehen und schmiegt ihre Wange unbeirrt an die weiße Lilie in ihrer Hand.

»Und ich hatte nicht mit dir gerechnet. Wie läuft das Shooting?« Jetzt, da ich mit ihr schon das zweite bekannte Gesicht um mich habe, kommt mir das Ganze gleich viel weniger seltsam vor.

»Ganz okay, denke ich. Sehe ich gut aus?« Sie sieht *umwerfend* aus. Rote Renaissance-Locken umspielen ihr auf Queen-Elisabeth-Blässe geschminktes Gesicht, mit dem sie in dem fließenden weißen Kleid die perfekte Elfe abgibt.

»Du siehst wahnsinnig schön aus«, sage ich ihr und sie lächelt breit.

Ferdy und ich drücken uns verlegen am Rand herum. »Bleib so«, sagt die Fotografin zu Arabella und bewegt sich leicht zur Seite. Dann hebt sie den Arm und schnipst mit den Fingern. »Nach hier oben gucken. Genau so, mein Engel.« Mit ihrem Nasenring und den hüftlangen lilapinken Rastazöpfen sieht sie sehr East London aus. »Ja ... gut ... schön verträumt gucken ... Sehr süß.«

»Das ist Jana«, stellt Ro mich ihr schließlich vor. »Und das ist Layla Palmer, eine der besten Modefotografinnen von ganz London.«

Die Angesprochene reißt sich von der Arbeit los und lächelt mich an. »Hi, na, wie geht's?«

»Gut, danke.« Ich wische meine Schweißpfote am Hosenbein ab und schüttle ihr die Hand. Da wir laut Ros Instruktionen bei den Leuten aus der Branche unbedingt einen Eindruck hinterlassen sollen, würge ich einen haarballgroßen Konversationsbrocken hervor. »Heute war mein erster Tag am College.«

»Hm?«

Ach, bitte tötet mich. »Ähm, na ja, war heute ein großer Tag für mich.«

Layla grinst. »Ah, jetzt kapier ich's! Du gehst noch zur Schule? Kaum zu glauben! Echt verrückt!«

Ich mag sie jetzt schon. Und ihren Goldzahn auch. »In die weiterführende, genau. Das hier ist mein Freund Ferdy.«

»Ferdy? Abgefahrener Name, Mann. Wie geht's?«

»Ich –«

»Jana?«, redet Ro dazwischen. »Lässt du dir bitte Haare und Gesicht machen, während Layla Arabella zu Ende shootet? Und möchtest du etwas? Es gäbe Sandwiches, Obst, Kuchen, Tee und Kaffee.«

»Tee, bitte«, sage ich. »Und …« Die Schokoladenbrownies sehen köstlich aus, aber ich meine etwas Lauerndes in Ros Blick zu erkennen. »Ähm. Nur einen Tee.«

»Ferdy?«

»Ja, ein Tee wäre super.«

»Cool, cool. Ich zeig euch schnell den Weg, dann hol ich zwei.« Wir verlassen den Hauptraum und folgen Ro durch einen schmalen Flur in eine winzige Garderobe, wo es vor Geschäftigkeit drunter und drüber geht. Es stinkt nach Haarspray und angesengter Frisur – ich tippe auf Arabellas Locken. Neben drei übervollen Kleiderstangen und unzähligen Schuhen ist eine Frau wie wild mit einer Dampfbürste zugange. »Die gute Nachricht ist«, sagt Ro, »dass deine Haare in etwa fünf Sekunden fertig sein sollten. Damit wirst du mein neuer Liebling.«

»Ist das Jana?«, fragt eine zierliche blonde Dame.

»Stimmt genau.«

»Donnerlittchen, du bist ja die reinste Giraffe.«

Sei. Höflich. Und. Professionell. »Ja. Das, ähm, höre ich oft.«

»Jana, das ist Debbie, die sich heute um dein Make-up kümmert, und das ist Bethany Angst. *Die* neue Stylistin, von der jetzt alle reden.«

Ich habe den Namen noch nie gehört. Die wilde Frau legt ihre Dampfbürste beiseite. »Oh, wow, du bist ja umwerfend.« Bethany Angst sieht ungelogen so aus, als hätte sie sich mit Sekundenkleber übergossen und wäre dann einmal quer durch Camden Market gerannt. Zu einem psychedelischen Blumenkleid und meterweise Plastikperlen trägt sie Reebok-High-Tops und auf ihrer Lego-Frisur prangt eine lila Baskenmütze.

»Danke«, sage ich.

»Die Kleider hier vorne kannst du ignorieren. Die sind Arabellas. Alles da drüben ist für dich.« Sie zieht den zweiten Kleiderständer heran, der so vollgestopft ist, dass ich kaum etwas auseinanderhalte. Doch ich sehe Pelz, Leder, Pailletten und Federn.

»Setz dich, Liebes«, sagt Debbie. »Richten wir dich mal her.«

Ferdy filmt, wie Debbie und Jon, der Frisurentyp, um mich herumflattern. Während Jon mir die Haare zurechtföhnt und mit irgendeinem Schmier in Form bringt, bedeckt Debbie mein Gesicht mit einer Schicht Make-up nach der anderen – was mir ironisch erscheint, wo doch die Agentur wie besessen davon ist, dass ich bitte *gar keins* trage. Schon bald leuchten meine Augen aus einer kohleschwarzen, ölig glänzenden Umrahmung. Als ich brav den Nasenring rausnehmen will, sagt Bethany, dass ich ihn drinlassen soll. »Spricht dich ein Teil besonders an, Honey?«, fragt sie.

Die Klamotten sagen mir mehr oder weniger eins: *So verrücktes Zeug wie uns würdest du nicht in Millionen Jahren anziehen*. Aber ich bin mir ziemlich sicher, dass sie etwas anderes hören will. »Ähm, also, Kleider trage ich fast nie ... deswegen ...« Zum Abschlussball hatte ich eins an und kam mir damit den ganzen Abend so vor, als würde ich bei *RuPaul's Drag Race* mitmachen.

»Welche Farben gefallen dir?«

»Ich trage meist Schwarz ... manchmal auch Grau.«

»Ro!«, macht Bethany und die Gerufene kommt angelaufen. »Shootet Jana heute schwarz-weiß?«

»Vielleicht. Aber ein bisschen Farbe brauchen wir auch.«

Bethany lässt ihren Blick über die Auswahl schweifen. »Okay, probier das hier mal an.«

»Das hier« ist im Endeffekt ziemlich cool. Und kein Kleid. Sondern ein schwarzer Blazer mit einer quietschengen silbernen Hose. »Weg mit dem BH! Hopp, hopp!«, befiehlt Bethany. Die Garderobe ist voller Leute, darunter zwei Kerle. »Na los! Wir müssen sehen, ob es passt.«

Umständlich tue ich wie geheißen und lege dabei einen Arm über meine Nippel. Als ich zu Ferdy gucke, schenkt er mir einen Blick, der sagt: *Ich weiß, voll schräg*. Ohne Federlesen schiebt Bethany mich in den Blazer. In zugeknöpftem Zustand bedeckt er zum Glück meinen Busen. »Ist aus der Frühjahrskollektion von Mugler«, erklärt sie mir.

»Okay.« Nie von ihm gehört. Oder von ihr. »Gefällt mir.«

»Und dazu die.« Sie reicht mir ein furchterregend hochhackiges Paar von Jimmy Choo mit Nieten drauf.

Sie sind etwas eng. Vor allem aber kann ich kaum laufen und überrage auf einmal alle anderen im Zimmer. Ein Eins-achtzig-Mädchen auf Dreizehn-Zentimeter-Absätzen ergibt nach Adam Riese ein Meter dreiundneunzig. »Verdammt, bist du groß in denen«, stellt Ferdy weit unten in Liliput fest.

»Wie sehe ich aus?«, frage ich. »Sei ehrlich.«

»Ganz ehrlich ...« Er lächelt. »Du siehst original wie ein Model aus. Ich bin stolz auf dich.«

Ich weiß, dass er es gut meint, kann aber wenig damit anfangen, schließlich habe ich nichts getan, worauf man stolz sein könnte. »Danke«, sage ich schließlich.

Indem ich mich auf der einen Seite an Bethany und auf der anderen an Ferdy festhalte, wanke ich zurück ins Studio. »Oh mein Gott!«, ruft Layla. »Babe, du siehst hammer aus! Einfach hammer!«

»Sooo hinreißend, Jana!«, stimmt Arabella mit ein. Sie hat offenbar fertig geshootet und kommt mit einem Stück Brownie in der Hand auf mich zugelaufen. »Bringen die Schuhe dich nicht um?«

»Ich spüre meine Zehen nicht mehr.«

»Es dauert nicht lange«, sagt Layla. »Fangen wir gleich an, umso schneller kannst du sie wieder ausziehen.«

Sie bugsieren mich vor den Hintergrund. Arabellas Himmelblau wurde gegen ein rauchiges Rosa ausgetauscht. Als nach Bethany nun auch Ferdy von meiner Seite weicht, komme ich mir mit einem Mal sehr, sehr entblößt vor. Meine Arme fühlen sich abnormal lang an und baumeln wie Tagliatelle an mir herunter. Das Fliegende Spaghettimonster.

Als Layla den Auslöser drückt, nimmt mir der Blitz fast das Augenlicht. »Whoa«, rufe ich überrumpelt.

»Das war nur ein Test, keine Sorge. Ich stell das noch richtig ein.«

Ro setzt sich vor den Laptop am Rand. »Jana.« Sie winkt mich zu sich. »Guck dir das an.«

Ich wanke hinüber. Ro dreht den Monitor mit dem Testfoto zu mir. Ich muss blinzeln und kann es kaum glauben. Das bin nicht ich. Das ist eine Statue. Zwar starre ich wie das dämlichste Reh der Welt mit offenem Maul ins Scheinwerferlicht, aber abgesehen davon sehe ich original aus wie die Mädchen in den Zeitschriften. »Oh. Wow. Bin ich das?«

»Das«, verkündet Ro und federt dabei auf und ab, »ist ein Model.«

»Ro«, sagt Layla, die sich hinter uns gestellt hat, »dieses Mädchen ist ein Star. Merk dir meine Worte. Hab bisher noch nie falschgelegen.«

»Wem sagst du das, Darling.«

Ich fühle mich schlecht wegen Arabella. Hoffentlich haben sie ihr das Gleiche gesagt.

»Na dann. Lass uns loslegen.«

Layla hilft mir zurück vor den Hintergrund. »Soll ich ... irgendwas ... *machen*?«

»Nimm einfach interessante Posen ein. Lass es locker laufen. Vielleicht kommst du dir erst mal bescheuert vor, aber auf den Fotos wird's super aussehen. Hab keine Angst zu übertreiben, zurückpfeifen kann ich dich immer noch.« Sie zwinkert mir zu.

Mein Outfit ruft förmlich – und hier greife ich auf mein kulturelles Wissen aus *Drag Race* zurück – HAMMERGEILE BUSINESS-BITCH. Ich sehe nicht länger wie die Schülerin Jana Novak aus, sondern wie eine ultra-erfolgreiche Megazicke. Das probiere ich mal. Ich stemme die Hände in die Hüften und starre angriffslustig in die Kamera. Layla macht ein paar Bilder. »Das Kinn nach unten, Babe.«

Weitere Bilder.

»Beweg dich ruhig mal ein bisschen«, schlägt Ro vor.

Ich stecke die Hände in die Taschen. »Ja! Bleib so!«, befiehlt Layla. »Geh ins Hohlkreuz!«

So geht das eine ganze Weile. Ich zeige mich bald von dieser, bald von jener Seite, und Layla knipst sich die Finger wund. Ro ruft immer wieder laut »Zum Niederknien!« und klatscht in die Hände, von daher mache ich wohl, was sie haben will.

»Das sollte reichen. Nächstes Outfit.«

Als ich mir die Choos abpule, fangen meine Füße augenblicklich an zu pochen und scheinen sich auf die doppelte Größe auszudehnen. Bethany geht mit mir zurück in die Garderobe und zerrt mir den Blazer vom Leib, sodass ich schon wieder oben ohne dastehe. Hautfarbene Unterwäsche ist ein Model-must-have laut Ro. Ich muss mir eindeutig welche zulegen. »Okay, Honey. Jetzt die Hose.«

Niemand unternimmt auch nur Anstalten, aus Rücksicht auf meine Privatsphäre den Raum zu verlassen, von daher werde ich mich ab jetzt wohl öfter vor Fremden halb nackt machen. Was, oh Mann, echt schräg ist. Wir Novaks sind nicht die größten FKK-Fans vor dem Herrn. Die silberne Hose ist so eng, dass ich mich auf dem

Boden sitzend herauswinden muss, während Bethany von der anderen Seite dran zieht.

»Hier.« Ich bekomme eine noch verpackte beige Strumpfhose in die Hand gedrückt. »Jetzt vielleicht das Republic-of-Deen-Kleid?« Sie pflückt ein Lederteil vom Ständer. Was auf den ersten Blick wie Schwarz wirkt, stellt sich bei näherem Hinsehen als ein sehr dunkles Violettblau heraus. Das Kleid hat spitze Schultern und eine Reihe von Nieten an einer Seite. Mir fällt beim besten Willen kein Anlass ein, bei dem ich es tragen würde, trotzdem mag ich es irgendwie. »Oh. Okay«, sage ich.

»Kennst du Republic of Deen? Sehr cool, sehr jung. Es wird dir stehen.« Bethany stülpt mir das Kleid über den Kopf. Es ist ganz schön kurz, sieht aber tatsächlich nach ordentlich Rock 'n' Roll aus. An die Füße schnallt sie mir ein Paar lederne Riemensandalen. Sie sind nicht *ganz* so tödlich wie das erste Paar und ich schaffe es diesmal ohne Hilfestellung zurück ins Studio.

Ferdy fallen beinahe die Augen aus dem Kopf. »Heilige Scheiße.«

Ich muss lachen. »Bedeutet das etwas Gutes?«

»Du siehst irre aus.«

»Allerdings«, stimmt Arabella zu, die sich offenbar wieder ihre eigenen Klamotten angezogen hat, weil sie jetzt eine einfache Streifenbluse mit Jeans trägt. »Sexy Lady.«

Ich lache erneut und nehme meinen Platz vor dem Hintergrund ein, der schon wieder ein neuer ist – weiß diesmal. Debbie und Jon stylen noch mein Make-up und meine Haare leicht um, dann geht's wieder los. Layla fotografiert jetzt flach auf dem Boden liegend, wodurch meine Beine, wie sich auf den Fotos zeigt, unmenschlich lang aussehen.

Am Ende der Session fühle ich mich nicht mehr *ganz* so bescheuert. Obwohl ich mir sehr albern vorgekommen bin, während ich *so getan habe, als würde ich auf der Stelle laufen*, kann ich doch auf Ros Laptop sehen, wie cool die Bilder im Endeffekt geworden sind. »Schätzchen, es ist dir offenbar unmöglich, auf Fotos schlecht auszusehen«, sagt Ro. Deswegen ist Tom bestimmt Scout geworden. Er spürt es offenbar, wenn Leute fotogen sind, auch wenn sie im echten Leben noch so seltsam aussehen. »Das müsste's gewesen sein, Layla. Die Auswahl ist riesig.«

»Echt? Geil.« Sie kommt herüber und drückt mich ganz fest. »Du bist eine Kämpferin, Babe. Ich will dich unbedingt mal wieder vor der Kamera haben. Und zwar dringend.«

»Ach ja?«

»Abso-fucking-lutely. Du hast es drauf.«

»Danke.« Ich spüre, dass Arabella auf ein ähnliches Feedback wartet, aber Layla scheint ganz vergessen zu haben, dass sie überhaupt noch da ist.

»Du bist ein sympathisches Mädchen. Ändere das nicht. Mutiere nicht zur Riesenzicke, selbst wenn du damit durchkommst.«

Jon und Debbie rollen den Hintergrund zusammen und alle gehen unter aufflatternden Luftküsschen ihrer Wege. Ich will vor allem diese Schuhe loswerden. Als ich meine Jeans und das Top wieder anhabe, fühle ich mich unwillkürlich ein bisschen weniger besonders, so wie Clark Kent, wenn er auf Krawatte und Brille umsteigt.

– Wer bezahlt das alles? Den Fahrdienst? Die Fotografen?
– Ha! Gute Frage! Wie sich herausstellte: ich.
– Wie meinst du das?
– Als Newcomer macht man im Grunde erst mal »Schulden« bei seiner Agentur. Klar, sie zahlen den Fahrdienst, die Shootings und das alles, aber dann holen sie es sich von deinem Verdienst wieder zurück.
– Und wenn der Verdienst nicht gut ausfällt?
– Ganz genau. Das war vermutlich Lektion Nummer eins.
– Die da lautet?
– Man bekommt nichts geschenkt.

ATELIER

»Miststück! Du siehst ja bombe aus!«, stößt Sabah hervor.

Gestern Abend hat Ro mir ein paar von Laylas Fotos gemailt. Sabah schiebt mein Handy am Teller vorbei zu Laurel. Die Hollyton-Kantine ist kein Vergleich mit der in der Wandsworth. Hier gibt es eine Salatbar, jede erdenkliche Sorte Pasta und man kann sich sogar sein individuelles Sandwich oder Panini zusammenstellen. Meine Wahl fiel auf Thunfisch mit Käse. So lässt sich's leben.

»Jana, du bist *so* wunderschön hier drauf«, sagt Laurel.

»Auf welchem?«

»Auf dem im Lederkleid! Ich liebe es ... und ... werde das einfach sagen: Ich finde dich absolut sexy in dem Teil. Nicht auf die lesbische Art, natürlich.«

»Danke. Fürs Klarstellen. Ich fand das Kleid auch cool.« Laurel gibt mir das Handy zurück. Die fertig bearbeiteten Fotos sehen tatsächlich hammer aus. Und die Frau darauf ähnelt mir kein Stück. Sie ist vielmehr eine ehrfurchterregende Amazone. Oder eine Superheldin von einem anderen Planeten.

»Lass mich das andere Outfit noch mal sehen«, verlangt Laurel und ich gebe ihr das Handy zurück. »Hoppla, du klingelst.«

Ich sehe Ros Namen auf dem Display. »Das ist meine Agentin.«

Laurel macht: »Oooh!«, und Sabah lacht laut auf. »Hör dir Jana an! *Das ist meine Agentin!*«

Ich verdrehe die Augen. »Was? Es stimmt doch!« Ich nehme ab. »Hallo?«

»Hi, Jana, hier ist Ro. Ich habe gerade ein *höchst spannendes* Telefonat über dich geführt ...«

Ich stehe vom Tisch auf und gehe nach draußen. »Ach ja?«

»Rate, wer sich geradezu verliebt hat in deine Bilder!«

»Ähm ... Maggie?«

»*Sie* liebt deine Bilder auch, was erstaunlich ist, weil sie sonst nichts so schnell beeindruckt. Aber jemand anders liebt sie noch mehr.«

Bei diesem Spiel kann ich einfach nicht gewinnen. »Sag es mir.«

»Dermot Deen!«

Ich erkenne an ihrer Stimme, dass ich vor Begeisterung ausflippen sollte, nur ... »Wer ist das?«

»Mädchen, was soll ich mit dir machen? Hast du dir etwa immer noch nicht *Vogue* und *i-D* zu Gemüte geführt, wie ich es dir aufgegeben habe?«

Leider habe ich genug mit echten Hausaufgaben zu tun, möchte ich am liebsten antworten. Das würde nur kaum was bringen. Obwohl es stimmt, denn in der ersten Schulwoche wurden keine halben Sachen gemacht. Ich habe einen Aufsatz über die Rolle des Rechtswesens in der Gesellschaft zu schreiben, eine Tonne Brontë-Lyrik zu lesen und – das ist am schlimmsten – mit Sabah einen Rap über Einwanderung zu verfassen. *Auf Französisch.* Ächz. Wer denkt sich diesen Scheiß aus?

»Dermot ist der Creative Director von Republic of Deen. Von ihm war das Lederkleid, weißt du nicht mehr? Jedenfalls bin ich mit ihm befreundet, da hielt ich es für eine nette Geste, ihm ein paar deiner Fotos zu schicken, und siehe da: Er LIEBT sie!«

»Echt?« Das ist allerdings ziemlich cool.

»Oh, es wird noch besser.«

»Hm?« Heute fühlt es sich schon deutlich nach September an, deswegen bereue ich es langsam, meine Jacke dringelassen zu haben.

»Er liebt sie so sehr, dass er dich buchen will.«

Mein Magen hüpft nach oben wie bei der Abfahrt vom *Swarm*. »Was? Wofür?«

»Für die Fashion Week, Baby! Übernächste Woche geht's los!«

Beim Gedanken daran, über einen echten Laufsteg gehen zu müssen, packt mich die kalte Angst. Fast kotze ich an Ort und Stelle mein Sandwich aus. Scheiße nein. Nichts da. »Eine Modenschau?« Ich sollte doch bis mindestens Weihnachten noch in dieser Aufbauphase bleiben.

»Ich weiß! Herzlichen Glückwunsch! Dein erstes Booking! Und: Er will einen *Exklusivvertrag*! Yay!«

»Was ... bedeutet das?« Mir tanzen bunte Flecke vor den Augen. Kündigt sich so eine Ohnmacht an?

»Es bedeutet, dass du vorher nirgendwo anders laufen darfst. Ich meine, er ist keiner von den ganz Großen, aber die Bezahlung ist trotzdem okay. Fünfhundert fürs Laufen und noch mal fünfhundert fürs Exklusivrecht.«

»Tausend Pfund? HEILIGE SCHEISSE!« Meine Stimme hallt über die Terrasse und alle starren mich an. Peinlich.

»Ich weiß, aber immerhin ein Anfang.«

Sie hat mich schon wieder komplett falsch verstanden. Das ist doch verrückt. Ferdy bekommt den Mindestlohn, sprich, etwa fünfundzwanzig Pfund pro Schicht. Und riecht ständig nach saurer Milch. »Aber ... Glaubst du wirklich, dass ich dafür schon bereit bin?«

Kurzes Schweigen, dann: »Ich werde nicht lügen, wir müssen noch stark an deinem Walk arbeiten. Ab heute bis zum Siebzehnten musst du jeden Tag auf High Heels trainieren. Nächste Woche ist das Fitting.«

Ich zwinge mich zu tiefen, langen Atemzügen. Der Thunfisch hat sich auf einmal mit dem Käse gegen mich verschworen.

»Mach dir keine Sorgen, Liebes. Ja, es passiert schneller, als wir dachten. So war das nicht geplant, aber Dermots Show eignet sich bestens dafür, dich sanft in die Branche einzuführen. Er ist ein Schatz und wortwörtlich besessen vor dir, Honey. Ich kann mich nicht erinnern, dass er überhaupt schon mal jemanden exklusiv gebucht hätte.«

Ich bin unfähig, einen Satz zu formulieren. »Ah«, mache ich nur.

»Geh einfach zu dem Fitting und gib alles. Ich werde auch da sein, ist schließlich dein erster Job.«

»Danke.«

»Die Details maile ich dir gleich. Bist mein Liebling, Babygirl.«

Nachdem sie aufgelegt hat, taumele ich im *Walking Dead*-Style zurück in die Kantine. Ich muss echt fertig aussehen, denn Sabah springt sofort auf. »Scheiße, Jana, was ist passiert?«

Ich lasse mich neben sie auf die Bank fallen. »Nichts. Na ja, ich wurde für meine erste Show gebucht.«

Sabahs Augen werden groß. »Für deine erste Modenschau?«

»Ja, bei der London Fashion Week. Für, ähm, Republic of Deen. Der ... Typ von denen hat das Lederkleid gemacht und mag meine Fotos.«

»Oh. Mein. Gott! Jana!« Laurel schlägt sich die Hand vor den Mund. »Ich LIEBE Republic of Deen. Die machen diese wunderschönen Handtaschen, die wie kleine Wolken aussehen, aber so zweihundert Pfund kosten ... Bringst du mir eine davon mit?«

Ich schüttle den Kopf. Es ist, als hätte mein Hirn seinen eigenen Puls entwickelt und schlüge nun schmerzhaft gegen den Schädel. »Ich weiß nicht, ob ich das hinkriege.«

»Natürlich kriegst du das hin, sei kein Weichei«, sagt Sabah.

»Mir kommt es vor, als ... als ob gleich mein Kopf explodiert. Ich meine, wie kann das auf einmal so schnell gehen? Mir ist voll übel.«

»Soll ich nach einem Eimer fragen?« Laurel steht auf.

»Nein, ich komm klar, denke ich ...«

»Jana, freu dich einfach. In der Fashionwelt geht eben alles schnell«, erklärt Sabah im Expertinnentonfall. »Daran gewöhnst du dich noch.«

»Dein erstes Mal ...« Laurel grinst breit und bebt fast vor diebischer Freude. »Du verlierst deine Laufsteg-Jungfräulichkeit!«

Ich quäle mir ihr zuliebe ein kleines Lachen ab. Wer fiel noch mal mitten im Walk aus den Schuhen? War das Naomi? Die Welt vergisst nie.

»Das ist so irre«, sagt Sabah. »Du, mein Miststück, bist jetzt ein richtiges echtes Model mit Aufträgen. Ich bin so stolz auf dich. Oh Gott, jetzt ... bringst du mich glatt noch zum Heulen!« Sie tupft sich die Augen mit der Papierserviette ab.

»Nimmst du uns zu Partys und so mit, wenn du dann berühmt bist?«, fragt Laurel. »Stell dir vor, du triffst Clara Keys! Oder Dido und Domino! Oder Westley Bryce! Oder ...«

Sie hilft nicht gerade dabei, dass mein Kopf sich zu drehen aufhört. Dieser Scheiß ist auf übelste Weise real geworden.

Ich habe mich total verlaufen.

Egal, wie oft ich die Brick Lane rauf- und runterhetze, Google Maps will mich immer wieder in dieses verlassene indische Restaurant schicken. *Sie haben Ihr Ziel erreicht.* Habe ich verdammt noch mal nicht. Eine Frau mit Kinderwagen versucht mich umzumähen. »Hallo! Entschuldigen Sie, können Sie mir sagen, wo ich Nummer 14b finde?«

Sie ignoriert mich.

»Vielen Dank auch!« Blöde Kuh.

Zu meiner großen Erleichterung klingelt jetzt mein Handy und Ro ist dran. »Hi, Jana, bist du noch unterwegs?«

»Ich habe mich total verlaufen! Ich stehe hier vor einem verlassenen Restaurant und Google behauptet steif und fest, das wäre die richtige Adresse.«

»Ach, Liebes. Der Eingang ist nur vom Dray Walk aus zu erreichen. Ich komme dir entgegen, ja?«

Kaum bin ich um die Ecke gebogen, tritt Ro durch ein unscheinbares Hinterhoftor auf die Straße. Hier bin ich bestimmt schon fünfmal vorbeigelaufen. »Hallo, meine Schöne! Hier geht's lang.«

Ich bin so erleichtert, sie zu sehen, dass ich fast wie ein Trottel zu schluchzen anfange. »Es tut mir total leid! Bin ich zu spät?«

»Nichts passiert. Bloß fünf Minuten. Lass es dir nur nicht zur Gewohnheit werden. Die alte Modelsitte, für nichts unter zehntausend aus dem Bett zu steigen, gehört der Vergangenheit an, fürchte ich. Dann komm mal mit nach oben.«

Im Erdgeschoss befindet sich ein kleiner Laden und den Weg zum Atelier findet nur, wer danach sucht. Ich hatte ein großes protziges Schild erwartet, doch der einzige Hinweis ist ein kleines Logo neben der Klingel.

»Erster Stock«, sagt Ro und ich folge ihr eine schmale Treppe hinauf. Auch heute habe ich meine Uniform bestehend aus schwarzem Top und Skinny-Jeans an. Dazu meine Converse sowie ein Paar High Heels in der Tasche.

Das Atelier höre ich, bevor ich es sehe. Telefonklingeln, Fußgetrappel, Britney auf voller Lautstärke. »Wo sind die fucking Handschuhe?«, erhebt sich eine sehr irische Stimme über den Lärm. »Ich schwöre bei Gott, diese Handschuhe bringen mich noch um! Wie fucking schwer kann das sein?«

»Der Kurier ist schon unterwegs, hat sie mir gesagt. Um drei Uhr spätestens müssten sie hier sein.«

»Aha, dann richte ihr aus, dass ich einen Handschuh aufbewahren werde, um ihn ihr in den pedantischen Arsch zu schieben.«

Ro und ich betreten nun so eine Art Bienenstock. Zahllose Arbeiterinnen umschwirren emsig ihre Königin – in diesem Fall einen untersetzten bärtigen Mann mit cooler klobiger Nerd-Brille und *richtig* coolen Adidas-Plüschteddy-High-Tops. Komisch, nicht? Manchmal mag man einen Menschen schon ab der ersten Sekunde. Ich will ihn drücken.

Dermot Deens Blick fällt auf mich und sein Gesicht leuchtet auf. »Oh, wow! Da ist sie!«

»Dermot, das ist Jana. Jana, das ist Dermot.«

»Du bist eine Erscheinung! Alle mal herhören! Lasst kurz sein, was auch immer ihr tut, und sagt Hallo zu Jana!«

»HALLO, JANA«, intonieren die Arbeitsbienen.

Wo sind meine Manieren? »Guten Tag, tut mir leid, dass ich zu spät bin. Ich ... Ich konnte ... die Tür nicht finden.«

»Ach, wem sagst du das? Die findet niemand auf Anhieb. Wir müssen endlich mal ein Schild vorne ans Tor pappen. Bestimmt liefern sie meine Handschuhe gerade ins indische Restaurant die Straße runter.«

Er drückt herzlich meine Hand und ich versuche, mich zu entspannen. Vor lauter Dankbarkeit, dass ich mit meinen Startschwierigkeiten nicht allein bin, bekomme ich sogar ein Lächeln zustande. Das Atelier wirkt weniger groß, als ich es erwartet hatte, aber das kann auch an der Armee von Schneiderpuppen liegen, die einen hier umzingeln.

»Entschuldigt die Unordnung«, sagt Dermot. »Je näher die Show rückt, desto mehr gelange ich zu der Überzeugung, dass ich mir am besten einen Stapel schwarzer Minikleider von Primark besorge. Da klebe ich dann mein Logo drauf und fertig. Möchtest du einen Kaffee, Darlin'?«

»Nur etwas Wasser, danke.«

»Richie! Wo the fuck ist er? Heilige Mutter Gottes, schick mir einen Praktikanten, der zumindest annähernd menschliche Funktionen erfüllt. RICHIE!« Ein erschöpfter junger Mann kommt mit einem riesigen Karton die Treppe hochgehetzt.

»Die ... Handschuhe«, japst er.

»Halle-fucking-lujah! Endlich! Dann beweg dich jetzt mal zum Coffeeshop. Ich nehme einen Cortado – wenig Schaum! – und für Jana bringst du ein Wasser ... Mit oder ohne Kohlensäure?«

»Ähm, ohne reicht.«

»Ein Wasser ohne Kohlensäure plus was alle anderen hier noch wollen. Und bitte mach schnell, bevor ich Koffeinentzug kriege.«

Der arme Junge wuselt los. »Ach, im Grunde ist er ja ganz süß. Und gibt *hervorragende* Blowjobs.«

Ich kann beim besten Willen nicht erkennen, ob das ein Witz war, aber Ro gackert los, deswegen war es vermutlich einer. Hoffentlich.

Ich erinnere mich an Ros Empfehlung, Interesse zu zeigen und Fragen zu stellen. »Haben die … neuen Kleider … ein bestimmtes Thema?«, erkundige ich mich und bete, dass ich damit keinen wunden Punkt getroffen habe.

»Aber ja, das ist so aufregend!«, antwortet Dermot. »Achtung, topsecret, ich taufe die Kollektion: Deenver-Clan. Inspiriert von der Seifenoper!« Mein leerer Blick scheint ihm aufzufallen. »Oh mein Gott, du hast keine Ahnung, wovon ich rede, oder? Fuck, bitte tötet mich, ich bin alt. Alexis Carrington? Joan Collins?«

»Tut mir leid!« Ich zucke hilflos die Schultern.

»Ach ja, gerade erst geschlüpft, meine Kleine. Sieh her! Die Achtziger! Zwanzig Jahre bevor du gezeugt wurdest!«

Die Kleider an den Puppen sehen ein bisschen so aus wie Bonbonpapier. Metallisch glänzendes Leder. Breite Schulterpolster und viele Rüschen. »Echt cool«, sage ich, obwohl ich sie nur gegen Bezahlung je anziehen würde … Ach so, ja richtig.

»Du bist ein Schatz! Einfach zum Knuddeln! Vielen Dank fürs Herkommen, Jana. Als ich dein Gesicht gesehen habe, war ich von der ersten Sekunde an wie BESESSEN. Was habe ich meiner Freundin Rowenna hier gesagt? Ich sagte, dieses Mädchen ist die neue Lexx, genau das sagte ich.«

»Wort für Wort«, bezeugt Ro.

»Meine geliebte Lexx hat damals 2010 meine erste Show eröffnet. Aber ich denke – und verrat ihr das bloß nicht, denn dann häutet sie mich und trägt mich als Kleid –, dass du sogar noch mehr rockst als sie. Guck dich an! Beine! Wangenknochen! Hinreißend!«

»Was soll ich auf so etwas antworten?« Ich schlinge die Arme um mich. »Werde das Lob an meine Eltern weiterreichen, sind ja ihre Gene.«

Dermot lacht wesentlich lauter, als der Witz es verdient hätte. »Jetzt, Darlin', ziehen wir dir was an und du läufst ein bisschen für mich. Es wird das erste Mal sein, dass ich die Kleider in Aktion sehe. Yay!«

»Hoffentlich knalle ich nicht hin.«

Sie lachen. ALS WÜRDE ICH SPASSEN.

Obwohl ich mich diesmal hinter einem Paravent umziehen kann, stehen die Chancen für Privatsphäre auch hier denkbar schlecht. Nachdem ich mich bis auf meine frisch erworbene hautfarbene Unterwäsche ausgezogen habe – wobei mir auffällt, wie wenig dunkelhäutige Models mit »hautfarbener« Unterwäsche anfangen können –, halten Dermot und seine Assistentin Chloe verschiedene Kleider an meinen Körper und besprechen eventuelle Anpassungs- oder Änderungsarbeiten. Messbänder winden sich um mich wie diese Schlange in *Das Dschungelbuch*.

»Wollten Sie …«, fange ich an, während Dermot meine Hüften ausmisst.

»Bitte duz mich, Darlin', sonst komm ich mir gleich noch älter vor.«

»Wolltest du immer schon Designer werden?«

»Aber ja«, antwortet er. »Mein erstes Kleid habe ich für die Barbie von meinem Schwesterchen Bronagh geschneidert! Es sah sogar ein bisschen aus wie das hier. Ich wollte so schnell wie möglich raus aus Galway und es nach London schaffen.«

»Und du hast es geschafft!«

»Sweetheart, das war bei Gott nicht einfach. Irgendwann schreibe ich mal meine Autobiografie. Von der gerinnt dir glatt die Milch im Kühlschrank. Was ich nicht alles tun musste, um als Praktikant in London zu überleben! Aber der kleine Dermot McLoughlin wurde Dermot Deen – weil kein Fucker meinen Namen richtig aussprechen kann – und dann ... trug auf einmal Venus Ardito eins meiner T-Shirts auf der Bühne beim Glastonbury. Das war's, boom! Deswegen ...« Er weist mit dem Kopf auf ein riesiges, goldgerahmtes Venus-Ardito-Porträt, das fast eine ganze Wand des Ateliers einnimmt.

»Wow!«

»Ich weiß! Verrückt! Und hier stehen wir nun und feiern das zehnjährige Jubiläum von Republic of Deen. Wie die Zeit vergeht! Hier, schlüpf da mal rein.«

Er reicht mir ein glänzend violettes Kleid mit gerüschter Schulter. Während ich noch überlege, wie ich es am besten anziehe, hat er es mir schon übergestreift. »Der Reißverschluss fehlt noch«, erklärt er aus dem Mundwinkel, während er das Kleid mit Stecknadeln schließt. »Und die Schuhe kommen Montag.«

»Ich habe welche dabei«, biete ich an, doch da hat die Assistentin schon ein Paar goldfarbene Stiefeletten geholt. Mit erfreulich breitem Absatz und nicht *allzu* hoch.

»Weißt du was?«, macht er. »Diese Handschuhe sind abstoßend, was habe ich mir nur gedacht?« Sprach's und wirft ein Paar fabrikneuer Lederhandschuhe quer durch den Raum Richtung Mülleimer.

»Ich will ehrlich sein«, flüstere ich Dermot zu, während Ro vom zurückgekehrten Richie ihren Kaffee in Empfang nimmt. »Ich wurde erst vor zwei Monaten gescoutet und mein Walk ist eine Katastrophe.«

Er lacht aus voller Brust. »So was ist mir ja noch nie untergekommen! Ein ehrliches Model! Zu deinem Glück habe ich eine Schwäche für unkonventionelle Laufstile. Keksförmchenmodels können mir gestohlen bleiben. Meine Mädchen sind allesamt Freaks und schräge Gestalten.«

Schon während ich den Reißverschluss der zweiten Stiefelette zuziehe, gerate ich ins Wanken. »In dem Fall hast du genau die Richtige erwischt.«

»Knall einfach nicht hin. Und wenn doch, drauf geschissen, dann lach drüber und steh wieder auf, okay? Und jetzt los, Darlin'.«

Als wäre Zauberei am Werk, kommt in der Musikplaylist, die schon die ganze Zeit läuft, genau jetzt ein Lied von Venus Ardito. Das nehme ich als gutes Zeichen. Die Strecke quer durchs Atelier misst nicht mehr als zehn Meter. Ich versuche, im Takt der Musik zu laufen und rufe mir ins Gedächtnis, was ich gelernt habe. Ich schwinge locker die Arme und schiebe die Hüfte ein bisschen vor. An der Tür drehe ich mich um und laufe wieder zurück.

»Siehst du?«, sagt Dermot. »War das so schlimm?«

»Sah es okay aus?«

»Babe, es war klasse! Ich wollte doch nur sichergehen, dass du einen Fuß vor den andern kriegst. Dieser ganze Mist über einen ›guten Walk‹! Solange du zur Musik laufen kannst, ist alles in Butter.«

»Das war super, Jana, du hast es gerockt«, lobt nun auch Ro, wobei ihr allerdings ein riesiges, mit Edding verewigtes »PUH, GUT GEGANGEN!« quer über die Stirn geschrieben steht.

Ich gucke mich im Spiegel an. Es wird Zeit, dass ich meine Schüchternheit endlich ablege.

Denn – ganz ehrlich – ich sehe aus wie ein fucking Model.

FASHION WEEK

Es gibt noch viel zu lernen. In der Woche vor der LFW – so nennen sie die London Fashion Week – findet erst mal die New York Fashion Week statt, deswegen herrscht bei Prestige Ausnahmezustand und ich bekomme nicht das kleinste Lebenszeichen von ihnen. Sie hatten entschieden, dass die Zeit zu knapp wäre, um mich in diesem frühen Stadium meiner »Karriere« in New York einzuführen. Ich für meinen Teil habe ganz ehrlich auch ohne Reisen in fremde Städte genug mit der Schule zu tun.

Trotzdem haben DIE TRÄUME schon angefangen. Die Träume, in denen ich hinfalle und alle mich auslachen. In denen ich auf dem Laufsteg meine Tage kriege. In denen ich verschlafe und die ganze Show verpasse. Jede Nacht wache ich um fünf Uhr auf und kann nicht mehr einschlafen.

Die Schule ist ein einziger blöder Krampf. Ich weiß nicht recht, was ich von den neuen Regeln halten soll, die auf den ersten Blick so verlockend gewirkt haben. Es ist alles so anders. Zum Glück habe ich in Französisch und Englisch Sabah und in Soziologie Laurel, Robin und Ferdy an meiner Seite. Es ist also immer wer da, aber ich vermisse es, einfach abzuhängen. Irgendwie sind wir nie alle am gleichen Ort. Und die Kurse sind *anstrengend*, viel anstrengender als mein alter Unterricht. Vor allem, weil so viel Lehrstoff auf einmal drankommt. Gestern Abend hatte ich eine zweite Anprobe bei Republic of Deen und musste meine Übersetzungsaufgabe für Französisch um elf Uhr nachts in der Bahn machen. Meine Augen fühlen sich an, als wäre mir Sekundenkleber reingetropft.

Zu allem Übel scheint mir mein Ruf von der Wandsworth bis nach Hollyton gefolgt zu sein. »Hey, du!« Ein pickliges Wiesel muss in Trab verfallen, um auf dem Flur mit meinen langen Schritten mitzuhalten. »Stimmt es, dass du ein transsexuelles Supermodel bist?«

»Klar«, sage ich. »Warum nicht?«

Neben mir bricht Sabah in Gelächter aus. »So ein Wichser.«

»Es stimmt!« Das Wiesel huscht zu seinen Freunden zurück. »Sie hat es zugegeben.«

»Du hättest ihm einfach eine verpassen sollen«, sagt Sabah.

»Geht mir am Arsch vorbei.« Ich zucke die Schultern. So läuft es nicht bloß bei den Jungs, die eben Jungs sind. Auch die Mädchen, die nicht mit mir an der Wandsworth waren, geben ihren Senf dazu. *Die da ist das Model*, wird dann geflüstert, oft gefolgt von einer missbilligend verzogenen Miene. *Aber die ist doch hässlich.*

»Reiner Neid«, sagt Sabah.

»Dazu besteht kein Anlass.« Wir sind auf dem Weg zum Englischkurs und ich könnte mir wirklich Schöneres vorstellen, als neunzig Minuten mit *Tess von den d'Urbervilles* zu verbringen. Ich hab's verstanden, sie wurde vor der Hochzeit flachgelegt – was soll das Drama?! Ob ich einfach das in meinen Aufsatz schreibe?

»Wenn du meinst, Babe.«

»Bisher ist ja nicht viel passiert.« Irgendwie fühle ich mich gleichzeitig überlegen und echt scheiße. Ich wurde als Model entdeckt, okay, aber offenbar sehe ich immer noch wie ein Freak aus.

Sabah blinzelt mich mit ihren langen Wimpern an. Sie lässt sich immer beim *Nailed It* gegenüber von der Bahnstation Verlängerungen ankleben – was ich ja etwas gruselig finde. »Bist du auf Drogen, Miststück? Morgen wirst du bei einer Republic-of-Deen-Modenschau laufen!«

»Und heute hab ich haufenweise Kurse und muss danach noch zur mittlerweile dritten Anprobe hetzen.«

»Hör bloß auf, dein Elend zerreißt mir das Herz. Hast du das hier gesehen?« Sie zückt ihr Tablet.

»Was denn?«

»Laut der amerikanischen *Vogue* ist die Republic-of-Deen-Show *das* Event der diesjährigen London Fashion Week.«

Ich scrolle ein Stück.

Zunehmend tragbarer, aber anhaltend verspielt. Alles spricht dafür, dass Dermot Deens F/S-Kollektion direkt nach Einführung ausverkauft sein wird. Die erste Sneak Peek von »Deenver-Clan« lässt auf ebenso starke wie stylische Eighties-Einflüsse mit kraftvoll weiblicher Attitude schließen.

»Aha, und was soll das bedeuten? Ist das überhaupt in unserer Sprache geschrieben?«

»Wen interessiert's? Es ist jedenfalls noch besser bewertet als Burberry oder Erdem. Oh mein Gott, stell dir vor, Anna Wintour kommt da hin. Stell dir vor, du würdest Anna Wintour kennenlernen!«

»Wen?«

Da gibt Sabah mir allen Ernstes einen hinter die Löffel. »Wasch dir den Mund, Ketzerin! Die lebende Legende bei *Vogue*! Du *musst* diese Leute kennen, Jana.«

Ich reibe mir grinsend den Kopf. »Warum, wo ich doch dich habe?« Ich lege ihr den Arm um die Schultern und wir gehen die Treppe zum ersten Stock hoch.

Plötzlich wird Sabah langsamer.

»Was ist?«

»Guck mal da.«

Schräg über uns wartet Laurel auf ihren Medienwissenschaftskurs. Dabei steht sie neben Harry Daley – Heathers unwesentlich weniger grässlichem Zwillingsbruder. Er besteht hauptsächlich aus fluffigen Boygroup-Haaren und Grübchen. Mädchen werden sofort feucht, wenn sie ihn sehen.

Und Laurel flirtet mit ihm. Definitiv. Laurel kennt kein Pardon, wenn es ums Flirten geht. Obwohl wir noch grob zehn Meter von ihr entfernt sind, können wir sie mit den Wimpern klimpern und die Haare werfen sehen, als gäbe es kein Morgen. Laut Laurels Theorie werden Jungs vom Geruch einer Mädchenmähne völlig willenlos.

»Gott, ist das offensichtlich!« Sabah lacht.

»Aber Laurel und Harry? Seit wann?«

»Ich versteh's auch nicht. Hat sie dir was erzählt?«

»Nein«, antworte ich. »Dir?«

»Nope.«

Das ist seltsam. Normalerweise ist Laurel die Gesprächigste in unserem Gruppenchat. Wenn ich so darüber nachdenke – sie ist auffällig still geworden. Bei Laurel muss man sich jetzt Gedanken machen, ob man womöglich was Falsches gesagt hat. Egal. Mit meinem überforderten Hirn kann ich nicht die Schule bewältigen *und* mit der Fashion Week klarkommen *und* jeden der letzten Wortwechsel zwischen Laurel und mir analysieren.

Jana: Ratet mal.

Sabah: Was?

Laurel: ???

Jana: Gerade informiert mich die Agentur, dass CLARA KEYS morgen die Show eröffnen wird!!!!

Laurel: OMG! Ist das dein Ernst?!

Sabah: FUCK OFF.

Jana: ICH WEISS!

Laurel: Werde ihre beste Freundin, bitte, und lad sie zu uns ein, ja??!!!

Sabah: Ich bin wortwörtlich hinüber, Babe. Ich bin gestorben. MAUSETOT!

LAUFSTEG

Ich wache um vier, fünf und sechs Uhr auf und sitze aus Angst, den Wecker verpasst zu haben, senkrecht im Bett. Wenn ich schlafe, befallen mich weitere Albträume. Vom Hinfallen, von funktionsunfähigen Beinen, von Heather Daley, die mich aus dem Publikum anspuckt. Wenn man bedenkt, dass ich nach der chaotischen letzten Anprobe erst um eins vor meinem Haus aus dem Addy Lee gekippt bin, hätte ich eigentlich auch gleich wach bleiben können.

Als der Wecker dann tatsächlich klingelt, greife ich zum Handy und wähle. Es dauert ewig, bis er abnimmt.

»Jana? Was ist los?«, krächzt Ferdy.

»Ich will das nicht machen.«

Er muss nicht erst nachfragen. »Babe. Da machen sich nur deine Nerven bemerkbar ... Wobei sie vermutlich mit Leuchtschildern winken.«

Ich vergrabe den Kopf im Kissen. Es riecht nach Schlafatem. »Ja. Und auf denen steht: TU ES NICHT!« Am andern Ende ertönt versonnenes Schmatzen. »Tut mir leid, hab ich dich geweckt?«

»Ja, aber ist schon okay.«

»Tut mir echt leid, Babe.«

»Ich will ja deinen Job nicht verunglimpfen, Süße, aber du musst nichts weiter tun, als geradeaus laufen.«

»Ohne dabei hinzufallen!«

»Stimmt. Soll ich mitkommen?«

Ich setze mich im Bett auf. »Würdest du das machen?«

»Klar. Warum nicht?«

Wenn ich mir vorstellen könnte, dass ich nur für Ferdy laufe, dürfte die Sache zu schaffen sein. »Ganz sicher?«

»Ja doch. Und, hey, ich nehm glatt mal meine Kamera mit. Sag einfach, wann ich an der Haltestelle sein soll.«

Nachdem wir das besprochen haben, schleppe ich mich unter die Dusche. Obwohl mir immer noch nicht ganz klar ist, was genau mich heute erwartet, sollte ich meinen Körper wohl in einwandfreiem Zustand übergeben. *Natürlich* schneide ich mir beim Rasieren das Knubbelknie auf. »Fuck!« Hoffentlich können sie das überschminken oder so. Der Schnitt hat tatsächlich die Dreistigkeit, wie ein spöttisches Grinsen auszusehen.

Indem ich an Ferdys beruhigende Stimme denke, versuche ich das klimpernde Versagensangstwindspiel in meinem Kopf zu übertönen. Die gleiche Methode habe ich vor den Prüfungen angewandt. Ich weiß, wie rührselig das klingt, aber Ferdy gibt mir einfach Halt im Leben. Na ja, zusammen mit Mum und Dad, schätze ich. Logisch also, dass ich mich schon beim reinen Gedanken an ihn sicherer fühle. Solange er bei mir ist, kann nichts wirklich Schlimmes passieren.

Zuerst waren wir nur Freunde. Beide hatten wir Kunst als Leistungsfach und unser Lehrer, der alte Mr Melvin, gehörte zur lässigen Sorte. In seinem kreativ-chaotischen farbebesprenkelten Klassenzimmer lief den ganzen Tag alternative Musik und wir konnten kommen und gehen, wann wir wollten. Seltsamerweise ließ genau diese offene Tür uns dortbleiben.

Schon seit ich zehn bin, besuchen Ferdy und ich die gleiche Schule, doch vor diesen gemeinsamen Kunststunden hatten wir kaum mehr als fünf Sätze miteinander gesprochen. Zu seinen ersten Worten an mich bei dieser neuen Gelegenheit gehörte »Vulva«. Ja, echt.

Wir sollten das Werk eines selbst gewählten Künstlers untersuchen, und weil ich ein bisschen – okay, sehr – naiv war, entschied ich mich für Georgia O'Keeffe. Mittlerweile weiß ich auch, dass alle Welt diese Blumen als Muschis interpretiert. Na ja, jedenfalls kam an dem

Nachmittag Ferdy an meinem Tisch vorbei und machte mich darauf aufmerksam, dass manche in dem Bild da eine Vulva erkennen. Er wurde augenblicklich rot.

»Ach so?«, sagte ich und betrachtete den Druck von O'Keeffes *Inside Red Canna* genauer.

»Ja, also, manche halt«, haspelte er.

»Ah, okay. Jetzt seh ich es auch.« Dabei blickte ich ihn lächelnd an wie Eva ihren Adam nach dem verstohlenen Bissen vom Apfel. Ich kannte ihn seit Jahren, aber erst in dem Augenblick *sah* ich ihn. »Hm, irgendwie unangenehm.«

»Soll ich schnell eine phallische Skulptur oder so was holen, damit wir quitt sind?«

Ich lachte. Und hörte damit mehr oder weniger den kompletten Rest des sonnigen Nachmittags nicht mehr auf. Selbst der tiefenentspannte Mr Melvin rief uns irgendwann zur Ordnung. Danach wollte ich, sooft es ging, in Ferdys Nähe sein, weil er mich so wunderbar zum Lachen brachte. In jeder Mittagspause dirigierte ich die Clique dorthin, wo auch er abhing, und ich musste feststellen, dass der Kunstunterricht zum Highlight meiner Woche avancierte.

Jetzt mal ehrlich, dem verdammten Gott sei Dank, dass Ferdy ebenso empfand, sonst wäre das echt scheiße gewesen.

Damit ich heute gar nicht erst die Möglichkeit habe, mich wieder zu verlaufen, soll ich bei Prestige einen Fahrer zugewiesen kriegen. Ferdy und ich betreten das Büro.

Reines Chaos.

Es sieht aus wie eine Szene aus einem Katastrophenfilm, bei der die Überlebenden blutüberströmt durch die Gegend taumeln. Bloß dass es sich in diesem Fall weniger um herkömmliche Zivilisten als um spindeldürre Zweimetermädchen handelt, die vor der Tür Kette rauchen und drinnen im Buffet herumpicken. Tablettweise aufgefahrene Backwaren bleiben unberührt, stattdessen bewegen sich knochige Finger zielsicher auf Banänchen und Joghurts zu. Eine Armada von Rollkoffern besetzt jeden freien Zentimeter im Büro und die Telefone klingelingelingeln ohne Pause.

»Jana, Liebes!« Ro kommt angerannt und umarmt mich. Sie sieht aus, als hätte sie beim Ausbruch der Katastrophe recht weit vorne gesessen. »Du bist superpünktlich, das ist großartig. Hast du schon gefrühstückt? Hier gibt's Croissants und alles. Oh, und nimm dir auch ein paar Wasserflaschen vom Buffet, falls du nachher warten musst.«

»Ferdy ist mitgekommen«, sage ich und zeige über die Schulter. »Darf er auch die Show angucken?«

Ro saugt zischend den Atem ein. »Oh, Honey, ich weiß ja nicht. Eigentlich nur mit Eintrittskarte. Wenn auf einmal jedes Model Freunde und Familie mitbrächte ... Vielleicht kriegen wir ihn backstage reingeschmuggelt.«

»Ich kann auch einfach draußen warten«, wiegelt Ferdy ab.

»ROWENNA!«, schreit Maggie durchs Büro. »Wo ist Viktoria?«

»Auf dem Weg von Wimbledon hierher.«

»*Wimbledon?* Was treibt sie da? Ich werde ihr den dürren Hals umdrehn. Und ist Clara schon gelandet?«

Seufzend wendet sich Ro wieder an mich. »Ich muss jetzt weiter. Vor der Tür sollte mittlerweile deine Fahrerin warten.« Sie nickt müde in Ferdys Richtung. »Nimm ihn halt mit und dann wartet ab, was der Producer dazu sagt.«

Laut dem Schild im Fenster des schwarzen Wagens ist die Fahrerin auch für Viktoria hier, von daher werden wir wohl beide für Dermot laufen. Ro gibt die Anweisung, trotzdem schon abzudüsen. »Ich glaube, sie hasst mich«, sagt Ferdy, als der Wagen losrollt.

»Sie kriegt sich schon wieder ein. Und dem Producer sage ich, du wärst mein Blindenhund oder mein Therapiekaninchen oder so.«

Er lacht. »Ich hätte echt kein Problem damit, einfach irgendwo in der Nähe einen Kaffee zu trinken.«

»Nein.« Ich umklammere seine Hand, als ginge es um mein Leben. »Wir schmuggeln dich rein. Ich will dich dabeihaben.«

Zu Fuß wären wir meiner Einschätzung nach schneller gewesen. Ganze zwanzig Minuten kriechen wir auf der Regent Street Richtung Innenstadt dahin. Auf dem Plan, den Ro mir geschickt hat, steht zu lesen, dass Deenver-Clan in einem alten Tresorraum präsentiert wird, was ich ja irgendwie echt cool finde. Die Show an sich fängt erst um eins an, aber um zehn geht die Probe los.

Als das Auto vor der Zieladresse langsamer wird, beginnt es in meinem Magen wieder zu rumoren. Zum Glück kennt die Fahrerin den Weg und folgt einem LFW-Schild bis zur Rückseite des verlassenen Bankgebäudes. Wir steigen aus und werden vorm Notausgang von einer Mitarbeiterin in fluoreszierender Warnweste empfangen.

»Hallo«, sage ich. »Ich bin Jana Novak.«

Sie sucht den Namen auf ihrer Liste und überreicht mir ein Umhängeband mit Kärtchen. »Und wer ist das?«

»Mein persönlicher Fotograf. In der Agentur hieß es, sie hätten schon angerufen und das geklärt«, lüge ich drauflos. Bestimmt sind alle viel zu beschäftigt, um das zu überprüfen.

»Meinetwegen.« Die Mitarbeiterin verdreht die Augen und wendet sich an Ferdy. »Stehen Sie da drin nicht im Weg herum und«, sie zeigt auf seine Kamera, »die tun Sie gleich mal wieder weg. Nur offizielle Fotografen.«

»Klar.« Nachdem der Stein des Anstoßes im Rucksack verschwunden ist, bekommt Ferdy ebenfalls ein Kärtchen am Band.

Wie Hänsel und Gretel ihren Steinchen folgen Ferdy und ich den Pfeilen mit »RoD MODELS + CREW«, die uns immer tiefer unter die Erde lotsen. Die Flure riechen leicht modrig und ich frage mich, wann hier der letzte Banker den Bleistift fallen ließ.

»Das ist so abgefahren«, sagt Ferdy und streicht im Vorbeigehen über die aufgesprungenen Wandfliesen. Seine Stimme klingt ganz hallig. Alles um uns her ist in einem coolen Jadegrün gehalten. Art déco, wenn ich mich nicht irre. Wo der Boden noch intakt ist, lässt sich ein Muster aus Muschelmotiven erkennen.

Mittlerweile sind immer deutlicher Stimmen und Geräusche zu hören. Nachdem wir eine weitere Treppe hinuntergegangen sind, betreten wir den alten Tresorraum. »Oh, wow«, murmele ich. Die riesige kreisrunde Tür steht weit offen, aus ihr heraus ragt der Laufsteg. Neonröhren wurden offenbar absichtlich möglichst schief und krumm an losen Kabeln darüber aufgehängt und flankiert wird er von Hunderten Büroventilatoren in allen Farben und Formen. Die Devise lautet *ganz eindeutig* hammergeile Business-Bitch.

Praktikant Richie taucht an meiner Seite auf und zerrt mich am Arm durch die Tresortür. »Wir haben Jana, over«, meldet er in sein Walkie-Talkie.

Eine kurze Bestätigung erknistert.

»Hi, ich habe meinen Freund mit–«, fange ich an.

»Mir egal. Ab mit dir zu Haare und Make-up. Wir sind spät dran.«

Hinter den Kulissen geht es wesentlich weniger mondän zu. In einer von zahllosen Dampfbürsten erzeugten Sauna-Atmosphäre reiht sich Kleiderstange an Kleiderstange, neben denen auf Klapptischen Essen und Make-up ausliegen. In der Ecke kippt sich ein schweißüberströmter Dermot mit speckigen Wangen eine Flasche Magenberuhiger in den Schlund.

Ich beschließe, ihn nicht zu stören. Clara Keys kann ich nirgends entdecken. Vielleicht liegt das an einer Art Modelhierarchie. Die Berühmtesten schlagen als Letzte auf.

Richie lädt mich bei den Make-up-Tischen ab. »Schön hierbleiben«, befiehlt er und eilt davon.

»Wow«, macht Ferdy.

»Ich weiß«, flüstere ich. »Wer hätte gedacht, dass ein paar blöde Kleider über Leben und Tod entscheiden?«

»Hör mal, mein Liebchen …«, blafft Dermot hinter mir. Ich hatte gar nicht gemerkt, dass er in unsere Richtung gekommen ist. »Dir ist vielleicht neu, dass die britische Modebranche jährlich sechsundsechzig Milliarden Pfund umsetzt.«

Das Ganze ist mir so peinlich, dass ich mir fast den Hals breche beim Kopfeinziehen. »Tut mir leid … Ich meinte nur …«

»Ich weiß, was du gemeint hast. Sechshunderttausend Leute arbeiten in dem Bereich, aber, schon klar, was soll's.«

»Dermot …«

»Und am *meisten* ärgert es mich, wenn *Frauen* Mode belächeln. Schließlich wird sie nur deswegen so oft abgetan, weil wir schöne Kleidung herkömmlich mit jungen Mädchen assoziieren. Mode! Ist doch nur Jux und Dollerei, oder nicht? Völlig bedeutungslos. Wer würde das je über Fußball sagen? Und Fußball ist ja wohl das Aller-fucking-unbedeutendste auf dieser großen fucking Welt!«

Oh Mann, ich möchte bitte einfach sterben. »Tut mir leid …«

Er lässt den Kopf hängen. »Nein, mir tut es leid. Ich bin einfach fertig mit den Nerven. Venus Ardito hat zu fünfzig Prozent ihr Kommen zugesagt. Anna Wintour zu hundert Prozent, ebenso Lucas Blo.« Bei dem letzten Namen gucke ich offenbar schon wieder nur blöd aus der Wäsche. »Er gehört zu den *ganz* großen Fotografen, okay? Erinner mich später dran, dass ich dich ihm vorstelle. Ist ja nicht deine Schuld, dass ich IN DIESEM DRECKSLOCH NICHT RAUCHEN DARF! Und danke, dass du pünktlich bist.«

Trotzdem habe ich ihn verletzt, das kann ich sehen. »Kann ich bei irgendwas helfen?«

Er lächelt. »Du bist so eine Liebe. Am besten hilfst du mir jetzt, indem du dich schon mal bei Haare und Make-up anstellst. Um elf können wir dann hoffentlich mit der Probe loslegen.«

Ich nicke. »Geh du bis dahin doch eine rauchen«, schlage ich ihm vor.

Ein ganzes Heer von Visagisten ist am Start. Mein Gesicht bekomme ich von einer freundlichen Waliserin namens Lauren gemacht, von der ich erfahre, dass sie während der Fashion Week so viel verdient wie im ganzen Rest des Jahres zusammen. Allein heute ist sie für drei Shows engagiert. Aufs Neue kriege ich ein schlechtes Gewissen wegen meinem Fauxpas von gerade eben.

Während Lauren sich auf mein Gesicht konzentriert, versuche ich mir einen besseren Überblick zu verschaffen. Vor einer Weile ist eine griesgrämige Viktoria hereingeschlurft und hat mir zugenickt. Sie schien den Trubel gründlich satt zu haben und sah mehr als nur leicht verkatert aus.

Dermot kommt mit einer blonden Frau in einem Burberry-Trenchcoat zurück und rückt ihr den Stuhl neben meinem zurecht. »Jana, Honey«, sagt er dann, »das ist Alex.«

Erst als sie mir die Hand gibt, schaue ich genauer hin. Ohne den wasserstoffblonden Pixie sieht sie *so* anders aus. Zur scheißverdammten Hölle noch eins, Lexx sitzt neben mir! »Oh mein Gott, du bist …«

Sie lächelt und verdreht kurz die Augen. »Ja. Mach dir keine Gedanken. Ohne die Frisur erkennt mich kein Mensch.« Sie hat diesen sympathischen Edinburgh-Dialekt. Genau wie Mr McFadden an der Schule. Ich wusste gar nicht, dass Lexx Schottin ist. Tatsächlich habe ich sie bis heute noch kein Wort sagen hören, glaube ich. Inzwischen trägt sie die Haare dunkler und als fransigen Bob.

»Jana läuft heute ihre erste Show *überhaupt* für mich.« Während Dermot das sagt, massiert er meine Schultern, von daher nimmt er mir meine Bemerkung wohl nicht mehr allzu übel. »Ist sie nicht ein Hingucker?«

Ich fühle, wie ich rot werde.

»Aber hallo! Einfach umwerfend! Wie alt bist du, Liebes?«

»Fast siebzehn.«

»Gerade erst geschlüpft!«, ruft sie. »Ach, Dermot, erinnerst du dich, als wir so jung waren? Gott, ich fühle mich alt.«

»Alex unterbricht heute ihren Ruhestand, um das zehnjährige Jubiläum mit mir zu feiern«, erklärt Dermot.

»Häng dich einfach an mich alten Haudegen dran«, sagt Lexx und zwinkert mir zu.

»Du arbeitest gar nicht mehr als Model?«

»Ich bin zweiunddreißig!«, stößt sie hervor. »Eine verrottende Leiche in Modeljahren.«

»Oh, fuck off!«, macht Dermot. »Du bist noch immer eine Göttin!«

»Mittlerweile schauspielere ich hauptsächlich. Im Young Vic Theatre habe ich erst neulich bei *After Miss Julie* mitgespielt.«

Von dem Stück habe ich noch nie etwas gehört. »Oh, cool.«

Richie nähert sich uns vorsichtig. »Dermot ...?«

»Oh-oh, jetzt geht's los. Was denn?«

»Es ist wegen Clara. Sie hat gestern am JFK ihren Flug verpasst ...«

Dermot wird bleich wie ein Bettlaken. »Fuck.«

»Alles unter Kontrolle. Prestige hat ihr stattdessen den Nachtflug gebucht und sie wird direkt von Heathrow herkommen.«

Mit einem Mal entsteht Aufregung an der Tür und zwei *Hulk*-artige Leibwächter zwängen sich in den Backstage-Bereich. Dermot und seine Mitarbeiter flattern augenblicklich auf, um den Neuankömmling zu betüddeln. Umringt von dem ganzen Gefolge bleibt die Person zunächst verborgen, doch dann sehe ich die roten Haare von Dido Gant an mir vorbeiwippen. Mir geht auf, dass sie in eine private Garderobe gebracht wird. Fancy.

Dido ist nicht so groß wie wir anderen Models. Ich frage mich, ob die berühmten kleiner sein dürfen als die normalen. Schon komisch, obwohl ich Dido oder ihre Schwester Domino nicht im Entferntesten kenne und nicht mal sagen könnte, wo sie geboren sind, weiß ich doch alles über sie. Es ist, als hätten sie per Instagram ihr ganzes Leben in meinen Kopf runtergeladen. Zusammen haben die beiden sieben Millionen Follower, die ihnen dabei zusehen, wie sie »Bauchweg-Tees« und »Hüftspeck-Killer« verticken.

»Truthahnschinken und Sashimi für Dido!«, höre ich einen Republic-of-Deen-Mitarbeiter zu einem anderen sagen, der daraufhin eilig davonwuselt. Truthahn? Igitt. Truthähnen müsste verboten werden, den guten Namen von Schinken in den Dreck zu ziehen. Ich verdrehe die Augen und wende mich an Viktoria, die jetzt neben mir die Haare gemacht bekommt. »Dido ist Schlampe«, sagt sie viel zu laut. »Redet nie mit anderen Mädchen.«

Dazu nicke ich nur schweigend, froh, mal in die Lästerei mit einbezogen zu werden, statt ihr Gegenstand zu sein. Insgesamt haben sich mittlerweile etwa fünfzehn Models eingefunden. Sie sind schwer auseinanderzuhalten, weil die meisten *genau* wie Viktoria aussehen. Dazu fliegen so viele Sprachen durcheinander, dass es sich für mich nur noch nach Geräuschen anhört. Die Russinnen – sind es Russinnen? – rotten sich nach kurzer Zeit zusammen und sehen allesamt stinkwütend aus, ohne dass ein Grund ersichtlich wäre. Auch hier bleibt das Buffet, abgesehen von Bananen, Haribo und Diätcola, weitgehend unberührt.

Nachdem ich zum Abschluss *eine Menge* lilablauen Lidschatten aufgeschmiert bekommen habe, zerrt mich eine Stylistin zu den Kleiderstangen hinüber. Mit dem quer übers Gesicht verteilten pinken Rouge sehe ich volle Kanne wie eine Dragqueen aus. Tja, Mode oder so? Bei der letzten Anprobe wurden Fotos von mir gemacht, die jetzt an der Kleiderstange mit meinen Sachen kleben. Jedes Model wird zwei Looks vorstellen. Ich das violette Kleid mit der gerüschten Schulter und einen grauen Hosenanzug, ebenfalls aus Leder. Die Schuhe wurden gestern noch nicht festgelegt, deswegen freue ich mich wie eine Schneekönigin über die silbernen Stiefeletten mit weichem Schaft und die knallpinken Halbschuhe – beide Paar ohne idiotisch hohe Absätze. Ich könnte heulen vor Glück.

Plötzlich ruft über meinen Kopf hinweg eine wahre Lkw-Hupe von Stimme. »Richie, Süßer, krieg ich vielleicht eine Sechser McNuggets mit Pommes? Und einen Erdbeermilchshake?«

Ich kauere gerade in meiner hässlichen Hautfarbeunterwäsche neben den Kleidern, drehe mich aber trotzdem um. Vor mir ragt

Clara Keys empor. Es kommt mir absurd vor, wie schön sie ist. Zerknitterter Keys-Loves-Adidas-Trainingsanzug, die Haare in einem unordentlichen Pferdeschwanz – und doch sieht sie zum Niederknien aus.

Dermot kommt sie begrüßen. Seine Erleichterung kann man fast riechen. »Babe, du bist hier!«

»Tut mir echt leid wegen der Verspätung. Der Verkehr war die Hölle.«

»Schon gut, schon gut, jetzt bist du ja da.« Bei den Worten zerdrückt er fast ein Tränchen. »Dann bereiten wir dich mal vor. Möchtest du was essen?«

»Einer ist schon los und holt mir was von Meckes.«

Dermot geleitet sie von dannen und ich bin immer noch absolut platt. Gerade habe ich Clara Keys getroffen, oder fast getroffen. Und nicht mal ein Foto gemacht. Ich Depp.

In verschiedenen Bekleidungszuständen laufen wir Probe. Kein Hexenwerk, ganz ehrlich. Auf der rechten Laufstegseite bis nach vorne, auf der linken wieder zurück. Nicht mal ein Hirnamputierter könnte das verbocken. Trotzdem ist mir immer noch schlecht vor Aufregung. Ein echter Drei-Imodium-Tag.

Eine Furcht einflößende laute Lady bellt uns an, wenn wir loslaufen sollen, von daher muss ich buchstäblich nur erstens: rechtzeitig bereit sein und zweitens: in einer geraden Linie laufen. Dermot weist mich noch an, vorne lange genug für die Fotos stehen zu bleiben.

»Geht es dir gut?«, fragt Ferdy. Er hält sich möglichst unauffällig am Rand des Geschehens auf. Fest drücke ich seine Hand. Durch den Vorhang kann ich hören, wie allmählich immer mehr Publikum eintrifft. Ein DJ spielt etwas Aufwärmmusik. Ich fühle mich original wie vor meinem letzten Bühnenauftritt – als Erzählerin beim Krippenspiel in der Unterstufe. Die hübschen Mädchen spielten Maria oder den Engel Gabriel. Die schlauen Mädchen lasen Texte von goldenen Karten ab. Unsere Lehrerin musste mich am Kragen festhalten, als ich zum falschen Zeitpunkt ans Mikro treten wollte.

»Ich muss pinkeln«, antworte ich auf Ferdys Frage. »Aber ich will bis kurz vorher warten, sonst muss ich direkt wieder, weil ich so nervös bin.«

Ferdy grinst. »Tu dir was Gutes ... geh zweimal.«

»Noch fünf Minuten, Leute!«, bellt die laute Lady.

»Scheiße, Ferd.«

»Jana, sieh mich an. Du schaffst das.«

Nicht mal meinen Freund küssen kann ich, weil das mein Make-up versauen würde. Stattdessen versuche ich, die Panik wegzuatmen. »Bin gleich zurück.«

An der Furchteinflößenden vorbei schlüpfe ich zu den Toiletten. Während ich pinkle, wandert unter hässlichem Würgen und Platschen in der Kabine neben mir jemandes Mittagessen in die Schüssel. Ich ziehe die Schultern hoch. Irgendwie deprimierend, dass das Klischee des essgestörten Models sich bestätigt. Offenbar sind hier längst nicht alle von Natur aus ein Strich in der Landschaft, so wie ich.

Gerade wasche ich mir die Hände, da geht die Kabinentür auf und heraus kommt in einem goldfarbenen Lamé-Jumpsuit ... Clara Keys, die sich den Mund mit Klopapier abwischt. Sie ertappt mich noch dabei, wie ich sie anstarre, bevor ich schnell ins Waschbecken gucke.

»Ich weiß, was du jetzt denkst«, sagt sie, während sie ans benachbarte Waschbecken tritt. »Aber ich muss gestern in Brooklyn schlechte Spareribs abgekriegt haben. Mir geht's echt dreckig. Das mit den McNuggets war ein Scheißfehler.«

Auf ihrer berühmten Haut – die oft mit Schokolade verglichen wird, was ich ja irgendwie rassistisch finde – liegen tatsächlich ein dünner Schweißfilm und ein leichter Graustich. Und das ist trotz des ganzen Make-ups zu erkennen. Wo mir das Lila um die Augen geschmiert wurde, glänzt es bei ihr goldgelb. »Geht's denn einigermaßen?«, frage ich.

Sie holt tief Luft. »Ehrlich gesagt, nein. Aber verrat keinem was, ja?«

»Okay, mach ich nicht. Nur, warum? Wenn du doch krank bist …«

Sie zieht die Nase kraus. Todesniedlich. »Du bist neu in meiner Agentur, oder?«

»Ja.«

»Mein Tipp für Anfänger: Nicht beschweren, nicht erklären. Sei einfach pünktlich und lächle.« Sie setzt ein Strahlen für mich auf. »Es gibt einen Grund dafür, dass ich nach so vielen Jahren immer noch Bookings kriege. Merk's dir … Wie heißt du überhaupt, Babe?«

»Jana.«

»Freut mich, dich kennenzulernen, Jana. Ich bin Clara.«

»Ich … weiß. Ich … wohne in der Winstanley.«

Sie reißt die Augen auf. »Echt?! Dann grüß die alte Platte mal herzlich von mir, Schwester!« Ihr diesmal echtes Strahlen blendet mich fast. Selbst ich würde dafür bezahlen, sie fotografieren zu dürfen. »Und, Tipp Nummer zwei«, fährt sie fort, »stell dich *immer* vor, *besonders* dann, wenn alle deinen Namen kennen.«

»Kapiert.« Ich lächle zurück, obwohl ich mich kaum traue, ihr ins Gesicht zu sehen. Nachher werde ich noch blind wie vom In-die-Sonne-Gucken. Das ist dermaßen unwirklich. Ich stehe im Klo mit Clara Keys. Die leicht nach Kotze riecht. Und ein bisschen drüber wirkt. Aber auch echt nett zu sein scheint.

»Und zum Abschluss Tipp Nummer drei: Markier dein Handyladegerät mit Namen, denn diese Bitches haben allesamt Langfinger!«

Ich lache.

»Komm, wir verpassen noch die Show.« Clara geht voran. »Hast du Kaugummi dabei?«, fragt sie mich.

Habe ich tatsächlich. »Mein Freund hat mir welche zugesteckt. Hier.«

»Du rettest mir das Leben. Das vergess ich dir nie, Babe.«

Ich habe Clara Keys ein Kaugummi gegeben.

Das Licht geht aus.

Ein Raunen durchläuft das Publikum.

Die Walk-Musik geht an. Vage erkenne ich den Song – ein kalt-elektronischer, basslastiger Remix von irgendwas Hippem. Wie Vieh, das auf die Weide geführt wird – oder zum Schlachthof? –, stehen wir eine hinter der anderen für unseren Auftritt an. Ich könnte sterben, so nervös bin ich. Ein paar der anderen gähnen gelangweilt. Wieder andere fummeln an ihren zu großen oder zu kleinen Schuhen herum.

Ist das der Bass oder mein Herzschlag?

Ba-boum, ba-boum.

Fuck, mir wird schwindlig.

»Okay, Clara«, wird jetzt gebellt. »Los.«

Vorne in der Reihe wirft Clara sich auf den Laufsteg. Nur für eine Sekunde sehe ich noch ihr Gesicht im Scheinwerferlicht aufschimmern. Ihr langes Haarteil peitscht hinterdrein. Die Reihe bewegt sich vorwärts. Ich bin als Sechste dran. Mein erster Look ist der Hosenanzug. Ich soll die Hände einfach in die Taschen stecken, also muss ich mir keine Gedanken darüber machen, was ich mit ihnen anstelle.

Zweites Mädchen. Drittes.

Alles geht so schnell. Alle dreißig Sekunden schickt die Furchteinflößende ein neues Model los.

Ich bin die Nächste. Oh. Gott. Mein Herz platzt mir gleich aus dem Brustkorb wie dieses Alien in *Alien*. Und genau *dieses Bild* bekomme ich jetzt nicht mehr aus dem Kopf. Ganz toll.

»Jana. Los.«

Mach einfach, Hirni.

Ich trete nach draußen und bin kurz blind. Als sich meine Augen an das Scheinwerferlicht gewöhnt haben, sehe ich Viktoria vor mir und Clara auf ihrem Rückweg. Sie zwinkert mir zu.

Einfach laufen.

Mit den Händen schön in den Hosentaschen mache ich mich auf den Weg.

Und kapiere es. Endlich.

Ich habe nicht länger Jana Novak aus der Winstanley zu sein. Ich habe ... eine Göttin zu sein. Mit vorgerecktem Kinn und zielstrebigen Schritten gehe ich auf das Ende des Laufstegs zu. Mein Herzschlag und der Bass sind eins geworden.

Aus dem Augenwinkel sehe ich eine erste Reihe an mir vorbeiziehen, die aus Handys auf Hälsen zu bestehen scheint. Filmstars würden herkommen, so hieß es, Popstars und Anna Wintour, doch ich erblicke nichts als iPhones. Das Blitzlichtgewitter vorne erinnert mich daran, lange genug stehen zu bleiben. Sabahs Rat, dass Laufstegmodels immer »extrem angepisst« aussehen, läuft dabei auf Dauerschleife. Ich starre die Fotografen mit so schneidenden Blicken an, als wollte ich ihnen gleich eine drübergeben. Dann mache ich mich auf den Rückweg. Weil es mir so vorkommt, dass ich jetzt ja fertig bin, will ich am liebsten nur noch die Beine in die Hand nehmen. Doch stattdessen orientiere ich mich an Viktorias Tempo und halte durch, bis ich an dem großen Republic-of-Deen-Banner vorbei bin.

Wo augenblicklich aller Anschein von Anmut und Grazie wieder flötengeht, als ich zur Seite gezerrt werde. »Bewegung! Zweiter Look! Zack, zack!« Jemand knöpft bereits die Anzugjacke auf, und ein zweites Paar Hände meine Hose.

»Mädels! Macht hinne!«, zischt es von irgendwoher.

Meine Füße berühren kaum den Boden.

Während mir der Anzug vom Leib gepult wird, blitzen die ganze Zeit Backstage-Kameras auf. Ich trage keinen BH. »Würden Sie das bitte lassen?«, frage ich einen bärtigen Fotografen, der mich einfach so oben ohne ablichtet. Er knipst wortlos weiter. Das Blitzlicht dringt durch meine zugekniffenen Lider. Mit dem Arm bedecke ich meine Nippel, während ich aus der Hose steige. Gleichzeitig wird mir das violette Kleid über den Kopf gestülpt.

Mir wird schon wieder schwindlig.

Ich kann Ferdy nirgendwo sehen.

Wo ist er?

Jemand stopft meinen Fuß in eine Stiefelette, Finger zerpflücken meine Haare und eine Puderquaste kitzelt mich an der Nase. Auf einmal habe ich neue Ohrclips an. Ein Schwall Haarspray umhüllt mich. Es ist, als würde mich ein Krake befummeln. Hände, überall Hände. »Jana, du bist so weit. LOS.« Mit einem kräftigen Klaps auf den Hintern schickt man mich wieder zu den anderen.

Ich werde zurück in die Reihe gezerrt. Diesmal gibt es keine Wartezeit. In wenigen Sekunden bin ich wieder auf dem Laufsteg. Als ich ins Scheinwerferlicht trete, gerate ich auf meinen niedrigen Absätzen kurz ins Wanken. Schnell korrigiere ich mich und laufe los. Fast ... scheiße. Ein Fuß vor den anderen.

Erneut erinnere ich mich daran, so zu tun als ob.

Was sich, zugegeben, sogar richtig cool anfühlt.

Dass mit einem Mal alle Zuschauer nach Luft schnappen, reißt mich abrupt aus meiner Traumwelt. *Habe ich etwas falsch gemacht?* Erst als ich ihren Blicken folge, sehe ich, dass eins der Mädchen auf dem Rückweg, eine große Asiatin mit pastellrosa Haaren, auf ihren hohen Schuhen ins Stolpern gekommen ist. Sie taumelt nach vorne. Wird sie ...? Jepp. Mit Schmackes knallt sie hin.

Ihre verhedderten Gliedmaßen blockieren den Laufsteg.

Oh Scheiße.

Mädchen am Boden.

Sie versucht aufzustehen, doch eine der beiden Fünfzehn-Zentimeter-Riemchensandalen – Gott sei Dank, dass ich nicht *so was* gekriegt habe – hat sich irgendwie an ihrem Fuß verkeilt.

Vor mir steigt Viktoria allen Ernstes über sie hinweg wie über ein totgefahrenes Modeltier. Dermot hat uns ja gesagt, dass wir einfach weitergehen sollen.

Die Arme kommt partout nicht mehr hoch. Und gerät damit uns anderen in die Quere. Früher oder später fallen alle übereinander und dann liegt hier oben bloß noch ein bewegungsunfähiger Haufen.

Ach, ich kann nicht anders. Ich kann sie hier nicht liegen lassen.

Als ich bei ihr ankomme, beuge ich mich hinunter und strecke die Hände aus. Dem Mädchen scheint die Rettungsaktion über alle Maßen peinlich zu sein, dennoch ergreift sie meine Arme und lässt sich hochziehen. Das Problem besteht offenbar darin, dass der Schuh zwar noch an ihrem Fuß festsitzt, die Sohle aber zur Seite zeigt statt nach unten. Indem sie sich auf meine Schulter stützt, schafft sie es, ihn wieder zurechtzuschieben.

Zu meiner Verwunderung ertönen Applaus und Jubelrufe aus dem Publikum.

Nachdem die Asiatin mir einen schnellen Dank zugeraunt hat, beendet sie die zweite Hälfte ihres Laufes so würdevoll wie möglich. Das Mädchen hinter mir hat mich überholt, aber wahrscheinlich ist es das Beste, wenn ich trotzdem weiter bis nach vorne gehe, sodass die Fotografen ihre Bilder machen können.

Mein Herz schlägt so schnell, dass ich es ungelogen gegen meine Rippen hämmern spüre. Ich fühle mich wie elektrisch aufgeladen. An meine Füße oder meinen Walk denke ich schon gar nicht mehr, sondern überwinde einfach nur den Rest der Strecke, mache meine Pose und begebe mich in genau dem Moment auf den Rückweg, als Lexx im finalen Look – einem fluoreszierend blauen Plastiktrenchcoat – zu Standing Ovations den Laufsteg betritt.

Hinter den Kulissen hat sich die Asiatin, sichtlich betrübt, in Dermots Arme geworfen.

»Mädels! Ab in die Reihe fürs Finale«, bellt die laute Lady.

»Babe, schon okay! So was passiert!«, tröstet Dermot die Asiatin. Als auch sie sich wieder einreiht, humpelt sie mit dem umgeknickten Fuß. Autsch.

»Klatschen, Mädels, alle bitte klatschen!«

Wir gehorchen aufs Wort und trippeln wie eine Raupe aus Designerklamotten hinter Clara Keys her, die unseren Kopf bildet. Als wir auf dem Rückweg sind, kommen Dermot und Lexx Hand in Hand auf den Laufsteg und die Menge rastet aus. Bedeutet wohl, dass Dermot einen guten Job gemacht hat.

Und das war's dann.

Erledigt.

Sobald ich wieder hinter den Kulissen ankomme, sickert das Adrenalin aus mir heraus und hinterlässt ganz schlaffe Arme und Beine. Mit der schwindenden Nervosität geht ein wachsender Bärenhunger einher. Die laute Lady lächelt jetzt, ist aber immer noch laut. »Gut gemacht, ihr alle!«, bellt sie. »Gute Arbeit!«

Dermot schließt mich überglücklich in die Arme. »Du bist eine fucking Lebensretterin, weißt du das?«

Ich bin zu erschöpft für eine Antwort, deswegen lächle ich bloß.

»Dafür schulde ich dir was, Darlin'.«

Ein anderes Paar Arme legt sich um mich und ich erkenne den Geruch von Ferdys Klamotten, noch bevor ich sein Gesicht sehe. »Du hast es geschafft«, sagt er, während ich meinen Kopf auf seine Schulter fallen lasse. Und dann noch einmal: »Du hast es geschafft.«

Wenig später setzt die Fahrerin Ferdy und mich in der Winstanley ab. Als ich ins Haus komme, sitzen Mum, Dad und Milos auf dem Sofa und gucken eine Quizsendung. »Oh, hallo, mein Schatz«, sagt Mum. »Ich wollte dir gerade schreiben und fragen, ob du zum Abendessen wieder hier bist.«

»Nee, das stimmt nicht«, sagt Milos dem Fernseher. »Die war in keinem Marvel-Film.«

Das erfährt jetzt natürlich auch der Quizteilnehmer.

»Wie lief's?«, fragt mich Dad.

»Gut.«

»Nur gut?«, fragt Mum.

»Ja. Ich bin nicht hingefallen. Tatsächlich habe ich sogar einem anderen Mädchen noch hochgeholfen.«

»Oh, das war nett von dir. Gut gemacht. Essen wir heute Pizza oder Würstchen?«

Wir alle stimmen für Pizza. »Whoa!«, macht Milos, der sich erst jetzt zu meinem immer noch geschminkten Gesicht umdreht. »Was soll das denn darstellen? Du siehst aus wie ein Clown, Schwesterchen.«

»Danke«, sage ich und forme *Arschloch* nur mit den Lippen, damit Dad nicht sauer wird. Dann gehe ich hoch, steige unter die Dusche und rubble mir das Gesicht ab. Das ganze Gel und Haarspray kriege ich nur mit viel Shampoo wieder rausgewaschen.

Als ich fertig bin, tapse ich auf die Badematte und werde vom Duft nach geschmolzenem Käse und frisch gebackenem Teig umhüllt. »Jana, wir sind gleich so weit!«, ruft Mum von unten.

»Komme!«

Ich wische den beschlagenen Spiegel frei und betrachte mich einen Augenblick: Hakennase, wund geschrubbte Haut, gerötete Augen, kleiner gelber Pickel in der Nasenfalte. Realität. Irgendwie ein bisschen enttäuschend.

VIRAL

Doch schon der nächste Tag gestaltet sich Dalí-mäßig surreal, so mit schmelzenden Uhren und allem. Da mein freitäglicher Soziologiekurs in der ersten Stunde losgeht, klingelt der Wecker um sieben. Obwohl ich geglaubt hatte, alles losgeworden zu sein, blicke ich beim Erwachen auf ein lilablau glitzerndes Kissen.

Ist doch verrückt, dass ich nach all dem Glamour von gestern sang- und klanglos auf den Erdboden zurückkehren soll. Als Frühstück muss ich mir Bran Flakes reinwürgen, weil Milos die Rice Krispies mit fingerhutgroßem Restinhalt zurückgestellt hat. Bastard. Wenn andererseits jeder Tag wäre wie gestern, würde mein Körper dem ganzen Adrenalin wohl nicht standhalten. Ich würde in der Mitte durchbrechen.

Vorm Starbucks treffe ich mich mit Ferdy. Mit seinem Gratis-Kaffee und meinem Gratis-Tee drängen wir uns unter meinem *Miffy*-Schirm aneinander. Trotzdem klebt mir von dem fiesen Sprühregen schon nach kurzer Zeit die Jeans an den Beinen. Geduldig lasse ich Ferdy Dampf ablassen. Sein Soldatenvater, der schon seit, na, zehn Jahren oder was kein Soldat mehr ist, setzt ihm übel zu. Mal wieder. Der Typ ist so angenehm wie Hämorriden.

Schon vorm Schultor merke ich, dass etwas los ist, denn Laurel und Sabah rennen uns entgegen. »Habt ihr's gesehn?«, schreit Laurel. Sie wirkt so aufgedreht, als hätte sie eine Schale E-Nummern zum Frühstück gehabt.

»Was denn?«, fragt Ferd.

»Du bist viral gegangen, Miststück!«, kreischt Sabah mich an.

Ich komme nicht mehr mit. Mit nasskalten Beinen schon gar nicht. »Was?«

Wir gehen raus aus dem Regen und Richtung Kantine. Der Boden ist ganz rutschig von den vielen nassen Schuhen. Folgendes: Ich lasse ja eine Menge an mir abperlen, doch das heutige Raunen um mich her lässt sich schwerlich ignorieren. »Sie ist es«, flüstert eine. »Eindeutig!«

Davon wird mein Verfolgungswahn nicht gerade kleiner. »Okay, Sabah, was zur Hölle ist los?«

Sie holt ihr Tablet aus der Mulberry-Handtasche. Dass sie von Mulberry ist, weiß ich, weil Sabah etwa ein Jahr lang ihren ganzen Babysitting-Lohn dafür gespart hat. Bescheuert, wenn man mich fragt. »Guck selbst«, sagt sie und drückt mir das Tablet in die Hand.

Eine Seite auf BuzzFeed.

Kaum zu glauben, was auf der diesjährigen London Fashion Week geschah ...

Unter der Schlagzeile spielt ein Video im Autoplay. Es startet da, wo das arme asiatische Model wie ein Großmütterchen auf Glatteis zu Boden geht. Noch einmal höre ich das Publikum nach Luft schnappen. Uff. Ihr Knöchel knickt ja bis zum Anschlag um, das muss richtig wehgetan haben. Zu Viktorias Verteidigung muss gesagt werden, dass es sehr professionell aussieht, wie sie da so ohne mit der Wimper zu zucken weitergeht. Dann stratze ich ins Bild, und wer immer da – ziemlich sensationsgeil, wie ich finde – die Kamera auf uns richtet, zoomt näher ran. Wow: Ich sehe ganz schön beeindruckend aus. Bin noch gar nicht dazu gekommen, mir Bilder von der Show anzugucken.

Doch indem ich dem Mädchen aufhelfe, falle ich ganz klar aus der Rolle. Wir sehen aus wie zwei unbeholfene Giraffen in einer Naturdoku. Dann haben wir es geschafft, im Publikum wird applaudiert und das Video geht von vorne los.

Sabah nimmt das Tablet wieder an sich. »Ich les mal vor: *Als das kanadische Model Lien Yim während einer der LFW-Eröffnungsshows hinfiel, eilte ihr die Londonerin Jana Novak* – das bist du, Babe! –, *die an diesem Tag für Republic of Deen ihre Premiere auf dem Laufsteg hinlegte, zur Rettung.* Ich schmeiß mich weg!«

Laurel guckt immer noch drein, als würde sie gleich implodieren. »Es steht überall auf Twitter. Auf Facebook auch. Sie nennen es einen feministischen Triumph weiblicher Solidarität!«

»Geht's noch übertriebener?« Ich verdrehe die Augen. »Sie hat mir doch bloß leidgetan.«

»Die vor dir hat sie glattweg ignoriert!«, empört sich Sabah.

»Irgendwer hätte sie da schon noch runtergekratzt«, sage ich. »Steht da in der ersten Reihe nicht gerade Kanye West auf, um ihr zu helfen?«

»Boah«, fügt Ferdy hinzu. »Lest mal die Kommentare. Kaum zu fassen. Alle nur so: *LOL, fail.*«

»Wie mitfühlend die Leute im Netz doch sind.« Ich nehme einen Schluck Tee.

»Was ist danach passiert?«, fragt Sabah. »War Dermot Deen sauer auf dich?«

»Himmel, nein. Er ist cool.«

»Lien Yim ist echt berühmt«, fährt Sabah fort. »Sie ist die Tochter von Anouska. Kein Nachname. Einfach nur Anouska. Die war so *das* Supermodel in den Achtzigern. Und ihr Vater ist irgendein wichtiger Modefotograf. Die Sache liegt ihr quasi in den Genen.«

»Jedenfalls«, mischt Ferdy sich wieder ein, »kriegt Dermot Deen jetzt jede Menge Gratiswerbung für seine Klamotten.«

Daran habe ich noch gar nicht gedacht. Bestimmt sehen sich viele dadurch die Show an. Gut.

»Jetzt erzähl uns *alles*, Jana!«, verlangt Laurel. »Hast du Clara Keys getroffen? Ist sie cool? Wie ist sie? Ist sie nett?«

»Scheiße, Laurel, du muss echt mal wieder runterkommen. Ja, ich habe Clara getroffen und –«

Nachdem Laurel und Sabah sich ausgekreischt haben, setze ich ihnen die Details auseinander: Claras Kotzerei, Dido Gants Sashimi, Lexx. Gebannt hängen sie an meinen Lippen. »Das ist doch verrückt«, stellt Sabah fest, als ich ausgeredet habe. »Wie kann das auch nur ansatzweise real sein? Hier stehen wir, als ob nichts wäre, in einer schäbigen Kantine, während du gestern noch einem echten Supermodel Kaugummi spendiert hast.«

Ich zucke die Schultern.

»Oh scheiße, jetzt geht's los«, murmelt Ferdy.

»Was?« Erst da sehe ich Heather und Co. heranschleichen. »Ach. Hurra.«

»Jana!«, zwitschert Heather. Sie, Lily und Emily tragen heute drei Variationen des gleichen Outfits mit passenden Pferdeschwänzen zum Umherwerfen. »Hab dein Video auf Instagram gesehen.« Ich wappne mich für das Kommende. »Wollte nur sagen: Sahst heiß aus, Babe.«

Eine Weile warte ich auf das unvermeidbare Aber, bevor ich merke, dass keins kommt. »Oh. Cool. Danke.«

»Und, ich meine, hast du Clara Keys getroffen?«

»Ja. Sie ist echt nett.«

»Oh. Mein. Gott. Lattengeil.« Es klingelt. »Setz dich in Soziologie neben uns, ja?« Heather *lächelt*, was schauriger aussieht, als wenn eine Katze sich die eigene Haut abkaut oder so. Daraufhin rauscht sie samt Gefolge davon und Ferdy, Laurel, Sabah und ich gucken nicht wenig verdutzt aus der Wäsche.

»Was war das?«, fragt Ferdy.

»Jetzt musst du uns wohl für die Fotzenclique verlassen«, überlegt Sabah.

»Genau«, stimme ich ihr zu. »Wenn man neben Heather Daley sitzen darf, hat man's zu was gebracht im Leben.«

Als ich nach der Schule nach Hause komme, steht ein riesiger Strauß auf dem Küchentisch. Solche Blumen habe ich noch nie gesehen. Gewaltige, tropisch wirkende Dinger in Orange und Gelb mit spitzen, palmenartigen Blättern. Irgendwie weiß ich schon, dass sie von Dermot sind, noch bevor ich die Karte lese, auf der steht: »Alle reden über meine Kollektion. Dank dir. Bist mein Goldschatz. DD«.

Das Ganze wäre bestimmt sehr glamourös, wenn der Mülleimer neben mir nicht so aufdringlich nach alten Hühnerknochen müffeln würde.

Ich schaue immer noch auf die Karte, als mein Handy eine Nachricht von Sabah verkündet: *Scheiß die Wand an, du bist auf Ellen!* Dazu ein YouTube-Link. Ich setze mich aufs Sofa und klicke ihn an. Das Video beginnt mit dem Logo von *The Ellen Show* und zeigt dann Ellen DeGeneres, die in einem Hosenanzug vor einer Wand aus Fernsehbildschirmen steht. »Willkommen zur Show!«, verkündet sie dem frenetisch applaudierenden Publikum. »Es heißt ja so schön, die Modebranche sei das reinste Haifischbecken ... und das stimmt auch!« Großes Gelächter im Saal. »Aber sehen Sie sich mal diesen Clip an, der heute Morgen in meinen Mails gelandet ist.«

Sie zeigen das BuzzFeed-Video.

»Was haben wir denn da?! Endlich mal wieder ein bisschen gute alte Freundlichkeit, nicht wahr? Wie ich hörte, ist unser hilfsbereites Model hier ein sechzehnjähriges Mädchen aus London namens Jana Novak.«

Das ist so schräg. Ellen DeGeneres hat gerade meinen Namen gesagt. IN IHRER SHOW.

Ich drehe immer noch völlig am Rad, als ich Ros Anruf sehe, der das Video überdeckt. »Hallo?«

»Hi, Honey! Wie geht's dir, Liebes?«

»Mh-hm. Gut.«

»Brennen dir auch schon die Ohren?«

»Was?«

»Das Telefon hat *den ganzen Tag* nicht aufgehört zu klingeln. Alle haben dich in der Republic-of-Deen-Show gesehen. Wir müssen reden.«

»Bekomme ich Ärger?«

»Himmel, nein, Darling! Stell dir vor, Maggie wurde gerade von Riccardo Tisci angerufen.«

Offenbar ein Name, den ich kennen sollte. »Ähm ...«

»Burberry! Er fragt, ob du morgen zum Fitting kommen kannst, um bei der Abschlussshow am Sonntag mitzulaufen. Bitte sag Ja. Ich weiß, wir wollten dich dieses Jahr auf keine weiteren Laufstege schicken, aber ... das ist BURBERRY! Das ist so britisch wie ... Scones und ... Rassismus.«

Von Burberry habe natürlich sogar ich schon mal gehört. »Ähm, klar.«

»Betrachte dich als gebucht. Einfach ein Traum. Unsere Partneragenturen in New York und Paris haben auch schon angerufen. Hier passiert gerade mehr, als wir uns je erhofft hätten, ganz im Ernst.« Ich lasse mich tief ins Sofapolster sinken. Meine Gedanken fahren Karussell. Nein ... *mein Leben* fährt Karussell. »Jana? Bist du noch da?«

»Mh-hm«, nuschle ich. »Ich drehe nur ein bisschen durch.« Allerdings klinge ich gar nicht so. Ich klinge wie ein Zombie.

»Warum denn, Liebes?«

»Weil ich gerade bei *Ellen* vorkam.« Ich habe mich in zwei Mädchen gespalten. Die eine bin ich, aus Fleisch und Blut auf diesem Sofa, die andere jenes ... fiktionale Etwas, über das alle reden. Heilige Scheiße, ich bin Hannah Montana.

»Ich weiß! Ist das nicht toll?«

»Es ist schräg.«

Endlich schaltet sie mal einen Gang runter. »So ist die Modewelt nun mal, Honey. Entweder bewegt sie sich quälend langsam oder blödsinnig schnell. Manchmal explodiert ein neues Gesicht geradezu.« Hm, das klingt nicht ideal. »Die Fashion Week ist verrückt, aber so wird es nicht immer sein, versprochen. Tut mir leid, dass du so ins kalte Wasser geworfen wirst. Wenn du erst richtig im Geschäft bist, hat sich das alles gelohnt.«

»Okay.«

»Ja?«

»Ja.«

»Morgen sage ich dir noch Bescheid, wann und wie du zum Fitting gebracht wirst. Sei pünktlich, Liebes.«

Ich lege auf und bleibe reglos sitzen. Starre mit großen Augen gegen die Wand.

Burberry. Fucking *Burberry*. Scheiße.

Cara, Clara, Westley Bryce, Lexx, Adwoa ... Jedes Model, das mir einfällt, ist schon mal für Burberry gelaufen.

Und jetzt mache ich das.

Ich wusste ja, dass sich etwas ändern würde. Ich hätte nur nie gedacht, dass es *so schnell* ginge.

Was ich da in meinem Bauch spüre – ist das Vorfreude oder Panik?

DIE SIZE-ZERO-SCHWEMME: WIE CLARA UND CO. UNSERE TÖCHTER GEFÄHRDEN

Ein Beitrag von Hattie Cope

Kaum ist die London Fashion Week zurück, schon höre ich wieder das wackelige Tipp-Tapp stockdürrer Stelzen im Somerset House. Kommt das nur mir so vor, Ladys, oder werden diese ausgezehrten Gestalten mit jedem Jahr magerer?

Wehmütig denke ich an die glorreichen Tage der kurvigen Cindys, Naomis und Claudias zurück, die wie Panther aus dem Modedschungel über die Laufstege strichen. Heutzutage wird meine süße achtjährige Tochter China Zeugin eines makaberen Schauspiels, einer Art Gang zum Abdecker, in dem eine Parade aus Schlüsselbeinen, Rippen und Hüftknochen von absolut unverantwortlichen, oft schwulen Designern als erstrebenswert verkauft wird.

Schließlich sieht der Liebling der Branche, Clara Keys, doch ganz eindeutig danach aus, als hätte man Naomi Campbell einer hoch dosierten Chemotherapie unterzogen, und die viel gepriesene Newcomerin Jana Novak, bei der es sich, wie ich China erklären musste, wohl tatsächlich um eine Frau handelt (hat schon mal jemand ihre Geburtsurkunde überprüft?), würde ganz prächtig in eine Aids-Klinik der späten Achtziger passen.

Es ist absolut unmöglich, dass sich diese Mädchen, oder all die anderen wie sie, gesund ernähren. So was kann mir niemand erzählen. Dass derlei Skelette unablässig auf Laufstegen und Zeitschriftencovern präsentiert werden, vermittelt unseren Töchtern eine gefährliche Botschaft, nämlich dass Size-Zero-Körper erreichbar sind. Und das sind sie ja auch, meine Lieben, allerdings nur durch Aushungern oder Magersucht.

Ungeachtet der jüngst durch den British Fashion Council durchgeführten Änderungen, demnach Designer vermeintlich eh schon keine krankhaft dünnen Models mehr engagieren dürften, plädiere ich für eine sofortige branchenweite VERBANNUNG aller Mädchen, deren Kleidergröße unter 36 liegt.

SEXY LEXXY ZEIGT NEUE PRACHTKURVEN AUF SANTORINI
Herald-Online

Ex-Model und jetzt Schauspielerin Lexx, 32, gab gestern neben ihrem Gatten, Ric Paget, 34, von der Rockband Wishes, beim gemeinsamen Santorini-Urlaub eine ungewohnt dralle Figur ab.

In einem blau gepunkteten Mini-Bikini von Marks und Spencer (£ 49.99) präsentierte sie ihre runden Vorzüge, die nichts mehr mit ihrem spindeldürren Model-Ich der Nullerjahre zu tun haben, und tollte mit heraushängendem Bäuchlein durch die Wellen. Genauso glücklich und entspannt wirkte sie beim Austausch intimer Zärtlichkeiten mit ihrem Ric.

Schätzungsweise hat der des Nachts gerne ein bisschen mehr Lexx zum Anpacken! Wir finden's pfundig!

EIN ... MODEL

Mr Bennet ragt vor mir gen Decke wie einer von diesen Riesen aus *Game of Thrones*. Wir Schüler haben nicht viel mit ihm zu tun, aber er scheint eigentlich ganz cool zu sein. »Verstehe ich das richtig? Du willst vier Tage schulfrei?«

Ich schrumpfe auf meinem Stuhl in mich zusammen. »Ja, weil, ähm, ich muss nach New York. Für die Arbeit.«

»Die Arbeit?«

»Ich, ähm, bin ein ... Model.« Das letzte Wort schämt sich zu Tode, als es aus meinem Mund ins Freie kriecht.

Mr Bennet blinzelt und legt den Kopf schief. »Ah, richtig! Im Lehrerzimmer wurde schon darüber gesprochen, dass unsere Schule von einem Supermodel beehrt wird.« Statt etwas zu sagen, werde ich bloß rot. »Im absoluten Notfall habe ich durchaus schon mal jemanden vom Unterricht befreit, also, wenn es so wichtig ist ...?«

Jana, sitzt du? Diesmal rief Maggie höchstselbst an. *Liebes, was würdest du sagen, wenn ich dir erzähle, dass der leitende Designer von TANK Jeans dich für seine Kampagne buchen will?*

Sodann eröffnete sie mir, welches Honorar es dafür geben würde und, ja, da musste ich mich setzen. Eine wahnwitzig bescheuerte Menge Geld. Als Mum die Summe hörte, schlug sie die Hand vor den Mund. Es ist so viel, dass ich uns glatt den noch fehlenden Urlaub vom letzten Jahr spendieren könnte. Wie viele Pluspunkte würde mir das wohl einbringen? Alle oder so.

»Ja«, sage ich zu Mr Bennet, »es ist wichtig.«

Er nickt und nippt an seinem Pfefferminztee. »Wie sehen deine Noten bisher aus? Ich möchte doch hoffen, dass deine *Karriere* nicht zu sehr mit deiner Ausbildung kollidiert.«

Ich schüttle den Kopf. Nach der Fashion Week hat sich alles wieder ziemlich normalisiert. Zwar habe ich, spätestens seit Layla Palmer ein paar der Fotos von mir auf ihrer Instagram-Seite veröffentlicht hat, einen Haufen neuer Follower, aber das war's auch schon mehr oder weniger. Viele neue Likes, viele neue Hasskommentare.

I LOVE YOU, JANA, DU BIST SUPERSCHÖN

MEIN TRAUMPAAR: JANA + CLARA

WARUM IS DIE HÄSLICHE SCHLAMPE EIN MODEL? SIE SIEHT AUS WIEN KERL

THINSPIRATION THUMBS UP

JANA, DU BIST DAS BESTE MODEL DER WELT, ICH LIEBE DICH

GANZ KLAR MAGERSÜCHTIG, SEHT EUCH IHRE ARME AN

HIHI, DIE IST DOCH NE TRANSE

Ich würde meinen Account ja einfach löschen, aber Ro sagt, dass Instagram heutzutage zum Portfolio gehört, deswegen ...

»In Ordnung«, sagt Mr Bennet. »Du darfst ausnahmsweise vier Tage dem Unterricht fernbleiben. Aber lass so was nicht zur Gewohnheit werden.«

»Bestimmt nicht.«

Ich sehe zu, dass ich aus dem Büro rauskomme. Noch nie musste ich ins Rektorzimmer und Dad hat sich geweigert, mir das Gespräch abzunehmen. Er sagte, wenn ich reif genug sein will, um allein nach New York zu reisen, dann muss ich auch reif genug sein, um beim Schulleiter vorzusprechen. Harte Bandagen, Dad, harte Bandagen.

In der Kantine treffe ich die anderen. Heute ist Pizza-Tag – yesss!

»Jana, wir haben schon für dich mitgeholt!«, ruft Laurel mir vom Tisch aus zu und ich gehe an der Schlange vorbei zu ihnen hin.

»Was hat er gesagt?«, fragt Ferdy.

Ich gebe ihm einen Kuss. »Er ist einverstanden.«

»Oh, cool.«

»Dann geht die Sache also klar?«, fragt Sabah. »Du fliegst echt nach New York?«

Ich nicke. »Wow. Muss ich jetzt ausflippen?« Obwohl ich mich total freuen sollte, kann ich mir nicht mal die Ankunft am Flughafen vorstellen, ohne schwitzige Handflächen zu kriegen. Wann immer ich an Modelkram denke, zieht sich mein Magen zu einem schmerzhaften Knoten zusammen. Dann kriege ich ein schlechtes Gewissen, weil jede andere an meiner Stelle vor Glück an die Decke springen würde, und dann fühle ich mich noch schlechter.

Ich *will* das Ganze ja ehrlich genießen. Ist doch fast das Gleiche wie es tatsächlich zu genießen, oder?

»Nein! Du musst nicht ausflippen!«, antwortet Sabah. »Aber wenn ich gleich am Boden liege, dann weil ich vor Neid GESTORBEN bin.«

Ich nehme ihre Hand. »Kannst du mich nicht begleiten?«

Sie zeigt auf ihr Kopftuch. »Oh ja, Honey, nichts würde ich heutzutage lieber tun, als mich mit den New Yorker Sicherheitskontrollen rumzuschlagen.«

»Wann geht es los, hast du gesagt?«, fragt Laurel.

»Der Flug ist nächsten Dienstag und das Shooting am Mittwoch. Danach besuche ich erst die New Yorker Agentur, dann ein paar Castings, und von Freitag auf Samstag fliege ich zurück.«

Sie reißt die Augen auf. »Aber da ist meine Geburtstagsparty.«

Scheiße. Die hatte ich ganz vergessen. Es schien mir noch so lange hin zu sein. Wie in aller Welt können wir schon November haben? »Oh ...«

»Jana! Du *musst* kommen! Meine Eltern haben das ganze Restaurant gebucht. Was soll ich denn machen, wenn keiner aufkreuzt?«

»Laurel … *wir* alle kommen doch«, sagt Sabah. Robin und Ferdy nicken zustimmend.

»Ich weiß … aber …«

»Aber was?« Robin pflückt die Champignons von seiner Pizza und legt sie auf Laurels. Die beiden sind so was von verheiratet und wissen es nicht mal.

»Ich habe allen gesagt, dass du da sein würdest«, sagt sie zu mir.

Ich runzle die Stirn. »Das kommt mir schräg vor.«

Laurel zuckt die Schultern. »Na ja, alle meine Cousinen haben dich bei *Ellen* gesehen und wollen dich jetzt unbedingt kennenlernen. Und Heather und Harry …«

Sabah verzieht das Gesicht. »Heather und Harry sind eingeladen? Igitt! Warum das denn?«

»Meine Mum und ihre Mum sind befreundet!«

Lächelnd gehe ich darüber hinweg. »Laurel, wenn ich Model werden soll, muss ich irgendwann auch mal ein paar Fotos verkaufen, okay?« Meine Pizza ist schon etwas lappig und traurig geworden. Als ich den ersten Zipfel abbeiße, rutscht der Käse vom Teig und klatscht mir ans Kinn. Warum passiert mir das immer? Faden für Faden pule ich ihn mir von der Haut. Gott, was bin ich sexy. Mir leuchtet total ein, warum ich Model werden soll. »Das ist eben wichtig«, schließe ich.

»Es geht um TANK, Laurel, als würde sie das wegen einer Geburtstagsfeier absagen«, stimmt Robin mir zu und kriegt Sekunden später einen Mörderblick zugeworfen.

»Was machen wir denn *dieses* Wochenende?«, frage ich. »Sollen wir Samstag bowlen gehen oder so? Ich übernehme die Rechnung.« Der ganze Schotter – auch wenn ich davon noch keinen Penny gesehen habe – hat doch schließlich nur dann einen Sinn, wenn ich auch mal was für meine Clique springen lasse.

»Du würdest bezahlen?«, fragt Robin.

»Ja. Ich stehe kurz vor … na ja … einem fetten Deal.«

Meine Freunde tauschen Blicke aus. Klang ich gerade *sehr* angeberisch? Wollte ich nicht. Zum Glück unterbricht Robin das unangenehme Schweigen. »Okay, wenn's auf dich geht! Ich bin so abgebrannt, dass ich letztens glatt gegoogelt habe, was Stricher so verdienen!« Das allgemeine Gelächter mündet in einer von Sabahs Predigten. Diesmal über die Rechte von Sexarbeitern.

Jedenfalls setzen wir den Plan in die Tat um. Ich buche uns fünfen eine Bahn für zwei Spiele in Kingston. Den Laden liebe ich einfach. Wie jedes Mal, wenn ich hier bin, vermischt sich im Dunst von Bier, Essigchips und gummiartigen Billig-Burgern das Pick-Pock vom Air-Hockey-Tisch mit dem Gepiepse und Gedudel der Flipperautomaten. Das Pärchen an der Bahn neben uns scheint heute sein erstes Date zu haben und *er* verträgt offenbar mehr schlecht als recht, dass *sie* besser bowlen kann.

Für jemand so Zierlichen ist Laurel erstaunlich gut. Das erste Spiel hat sie schon gewonnen und liegt auch in der zweiten Runde ganz weit vorne. Bei mir dagegen ist Hopfen und Malz verloren, und weil man mir die Kinderhilfen nicht erlaubt, landen fast alle meine Würfe in der Rinne. »Ich bin so scheiße in dem Spiel«, sage ich, als ich mich nach einem weiteren Misserfolg wieder hinsetze. Dann nehme ich einen Schluck von meinem Brombeer-Slushie. »Ist meine Zunge blau?«

»Eher lila«, antwortet Ferdy. Er lehnt sich herüber. »Hey, weißt du was? Ich hab heute sturmfrei.«

»Kai Ferdinand, du geheimniskrämerischer Bastard. Das erzählst du mir erst jetzt? Wie kommt's denn dazu?«

»Sie begleiten Jen zu einem Tanzwettbewerb in Scunthorpe.« Ferdys Schwester ist ein angehender Stepp- und Jazzdance-Champion. »Kannst du wohl deiner Mum erzählen, dass du bei Laurel übernachtest?«

Ich grinse. »Schätze schon.«

Der Rest des Abends gerät zu einer Art Vorspiel. Nachdem wir die zweite Runde (die Laurel gewinnt) beendet haben, fange ich immer wieder Ferdys Blick ein und wir wissen beide, was der andere denkt. Mann, ich bin vielleicht nervös. Und aufgeregt. Und kribble am ganzen Körper. Als Robin einen *Star Wars*-Marathon in seiner »Männerhöhle« (dem immer etwas feuchtkalten Keller seiner Eltern) vorschlägt, lehnen Ferdy und ich so nachdrücklich ab, dass sich bestimmt alle denken können, was wir stattdessen im Sinn haben.

Ferdys Wohnung ist sonderbar still, empfangen werden wir lediglich von den per Zeitschaltuhr angeknipsten Lampen. Es fühlt sich gut an, dass er mich nicht reinschmuggeln muss, und überhaupt: Wir haben die ganze Nacht für uns. Was für ein Luxus. Ich schwöre, die Hälfte unserer Zweisamkeit besteht aus der Suche nach Orten und Plätzen, an denen wir ungestört Sex haben können, was sich gerade im Scheißwinter wirklich nicht einfach gestaltet. »Möchtest du was trinken oder so?«

»Gerne. Was hast du da?«

»Also, Mum hat einen Rotwein offen. Davon ein Gläschen wäre doch mal schwer erwachsen, meinst du nicht?«

»Tut mir leid, ich hasse Rotwein. Die reinste Katzenpisse, wenn du mich fragst.«

»Oder wir teilen uns einen Cider? Eine Flasche weniger fällt Dad bestimmt nicht auf.«

»Bist du sicher?«

Er denkt darüber nach. Ferdys Dad ist echt Furcht einflößend. So *richtig*. Ich hasse ihn regelrecht. Wenn er da ist, lädt Ferdy mich fast nie zu sich ein, und das will schon was heißen. Auch er hasst seinen Dad. Einmal hat er mir erzählt, dass er ihn verdächtigt, seine Mum zu schlagen. Allerdings blieb der Verdacht bisher ohne Beweise. »Doch, ich bin sicher. Eine weniger merkt er nicht.«

Im Wohnzimmer verbinde ich mein Handy mit den Lautsprechern und stelle Musik an, genauer gesagt eine recht eindeutige Slow-Jam-Sex-Playlist. Dann schiebe ich die Balkontür auf und blicke über die Themse. Schaue wieder einmal verstohlen zu den hell erleuchteten Luxusapartments hinüber, zu dieser anderen Welt jenseits des Flusses. Und ich führe mir vor Augen, warum ich mit dem Gemodel überhaupt angefangen habe. Um eines Tages mit Ferdy ein solches Zuhause haben zu können. In dem Moment kommt mein zukünftiger Mitbewohner mit zwei Gläsern Cider aus der Küche. »Danke.«

Wir stoßen an, nehmen auf entgegengesetzten Ecken des Sofas Platz und lauern dort wie am Rand einer Felsklippe, wer als Erstes springen wird. Nach quälenden zwanzig oder dreißig Sekunden – die sich nach mehr als einer Stunde anfühlen – lachen wir beide. Ist doch dumm. Wie oft waren wir schon an diesem Punkt? Warum fühlt es sich immer noch so verrucht an?

»Hast du für Dienstag schon alles vorbereitet?«, fragt Ferdy und bricht damit die Spannung. Ich schüttle den Kopf. »Dienstag findet nichts Besonderes statt. Ich denke gar nicht darüber nach. Ich tue einfach so, als wäre alles wie immer.« Dazu nippe ich an meinem Cider, der sich gefährlicherweise wie Limo trinken lässt.

»Jana, du kriegst einen All-Inclusive-Trip nach New York spendiert!«

»New York ist groß!«

»Du auch!«

»Und wenn ich mich verlaufe?«

»Dafür gibt's Google Maps.«

»Könntest du doch mitkommen.« Ich rutsche näher zu ihm und lege meine Füße auf seinen Schoß. Extrem sexy spitzt mein linker großer Zeh aus einem Sockenloch hervor.

»Mein Konto sagt Nein, Babe. Da sind vielleicht sechzehn Pfund drauf. Wenn's hochkommt.«

»Aber ich kriege noch mein Honorar für die Fashion-Week-Shows. Ich könnte zahlen.«

Er verzieht das Gesicht. »Dabei würde ich mich extrem unwohl fühlen.«

»Nicht besonders feministisch von dir.«

Er muss grinsen. Und erklärt: »Es würde mir vorkommen, als hätte ich Schulden bei dir. Wie sollte ich mich je revanchieren?«

Tja, wenn man es so sieht … Aber wofür verdiene ich denn einen Arsch voll Geld? Doch wohl, um den Zaster mit ihm zu verprassen! Wobei ich ja vielmehr sparen sollte. Eigentlich. Ich gebe Ferdy einen Cider-Kuss. »Ich weiß, wie du dich revanchieren kannst. Sobald wir in New York sind, kaufst du mir eins von diesen riesigen, fettigen Pizzastücken.«

»Deal.«

Ich stelle mein Glas ab, um die Hände fürs Rummachen frei zu haben. Es direkt hier auf dem Sofa zu tun fühlt sich besonders verboten an und das ist ehrlich gesagt ziemlich heiß. Ferdy legt sich auf mich und ich lasse ihn zwischen meine Beine. Selbst durch zwei Paar Jeans hindurch kann ich spüren, wie angeturnt er ist.

Je länger wir uns küssen, desto besser gelange ich aus meinem mit Sorgengeplapper vollgestopften Kopf in meinen Körper. Das Geplapper wird auf stumm geschaltet und ich spüre einfach nur noch Ferdys Hände auf meiner Haut.

Weil bisher keine erotische Methode erfunden wurde, mit der man aus Skinny-Jeans rauskommt, müssen wir uns zwischendurch voneinander lösen, aufstehen und die störende Kleidung vom Körper schälen, um gleich darauf wieder übereinander herfallen zu können. Als ich meine Hand in seine Boxershorts schiebe, ernte ich ein Stöhnen.

Ganz langsam mache ich weiter. Es soll ihm gefallen, nur nicht zu sehr. Als er seinerseits die Hand in meinen Slip schiebt, fühlt sich das irrsinnig gut an. Ich surre und schnurre vom Scheitel bis zu den Zehenspitzen.

»Oh, Baby, vielleicht … stopp … oh. Scheiße.« Und schon habe ich das warme Nasse in der Hand.

Verdammt noch eins. »Hey, ist schon gut.«

Er guckt verlegen drein, sagt aber nichts. Stattdessen küsst er meinen Bauch. Und hört da nicht auf, sondern geht weiter nach unten. Genießerisch lehne ich mich zurück. Ferdy mag seine Schwächen haben, aber *darin* ist er sehr, sehr gut. Keinerlei Beschwerden in dieser Hinsicht.

NEW YORK

Dad fährt mich zum Flughafen Heathrow. Bis zu den Sicherheitskontrollen kann er mich noch begleiten. Alles ist so groß hier, dass ich mich auf einmal ganz klein fühle. Terminal 5 sieht mit diesem ganzen Glas auf riesigen Metallstreben wie eine Raumstation aus. Im wuseligen Trubel aus gestressten Geschäftsleuten und makellosen British-Airways-Stewardessen mit glatt gezurrten Dutts bin ich sofort wieder zehn Jahre alt.

»Hast du dein Ticket und den Reisepass?«, fragt Dad.

Brav zeige ich beides hoch.

»Okay, verlier die nicht. Und in deinem Handgepäck sind keine Flüssigkeiten mehr?«

Genauso brav halte ich ihm den vorschriftsmäßig befüllten Zipper-Beutel vor die Nase. »Dad, ich bin schon mal geflogen. Erinnerst du dich?«

»Aber noch nie alleine. Konzentration, Jana. Ich will dich heut Abend nicht in den Nachrichten sehen.«

Ich nicke. Tatsächlich muss ich nur bis morgen allein durchhalten, denn dann trifft sich Maggie mit mir für das TANK-Shooting. TANK ist offenbar ein sehr wichtiger Kunde, deswegen will sie persönlich dabei sein. Wahrscheinlich hat sie außerdem Angst, dass ich es sonst verbocken würde. Wer kann es ihr verdenken?

Dad umarmt mich länger, als er es normalerweise tun würde, dann scheucht er mich in Richtung Sicherheitskontrolle. Wir sind blödsinnig früh dran, aber Mum hat darauf bestanden für den Fall, dass es lange Schlangen gibt. Die gibt es nicht. Kaum fünf Minuten später bin ich durch.

Jetzt habe ich noch ganze zwei Stunden zu füllen, bis überhaupt das Boarding losgeht. Für den Englischkurs müsste ich eigentlich *Dubliner* lesen, aber davor graust mir jetzt schon, deswegen beschließe ich mich stattdessen jener Lektüre zu widmen, die Ro mir seit Wochen ans Herz nagelt. Beim nächsten Kiosk kaufe ich also eine *Vogue*, eine *i-D* und eine *Cosmopolitan*, dazu eine Tüte Monster Munch mit Essiggurkengeschmack und eine Cola Light.

Als Allererstes fällt mir auf, wie viel Werbung ich wegblättern muss, um zum Inhaltsverzeichnis vorzudringen. Doch dann wird mir klar, dass ich ja eins von den Mädchen *in* der Werbung sein soll, und ich blättere also wieder zurück. Wenn ich mich für Mode und Kosmetik interessieren würde, wären die Anzeigen irgendwie mit das Wichtigste an der Zeitschrift, oder nicht? Die nächste Überraschung ist, wie viele der Produkte von Clara, Domino oder Dido beworben werden. Gibt es nur diese drei Models auf der Welt?

Die Mädchen in der *Cosmopolitan* sehen fit, gebräunt und outdoor aus. *i-D* steckt voller nackter Brüste und die *Vogue* bewegt sich irgendwo dazwischen. Die Anzeigen sind in allen dreien die gleichen. Ich überlege, ob ich das auf den Bildern auch hinkriegen würde. Viktoria belegt ein doppelseitiges Foto in der *i-D*, auf dem man sie in einem Gucci-Schlüpper und mit zwei Spiegeleiern über den Nippeln in eine Pappkiste gequetscht hat. Als wollte jemand eine sehr schöne Leiche entsorgen.

Waren das echte Spiegeleier?

Mode ist seltsam.

Für mich lieber keine Spiegelei-Möpse, vielen Dank.

Ein ausführlicher Beitrag handelt von einem Fotografen namens Lucas Blo. War der nicht auch auf der Republic-of-Deen-Show? Zur Feier seines zwanzigjährigen Jubiläums in der Branche hat er einen Bildband herausgebracht. Dieses Œuvre heißt *'n paar Fotos* und kostet neunzig Pfund. Neunzig Pfund! Für ein Buch! In dem Interview erzählt er, wie er seine besten Bilder und inspirierendsten Musen ausgewählt hat ... bla bla, das meiste überlese ich, ödes Zeug.

Eins der Fotos zeigt die junge Clara, wie sie mit verdutzt aufgerissenen Augen und steifen Nippeln in einem durchnässten Top unter der Dusche steht. Ein anderes ist von Lexx. Nackt und mit Schokoladensoße übergossen. Zumindest *hoffe* ich, dass es Schokoladensoße war. Bäh.

Pling pläng pling. »Die Maschine des Fluges BA 177 nach New York, John F. Kennedy International Airport steht jetzt zum Boarding an Gate A3 bereit. Wir bitten alle Passagiere dieses Fluges, sich nach Gate A3 zu begeben.«

Ah, ich *bin* ein Passagier dieses Fluges. Sofort wird mir ein bisschen schlecht. Sabah hat mir erklärt, dass echte Models immer leicht reisen, damit sie bei der Ankunft nicht am Gepäckband warten müssen. Entsprechend hat sie mir gestern geholfen, meinen kleinen Rollkoffer mit einer Garderobe aus Basics zu füllen. Angespannt bis zum Gehtnichtmehr lege ich die letzten paar Meter nach Gate A3 zurück. Seht mich an, ich hab's total drauf. Ich habe ganz allein meinen Flieger erwischt. Erwachsen hoch zehn. Oder so.

Als die Lady am Boarding-Schalter mein Ticket und meinen Pass überprüft, verwandelt sich meine Nervosität endlich in so was wie Vorfreude. Vielleicht kann ich das hier ja doch genießen. Als mir der Flugzeuggeruch – nach Plastik und Lufterfrischer – entgegenweht, erinnert mich das an die Reise nach Mykonos vor ein paar Jahren mit Mum, Dad und Milos. Dauerlächelndes Bordpersonal heißt mich willkommen, während ich mich durch die Tür des Jumbojets ducke, und weist mir die Richtung zu meinem Platz, auf dem ich mich mit meinen langen Beinen nur mit Mühe zurechtklemmen kann. Wow, die nächsten *acht Stunden* werden ja richtig gemütlich. Flugzeugsitze sind für Pygmäen konstruiert. Wann, frage ich mich, werde ich wohl berühmt genug sein, um erste Klasse zu fliegen?

Es fühlt sich wesentlich länger an als acht Stunden. Die Vorstellung, einen ganzen Flug lang Filme zu gucken, mag auf den ersten Blick verlockend erscheinen, doch drei davon am Stück erweisen sich als unerwartet qualvoll. Aus verzweifelter Langeweile habe ich mir sogar den neuen *Transformers* reingezogen. Mein Hintern ist taub. Ich kann es mir nicht annähernd bequem genug machen, um einzuschlafen. Dem Herrn neben mir ist das hingegen ganz hervorragend gelungen, sodass er schon seit Ewigkeiten wie ein Walross vor sich hin schnarcht.

Endlich kündigt mir ein Ploppen in den Ohren an, dass es stetig nach unten geht. Gleich geschafft.

»Ladys und Gentlemen, hier spricht Ihr Kapitän.« Ich höre seine Stimme nur ganz dumpf wegen dem schmerzhaften Druck auf den Ohren. »Wir haben nun mit dem Anflug auf New York, JFK begonnen. Uns erwartet bedecktes Wetter, Regen ist nicht vorhergesagt. Ortszeit: kurz nach fünfzehn Uhr.«

Wir sind in die Vergangenheit gereist. Schräg. Zu Hause wäre es Abend, hier ist es noch mitten am Tag. Und obwohl ich schon müde bin, habe ich noch mindestens sechs Stunden vor mir, bis es auch nur annähernd Zeit fürs Bett wird. Die Geschäftsleute drängeln sich vor, um als Erste aussteigen zu können. Ich mache ganz in Ruhe und bin mit die Letzte, die vorbei an den Wackeldackel-Stewardessen hinausgeht. Die Passagierkontrollen sind abgefahren, wesentlich abgefahrener als in London, *und* hier stehen dazu noch überall Furcht einflößend bewaffnete Sicherheitsleute rum.

Alter Falter, ich bin ich AMERIKA!

Erst nach gefühlten tausend Jahren und einer strengen Fragerunde zu meinem Arbeitsvisum betrete ich dieses Land auch offiziell, und zwar zum ersten Mal in meinem Leben. Ich war irgendwie davon ausgegangen, dass es dezent schimmern würde, so wie Filme und Fernsehshows eben, doch zu meiner Enttäuschung sieht es ganz normal aus. Von hier betrachtet könnte ich genauso gut in London sein.

In der Ankunftshalle halte ich Ausschau nach meinem Fahrer. Tatsächlich. Ein kleiner alter Mann hält ein Schild mit »JANA NOVAK« hoch und augenblicklich fühle ich mich so berühmt wie ein Filmstar oder eine Präsidentin. Mit meinem Rollköfferchen schwebe ich zu ihm hin. »Hi!«

»Jana Novak?«, fragt er mit russischem Akzent.

»Richtig.«

Er nimmt mir das Gepäck ab und ich folge ihm zu den Ausgängen, wo ich tief Luft hole für meinen ersten Blick auf den Big Apple. Die Türen gleiten auf und ... ein Schwall drückend feuchte Luft weht mich an, vor mir breiten sich betongraue Autobahnbrücken und Einheitsbauten großer Hotelketten aus, so weit das Auge reicht. Oh. Antiklimax.

»Ist es weit bis in die Stadt?«, frage ich den Fahrer, der offenbar die Sprache nicht gut kann, weil er mich nur erschrocken anguckt. »Zum Apartment? Weit weg?« Ich zeige auf meine Armbanduhr und drehe an einem unsichtbaren Lenkrad.

»Eine Stunde«, antwortet er.

Doch der Weg über die trostlose Schnellstraße zieht sich eine gefühlte Ewigkeit in die Länge. Laut der E-Mail von Ro übernachte ich nicht etwa in Manhattan, sondern da, wo morgen auch das Shooting stattfinden wird, nämlich in Brooklyn. Hoffentlich kriege ich trotzdem noch was Cooles zu sehen, wo ich schon mal hier bin.

Ich hätte mir keine Sorgen machen müssen. Fast döse ich schon weg, als ich die Augen wieder aufreiße, weil *die* Skyline auftaucht. Oh. Mein. Gott. Sie ist *echt*. Ich kenne den Anblick aus Millionen von Filmen, aber hier ist sie in der Wirklichkeit. Das Wort »Kult« wird ja mittlerweile inflationär verwendet, aber das hier *ist* Kult. So wie der Millennium-Falke, T. Rex oder Micky Maus. Augenblicklich erkenne ich das Empire State Building und die Brooklyn Bridge. Als Nächstes halte ich nach der Freiheitsstatue Ausschau, doch die zeigt sich noch nicht.

Irgendwann lassen wir die ... Küste oder was das war hinter uns und biegen in eine Seitenstraße ein. Auch dieses Brooklyn – wenn wir denn schon da sind – ist *so* was von New York. Braune Sandsteinhäuser mit einem Zickzack-Muster aus Feuertreppen, erhöhte Eingangstüren mit *Sex and the City*-Stufen davor. Diese gelben Taxis, aber hallo! Gelbe Taxis überall! Ein rauchender Gullydeckel – warum rauchen die überhaupt? Einfach der Hammer. Ich fühle mich wie in einer Filmkulisse. Ich stecke mitten in *Taxi Driver*, *Ghostbusters*, *Kevin – Allein in New York*. Ich drücke mir ungelogen die Nase an der Scheibe platt, um alles in mich aufzusaugen.

Vor einem der Sandsteinbauten hält der Fahrer an. »Hier«, sagt er und steigt aus, um mein Gepäck aus dem Kofferraum zu holen. Ich trete auf den Bürgersteig und blicke an dem leicht schiefen Gebäude nach oben. Die Adresse ist definitiv die richtige, ich hatte bloß etwas, na ja, Schickeres erwartet. Die Eingangstür ist mit Graffiti beschmiert und auch die schweren Schutzgitter vor den Erdgeschossfenstern sehen wenig einladend aus. Aus denen ab dem ersten Stock und darüber ragen rostige Klimaanlagen. Es sieht … hässlich aus.

In der Anleitung von Ro heißt es, dass ich meinen Schlüssel in einem kleinen Schließfach am Eingang vorfinden werde. Den Code dafür hat sie mir natürlich auch geschickt. Als der Wagen davonrollt – Sabah meinte, ich solle dem Fahrer auf jeden Fall Trinkgeld geben, deswegen *habe* ich dem Fahrer Trinkgeld gegeben –, trage ich meinen Rollkoffer die Stufen zur Haustür hinauf. Das kleine Schließfach, in dem mein Schlüssel sein soll, klappt am kaputten Scharnier von alleine auf und ist leer.

Ja toll.

Ich blicke nach rechts und links, doch hier ist keiner, den ich um Hilfe bitten könnte. Kacke. Na gut, dann klingel ich einfach mal. Apartment 4 soll es sein. Nachdem eine Weile gar nichts passiert ist und ich schon ein zweites und drittes Mal geklingelt habe, erwacht die Gegensprechanlage schließlich knisternd zum Leben und eine Stimme fragt: »Wer … isn … da?«

»Ähm ... Jana Novak. Ich suche das Modelapartment.«

Mit einem lauten Tröten, das wie eine wütende Gans klingt, geht der Türöffner und ich schiebe mich in den Flur. Nachdem ich durch einen Haufen Lieferservice-Speisekarten und hereingewehtes Herbstlaub gestapft bin, muss ich feststellen, dass es keinen Fahrstuhl gibt. Apartment 4 heißt wohl vierter Stock. Seufzend mache ich mich an den Aufstieg.

Als mein Rollkoffer und ich an Apartment 3 vorbeipoltern, höre ich ein Baby plärren und hoffe inständig, dass es nur diesen Nachmittag zu Besuch ist. Schnaufend erreiche ich das vierte und damit letzte Stockwerk des Gebäudes. Fast falle ich gegen die Tür, die sich als abgeschlossen herausstellt. Ich klopfe. Ein genervtes Stöhnen dringt durchs Holz. »Einfach feste drücken! Sie klemmt!«

Ich tue wie geheißen und diesmal geht sie auf. Unbeholfen stolpere ich in eine vollgestopfte Küche und gegen ein Mädchen. »Pass doch auf!«, ruft sie. »Fuck.«

Ich brauche einen Augenblick, um sie wiederzuerkennen, weil ihr pinkes Haar mittlerweile silberblond gefärbt ist.

Ihr habe ich vom Laufsteg hochgeholfen.

Das merkt sie im gleichen Moment wie ich.

Und wirkt nicht erfreut.

TANK

Wie heißt sie, wie heißt sie, wie heißt sie? »Oh, hi, du bist ... Leanne, richtig?«

Sie könnte schwerlich noch gereizter das Gesicht verziehen. »Lien«, sagt sie.

»Entschuldige, dass ich dich gestört habe. Es lag kein Schlüssel für mich im Fach.«

»Da liegt er doch«, sagt sie mit amerikanischem Akzent – nein, mit kanadischem, richtig? – und deutet zur Arbeitsfläche. Ich habe sie definitiv geweckt. Das zeigt sich allein schon an ihrer Bettfrisur. »Ich hau mich wieder hin. Bin grad erst von Tokio hergeflogen und hab fiesen Jetlag. Weck mich nicht noch mal.«

»Nein, klar, ich ... Würdest du mir nur noch sagen, welches mein Zimmer ist?«

Erneutes Aufstöhnen. »Du schläfst mit bei mir, es sei denn, du willst lieber aufs Sofa. Im andern Zimmer sind zwei Russinnen oder so. Scheißdiebische Elstern, wenn du mich fragst. Mein guter Müsliriegel hat schon Beine gekriegt.«

Und warum bekomme *ich* jetzt deswegen ein schlechtes Gewissen? Dieses Mädchen ist echt einschüchternd. »Geht es da lang?« Ich zeige hinter sie.

»Beeil dich einfach. Ich schlaf oben.«

Das Apartment ist lang und schmal. Von der Küche gelangt man in ein kahles Wohnzimmer mit zerschlissenem Sofa und einem dieser billigen weißen Ikeatische. Dahinter kommen die Schlafzimmer. In der Küche steht eine Tür zum Badezimmer halb offen. Lien dirigiert mich in das linke der Schlafzimmer, das ich eher als ... Kiste bezeichnen würde. Ein Stockbett aus Metall, Marke Pfadfinderlager, verstellt das einzige Fenster im Raum, sodass kaum Licht hereinfällt. Als Vorhangersatz hat jemand ein Handtuch davorgetackert.

Diese Wohnung ist eine verdammte Drecksbude.

Um Liens Koffer herum, der offen auf der kleinen freien Fläche liegt, haben sich Kleidungsstücke Lavaströmen gleich über den Boden verteilt. Zu spät wird mir klar, dass ich auf einem zerknüllten beigen Tanga stehe.

»Pass doch verdammt noch mal auf, wo du hintrittst!«, blafft sie mich an und klettert ins obere Stockbett.

»Okay«, sage ich kleinlaut. »Dann geh ich mal duschen ...«

»Mir egal. Sei einfach leise.« Mit diesen Worten zieht sie sich eine Leopardenmuster-Schlafmaske über die Augen.

Das Badezimmer ist sonnenblumengelb. Und krass eklig. Hinter einem halb zerrissenen, schimmelfleckigen Duschvorhang ist der Abfluss verstopft von einem faulig-verfilzten Hamster aus Haaren. Immerhin hat das Wasser gut Druck und ist schön heiß, sodass ich mir den Flug und die Herfahrt abwaschen kann. Mein Plan ist – ebenfalls auf Sabahs Rat hin – wach zu bleiben. Offenbar besteht die einzig aussichtsreiche Strategie gegen Jetlag darin, sich so schnell wie möglich an die Ortszeit anzupassen. Also dann! Und wenn ich meine Augen mit Streichhölzern offen halten muss.

Das schmutzstarrende Handtuch an der Badezimmertür kann ich zum Glück ignorieren, nehme mein eigenes von zu Hause. Da unsere russischen Mitbewohnerinnen offenbar ausgeflogen sind, traue ich mich, zum Abtrocknen ins Wohnzimmer zu wechseln. Hier ziehe ich eine frische Jeans und Ferdys »LeviOsa, nicht LeviosA«-T-Shirt an. Als ich sehe, dass ich eine Nachricht von ihm bekommen habe (AT&T? – nie was von gehört), überkommt mich eine Mischung aus Freude und Heimweh. *Yay! Wie schön zu hören, dass du gut angekommen bist. Jetzt ab ins Bett mit dir.*

Ich schreibe sofort zurück. *Besorg mir jetzt nur noch was zum Abendessen und geh dann früh schlafen. Gute Nacht. Ich liebe dich.*

Ich weiß.

Pause.

Mache bloß Spaß. Ich liebe dich auch xxx

Er ist ein Arsch, aber ich liebe ihn.

Durch das schmierige Küchenfenster blicke ich auf Brooklyn hinaus. Vermutlich kann ich mich nicht den ganzen Abend lang in dieser Wohnung verstecken. Es sieht kaum danach aus, dass Lien so bald aufstehen wird, und ich halte sie auch eher nicht für den Zöpfe-flechten-und-Geheimnisse-austauschen-Pyjamaparty-Typ. Von der Agentur habe ich hundert Dollar in bar für meine Ausgaben vor Ort erhalten. Dann nehme ich New York doch mal in Angriff.

Ich verstaue mein Handy und das Bargeld in der Handtasche, die ich mir von Mum geliehen habe, und ziehe ein Karohemd über – für eine Jacke ist es mir zu schwül. Auch den Apartmentschlüssel bringe ich sicher in der Tasche unter. Auf Google Maps erfahre ich, dass ich mich an einem Ort namens Williamsburg befinde. Dann tippe ich »Pizza« in die Suchleiste und frage mich, was die Menschen getan haben, bevor diese Technologie erfunden wurde. Es gibt offenbar etwa zehntausend Pizzerien in Williamsburg, deswegen steuere ich der Einfachheit halber die an, die am nächsten ist: Sal's Pizza.

Unterwegs nehme ich die Atmosphäre des Viertels in mich auf. Ich komme an vielen süßen Coffeeshops und diesen typisch amerikanischen »drug stores« vorbei. Ob ich wohl als Einheimische durchgehe, frage ich mich, oder steche ich eher heraus wie ein Selfie-Stick am Piccadilly Circus?

Als ich Sal's Pizza erreiche, wird es schon langsam dunkel. Durch das Fenster, hinter dem ein Budweiser-Leuchtschild flackert, kann ich erkennen, dass drinnen noch Plätze frei sind. Überhaupt scheint nicht viel los zu sein, wenn man von der coolen Hipstertruppe absieht, die sich um die Tür herumdrückt und auf die Straße dampft. Ihre Mitglieder sehen allesamt gleich aus: Skinny-Jeans, hochgekrempelte Ärmel, Beanies.

Ich schiebe mich an ihnen vorbei ins Restaurant, wo ich abwartend stehen bleibe. »Für wie viele, Süße?«, ruft mir ein dicker Mann mit Schürze vom Tresen aus zu. Er hat ein stoppeliges Doppelkinn und Arme wie Schinkenkeulen.

»Nur für mich.«

»Für Einzelpersonen am Tresen.«

Klingt fair. Ich setze mich auf einen der Hocker. Hier drin riecht es einfach köstlich und mir wird klar, dass ich seit dem von der Stewardess servierten miesen Hühnchen in Soße nichts mehr gegessen habe. Der Dicke stellt sich vor mich. »Was darf's sein, Hübsche?«

»Oh. Ähm. Mit Salami, bitte.«

»Und zu trinken?«

Was soll's, bin schließlich in Amerika. »Cream Soda.«

Er lächelt, legt mir ein Pizzastück, das in der Tat gigantisch ist, auf einen Pappteller und stellt ihn vor mich hin. »Engländerin?«

»Ja.«

»Hey, Leute, hoher Besuch, Prinzessin Kate ist da!«, ruft er lachend Richtung Küche und tatsächlich schauen ein paar Kollegen hinterm Pizzaofen hervor und winken uns zu. »Machste Urlaub hier?«, fragt er mich dann.

Ich schüttle den Kopf, während ich versuche, das riesige Dreieck zwischen meine Zähne zu manövrieren.

»Dann lass mich raten: Model?«

Ich nicke. »Woher wissen Sie das?«, frage ich mit einem vollen Mund, in dem sich die beste Pizza meines Lebens befindet. Fast ist es mir peinlich, mich als Model zu outen. Nachher denkt er jetzt, dass ich mich für echt sexy halte oder so.

Er grinst mich an. Ihm fehlt ein Schneidezahn. »Wir sind in Brooklyn, Baby. Wenn du hier ein großes, dünnes Mädchen von außerhalb siehst, dann ist es ein Model.« Ich grinse zurück und fange den herunterrutschenden Käse mit den Fingern auf.

»Ich bin zum ersten Mal allein im Ausland«, gebe ich zu.

»Ach so?« Er stemmt die Hände in die Hüften. »Na, dann geht das hier aufs Haus. Willkommen im American Dream, Süße.«

In mir lockert sich etwas und ich fühle, wie meine Schultern sich entspannen. Mir wird klar: Ich bin in New York angekommen. Ganz ohne Hilfe. Ich hab's geschafft. Ich habe es tatsächlich geschafft.

Und habe keine Angst mehr.

Am nächsten Morgen fährt ein Taxi vor, das Lien und mich zum Shooting bringen soll. Wie sich herausstellt, wurde sie auch von TANK gebucht, von daher hat ihre Karriere die Laufstegarschbombe wohl ganz gut verkraftet. Trotzdem werde ich weitgehend von ihr ignoriert, als sie sich mit großer Sonnenbrille auf der Nase und unter ein Basecap gestopften Haaren neben mich auf die Taxirückbank fallen lässt. Gestern Abend habe ich in dem kleinen Supermarkt gegenüber noch Cornflakes und Milch gekauft, doch nachdem Lien vorhin aus dem Bett gefallen ist, hat sie nur schnell eine Banane inhaliert und das war's.

»Guten Morgen«, sage ich.

»Gott, ist das früh.«

So früh ist es eigentlich gar nicht, aber ich werde ihr nicht widersprechen. Zehn Minuten später sind wir bei der »Location«, einem umgebauten Lagerhaus in Bushwick. Hier sieht es mehr oder weniger genauso aus wie in East London – der gleiche shabby Schick. Ich entdecke Maggie, die eine Zigarette am Straßenrand raucht, und war noch nie so glücklich, ein bekanntes Gesicht zu sehen.

»Hallo, Liebes!«, ruft sie und diesmal renne ich allen Ernstes zu ihr und umarme sie. »Alles in Ordnung, Herzchen? Wie war der Flug?«

»Gut.«

»Braves Mädchen! Und was hast du gestern Abend noch unternommen?«

»Ach, ich war bloß Pizza essen.«

»Pizza, hm?« Ich könnte schwören, dass sie einen Blick auf meine Taille wirft. »Sieh dich an, was für eine selbstständige junge Frau du bist! Schon so erwachsen!« Dann wendet sie sich an Lien. »Hallo, Superstar! Wie war Tokio?«

Lien schüttelt abwehrend den Kopf. Dann schnorrt sie sich eine Zigarette von Maggie und inhaliert gierig. »Das mache ich nicht noch mal mit.«

»Komm schon, Liebes. War es so schlimm?«

Erschöpft winkt Lien ab, obwohl ich mir ziemlich sicher bin, dass sie sich eigentlich mit Freude darüber verbreiten würde. Einige Menschen baden zu gerne in Selbstmitleid.

Maggie führt uns hoch ins Studio, wo sich das Verrückt-O-Meter irgendwo zwischen dem Chaos der London Fashion Week und dem allerersten Fotoshooting bei Prestige eingependelt hat. Das Loft, dessen Glasdecke von rostigen Metallträgern gehalten wird, sieht sehr nach New York aus. Obwohl hier *unglaublich* viele Menschen herumwuseln, ist die Atmosphäre erstaunlich entspannt. Gerade wird zu einem Song von Frank Ocean der Fotohintergrund hergerichtet und mich überkommt eine Welle der Erleichterung, als ich daneben Layla Palmer entdecke, die gerade an ihrer Kamera das Objektiv auswechselt.

»Hallo, Babe!«, ruft sie und kommt herüber, um uns zu begrüßen. Ihre ehemals lilapinken Rastas trägt sie jetzt so silberweiß gefärbt wie die Haare von Storm in *X-Men*. Beim heimatlichen South-London-Klang ihrer Stimme wird mir direkt warm ums Herz.

»Hi«, grüße ich zurück. »Ich wusste gar nicht, dass du die Fotos machst!«

»Schuldig.« Sie grinst breit. »Was hab ich dir gesagt, hm? Ich erkenne einen Star, wenn ich einen sehe.«

»Das ist meine erste Kampagne«, murmele ich.

»Die erste von vielen. Ich irre mich nie. Frag mal meine Freundin. Ich bin vielleicht eine Fotze. Aber eine weise Fotze.«

Während ich zurückgrinse, stellt Maggie Layla Lien vor. Sofort bemerke ich einen wenig subtilen Umschwung in Liens Verhalten. »Hi!«, säuselt sie Layla an. »Es freut mich unglaublich, dich kennenzulernen! Ich liebe deine Arbeit!« Schleimerin.

»Danke, Honey. Und ich freu mich schon aufs Shooting. Das wird scheißenheiß, ihr werdet sehn!«

Eine Assistentin nimmt Lien und mich mit zu Haare und Make-up, wo eine kleine Armee Visagisten bereits an zwei Models zugange ist. Zwar erkenne ich beide von Zeitschriften und Plakaten her, aber ich weiß ihre Namen nicht. Links sitzt jedenfalls dieser eine, der mit seinen Tattoos, dem wilden Bart und dem wölfischen Blick immer so aussieht, als würde er gleich auf ein Wikingerschlachtfeld stürmen.

»Matty, Astrid«, stellt die Assistentin ihn und das Mädchen neben ihm vor. »Das hier sind Jana und Lien.«

Lien und Matty kennen sich offenbar. »Baby!«, ruft er, springt von seinem Klappstuhl auf und umarmt sie. Schon aus diesem einen Wort kann ich einen schottischen Akzent heraushören, mit dem ich hier in New York nicht gerechnet hätte. »Ich hab dich ja seit Ewigkeiten nicht gesehen«, spricht er weiter. »Seit dieser einen Gala nicht mehr. Wie geht's dir? Haben sie dich angenommen an der Brown?«

»Ja, aber das verschiebe ich erst mal. Wie geht's Guillermo?«

»Ach, Schätzchen, du kennst ihn doch! Ihm geht's blendend. Dieses Wochenende ist er mit der Jacht unterwegs ... Hi!« Er wendet sich an mich. »Ich bin Matty! Matthew MacDonald.« So viel zum Thema Wolf – eher Labradorwelpe, würde ich sagen.

»Ich bin Jana. Ich ... mag deinen Akzent.«

»Glasgay, Babes! Coole Aktion letztens, als du Madamchen hier vom Laufsteg gekratzt hast!«

Jetzt bewerkstelligt sogar Lien zum ersten Mal ein Lächeln. »Himmel, erinner mich nicht daran!« Sie scheint etwas aufzutauen. Gott sei Dank.

Astrid für ihren Teil kommt von Anfang an sympathisch rüber und redet perfektes Schul-Englisch. Sie kommt aus Norwegen und sieht aus, als wäre sie dem kristallklaren Wasser eines Fjords entstiegen – Daenerys-Haare, Eisbergwangenknochen.

Wir sollen erst einzeln fotografiert und nach dem Mittagessen als Gruppe gefilmt werden. Während Matty und Astrid jetzt bei Layla sind, kümmern sich die Visagisten um Lien und mich.

Die Anweisung lautet »natürlich«, deswegen bin ich in gefühlten fünf Minuten fertig. Sie machen nichts weiter, als meine Haare zu zerwuscheln und mir etwas Glänzendes, Öliges auf die Wangen zu reiben, wodurch sie fast wie Metall aussehen. »Okay, Liebes, ab mit dir zur Garderobe.«

Ich springe auf und stoße – weil die Ankunft des Caterings mich ablenkt – mit einer (sehr festen) Brust zusammen. »Au! Sorry!«

»Hey, kein Stress«, lässt ein gemächlicher Bass verlauten, der mir sofort durch und durch geht. Es ist die männlichste Stimme, die ich je gehört habe. Ich schaue nach oben. Ein Gesicht, als hätten Elvis und James Dean auf wundersame Weise ein Kind miteinander. Ich kenne nur ein männliches Model mit Namen und hier steht er: Westley Bryce. Es ist selten, dass ich zu jemandem hochgucken muss, aber vor ihm fühle ich mich fast klein. »Hi«, sagt er. »Ich bin Westley.«

»Ich weiß«, antworte ich, noch bevor mein Idiotie-Filter anspringen kann. »Ich meine …«

»Entspann dich.« Seine weltberühmten Lippen verbiegen sich zu einem schüchternen Lächeln.

»Ich bin Jana.« Neben ihm muss ich aussehen wie eine Mutantin, denn er geht locker als wandelnde Skulptur von Michelangelo durch. Sein Antlitz reflektiert das Licht an genau den richtigen Stellen, was bestimmt irgendwie mathematisch bedingt ist – Winkel, Scheitelpunkte. Die ganze Sexyness hingegen steckt allein in den Augen. Sie muss irgendwas mit diesen kleinen Lachfältchen zu tun haben.

Total schräg. Ein Teil von mir hielt Westley Bryce immer für etwas Abstraktes, das nur als Bild oder Idee existiert, so wie Gott oder Beyoncé. Aber hier steht er! Und ist *real*. Zwar fast unwirklich groß, aber davon abgesehen doch eindeutig menschlich.

Ich. Fass. Es. Nicht. Er ist zum Niederknien schön. Und doch ein sterbliches Wesen. Ich muss mich wahnsinnig zusammenreißen, um nicht prüfend seine Wange zu berühren.

»Freut mich, dich kennenzulernen, Jana. Cooler Akzent. Kommst du aus London?«

»Ja.«

»Ich steh voll drauf, die Stadt fetzt total.«

»Ja. London.« Was ist mit meinem Hirn los?

Westley muss heimlich hereingeschlichen sein, denn mit einem Mal stürzen sich unter großem Geflatter, Geschnatter und Furby-Geflöte die Anzugträger von TANK auf uns (na ja, auf ihn). Als ich mich zurückziehe, lächelt er mir zu und verdreht die Augen. Ich lächle zurück, als wäre das irgendein Insider zwischen uns.

Schon wieder habe ich vergessen, ein Selfie zu schießen, und begehe damit Verrat an meiner ganzen verdammten Generation.

Schließlich beginnt mein Shooting mit Layla. In einer schlabberigen »Boyfriend-Jeans« und einem hautengen weißen T-Shirt gebe ich die Androgyne. Überraschung. Mittlerweile weiß ich, glaube ich, was sie von mir wollen: Ich soll einfach leicht betrunken aussehen. Dafür schließe ich halb die Augen, lasse den Mund wie zum Fliegenfangen offen stehen und neige mich gefährlich bald hierhin, bald dorthin, als könnte ich mich kaum auf den Beinen halten. Von dieser Technik scheinen sie alle BEGEISTERT zu sein. Trotzdem muss ich mich ganz schön anstrengen. Die Vorstellung, dass Models nur reglos in die Kamera gucken, ist Bullshit. Nach zwanzig Minuten bin ich total geschafft – meine Waden tun weh vom Barfuß-auf-Zehenspitzen-Stehen und meinem Rücken hat das übertriebene Hohlkreuz nicht gutgetan.

Während sie den Videodreh vorbereiten, mache ich Mittagspause am Buffet. Es gibt BBQ-Chickenwings und Salat. Neben Matty und Westley ist noch ein drittes Male Model am Start, Ziggy. Er kam direkt nach mir an und hat den abgefahrensten Afro aller Zeiten. Ich soll so tun, als wäre ich Mattys Freundin, was ich ziemlich witzig finde, weil absolut jedem bei der ersten Begegnung mit Matty sofort klar werden muss, dass er so stockschwul ist, wie ein Mensch nur sein kann. Andererseits: Wenn ich schon mit einem Male Model zu kuscheln habe, bin ich – Ferdy zuliebe – froh darüber, dass es sich um ein schwules Exemplar handelt.

Als Matty und Lien von der Toilette zurückkehren, ziehen sie auf einmal so ausgiebig die Nase hoch, als wäre bei ihnen der Heuschnupfen ausgebrochen. Oh. Ich hatte mich schon gefragt, wann Drogen ins Spiel kommen. Vor diesem Modewelt-Klischee haben Ferdy und Sabah mich ja gewarnt. Ich bin nicht sicher, ob mir bisher schon mal jemand untergekommen ist, der Koks genommen hat. Es erschien mir immer wie etwas, das nur reiche alte Leute tun.

Matty war ja eben schon ziemlich drüber, aber das hier ist noch eine ganz andere Hausnummer. Er galoppiert zu mir ans Buffet, schlingt seine Arme um meine Hüfte und hebt mich hoch. »Sind wir dann so weit? Seht her! Jana hier ist ganz offensichtlich meine feste Freundin, in die ich mit heterosexueller Freude jede Nacht meinen Penis reinstecke.«

Ich lache mit ihm, aber auch wenn er bestimmt keiner Fliege was zuleide tut, soll er mich gefälligst runterlassen. Schreiend protestiere ich, als er mich kurzerhand ans Set trägt.

Sie haben glatt ein paar Meter Schienen gelegt, damit uns die Kamera in einer Dreihundertsechzig-Grad-Fahrt filmen kann. Ziggy, Astrid und mich, Matty, Westley und Lien. All diese schönen Menschen auf einem Haufen. Und, zugegeben: Ich wünschte, Heather Daley könnte mich jetzt sehen.

Na, wird sie ja bald.

BROOKLYN

Nachdem alles im Kasten ist, nehmen die TANK-Anzugträger uns mit zu einem schicken Abendessen im *Peter Luger Steak House* in Williamsburg. Beim Anblick der Preise fallen mir fast die Augen aus dem Kopf. Zum Glück sind wir eingeladen. Die Gerichte klingen allesamt köstlich, und wie ich feststelle, gibt es offenbar grob geschätzt zwanzig verschiedene Arten von Steak. Ich dachte immer, na ja, tote Kuh halt. Aber nein: Club- oder Porterhouse-Steak, Entrecôte, Chateaubriand ... was soll das bloß alles bedeuten? Kann ich nicht einfach »ein schönes Stück Rindfleisch« bekommen?

»Hey«, flüstert Lien mir ins Ohr. »Pass auf, was du vor Maggie isst.«

»Hm?«

»Vertrau mir einfach. Die Predigt willst du dir nicht anhören. Bestell gedämpften Fisch.«

Als die Kellnerin an unseren Tisch kommt, bestellen Matty und Lien gedämpften Fisch mit Gemüse, Astrid ergänzt ihre Diätcola um einen Beilagensalat und Westley möchte einen Chickenburger, »aber ohne das Brötchen, bitte.« Offenbar wird heute also gar keins dieser exotischen toten Kuhstücke den Weg auf meinen Teller finden. »Ähm, ich nehme das Gleiche wie sie«, sage ich und weise mit dem Kopf auf Lien.

Zu meiner Linken tätschelt Maggie mir die Hand. Wie's aussieht, habe ich das Richtige getan.

Das gesamte Essen hindurch preist Maggie mich den anwesenden Branchenleuten an. Keiner von ihnen hält es dabei für notwendig, sich mir vorzustellen. »Ich sage Ihnen, unsere kleine Jana hier wird noch ganz groß rauskommen. So aufgeregt war ich nicht mehr, seit ich Clara entdeckt habe. Jana ist ein Star! Ein verdammter Star, das sage ich Ihnen.«

Zum Glück steht, während Maggie das sagt, Lien gerade draußen beim Rauchen mit Matty und Astrid. Bestimmt wäre sie nicht gerade begeistert, ihre Agentin dermaßen von einer anderen schwärmen zu hören.

Als unsere Teller abgeräumt werden, fällt mir auf, dass Lien ihren Fisch kaum angerührt und Astrid ihren Salat nur mehr oder weniger umarrangiert hat. Echt verrückt, aber jetzt fühle ich mich doch glatt schuldig, weil ich mein winziges Stück Mahi Mahi (schmeckt gut, wie Hühnchen) ganz aufgegessen habe. Dabei hätte ich von der gleichen Portion noch zwei weitere verdrücken können.

»Na?« Westley kommt von der Toilette zurück und nimmt den jetzt freien Platz von Matty neben mir ein. »Rauchst du gar nicht?«

Gerade habe ich mir eins der bauklotzgroßen Pfefferminzbonbons in den Mund geschoben, die sie einem hier mit der Rechnung servieren. Lautstark klackert es mir beim Reden gegen die Zähne. »Oh, ich ... Nein.«

»Ein Model, das nicht raucht? Ich dachte, da wäre ich der Einzige.«

Ich zucke die Schultern. Keine Ahnung, was ich jetzt sagen soll. *Und, Westley, stimmt es eigentlich, dass du und Dido Gant ...?*

»Wie gefällt dir New York?«, fragt er.

Ich tupfe mir den Mund mit meiner Serviette ab. »Ja.« *Beantworte die Frage, du Flachpfeife.* »Es ist abgefahren. Ich meine, bisher habe ich ja noch nicht viel gesehen. Aber morgen geht's zu Face First, da komme ich dann mal nach Manhattan.«

»Kannst du einen Stadtführer gebrauchen?«

»Soll das ein Angebot sein?« Als ob. Tausendprozentig hat Westley Bryce Besseres zu tun, zum Beispiel ... na, alles andere halt.

»Absolut! Mittlerweile ist New York quasi mein Zuhause. Ich habe mir ein kleines Apartment im East Village gekauft. Und die ganzen drei nächsten Tage darf ich machen, was ich will. Der Wahnsinn, oder?« Ach ja? Vielleicht liegt es an der tiefen Stimme oder daran, dass er schon Ewigkeiten berühmt zu sein scheint – ich habe mir nie klargemacht, wie jung er eigentlich noch ist. Wahrscheinlich nicht viel älter als ich. »Es gibt ja das Touristen-New-York«, spricht er weiter, »und das echte New York. Versteh mich nicht falsch, der ganze Touristenkram ist echt cool, und man sollte das alles mal mitgemacht haben, aber ich bevorzuge das echte New York.«

»Bist du gebürtig von hier?«

Er lächelt, was so blödsinnig hinreißend aussieht, dass mir die Ohren pochen wie in einem zu schnellen Fahrstuhl. »Scheiße, nein«, antwortet er. »Ich komme aus Nixa, Missouri.«

Ich nicke wissend. Als hätte ich auch nur den leisesten Schimmer, wo das liegt. Gebt mir eine Amerika-Karte und ich blamiere mich zu Tode. »Was läuft so in Nixa?«

»Ein Riesenhaufen Garnichts!«, lacht er.

»Wurdest du dort gescoutet?«

»Nö, das war am Flughafen in Miami, als ich gerade vom Urlaub in St. Barts zurückkam.«

»Oh, wow.«

»Ja, fünfzehn Jahre alt muss ich da gewesen sein. Himmel, fünf Jahre ist das schon her. Es fühlt sich fast so an, als wäre ich seitdem überhaupt nicht mehr zu Hause gewesen.« In seiner Stimme schwingt leichte Traurigkeit mit. Vielleicht ist er auch nur müde. Ich bin's jedenfalls.

Als Matty, Astrid und Lien von der Straße wieder ins Restaurant gestolpert kommen, bringen sie einen kühlen Windstoß herein. »Leute, das glaubt ihr nicht!«, ruft ein glückselig zugekokster Matty. »Astrids Stecher ist der Sänger von Hairpin 500!«

Wie cool. Die Band ist echt gut.

Astrid nickt. »Ja, John Elven ist mein Freund. Wir gehen jetzt zu seinem Loft, wollt ihr mitkommen und ein bisschen feiern?«

»Es liegt gleich um die Ecke«, ergänzt Lien.

Mann, ich bin hundemüde. Bei Westley hingegen erwachen offenbar wieder die Lebensgeister. »Was meinst du, Jana?«

»Ich wollte eigentlich direkt ins Bett.«

»Wenn du mitgehst, geh ich auch mit. Wir können dir später immer noch ein Taxi rufen.« Eigentlich wollte ich noch mit Ferdy telefonieren, aber wenn man den Zeitunterschied bedenkt, schläft er bestimmt eh schon. Ja, ich bin kaputt, aber ich bin *auch* in New York, und wer weiß, ob ich je wieder herkomme.

»Loft-Party in Brooklyn«, sagt Westley. »Mehr echtes New York geht schwer. Bist du dabei?«

»Scheiße, ja«, sage ich.

Vor dem Restaurant holt ein Wagen Maggie und zwei der TANK-Leute ab. Ich lege mir meine TANK-Jeansjacke um. Wir haben alle eine Geschenktüte voller Klamotten gekriegt. Maggie umarmt mich. »Also dann, Herzchen. Morgen um neun wirst du für den nächsten Termin abgeholt. Lass die Party also nicht *allzu* wild werden.«

»Bestimmt nicht, versprochen.« Sie streicht mir das Haar aus der Stirn.

»Ich pass auf sie auf, Mrs Rosenthal«, sagt Westley und legt mir den Arm um die Schultern.

»Tu das. Bist ein guter Junge, Westley.« Sie kneift ihm ins Kinngrübchen. »Bleib schön bei ihm, Jana.«

»Okay.«

Weil die anderen schon halb die Straße runter sind, müssen Westley und ich uns beeilen, um sie einzuholen. »Ich trink eh nicht viel«, erklärt er mir. »Am Ende bin ich immer der Langweiler, der alle anderen heimfährt.«

»So einen Freund wünscht man sich doch«, entgegne ich, als wir zur Gruppe aufschließen.

»Westley?«, brüllt Matty so laut, dass alle Anwohner im Umkreis von fünfhundert Metern auch was davon haben. »Ist heute die Nacht, in der du endlich ein bisschen bi wirst?«

»Wer weiß?«, gibt Westley grinsend zurück.

»Ach, dem darf man kein Wort glauben, Jana«, fährt Matty immer noch ziemlich lautstark fort. »Der ist eine Hinhalteprinzessin. Seit Jahren lässt er mich zappeln. Seit Jahren!«

»Alter, du hast einen Freund!« Westley verpasst Matty einen Tritt gegen den Hintern, was in einer Verfolgungsjagd um den Block mündet. Ich beschließe, dass Brooklyn mir ausgesprochen gut gefällt. Hier könnte ich reinpassen.

»Hey«, sagt Lien und lässt sich mit mir ein Stück zurückfallen. »Bitte entschuldige, dass ich gestern und heut früh so eine Zicke war.«

Damit habe ich nicht gerechnet. »Schon okay«, sage ich. Ich wäre ihr einfach weiter aus dem Weg gegangen, aber wenn sie sich sogar versöhnen will, umso besser.

»Jetlag ist die Hölle. Mein Arzt hat mir Melatonin verschrieben, aber das hilft einen Scheiß. Auf jeden Fall schulde ich dir noch was wegen der Laufstegsache in London.«

»Mach dir keine Gedanken.«

Sie lächelt. »Du bist schwer in Ordnung, Jana. Du erinnerst mich an mich.«

»Ach so?«

»Also, an mich, als ich noch neu war und von Tuten und Blasen keine Ahnung hatte. Nichts für ungut!« War das wirklich nicht zickig gemeint? Lässt sich schwer einschätzen. »Alle andern Models waren da auch erst mal totale Zicken zu mir. Sagten, ich hätte einen unfairen Vorteil wegen meiner Mom. Wahrscheinlich stimmt das sogar, kann sein. Jedenfalls sollte ich es besser wissen. Aber dir ist klar, woran das liegt, oder?«

»Was jetzt?«

»Jedes Jahr kippen sie uns eine neue Ladung Babymädchen vor die Füße und jedes Jahr fühlen wir uns älter wegen euch!«

Soll ich die Frage wagen? Besser nicht. »Du bist doch nicht alt.« Viel sicherer.

»Ich bin zweiundzwanzig!«

Ich lache so laut, dass es von den brauen Häuserwänden widerhallt. »Das ist doch blutjung!«

Lien zieht mich näher zu sich. »In Wahrheit bin ich sogar vierundzwanzig, aber wenn du das irgendwem verrätst. bring ich dich um ... Nur Spaß!«

Da bin ich mir nicht ganz sicher.

Wir hören die Party schon von Weitem und ab etwa hundert Meter Entfernung wummert sich der Bass durch meine Sneaker. Die Bezeichnung »Loft« war nicht übertrieben. Es liegt in einem ehemaligen Lagerhaus, ein alter klappriger Lastenaufzug bringt uns hoch. Ferdy wird dermaßen neidisch sein, er liebt Hairpin 500. Sie sind in etwa die schlichtere Version von Velvet Underground und ... haben vor Kurzem sogar einen Grammy gewonnen, wenn ich mich nicht irre. Ich wusste gar nicht, dass der Sänger eine Freundin hat, aber als Astrid den ersten Schritt aus dem Aufzug macht, stürzt sich »Jonny« voll Leidenschaft auf sie.

Die Party sieht aus wie im Fernsehen. Jedenfalls Welten entfernt von zu Hause, wo »eine Party« aus uns fünfen besteht, die wir in Robins Keller um eine traurige Schale Tortilla-Chips und das bisschen Alkoholische herumsitzen, was wir in den Küchen unserer Eltern abzapfen konnten. Hier hingegen fühle ich mich in ein Musikvideo versetzt. Bestimmt an die hundert blödsinnig schöne Menschen schwenken diese roten Plastikbecher und tanzen ausgelassen zu live gemischter Musik. Ja, in dieser Wohnung steht *ein DJ-Pult*!

Während Westley ein paar Bekannte mit High-Five begrüßt, gehe ich auf der Suche nach einem Drink mit Lien und Matty in die Küche. Als ich mich durch die belagerte Tür quetsche, reibt sich ein Typ an mir. »Hey, Baby«, haucht er mir bieratmig ins Gesicht. Er ist spindeldürr, trägt einen Zylinder und kein Oberteil. Ich meine, warum? Eilig gehe ich weiter und werfe einen finsteren Blick über die Schulter. Der Geruch seiner Achselhöhlen verfliegt hoffentlich schnell.

»Willst du ein Bier?«, fragt Lien und fischt eine Flasche aus dem eisgefüllten Waschbecken.

Ich lasse meinen Blick durch die Küche schweifen und erkenne, dass es auf Bier oder Tequila hinausläuft. Bier erscheint mir sicherer. »Gerne«, antworte ich und nehme mir vor, bloß eins oder zwei zu trinken und dann zurückzufahren.

»Süße, hast du noch was da?«, fragt Matty Lien und tippt sich an die Nase.

»Nein, aber hier kriegen wir bestimmt Nachschub, oder?« Von dem Drogengespräch wird mir unwohl, deswegen schlüpfe ich aus der Küche wieder ins Tanzflächenwohnzimmer. Ich werde mich zu Westley gesellen, der ist zumindest nüchtern.

Während ich mich durch die Menge schlängele, werde ich immer wieder angestarrt. Bestimmt sehe ich für alle so aus wie ein Grundschulkind in Designerjacke. Als ich schnell einen Schluck von meinem Bier nehme, werde ich daran erinnert, wie sehr ich Ferdy vermisse. Ihn und unsere Cider-Küsse. Es fühlt sich an, als würde in meinem Magen ein Gummiband langgezogen. Heimweh, schätze ich.

Alle hier wirken so dermaßen cool. In kleinen Grüppchen stehen sie beieinander und posieren für Selfies oder machen auf den diversen Sofas miteinander rum. Eine hat ihre Tattoonadel mitgebracht und verpasst einer anderen mitten im Partytreiben neuen Körperschmuck. *Keine gute Idee*, wenn man mich fragt. Westley kann ich nirgendwo entdecken. Plötzlich wankt der betrunkene Zylindertyp auf mich zu. »Hey, Mädchen.«

Ich nicke einen Gruß und will schnell weiter. Zu der Bier-und-Schweiß-Wolke hat sich jetzt auch noch Whiskeydunst gesellt. Igitt.

»Willst du tanzen, Mädchen? Ich bin ein echt guter Tänzer.«

Er presst sich gegen meinen Hintern und packt mich an den Hüften. »Lass los!« Ich stoße ihn weg.

»Dann halt nicht. Blöde Lesbe.«

Mit einem weiteren finsteren Blick stapfe ich von dannen. Was für eine Arschwarze, aber echt mal. Am anderen Ende des Raumes schraubt sich eine Metallwendeltreppe nach oben und ich folge ihr aus keinem anderen Grund als vielleicht dem, dass ich noch nie auf einer Metallwendeltreppe gegangen bin. An ihrem Ende wummert der Bass nicht mehr ganz so laut. Ich spähe einen Flur hinunter. Offenbar führt er zu einem Bad und einem Schlafzimmer, aus dem verdächtiges Grunzen und Keuchen an mein Ohr dringen, sodass ich diese Richtung schon mal meide.

Auf der anderen Seite klappert eine Tür im Wind. Vielleicht kommt man da auf einen Balkon oder eine Dachterrasse und kann ein bisschen frische Luft schnappen. Ich stecke den Kopf hindurch und blicke auf eine Feuertreppe, die weiter nach oben führt. Cool. Das kommt mir extrem echt-New-York vor. Ich folge also auch dieser Treppe und gelange aufs Dach. Keiner da. Neben ein paar Sonnenliegen steht sogar ein Whirlpool, allerdings abgedeckt.

Ich hebe den Blick. »Oh wow.« Da ist sie wieder: *die* Skyline. Ich bekomme Tränen in den Augen.

Wie kann das echt sein? Wie konnte ich hier landen?

Ganz vorsichtig setze ich mich auf das Mäuerchen an der Dachkante und lasse die Beine baumeln. Ich mache ein Foto mit meiner Handykamera, aber es wird dem Anblick nicht gerecht. Nicht mal annähernd.

»Da bist du ja.« Scheiße. Ich hätte nicht allein hier hochkommen sollen. Doch als ich mich in Erwartung des Zylinders umdrehe, sehe ich stattdessen Westley auf mich zukommen. Mit einem tiefen Seufzer entspanne ich mich wieder. »Was machst du hier?«, fragt er.

Ich zucke die Schultern. »Das da drin ist nicht so meins.« Ich nicke in Richtung Party.

»Bist eher so die Introvertierte?«

Ich ziehe die Nase kraus. »Pff. Das sagen in letzter Zeit ja *alle* von sich, aber ... tja, wahrscheinlich.«

»Du kannst offenbar besser mit Höhe als ich.« Zögerlich nähert er sich der Kante.

»Ich pass auf dich auf«, sage ich lächelnd.

»Aber das sollte doch andersrum laufen.«

Es ist süß von ihm, dass er extra nach mir gesucht hat. »Warum denkst du, dass ich jemanden brauche, der auf mich aufpasst?«

»Weil du ein Mädchen bist.«

»Das ist sexistisch!«

»Nein, das ist die Modewelt. In der kann's einem Mädchen echt dreckig ergehen.« Widerstrebend nähert er sich dem Mäuerchen und setzt sich *noch viel vorsichtiger* neben mich. »Oh Gott, ist das hoch.«

»Bist du nicht gerne in dieser Welt unterwegs?«

»Eigentlich nicht.«

»Warum arbeitest du dann als Model?«

Er zuckt die Schultern. »Für jetzt ist es okay. Meine Mom sagt immer, dass ich für die Möglichkeit dankbar sein soll. Vermutlich hat sie recht. Aber schon bald bin ich mit dem Fleischmarkt durch, schätze ich.«

Ich trinke den letzten Schluck von meinem Bier. »Dem was?«

Er grinst und weist in die Ferne. »Siehst du das, ganz dahinten: Meatpacking District. Da lagen früher die Fleischverarbeitungsbetriebe. Du und ich, wir sind das Fleisch. Sie importieren uns, marinieren uns, frittieren uns. Und wir lassen es einfach geschehen. Tatsächlich glaube ich manchmal, dass wir ihnen geschlachtet lieber wären, weil leichter zu händeln.«

»Das stimmt nicht. Wir müssen schließlich noch *laufen* können. Und einen Schmollmund ziehen.«

Er stößt amüsiert die Luft durch die Nase. Einen Moment lang ist alles ganz friedlich. Irgendwo weit unten in der Stadt heult eine Sirene. Westleys und meine Beine berühren sich und ich frage mich, ob ich ihn daran erinnern sollte, dass ich einen Freund habe, doch dann erinnere ich vielmehr mich selbst daran, dass WESTLEY BRYCE seine einwandfreien Sexkünste sicher nicht an mich vergeuden will. Bei dem Gedanken muss ich glatt auflachen.

»Was ist?«

»Gar nichts«, sage ich. »Ich meine, okay. Also, wenn *ich* Westley Bryce wäre, säße ich bestimmt nicht hier.«

Seine Zähne leuchten fast unheimlich weiß im Dunkeln auf. »Was soll das bedeuten?«

»Du bist ein Superstar! Solltest du nicht ... mitten in einer Orgie stecken oder so?«

»Ach, meine Orgie ist erst übermorgen«, sagt er lachend. »Denkst du wirklich so über mich?«

Ich sehe ihn an. Sein Gesicht reflektiert das Mondlicht genauso perfekt wie das Tageslicht. »Ich weiß nicht, was ich über dich denken soll.«

Da sagt er gar nichts mehr. Sondern schaut mich nur an. Und ich halte die Stille kaum aus.

Schritte ertönen auf der Feuertreppe. »Jana, Baby?« Es ist Matty.

»Wir sind hier oben!«, rufe ich zurück. Ich bin saufroh, dass er sich zu uns gesellt. Warum, kann ich nicht recht sagen. Was *war* das? Echt mal.

Mit Lien im Schlepptau erscheint Matty auf dem Dach. »Heidiho! Oh wow! Guckt euch die Aussicht an! ... Scheiße, wolltet ihr alleine sein?« Er macht eine obszöne Geste.

»Nein!« Ich schüttle mit Nachdruck den Kopf und fühle, wie ich rot werde. »Matthew MacDonald!«, empöre ich mich theaterreif. »Du weißt doch, dass ich einen Freund habe.«

»Ich auch, Baby«, sagt Matty. »Aber was in New York passiert, bleibt in New York. Guillermo springt gerade weit weg auf seiner

Jacht mit brasilianischen Zwillingen namens Javi und Ravi herum.«

»Ich bin da halt altmodischer«, sage ich grinsend.

»Kommt ihr tanzen?«, fragt Lien und versucht, mit einem nicht existierenden Arsch zu twerken.

Ich ziehe die Nase kraus. »Eigentlich wollte ich bald ins Apartment zurück.«

»Ich ja auch!«, sagt sie. »Morgen ist bei Marc Jacobs das Casting für die neue Parfümwerbung. Warum tanzen wir also nicht bis eins und fahren dann zusammen zurück?«

Das klingt nicht schlecht. »Okay!« Ich stehe vom Mäuerchen auf.

»Wartet«, sagt Westley. »Wir sollten erst noch ein Selfie schießen. Für ›das Social-Media-Marketing‹.« Seine Stimme trieft vor Abscheu.

Lien und Matty stöhnen auf. »Na gut, dann los«, sagt Lien schließlich. »Bringen wir es hinter uns.«

Wenn jemand sein Geld damit verdient, Fotos von sich machen zu lassen, muss es natürlich ermüdend sein, darüber hinaus noch unbezahlte Bilder zu schießen. Westley zieht mich an sich und mit der Manhattan-Skyline im Hintergrund versammeln wir uns vor der Handykamera. »Bereit!«, sagt er und streckt den Arm aus. Alle anderen ziehen Grimassen, deswegen mache ich das auch.

»Auf keinen Fall!«, ruft Lien beim Betrachten des Fotos. »Ich sehe scheißenhässlich aus! Lösch das sofort!«

»Okay, zweiter Versuch«, sagt Westley.

Diesmal stolpert Matty fast über das Mäuerchen hinter uns. »Matty!«, schreie ich, als Westley ihn von der Kante wegzieht. Matty klammert sich an ihn. »Fuuuuuck!«, macht er, bevor er in brüllendes Gelächter ausbricht. »Scheiße! Ich bin gerade fast draufgegangen!«

Mein Herzschlag beruhigt sich wieder und ich schlinge die Arme um ihn. Dann muss auch ich loslachen und kann nicht mehr aufhören.

Zu viert machen wir uns auf den Weg zur Tanzfläche, wo wir unsere eigene kleine Party starten, die einwandfrei Spaß macht.

Wir tanzen.

Und tanzen.

Und tanzen noch ein bisschen.

Um kurz nach halb drei setzt das Uber Lien und mich vorm Apartment ab.

REICH

Als ich in Heathrow nach meinem Rückflug durch die Sicherheitskontrollen schlendere, fühle ich mich älter.

Ich habe es geschafft. Ich habe eine Reise nach New York überlebt. Ganz allein.

In der Ankunftshalle halten Mum und Dad nervös nach mir Ausschau. Nachdem ich kurz vor Mitternacht in New York losgeflogen bin, empfängt mich London mit einem quälend sonnigen Samstagmorgen. Mir fehlt eine Nacht im Bett. Zum Glück hat Lien mir eine Schlaftablette »geborgt«, sodass ich die Reise traumlos durchpennen konnte. Andererseits habe ich jetzt einen fiesen Krampf im Nacken. Diese Hörnchenkissendinger kann man alle wegschmeißen.

»Da ist sie ja!«, ruft Dad und läuft mir entgegen, sodass er mich vor dem Kaffeestand in die Arme schließen kann.

Mum ist in den fünf Tagen etwa zwölf Jahre gealtert. »Oh, Jana!« Sie drückt mich fest an sich.

»Himmel, beruhigt euch! Ich war doch nicht mal eine Woche weg. Und erst gestern haben wir noch telefoniert.«

»Mein Baby ist so erwachsen!« Mum lächelt. »Ich bin ganz alt.«

»Wo habt ihr geparkt?«, frage ich. Ich will so schnell wie möglich nach Hause. Anscheinend bin ich von Liens Tablette immer noch schläfrig. Ich sollte in nächster Zeit keine schweren Maschinen bedienen.

»Warte! Hast du gegessen?«, fragt Mum. »Wollen wir hier frühstücken?«

Offenbar hat sich während meiner Abwesenheit nichts verändert. »Ich hab auf dem Flug was gegessen.«

Im Auto würde ich am liebsten sofort einschlafen, doch sobald wir auf die M25 fahren, feuern Mum und Dad eintausend Fragen auf mich ab:

Wie lief der Fototermin?

Wen hast du getroffen?

Waren alle nett zu dir?

War die Unterkunft schön?

Wie waren die Castings?

Ich bin zu müde, um groß ins Detail zu gehen. Die restlichen Termine in New York liefen gut. Ich war bei Face First, meiner New Yorker Agentur, und sie scheinen nett zu sein, wenn auch etwas penetranter als das Team bei Prestige. Sie haben ebenfalls Fotos von mir geschossen und danach habe ich mit Maggie und Trent, meinem amerikanischen Agenten, in Chinatown zu Abend gegessen.

Trent hat überhaupt nicht mehr aufgehört, mit offenbar großen Namen um sich zu werfen. Anstrengend. »Wir müssen dich dringend vor ein paar Fotografen kriegen«, so verkündete er zum Beispiel unter wildem Essstäbchengeschwenke. »Meisel, Knight, Leibovitz, Walker, Blo. Wir müssen dein Portfolio füllen, asap.«

Am Freitag hatte ich jeweils ein »Go See« bei Coda, DKNY, Fyona Tricks and Proenza Schouler. Auch die sind in meinen Augen gut gelaufen. Ich wurde nicht disqualifiziert, als ich mal ein wenig zu spät kam, und auch sonst war es ganz anders als bei *Next Top Model*. Während der Termine ging es um die Kampagnen vom kommenden Sommer. Maggie wirkte sehr aufgeregt. Falls sie mich nehmen, springt viel Geld dabei raus.

Blöd war nur, dass ich Westley nicht noch mal treffen konnte. Gestern Morgen hat er mir geschrieben (Himmel, war das erst gestern?) und gefragt, ob ich zu einem Konzert in Brooklyn mitkommen will, aber leider musste ich ihm zurückschreiben, dass der Termin mit meiner Abflugzeit kollidiert. Ich war überrascht, von ihm zu hören. Schließlich weiß er, dass ich mit Ferdy zusammen bin, und ich empfange auch eh keine Sex-Schwingungen von ihm. Eher

Großer-Bruder-Vibes, höchstens. Wie nett von ihm, dass er überhaupt an mich gedacht hat.

»Maggie wirkte zufrieden mit mir«, berichte ich Mum vom Rücksitz aus.

»Wie schön.«

»Sie meinte sogar, dass ich vielleicht mal eine Weile in New York wohnen bleiben könnte.«

Mum springen fast die Augen aus dem Kopf. »Was?«

»Da würde ich wesentlich mehr Aufträge bekommen und ordentlich Geld verdienen. Sagt Maggie jedenfalls.«

»Nein! Auf keinen Fall! Was ist mit der Schule?«

Ich lehne mein Gesicht ans verhasste Nackenkissen. »Entspann dich, liebe Mutter! Wenn, dann wäre das natürlich nach dem Abschluss.« Aber, keine Ahnung. Wie sollte das mit Ferdy und so klappen? Ich frage mich, ob er ein Studium in New York in Betracht ziehen würde. Schließlich gibt es da haufenweise Colleges – Columbia, NYU –, die bestimmt alle Filmwissenschaft anbieten. Mich hat's erwischt. Kaum vier ganze Tage war ich in New York und schon bin ich verliebt.

Mum starrt auffordernd Dad an. »Reden wir nächstes Jahr darüber«, sagt er. Er ist ein Fan davon, unangenehmen Unterhaltungen aus dem Weg zu gehen.

Weil ich mich den Rest des Samstags wie hirnamputiert fühle – als wären meine grauen Zellen auf der anderen Seite des Atlantiks stecken geblieben –, nehme ich abends nur noch ein Bad und gehe direkt nach *Strictly Come Dancing* ins Bett. Sonntagmorgen geht es mir ungleich besser, und als ich mein Handy anmache, habe ich ungefähr zehntausend Nachrichten auf WhatsApp. Schnell mache ich mit allen ein Treffen am späteren Vormittag aus. Ich lechze schier danach, sie wiederzusehen. Es kommt mir auf einmal so vor, als wäre ich mindestens einen Monat weg gewesen. Und ich fühle mich ein bisschen komisch. Habe so ein nerviges kleines Gefühl, wie von einem Haar im Mund. Nach dem Motto: Was habe ich alles verpasst? Ich werde ganz paranoid davon. Meine Freunde sollen mich doch nicht vergessen. Eine Woche ist eine lange Zeit an der Schule. Ganze Liebesgeschichten können zwischen Freitagabend und Montagmorgen beginnen und enden.

Ferdy arbeitet heute, deswegen treffen wir uns bei ihm im Starbucks. Zum ersten Mal dieses Jahr fühlt es sich richtig nach Winter an, deswegen wickle ich mich in meinen neuen Grobstrick-TANK-Schal und packe – Laurel wird das Teil lieben – einen der zwei Pullover für die nachträgliche Geschenkübergabe in eine schöne Papiertasche.

Lien hat mir erzählt, dass sie einen nicht üblen Nebenverdienst einheimst, indem sie »geschenkte« Klamotten verkauft, und ich soll mich nicht wundern, wenn Kunden mich mit Klamotten »bezahlen« wollen, weil sie ganz genau wissen, dass viele Models damit einen Großteil ihres Geldes verdienen. So ein Gucci-Kleid kostet locker zehn-, zwanzigtausend Pfund, ergibt also Sinn.

Fast tänzele ich wie eine Disney-Prinzessin durch die Einkaufsstraße. Die Luft ist klar und frisch, goldenes Herbstlaub raschelt zu meinen Füßen. New York war cool, aber es ist doch nirgendwo so schön wie zu Hause. Und zu Hause kann ich meinen Ferd wiedersehen. Als ich munteren Schritts in den Laden rausche, sind die anderen schon da.

»Du verficktes Miststück!«, kreischt Sabah. Nicht der Empfang, den ich erwartet hatte. Wie eine Gewehrkugel rast sie auf mich zu, während sich ein paar junge Mütter über die Ausdrucksweise empören. Die können sich mit ihrem kleinen Hugo und ihrer kleinen Florence mal schön wieder nach Clapham verpissen. Sabah hält mir ihr Handy vors Gesicht. »Jana Novak, was zur Hölle ist das hier?«

Westleys Instaprofil. Er hat das Bild von Mittwochabend gepostet: Matty, Lien, er und ich auf der Dachterrasse. Ich grinse Sabah an. »Das bin bloß ich mit ein paar Kollegen«, winke ich scheinheilig ab.

»Willst du mich verarschen?! DAS IST WESTLEY MOTHERFUCKING BRYCE!«

»Richtig erkannt.«

Sabah zerrt mich an den Tisch zu den anderen. »Erzähl uns alles. Wonach riecht er? Welches Aftershave trägt er? Ich will riechen wie er!«

»Oh mein Gott, lass mich doch erst mal ankommen!«

Ferdy tritt hinter dem Tresen hervor. »Willkommen zu Hause. Weißt du was?«

»Was?«

»Ich liebe dich.«

Ich schmelze nahezu an ihm hinunter. Genießerisch schmiege ich mein Gesicht an seinen Hals und nehme einen tiefen Zug von seinem Shampoo. »Ich hab dich vermisst.«

»Echt?«

»Echt. Es wäre doppelt so schön gewesen, wenn ich dich dabeigehabt hätte. Irgendwann kommst du mal mit, keine Widerrede.« Dann lasse ich ihn los, bevor seine Chefin Big Angie noch mitkriegt, wie er hier mit der Kundschaft rumkuschelt. Gleich als Nächstes wende ich mich an Laurel, um nicht eins auf den Deckel zu kriegen, weil ich ihren Jubeltag nicht gebührend würdige. »Und da ist ja mein Geburtstagskind!«

»Du hast es nicht vergessen!«, sagt sie und strahlt, als ihr Blick auf die Geschenktasche fällt. Wenn Laurel eins ist, dann vorhersehbar.

»Natürlich nicht! Wie war die Party?«

»Die lief gut. Mum hat sich übelst betrunken und Dad hat geschmollt deswegen. Das Übliche.«

Im Hinsetzen umarme ich Robin. »Hier«, sage ich zu Laurel und schiebe die Tasche über die Tischplatte. »Das hab ich dir mitgebracht.«

»Was ist es?«

»Es gibt nur einen Weg, das herauszufinden.«

Sie greift hinein und holt den rosa Mohair-Pullover mit dem riesigen, neongrünen TANK-Schriftzug heraus. »Oh mein Gott! Jana!«

Ich strahle zurück. Ihr Gesichtsausdruck allein war die Reise wert. »Gefällt er dir?«

Sabah steht der Mund offen. »Das ist nicht dein Ernst.«

»Ob er mir gefällt?!«, ruft Laurel. »Jana! Ich LIEBE ihn! Aber bist du sicher? Das ist doch zu viel. Die Teile kosten mindestens fünfhundert Pfund!«

»Wir haben sie geschenkt bekommen. Ich gebe dir ein Gratisteil. Kein Grund zum Ausflippen.«

Laurel wirft sich über den Tisch in meine Arme und kippt dabei fast ihren Latte um. Überschwänglich drückt sie mich an sich. »Danke, danke, tausendmal danke.«

»Alles Gute zum Geburtstag.«

Ich glaube, da habe ich gerade eine *ordentliche* Portion Extrapunkte eingeheimst.

An Westleys Foto denke ich erst wieder, als ich am Montag in die Schule komme. Ich muss zugeben, dass die Rückkehr zum Unterricht nach vier Tagen New York sich schon ziemlich nach Abwärtstrend anfühlt. In der ersten Stunde steht Soziologie auf dem Plan, und obwohl mir nur zwei Stunden fehlen, habe ich *so* viel verpasst. Ferdy hat mir seine Notizen mitgebracht, trotzdem kann ich Mr Ellis' Vortrag nicht folgen. Jeder hier redet auf einmal über Marxismus, als wäre völlig klar, was das ist, und ich will nicht wie ein Volltrottel dastehen. Alle so: »Ha, ha. Das ist so marxistisch!« Und ich: »Ha, ha, ach ja?«

In der Pause fragen mich alle über das Westley-Selfie aus. Noch nie war ich so beliebt. Schräg. Schätzungsweise müssen jetzt, da ich neben einem Model gestanden habe, selbst die letzten Zweifler daran glauben, dass ich auch eins bin. Leute, mit denen ich noch nie ein Wort gewechselt habe, scharen sich in der Kantine um unseren Tisch.

»Hi, ich bin Phoebe«, sagt ein Mädchen. »Glaubst du, ich könnte auch Model werden? Ich meine, groß genug bin ich doch, oder?«

Groß ist sie. Ich zucke die Schultern. »Keine Ahnung. Wenn du einfach mal ein Foto von dir an meine Agentur schickst?«

»Wirst du Westley wiedersehen, was meinst du?«, fragt Laurel.

Ich schaue zu Ferdy. Man muss ihm echt zugutehalten, dass er sich von der Westley-Hysterie nicht groß stören lässt. »Noch mal keine Ahnung. Vielleicht.«

»Oh mein Gott, du *musst* mich ihm vorstellen!« Laurel guckt wie der Herzchenaugen-Smiley. »Stell dir vor, Westley und ich.«

»Was wird dann aus *Harry*?«, fragt Robin giftig.

»Er ist zu alt für dich«, sage ich.

»Irgendwo habe ich gelesen, dass er schwul ist«, fügt Sabah hinzu.

»Das glaube ich nicht. Aber Matty MacDonald ist schwul.«

»Der mit dem Bart? Oh wow.«

»Ist kein Geheimnis oder so.«

»Warum auch?«, ergänzt Sabah.

Irgendwann zwischendurch müssen Heather, Emily und Lily zur Schar gestoßen sein. »Bedeutet das«, fängt Heather an und ergreift meine Hand, »dass du Westley Bryces Nummer im Handy hast?«

»Ähm ... ja.«

»Oh mein Gott, kann ich sie haben?«

Scheiße, nein. »Ich ... Also ... Nein.«

»Warum nicht?«

Ich blicke Hilfe suchend zu Sabah, die ungemein amüsiert wirkt. »Warum zur Hölle sollte sie?«, fragt sie Heather und erobert damit ein weiteres Stück von meinem Herzen.

»Verzieh dich«, fährt Heather Sabah an. »Ich meine, wer hat dich gefragt?« Und dann, zu mir: »Komm schon. Ich verrat auch keinem, von wem ich die Nummer habe.«

»Heather, das wäre … echt unprofessionell. Schick ihm … doch einfach eine Nachricht über Twitter.«

Heather wirft Emily einen finsteren Blick zu. »Hab dir doch gesagt, dass sie einen auf Knauserschlampe macht.«

»Heather, ich bin … Weißt du was? Ich mach da nicht weiter mit. Ich bin raus.«

Lily zieht einen Schmollmund. »Das kannst du nicht bringen, Babe, tu nicht so, als wärst du besser als wir.«

Ich beschließe, nichts zu erwidern, denn: Was würde das bringen?

»Komm«, sagt Ferdy. »Ich begleite dich zu Französisch.«

Er nimmt meine Hand und bahnt mir wie ein Leibwächter einen Weg durch die Kantine.

Emily kichert böse. »Der *muss* schwul sein. Ich meine, stört es ihn gar nicht, dass seine Freundin Westley Bryce geknallt hat?« Heather und Lily brechen in übertriebenes Gejohle aus und ein paar andere lachen auch.

»Ignorier sie einfach«, murmele ich.

»Wen meinst du? Ich höre nichts«, erwidert er. »Solche Geräusche habe ich schon in der zweiten Klasse auszublenden gelernt.«

»Wisst ihr, was ihr seid?«, ruft Sabah den Umstehenden zu. »Neidisch seid ihr! *Sooooo* neidisch.«

»Ich bin nicht neidisch auf *dieses Ding*.«

»Natürlich nicht, Honey, und morgen friert die Hölle zu. Laurel, kommst du?«

Laurel packt schnell ihre Sachen zusammen und gemeinsam flüchten wir aus der Kantine. Ich spüre, wie ich knallrot werde. Wow, eine Sekunde lang habe ich doch tatsächlich geglaubt, etwas hätte sich zum Besseren verändert. Aber ich werde mir New York nicht von Heather und ihren Schergen madig machen lassen. Auf keinen Fall. Diese Erinnerungen gehören mir, die können sie mir nicht wegnehmen.

»Jana!«, ruft Mum die Treppe hoch. »Ein Brief für dich.«

Komisch. Ich kriege nie Post, außer vielleicht an meinem Geburtstag – der erst im Januar ist. Ich bin ein Vollblutsteinbock. Vielleicht eine verfrühte Weihnachtskarte?

Als ich nach unten stapfe, drückt Mum mir einen Umschlag in die Hand. »Was möchtest du zum Frühstück? Spiegeleier mit Speck?« Es ist Samstag und ich habe bis weit nach zehn geschlafen.

Ich streiche mir die schmuddeligen Haare aus dem Gesicht. Sie sind so fettig, dass ich sie ohne Gel zum Iro formen könnte. »Nur die Spiegeleier, bitte.« Sabah predigt mir immer von Spiegelei auf Avocado. Sollte ich das toll finden? Ich setze mich an den Küchentisch und mache den Umschlag auf. Keine Karte. Ich pople das Blatt heraus. Ein Brief von Prestige. Vielleicht sind sie zur Vernunft gekommen und lösen meinen Vertrag auf.

»Überweisungsbescheid« steht oben. Und darunter: »Folgende Summe wird Ihnen in den nächsten drei Werktagen durch Bacs Payment überwiesen:«

Und dann steht da in einem kleinen Kasten eine Zahl.

»Heilige Scheiße!«, rufe ich aus.

»Jana!« Mum verpasst mir eine Kopfnuss.

»Au! Okay, ’tschuldige. Aber guck mal!« Ich halte ihr den Brief unter die Nase.

»Oh mein Gott! Ist das dein ... Honorar?«

»Ja ... sieht ganz so aus.« Das meiste muss von der TANK-Kampagne sein. Aber da waren ja auch noch die Modenschauen bei der LFW.

»Jana. Das ist eine Menge Geld ... Zoran! Zoran komm her!«

Dad juckelt aus seinem Gartenhäuschen in die Küche. »Was läuft schief?«

»Nichts! Gar nichts! Jana ... zeig!«

Ich zeige meinem Dad den Bescheid. »Wow. Tja, das ... ist super. Und es geht direkt auf dein Sparkonto, richtig?«

»Klar!« Ich grinse. Denn ein sauteures Weihnachtsgeschenk für Ferdy sollte auch drin sein.

Mein Handy auf dem Küchentisch fängt an zu vibrieren. Ro ruft an. Sofort nehme ich ab. »Hi, Ro!«

»Hallo, Janaschätzchen, wie geht es dir?«

»Gut! Hervorragend! Ich habe gerade über mein erstes Honorar Bescheid bekommen!«

»Herzlichen Glückwunsch! Gib nicht alles auf einmal aus!«

»Bestimmt nicht!« Würde ich gar nicht hinkriegen.

»Das hier wird dir auch gefallen: Ich habe über Nacht eine sehr interessante E-Mail aus New York erhalten.«

»Ach ja?«

»Jana, du Megastar, da gehst du mal eben zum Go See bei Coda und staubst direkt die nächste Sommerkampagne ab!«

»Dein Ernst?!« Ich hatte eigentlich nicht den Eindruck, dass das Coda-Casting so gut gelaufen wäre. Coda ist schließlich sehr mainstream und ich ... nicht.

»Oh, es wird noch besser. Für das Shooting wirst du nämlich im Januar nach Dubai fliegen!«

Hm. »Ich weiß gar nicht, ob ich noch mal schulfrei kriege.«

»Jana, sie zahlen vierzigtausend.«

»VIERZIGTAUSEND?«

Das erregt Mums und Dads Aufmerksamkeit. Sie drängeln sich an mich und versuchen mitzuhören. »Es geht hier um einen global agierenden Riesen, Schätzchen. Die vierzigtausend sind erst mal nur das Buy-out für Großbritannien. Wenn sie die Bilder auch in anderen Regionen verwenden wollen, kommt das obendrauf. Wahrscheinlich geht die Summe also noch steil nach oben. Aber jetzt genieß weiter dein Wochenende, ich wollte dir nur schnell die guten Neuigkeiten mitteilen!«

Sie legt auf und ich schaue Mum an. »Sie haben mich für die Coda-Kampagne engagiert. Vierzigtausend gibt's da.«

Mum fällt die Kinnlade runter. Sie kennt Coda. Logisch. Jeder kennt Coda. In jeder Einkaufsstraße steht einer. Manchmal gleich zwei. »Wow, das …«

»Coda … sind das die auf der St John Street?«, fragt Dad.

»Ja. Der Laden neben TK Maxx.«

Er schürzt leicht die Lippen und guckt ansonsten unbeeindruckt. »Die verkaufen doch so Billigzeug.«

»Wen kümmert's?«, frage ich und strecke die Hände zur Decke. »Vierzigtausend Pfund!« Das ist mehr Geld, als ich mir je vorstellen könnte. Dad zuckt nur die Achseln.

Weihnachten ist dieses Jahr früh dran.

Leb wohl, knappe Kasse. Ich bin reich!

Shepherd's Bush, wo wir Geschenke shoppen wollen, liegt vier Straßenbahnstationen von Clapham Junction entfernt. Sabah und ich schwänzen am letzten Mittwoch vor Weihnachten die Schule, weil wir denken, dass es dann ruhiger zugeht. Es geht nicht ruhiger zu. Wirklich nicht. Die Sache gleicht vielmehr einem kollektiven Amoklauf. Zerfledderte Panikkäufer hetzen über die Bürgersteige. Geschenkpapierrollen ragen aus brechend vollen Tragetüten.

»Wir müssen uns Lebkuchen-Lattes holen!«, verkündet Sabah, während wir die Rolltreppe zur Luxusladen-Etage im Westfield emporgleiten.

»So was von. Das Eierlikörzeug schmeckt schließlich nach Katzenkotze.«

Die Rolltreppe endet neben Louis Vuitton. In dieser Ecke vom Einkaufszentrum war ich noch nie. Wir lassen sie sonst aus und nehmen direkt den Eingang beim Topshop ein Stück weiter. Vor der Champagnerbar bleibe ich wie angewurzelt stehen. Die Schilder von Prada, Burberry, Tiffany's, TANK und Gucci drängen sich bedrohlich über meinem Kopf zusammen. »Ich bin nicht sicher, ob ich das kann, Sabs.«

Sie hakt sich bei mir ein. »Drauf geschissen, natürlich kannst du das. Du weißt, was du willst, richtig?«

Ich nicke und sie dirigiert mich Richtung Mulberry. »Ja. Mum hat ihre eine Freundin mal dermaßen zusammengefaltet, weil die bereit war, so viel Geld für eine Tasche auszugeben ... Für mich war da ziemlich klar, dass sie eigentlich nur neidisch ist.«

»Bestimmt! Hier, wir sind da. Sieh einfach so aus, als würdest du dazugehören.«

Ich trage Jeanshose, Jeansjacke und eine Pudelmütze. Ich sehe nicht so aus, als würde ich dazugehören. Sabah muss mich fast mit körperlicher Gewalt in den Laden zerren. »So. Welche war es denn?«

Wie kostbare Reliquien in einem Tempel blicken die Taschen von dezent beleuchteten Regalen auf uns herunter und sehen allesamt irgendwie gleich aus. »Ich ... bin nicht sicher.«

Ein braun getoasteter Typ mit Stock im Arsch tritt hinter dem Verkaufstresen hervor. »Hallo, Mädchen, kann ich euch helfen?«

Sabah mustert ihn von oben bis unten. »Ja, Junge, das kannst du. Sie möchte eine Seaton für ihre Mum, bitte.«

Er kräuselt die Lippen und nimmt eine jadegrüne Tasche aus dem Regal. »Bist du sicher, Honey? Eine Seaton kostet eintausenddreihundertfünfzig Pfund.«

Ich trete vor und pflücke ihm die Tasche aus der Hand. Dann sehe ich ihm direkt in die Augen.

»Ich nehme zwei.«

- Würdest du sagen, es war eine Aschenputtelgeschichte?
- Nein.
- Wiederholst du meine Frage bitte in deiner Antwort, damit wir mich nachher rausschneiden können?
- Oh, okay. Würde ich sagen, dass es eine Aschenputtelgeschichte war? Ähm. Mir ist klar, warum Leute das denken könnten. Es sieht ja wie eine aus. Dann wäre Maggie wohl meine gute Fee.
- Weil sie deine Träume hat wahr werden lassen?
- Ich weiß nicht, ob es *meine* Träume waren. Ich weiß nur, dass sie das waren, was man sich wünschen *sollte*. Wir alle wollen doch reich und berühmt sein, oder nicht? Reich und berühmt *für nichts*. Wir wollen Diamantuhren und Goldzähne und Hotelzimmer mit Flamingos drin. Einfach ... einen Arsch voll Geld. Und das kriegte ich.
- Aber wolltest es gar nicht?
- Eigentlich nicht, ehrlich gesagt. Ich wollte ... mich mögen können.

  ...

  Warte, nein. Schneid das raus. Ich bin dankbar, wirklich. So wurde alles einfacher für uns. Irgendwie bin ich fast froh, dass wir vorher jeden Penny hatten umdrehen müssen, denn so konnten wir das Geld richtig wertschätzen.
- Aber ...?
- Aber es war kein Vom-Tellerwäscher-zum-Millionär-Märchen. Das will ich sagen. Es war eher ein Von-der-Realität-in-eine-Fantasiewelt-Märchen. Und ...
- Und?
- Der Zauber hält nur bis Mitternacht.

WEIHNACHTEN

Vollgefressen bis oben hin mache ich mich am Abend des ersten Feiertags auf den Weg zu Robins Haus. Es ist dermaßen bitterkalt, dass der Atem in meiner Luftröhre zu gefrieren scheint. Robin wohnt bloß ein Stück die Falcon Road runter, kurz hinter der Moschee, und ich füttere seine Katze, während er und seine Familie bei seiner Grandma in Dartford sind.

Wie Adventskalendertürchen reihen sich entlang des Schleichwegs hinter den Häusern Terrassenfenster an Terrassenfenster. In der pechschwarzen Dunkelheit leuchtet mir umso deutlicher entgegen, was drinnen passiert. Hier werden zum Beispiel gerade unterm Weihnachtsbaum Geschenke ausgepackt. Ist vielleicht eine Tradition von ihnen, so lange damit zu warten. Da vorne hingegen ist ein heftiger Familienstreit im Gange. Und hinter dem Türchen danach versucht ein Mädchen einem Typen die Fernbedienung wegzuschnappen. Dann wiederum umarmen Großeltern ihre Enkelkinder, bevor sie ins Auto steigen. Und das tägliche Abendgebet in der Moschee findet natürlich auch an Weihnachten statt. Einer nach dem anderen gehen die Männer hinein.

Unser Weihnachten war unspektakulär. Während Mum gekocht hat, haben wir anderen ausgeschlafen. Erst gab's die Geschenke, dann unser Weihnachtsessen, eine Mischung aus serbischen und englischen Gerichten – Roast Pork und Česnica – und danach *Die Eiskönigin – Völlig unverfroren* und *Merida – Legende der Highlands.*

Allerdings konnte ich dieses Jahr mal jedem was Gescheites schenken. Mum bekam ihre Mulberry, Dad ein Klapprad für den Arbeitsweg und Milos eine Mandarine. Zumindest war das eine Stunde lang sein Geschenk, bevor er mir leidtat und ich ihm verriet, wo ich den Mantel von Ted Baker versteckt hatte. Ich schwöre, er hat fast geheult, der verzogene kleine Mistkerl.

Natürlich wurde ich von Mum ausgeschimpft, weil ich so viel Geld ausgegeben habe, aber wofür hat man die Kohle denn, wenn man nicht mal schöne Sachen für seine Lieben davon kaufen darf?

Und als Nächstes ist Ferdy dran. Ich habe ihm versprochen, dass ich ihn vorm Familienweihnachten rette, und eigentlich ist ihm das schon Geschenk genug. Trotzdem wird er gleich auch etwas Handfestes auspacken dürfen.

Als ich mit in den Taschen vergrabenen Händen vor der Hintertür von Robins Haus ankomme, wartet er bereits auf mich. »Himmel, wie lange stehst du hier schon?«

»Knappe halbe Stunde.«

»Scheiße, Ferd, warum hast du nicht angerufen? Ich wäre früher losgegangen.«

»Ach, schon gut. Als Dad vor einer Stunde weggepennt ist, bin ich schnell rausgeschlichen, bevor er wieder aufwacht und weiter auf mir rumhackt.«

Ich schließe uns auf. »So schlimm?«

»Wir hatten schon schlimmere Weihnachten. Dieses Jahr ist Tante Maria zu Besuch, deswegen macht er fast die ganze Zeit einen auf perfekter Ehemann. Echt gruselig.«

»Na, jetzt wärmen wir dich erst mal auf.« Der Arme hat schon ganz blaue Lippen gekriegt. »Wie wär's mit heißer Schokolade?«

»Klingt super. Gehen wir runter?«

»Ja. Ich hab Robin versprochen, dass wir's nicht in seinem Bett treiben werden.«

»Klingt fair.«

Ich füttere Samson und gönne ihm ein paar Streicheleinheiten, bevor ich zwei Tassen heiße Schokolade in Robins Männerhöhle trage. Sie stinkt nach Sportschuhen und Gras. Wie seine Eltern nicht mitkriegen können, dass er kifft, stellt für uns alle ein anhaltendes

Mysterium dar. Samson reibt sich an meinen Beinen und folgt mir nach unten.

Wo Ferdy Mario Kart zockt. »Langsam fühle ich mich wieder wie ein Mensch«, sagt er, als ich seine Tasse mit Nachdruck vor ihm abstelle.

»Gut«, sage ich. »Frohe Weihnachten.«

Er pausiert das Spiel und küsst mich. »Frohe Weihnachten. Danke, dass du mich gerettet hast. Ich liebe dich.«

»Ich liebe dich auch. Und habe dir ein Geschenk gekauft.«

Er legt den Kopf schief. »Jana, wir hatten doch gesagt …«

»Ich weiß, aber das hatten wir letztes Jahr auch gesagt und trotzdem habe ich die Kate-Bush-Platte von dir gekriegt.«

Er grinst. »Und den gleichen Move ziehe ich dieses Jahr wieder ab!« Er greift in seine Tasche und zaubert eine Geschenkschachtel hervor.

»Du Mistkerl!« Ich lache und wir küssen uns noch mal. »Aber dieses Jahr kann ich kontern!« Ich stelle Ferdys Geschenk auf den Tisch. »Du zuerst«, sage ich. Oh Gott, hoffentlich gefällt es ihm.

Weil er halt ein Junge ist, reißt er das Papier und die Schleife, für die ich ewig gebraucht habe, mit keinen drei Handgriffen ab. »Oh, Jana. Du hast doch nicht …«

»Aber so was von.« Ohne dass er mir je einen Hinweis gegeben hätte, ist mir natürlich nicht entgangen, wie lange er in der Schule, statt Hausaufgaben zu machen, online die neue Videokamera von Canon studiert hat. »Ist es die richtige?«

»Jana … das ist *exakt* die richtige. Seit Monaten spare ich meinen Lohn für sie.«

»Tja, damit kannst du jetzt aufhören!«

Er schaut zu Boden. Und setzt zum Reden an, sagt dann aber doch nichts.

»Was ist?«

»Nichts.«

»Ferd …?«

»Ja, nein, Jana, das ist der Hammer. Ich danke dir tausendmal. Aber es ist zu viel. Mein Geschenk kostet … einen Bruchteil davon. Einen so kleinen Bruchteil, dass ich ihn nicht mal im Kopf ausrechnen könnte.«

Ich runzle die Stirn. »Um das Geld geht es doch gar nicht. Ich habe sie dir gekauft, weil ich wusste, dass du nichts auf der Welt mehr willst als sie.«

Er streicht mir die Haare aus der Stirn. »Das stimmt so nicht ganz, weißt du?«

Ich werde rot. »Gute Antwort. Also … krieg ich jetzt meins?«

»Natürlich, aber es spielt wie gesagt in einer anderen Liga.«

Er überreicht mir die kleine Schachtel und ich öffne behutsam den Deckel. Ganz bestimmt ein Schmuckstück. Unter der Watte liegt ein winzig kleines J, das an einer fast unsichtbaren Kette hängt. »Oh, Ferdy! Die ist unglaublich süß! Ich liebe sie!«

»Ich dachte mir, so eine kannst du sogar bei Castings und Co. anbehalten.«

Die Kette passt total zu mir. Ich hasse es, mich mit schwerem Schmuck zu behängen. »Ich liebe sie, ganz ehrlich.« Nachdem ich die Kette angelegt habe, drücke ich den Anhänger so fest gegen meine Brust, als wollte ich Ferdy selbst in mein Herz schließen. Ich küsse ihn noch einmal. Da überreicht er mir einen Umschlag.

»Was denn, noch mehr?«

»Jepp!« Er grinst. »Ich habe dir ein All-you-can-eat-rund-um-die-Welt-Internetpaket für dein Handy gekauft. Du musst es nur noch aktivieren.«

Ich muss so heftig loslachen, dass ich fast rücklings vom Klappsofa falle. Die Hundertfünf-Pfund-Handyrechnung von New York habe ich Mum immer noch nicht gebeichtet. Wer hätte gedacht, dass Google Maps nicht immer gratis ist? »Der Hammer! Du bist der Hammer!«

Weitere Küsse. »Und danke, dass du dein Weihnachten mit mir verbringst«, sagt er. »Das ist mir viel mehr wert als die Kamera. Ganz ehrlich.«

»Lügner.«

Er grinst erneut. »Okay, fast so viel wie die Kamera.«

Auf Robins ausgeklapptem Klappsofa schlafen wir miteinander und Ferdy kommt in mir. Keiner von uns erwähnt es. Es bedarf keiner Erwähnung. Keiner Worte. Zufrieden mit uns und dem Weltenlauf sinken wir, wie zwei Kopfhörerkabel miteinander verschlungen, in tiefen Schlaf. Und ich bin viel zu glücklich, um einen Gedanken daran zu verschwenden, dass Mum mir morgen wahrscheinlich den Kopf abreißt.

Westley: Hi, Jana, hier ist Westley. Hab grad die Vorabbilder von TANK geschickt gekriegt!!! Du siehst FANTASTISCH aus!

Jana: Oh wow! Danke!

Jana: Und frohes Neues noch x

Westley: Frohes Neues aus Hawaii xxx

Westley: Hoffe, du bist gesund und Mutter.

Westley: munter.

BERÜHMT

Weil meine innere Uhr im Schulferienmodus läuft, liege ich noch im Bett, als Westley mir schreibt. Trotzdem rufe ich sofort Maggie an. »Hi Maggie, hier ist Jana.«

»Ach, hallo, Kleines, frohes Neues wünsch ich! Geht es dir gut?«

»Bestens. Ich habe mich nur gefragt, ob du auch schon die fertigen TANK-Bilder gesehen hast. Westley schrieb mir gerade.«

»Erwischt, Darling, das habe ich tatsächlich. Und du wirst dir IN DIE HOSEN MACHEN, wenn DU sie siehst! Sitzt du?«

»Ich liege im Bett.«

»Noch besser. Das JPEG habe ich dir nur deswegen noch nicht geschickt, weil sie – und das wirst du mir nicht glauben – die Kampagne nächsten Montag feierlich am Piccadilly Circus enthüllen wollen.«

»Was? Auf der riesigen Reklametafel da?« Auf keinen Fall. Das ist doch *irre*.

»Jepp, du hast richtig gehört. Zur Neueröffnung ihres Flagship-Stores auf der Regent Street wollen sie einen großen Werbecoup veranstalten. Mit *deinem* Foto in einer der Hauptrollen.«

Ich brauche eine Minute. Was passiert hier? Verstört klammere ich mich am Bettrand fest.

»Und noch etwas, Jana, wo ich dich schon mal dranhabe.«

»Ja?«

»Was würdest du dazu sagen, wenn in Zukunft ich deine Bookings managen würde? Die New Faces macht ja Ro, und Cheska die Frauen, aber um die großen Namen kümmere eigentlich ich mich. Um Clara, um Lexx. Ich denke, angesichts deines Blitzerfolgs sollte ich auch dich übernehmen. Es ist wieder so weit, Liebes, die nächsten Fashion Weeks stehen an, und überall reden sie von dir. Jedes Jahr werden ein oder maximal zwei der neuen Mädchen zur Supernova. Es ist absolut entscheidend, dass wir jetzt alles richtig machen.«

Ich habe ein schlechtes Gewissen gegenüber Ro, aber es ist schwer, nicht geschmeichelt zu sein. »Ähm, okay, klar.«

»Wundervoll. Na dann. Treffen wir uns doch nächsten Montag am Piccadilly Circus und gucken uns deine erste Kampagne an, hm?«

Der besagte Montag ist der erste Schultag nach den Ferien, aber Sabah beschließt, dass ein haushohes Foto von mir wichtiger ist als die Doppelstunde Französisch. Während wir an der Station Waterloo in die Bakerloo Line umsteigen, könnte ich schwören, dass sie vor Aufregung zittert. »Ernsthaft mal, Jana, wie kann dich das so kaltlassen?«, fragt sie, als wir in die Station Embankment einfahren, wo sich eine Ladung Touristen in unser Abteil ergießt.

»Ich weiß nicht. Das ist alles so schräg.«

»Schräg und COOL. Himmel, ich bin so was von neidisch.«

Ich runzle die Stirn. »Echt?«

»Was jetzt?«

»Bist du echt neidisch?« Meine Freunde sollen nicht neidisch auf mich sein. Ich will nicht über ihnen stehen.

Sabah nimmt meine Hand. »Weißt du was, Babe, wahrscheinlich bin ich *auch* ein bisschen neidisch. Das geht doch, oder? Dass ich zwei gegensätzliche, aber vollkommen gleich starke Gefühle zur selben Zeit habe. Dass ich genauso glücklich für dich wie neidisch auf dich bin. Scheiße, ja, ich kann das, bin schließlich Waage.«

»Aber warum?«

»Warum wohl?! Weil du Westley Bryce und Clara Keys getroffen hast und in New York gewesen bist! Weil du nächste Woche nach Dubai fliegst, während wir hier in Battersea feststecken!«

Ich mag Battersea. Ob mit »wir« wohl Laurel und sie gemeint

sind? Mit Laurel habe ich mich die ganzen Weihnachtsferien nicht getroffen, und obwohl sie es immer wieder abstreitet, kriege ich langsam, aber sicher den Eindruck, dass sie sauer auf mich ist, dabei weiß ich nicht mal, weswegen.

Offenbar gucke ich traurig aus der Wäsche, denn Sabah ergreift wieder das Wort: »Ich hab mich schon eingekriegt, Jana. Ist doch saugeil, was du mir alles erzählen kannst, wenn du wiederkommst. Vergiss mich nur nicht.«

»Das würde ich *nie*.«

»Und mir ist klar, dass du bis über beide Ohren im Stress sein wirst, aber damit komme ich klar. Ich werde zu einhundert Prozent immer hinter dir stehen.«

Ich liebe Sabah so sehr. Dabei weiß ich nicht mal mehr, wie genau wir uns angefreundet haben, sondern nur, dass wir in die gleiche Vorschulklasse kamen und sie seitdem immer da war. »Danke. Ich liebe dich. Und ich brauche dich. Diese Modemenschen sind komplett gaga, Sabs. Wenn ich dich und die anderen nicht hätte, würde ich genau wie sie den Verstand verlieren.«

»Oh, ich werde dich schon regelmäßig auf den Boden der Tatsachen zurückholen, keine Sorge.« Ungelenk umarmen wir uns auf dem engen U-Bahn-Sitz. »Und, um mal ganz selbstsüchtig zu sein«, fügt sie hinzu, »wenn du schon berühmt wirst, dann mach gefälligst Werbung für mein Insta und Co!«

Ich lache. »Na, was denn sonst?«

Erst als die Bahn in Oxford Circus einfährt, fällt uns auf, dass wir unsere Station verpasst haben.

Statt die Bahn in die andere Richtung zurück zu nehmen, laufen wir das Stück über die Regent Street. Als wir an Burberry vorbeikommen, hüpfen uns mit wehenden Trenchcoats Riesen-Clara und Riesen-Westley von den Werbeplakaten entgegen. Sabah bleibt stehen, um den Foto-Westley ein bisschen anzuhimmeln.

Eins der Bilder zeigt sein Gesicht in Nahaufnahme. Ich betrachte sein Lächeln und verspüre ein … Glimmen oder so im Bauch. Diese Nacht in Brooklyn war … schon etwas Besonderes. Aber nicht auf *die* Art, natürlich.

Schnell schüttle ich das Gefühl wieder ab. »Na los, sonst kommen wir noch zu spät zum Treffen mit Maggie. Sie ist keine, mit der man sich anlegen will.«

Und tatsächlich, an der Eros-Statue wartet Maggie schon auf uns. Sie hat sich in ein Laken gewickelt – denn um als Paschmina durchzugehen, müsste dieses Kleidungsstück wesentlich kleiner sein – und trägt eine Pelzmütze dazu. Beide Hände hat sie um einen riesigen Starbucks-Becher gelegt. »Hallo, Liebes!«, ruft sie und winkt.

»Hi, Maggie. Das hier ist meine beste Freundin, Sabah.«

»Hallo, Sabah, Herzchen. Ist das nicht alles aufregend?«

»Ich bin so ungefähr zehnmal aufgeregter als Jana!«

»Ihr habt den Anfang schon verpasst! Jetzt haben sie zum iPhone gewechselt. In einer Minute oder so bist du wieder dran.« Ich blicke zu der riesigen Reklame hoch. »Wusstet ihr, dass das hier in Wahrheit gar nicht Eros ist, sondern sein Bruder Anteros?« Maggie zeigt auf die geflügelte Statue hinter uns, aber ich bin zu nervös, um darauf einzugehen.

Was, wenn ich auf dem Foto scheiße aussehe?

»Oooh, da kommt es!« Maggie packt mich an den Schultern. Flucht unmöglich.

DIE NEUEN JEANS steht da. Als Erstes kommt das Foto von Westley (COWBOY), dann Astrid in ihrem Minirock (MODERN), bei Matty steht PUNK.

Und dann schnappe ich nach Luft.

Das da bin ich.

SKATER.

Mein Gedankengang läuft in etwa folgendermaßen ab:

1. Ich sehe nicht wie ich aus.

2. Ich sehe echt cool aus.

3. Sind das meine Nippel?

4. Das sind definitiv meine Nippel.

5. Warum zur Hölle hat mir keiner gesagt, dass das T-Shirt durchsichtig ist?

»Oh mein Gott!«, kreischt Sabah und reißt mich damit zurück ins Hier und Jetzt, während Liens Foto meins ablöst. »Jana, du siehst hammer aus! Das ist der Hammer!«

»Darling, ich bin sprachlos. Ich! Sprachlos!«

Ich halte mir die Hand vor die Augen. »Waren das … Konnte man meine Nippel sehen?«

»Ach, vielleicht ein bisschen, meine Hübsche, aber das macht überhaupt nichts. Nippel sind gerade sehr in.«

Nachdem auch Ziggy dran war, zeigt die Reklametafel uns alle sechs in einer Reihe. DIE NEUEN JEANS – EXKLUSIV IM TANK AUF DER REGENT STREET.

Ich meine, wir sehen fantastisch aus und stehen auf diesem Schwarz-Weiß-Foto ja sehr professionell in der Gegend herum, aber ich weiß *genau*, was Milos sagen wird, nämlich, warum ich denn »Erdnüsse schmuggle«. Und Mum wird mich umbringen. Ich meine, was zur Hölle? Hätten sie die nicht wegretuschieren können?

»Mach dir keinen Kopf, Schätzchen! Das ist halt dein Körper! Dein *wunderschöner* Körper! Matty ist ganz oben ohne, oder etwa nicht? Gender Balance und das alles! Befreit die Nippel!«

Ich lächle kleinlaut, während ich weiter an meinen baldigen Tod durch Mums Hand denke.

Fuck. Ich meine, ich sehe tatsächlich hammer aus. Wenn die Titten einer anderen gehören würden, würde ich das Foto lieben. Aber es sind nun mal meine. Hach, tja. Zumindest kommen sie einigermaßen schön rüber, schätze ich.

»Komm mit, Liebes, ich habe bei TANK angekündigt, dass wir im Laden vorbeischauen und ein paar Fotos fürs Social Media schießen. Die Schaufensterreklame stellen sie dann nachher auch noch auf.«

»Echt jetzt?« Sabah ist immer noch völlig aufgekratzt. Sie und Maggie zerren mich zurück Richtung Regent Street.

Als ich einen Blick über die Schulter werfe, bin ich da schon wieder: eine Riesin, die mit steifen Nippeln auf mich runterstarrt. Wüsste ich es nicht besser, ich würde mich selbst nicht erkennen.

Am nächsten Tag in der Freistunde betrete ich den Pausenraum. Hier wollte ich mich mit Ferdy treffen. Wegen des schlechten Wetters herrscht Saunaatmosphäre und es stinkt nach Kompost und nassem Mensch. Bäh. Erklärt aber vermutlich, warum das große Zimmer fast leer ist.

»Hi, Jana«, sagt ein Mädchen, das ich noch nie zuvor getroffen habe. Sie steht am Wasserspender und füllt ihre Trinkflasche auf.

»Hi«, erwidere ich, während sie an mir vorbei wieder hinausgeht.

Gerade ist die erste große Pause vorbei, deswegen knirschen Chipskrümel unter meinen Füßen und der Mülleimer läuft über vor Kaffeebechern und Bananenschalen. Eine Ausgabe der heutigen *Metro* hängt aufgeschlagen über dem Rand.

Natürlich erkenne ich das Foto sofort.

Eine ganzseitige TANK-Reklame. Wow, das ging schnell.

Zu dem Schnurrbart und der Sonnenbrille hat jemand freundlicherweise auch einen BH über meine Nippel gemalt.

Ein bisschen zu spät, oder nicht?

Gott weiß, wo Ferdy bleibt, deswegen gehe ich noch mal schnell aufs Klo. Ich habe gerade fertig gepinkelt, als ich Leute hereinkommen höre und vertraute Stimmen den Raum erfüllen. Die erste gehört Emily: »Ich meine, mir ist schon klar, dass Models so aussehen sollen, aber ich komm einfach nicht drauf klar.«

»Ja, oder?!« Das ist Lily. »Ich meine, die ist doch flach wie ein Brett.« Oha, über wen sie *da* wohl reden? Mucksmäuschenstill bleibe ich sitzen.

»Auf solche Mädchen stehn Jungs überhaupt nicht.« Natürlich.

Heather. »Jungs stehn auf Kurven. Ich meine, ganz im Ernst jetzt, wenn ein Flaschengeist mich fragen würde, ob ich wie Jana Novak aussehen will, würde ich lieber weiter wie ich aussehen.« Zustimmendes Gemurmel. Dann Geraschel und Gewühl, nachdem sie ihre Schminktäschchen hervorgeholt haben.

»Sie ist so was von magersüchtig«, sagt Lily. »Ich meine, habt ihr sie überhaupt schon mal essen sehen?«

»Also früher schon.« Oh. Die Stimme hatte ich nicht erwartet. Es ist Laurels. »Aber vielleicht hat sie sich das abgewöhnt.«

»Oder sie hat Bulimie?«, schlägt Heather vor.

»Vielleicht.« Wieder Laurel. »Ich meine, ich kontrollier das nicht. So weit kommt's noch!«

Mir brennen Tränen in den Augen. *Laurel?* Ich weiß ja, dass sie mit Harry abhängt, aber … mit Heather? Etwas steigt in mir auf. Keine Traurigkeit, sondern glutroter Zorn. Dieses hinterfotzige Miststück. Ich knöpfe meine Jeans zu und trete mit kochendem Blut in den Adern aus der Kabine.

Zumindest hat Laurel den Anstand, *abgrundtief zerknirscht* auszusehen. Selbst Heather erstarrt einen Augenblick, bevor sie anfängt zu grinsen. »Ups«, sagt sie.

»Jana –«, setzt Laurel an.

»Spar dir das. Wisst ihr was? Ist mir egal, was ihr denkt. Ihr seid bloß *neidisch*.«

Das letzte Wort fegt als riesige Handfläche durch den Raum und verpasst jeder von ihnen eine Backpfeife auf die überkonturierte Wange. »Neidisch?«, versetzt Heather. »Auf dich? Aber sicher, Babe.«

»Habe ich etwa die Riesenfotos von *euch* am Piccadilly Circus übersehen?« Lily will etwas sagen, doch ich lasse mich nicht aufhalten. »Nein, denn ihr seid hässlich.«

Sie machen allesamt lange Gesichter und, ganz ehrlich, das fühlt sich großartig an.

»Wie Roald Dahl mal gesagt hat: Wenn du freundliche Gedanken hegst, bringen sie dein Gesicht zum Strahlen. Wenn nicht … tja, vielleicht seid ihr deswegen so ein unansehnlicher Haufen Drecksfotzen.«

Mit einem zuckersüßen Lächeln rausche ich aus der Tür.

Wow, keine Ahnung, wo das herkam, und hundertpro wird's mich noch teuer zu stehen kommen, war aber ein ziemlich geiler Auftritt.

Laurel kommt mir nachgelaufen. »Jana! Warte! Es tut mir total leid! Du solltest das nicht hören!«

Ich schnaube abfällig. »Tja, offensichtlich.«

»Sieh mal …«

Ich warte. »Was soll ich sehen?«

»Ich gehe doch jetzt mit Harry aus, und …«

»Und dadurch wirst du eine von Heather Daleys kleinen Schlampen?«

»Nein! So ist das doch nicht!«

»Komisch, weil du bis gerade noch großen Spaß daran hattest, mich vor ihnen als essgestört zu bezeichnen.«

»Ich wollte bloß … Sieh mal, du bist nie hier, und wenn doch, dann machst du was mit Ferdy! Und …«

Ich schüttle den Kopf. »Entscheide dich, Laurel. Heather oder ich. Liegt bei dir.«

Während ich weggehe, wende ich alles an, was ich übers Laufen gelernt habe. Irgendwie weiß ich jetzt schon, dass sie sich für Heather entscheiden wird.

SIEBZEHN

»Die Antwort lautet Nein, Jana.«

»Hm?«

Mr Bennet schaut finster auf mich herunter. »Nein, ich werde keine erneute Abwesenheit genehmigen.«

Zwinkernd versuche ich, diese Information zu verarbeiten. »Aber ich *muss* dahin.«

Er setzt sich hinter seinen Schreibtisch. »Tatsächlich? Für mich sieht es so aus, als hättest du die Wahl. Deinen Prüfungsfächern musst du dich in Vollzeit widmen. Das wusstest du, als du dich hier eingeschrieben hast. Und bei deiner Modelgeschichte scheint es sich ebenfalls um einen Vollzeitjob zu handeln, wenn auch um einen weitaus chaotischeren. Du musst dich offenbar entscheiden, Jana.«

Oh Gott.

Hätte ich doch so einen Zeitumkehrer wie Hermine.

Mum wird ausrasten. Sie ist eh noch ziemlich sauer wegen der Nippel.

»Ich schaffe beides, versprochen! Oft sitze ich da ohnehin nur irgendwo rum. Ich könnte lernen, während sie mich schminken und so«, bettele ich.

Er lächelt. »Jana, ich kann meinen Kollegen nicht zumuten, Lernmaterial für abwesende Schülerinnen vorzubereiten. Das geht einfach nicht. Wenn du die Sache so handhaben willst, kann ich dir ein paar gute Schulen nennen, die Fernkurse anbieten.«

Ich schüttle den Kopf. »Aber ... ich will hier nicht weg.« Will ich ehrlich nicht.

»Dann bleib. Ich möchte dich ja auch gern hierbehalten, aber, wie gesagt, ich werde keine weiteren Abwesenheiten genehmigen. Wenn du trotzdem dem Unterricht fernbleibst, wird das Konsequenzen nach sich ziehen.«

Mann, das ist scheiße.

Ich bin am Arsch.

Nach Englisch erzähle ich im Pausenraum Sabah, Ferdy und Robin davon.

»Wow«, sagt Sabah. »Das ist hart.«

»Was soll ich jetzt tun?«

Ferdy drückt sanft meine Hand. Der heutige Tag ist echt das Letzte. Zu allem Übel muss ich feststellen, dass die Clementine in meiner Lunchbox eigentlich eine Mandarine ist. Bäh.

»Du machst natürlich den Job!« Robin wirft die Arme über den Kopf. »Es geht schließlich um vierzigtausend Pfund. VIERZIGTAUSEND! Damit könnte man glatt eine Wohnung anzahlen, Jana. Oder EIN HAUS!«

Er hat recht. Ich frage mich, ob das genau die Menge Geld ist, die man einfach nicht ausschlagen darf – Hausgeld. »Ich weiß«, sage ich fast unhörbar.

»Du willst die Schule schmeißen?« Sabah fallen beinah die Augen aus dem Kopf. Ferdy drückt erneut meine Hand.

»Fürs Erste vielleicht.« Das ist gelogen. Nicht mal ich bin so verblendet. Wenn ich schmeiße, dann für immer. Mir ist glasklar, dass ich nicht wieder herkommen werde, nachdem meine Freunde schon alle ihren Abschluss haben. Nie im Leben. Das Modeln gehörte nicht zum PLAN, aber andererseits *gab* es nie einen Plan. Ich hatte keine Ahnung, worauf ich überhaupt hinarbeite, hatte so jeden zweiten Tag eine andere Jobidee. Offenbar ... wurde das jetzt ohne mich entschieden.

»Du schmeißt noch vor mir die Schule?«, fragt Robin. »Wow, wer hätte das gedacht?«

»Um ein Vollzeitmodel zu werden! Wer hätte *das* gedacht?«

Unangenehmes Schweigen. Keiner von ihnen möchte mir oder meinem bescheuerten Riesenfehler ins Auge sehen. »Ihr haltet mich alle für bekloppt, richtig? Weil ich eine solide Ausbildung für was total Oberflächliches hinwerfen will.«

Allgemeiner Protest. »Ich halte dich absolut nicht für bekloppt«, sagt Ferdy.

»Mode ist *nicht* oberflächlich!« Sabah knufft mir gegen den Arm.

»Au! Sabs, komm schon …«

»Mode *ist* wichtig, das leuchtet dir als privilegierte Weiße nur vielleicht nicht ein.« Sie zeigt auf ihr jadegrünes Kopftuch. »Was glaubst du, warum ich HijabLondongirl ins Leben gerufen habe? Weil das Thema so vielen Menschen wichtig ist. Ich muss dieses Kopftuch nicht tragen. Meine Schwester trägt keins. Aber die Leute sollen mich sehen und denken: *Ah, eine Terroristin, Braut des IS, armes unterdrücktes Islammädchen*. Richtig? Scheiße, nein! Ich habe mich für das Kopftuch entschieden, weil es wunderschön ist und ich es tragen *will*.«

Ich schaue kurz zu Ferdy und Robin, bevor wir in Applaus ausbrechen. »Okay, bitte entschuldige«, sage ich.

»Wo kam das auf einmal her?«, fragt Robin lachend.

»Schreibt's euch hinter die Ohren!«

Ich hebe beschwichtigend die Hände. »Betrachte mich als geläutert. Mode ist nicht oberflächlich. Es ändert aber nichts daran, dass der Job nicht warten kann, bis ich mit Schule und Studium fertig bin. So deprimierend das ist, dann wäre ich zu alt dafür.«

»Apropos«, sagt Ferdy, »was machen wir an deinem Geburtstag?«

Hmpf, ein bisschen holprig, trotzdem danke für den Themenwechsel. »Keine Ahnung. Pizza essen gehen?«

»Ich befürworte die Idee«, sagt Sabah, und damit dreht sich unser Gespräch nun darum, wo es in Battersea die beste Pizza gibt.

Nur dass ich immer noch eine größere Entscheidung zu treffen habe: Will ich das wirklich tun?

Der leere Stuhl an unserem Tisch im Il Molino steht so mahnend da, als wäre jemand von uns im Krieg gefallen. Ich habe Laurel eingeladen. Sie hat nicht mal geantwortet. Sie hat sich entschieden. Allerdings, na ja, habe ich sie irgendwie auch als unansehnliche Drecksfotze bezeichnet.

Zu meinem Geburtstag will ich meinen Freunden was schenken. Das klingt ein bisschen falsch herum, aber weil sie nicht viel Geld haben und ich schon, bereitet es mir Freude, dass ich ihnen die Pizza ausgeben darf. Jetzt können wir alle einen Abend im Il Molino genießen, ohne dass jemand vorm Bestellen groß herumrechnen muss.

»Es fühlt sich komisch an«, sage ich und deute auf den leeren Stuhl. »Vielleicht hätte ich nicht so gemein zu ihr sein dürfen.«

»Sie hat dich als Essgestörte bezeichnet.« Sabah verzieht das Gesicht. »Wenn sie mit Heather, Emily und Lily abhängen will, ist sie für mich eh gestorben. Und begraben. Zehn Meter unter der Erde. Wer einem Freund den Erfolg nicht gönnt, ist kein echter Freund.«

Trotzdem kacke. »Seit der sechsten Klasse war ich dicke mit ihr.«

Robin sagt gar nichts. Was ihm überhaupt nicht ähnlich sieht. Ich frage mich, ob er tatsächlich auf Laurel stand oder nicht vielmehr auf die Idee von Laurel.

»Wir sind keine elf mehr«, wirft Ferdy ein.

»Auffallend richtig«, entgegne ich verwirrt.

Er nimmt einen Schluck von seinem Bier. »Ich meine damit, dass wir nicht mehr die Gleichen sind wie in der Sechsten. Laurel entwickelt sich zu dem Menschen, der sie als Erwachsene sein wird. Wir alle tun das.«

»Und in Laurels Fall kommt eine Vollfotze bei raus«, sagt Sabah lauter, als es sein müsste.

»Hast du dich eigentlich schon mal auf Tourette testen lassen?«, frage ich sie grinsend.

»Scheiße, Ferdy, das ist echt tiefgründig«, sagt Robin.

»Aber er hat recht«, wirft Sabah ein. »So läuft der Erwachsenwerden-Scheibenkleister. Nächstes Jahr sind wir alle hier raus. Jana jetzt schon!«

»Bin ich nicht!«

»Hallo? New York? Dubai? Du bist ein Jetsetter-Babe, Babe!«

»Früher oder später müssen wir alle erwachsen werden«, sagt Ferdy, und ich höre einen traurigen Unterton heraus. Niemandem sonst würde er auffallen, aber ich kenne Ferdy zu gut. Das funktioniert bei mir wie eine Hundepfeife. Jedenfalls hat er recht. Ich spüre es auch. Wir stehen auf Messers Schneide: Alles wird sich verändern. Ein Teil von mir will hingegen genau diesen Augenblick bis in alle Ewigkeit festhalten. Wir vier um einen Tisch voller Pizza, Chickenwings und Knoblauchbrot. Ist doch perfekt so.

»Scheiß aufs Erwachsenwerden! Wer will Eis?« Ich schnappe mir die Dessertkarte. »Bestellt euch, was ihr wollt, geht alles auf mich.«

»Bist du sicher?«, fragt Sabah.

»So was von! Schließlich gibt es zwei Gründe zum Feiern! Du kannst es mir zurückzahlen, sobald du als superberühmte Modebloggerin Kohle scheffelst.«

»Ich kann immer noch nicht glauben, dass du echt von der Schule gegangen bist«, sagt sie. »Und einen richtigen Job hast! Du bist ja jetzt schon erwachsen!«

»Wohl kaum!« Ich lache. »Vielleicht bestelle ich mir glatt den lustigen Eispinguin.«

Die Kellnerin nimmt unsere Bestellungen auf. Alle paar Stunden trifft mich die Tatsache, dass heute mein letzter Schultag für womöglich immer war, erneut mit voller Wucht und der Erdboden scheint sich unter mir aufzutun. Dabei gab es keine Fanfare, keine Abschiedsparty, keine klugen Worte auf den Weg von Mr Bennet. Stattdessen hat es irgendwann zum Schulschluss geschellt und ich bin mit den anderen hinausgegangen wie immer. *Was tue ich hier bloß?*

Tatsächlich war es mal wieder Ferdy, der mir letzte Woche zu meinem Entschluss verholfen hat. Als wir nämlich nach der Schule in seinem Zimmer saßen, sagte er, ohne auch nur einmal von Final Fantasy aufzublicken, dass wir doch bloß aus Mangel an besseren Alternativen aufs Hollyton gegangen wären. Dadurch hat er mich zum Nachdenken gebracht. Denn, ja, alle (zumindest alle mit den entsprechenden Noten) wechseln von der Wandsworth *automatisch* aufs Hollyton. So wie ich. Bewusst entschieden habe ich mich jedenfalls nicht dafür. Ich bin mir nicht mal sicher, ob ich mich bisher überhaupt schon mal bewusst für etwas entschieden habe. Für etwas Wichtiges, meine ich.

»Aber wenn ich von der Schule geh, werden wir uns viel seltener treffen.«

Ferdy pausierte das Spiel, um mir in die Augen zu sehen. »Babe. Als ob. Wir werden uns ständig treffen. Wir sind doch auch jetzt gerade zusammen. Und nicht in der Schule.«

Ich verdrehte die Augen. »Punkt für dich, schätze ich.«

»Es wird sich einzig und allein ändern, dass ich dich wochentags zwischen neun und drei nicht mehr treffe, und das wäre in achtzehn Monaten eh der Fall gewesen.«

Mein Magen geriet ins Schlingern, als ich mir vergeblich eine Zukunft jenseits meines Stundenplans vorzustellen versuchte. Dort gähnte nur ein schwarzes Loch, in dem böse Geister von *Studienzulassung* und *Verantwortung* flüsterten.

Ich bekomme die Chance, einen Haufen Geld zu verdienen, und zwar jetzt oder nie. Was gibt es da groß nachzudenken? Oder?

Seltsamerweise blieben sogar Mum und Dad – wenngleich sie keine Luftsprünge machten vor Freude – ziemlich gelassen. Mum wusste bisher gar nicht, dass es so was wie Fernkurse überhaupt gibt. Durch genau die verlor meine Entscheidung offenbar etwas an Schrecken für sie. Durch die und durch vierzigtausend Pfund.

Ich werde einfach so lange modeln, wie ich als Model gebucht werde, dann hole ich meinen Abschluss nach und denke darüber nach, was ich als richtige Erwachsene tun will. Denn im Moment bin ich definitiv noch keine. Mjammi, Eispinguin.

Mr Bennet wirkte enttäuscht, als ich ihm meine Entscheidung mitteilte, konnte sie aber nachvollziehen. »Meine Tochter hat im Teenageralter auch als Model gearbeitet«, sagte er. »Und solange das ging, hatte sie Spaß dabei.«

Dann schüttelte er mir die Hand und wünschte viel Glück.

Heute bin ich also siebzehn und selbstständiges Model geworden. Verrückt. Nie wieder Schule, und Laurel redet kein Wort mehr mit mir. Das ist so ... anders. Ich frage mich, ob dadurch auch ich anders bin. Ich bin vom Weg abgewichen. So irgendwie.

»Das verlangt nach einem Toast«, verkündet Sabah und hält ihre Diätcola empor. »Auf meine liebe Freundin Jana. Ich wünsche dir alles erdenkliche Gute auf deinem neuen Abenteuer. Vergiss nur uns Sterbliche nicht, die wir hier weiter vor uns hin kreuchen.«

Wir stoßen an. »Werde ich nicht, versprochen. Nie und nimmer.«

– Das ist das Problem an Versprechen, oder?

– Was jetzt genau?

– Wie versprochen, so gebrochen.

CODA

Für den Flug nach Dubai hat Coda mir ein Erste-Klasse-Upgrade bezahlt. Hier drin ist alles TODSCHICK. Ich fühle mich wie eine verdammte Königin oder so. Dabei hat die hochnäsige Flugbegleiterin erst noch gefragt: »Liebes, bist du sicher, dass du auf dem richtigen Platz sitzt?« Und ich dachte mir nur: GUCK AUFS TICKET, BLÖDE KUH.

Jetzt überschlagen sie sich alle, um mir Speisen und Getränke zu reichen, bevor ich mich in meinem eigenen kleinen Schlafsessel zur Ruhe bette. Das Essen – gebackener Lachs mit irgendwas Sahnigem – gehört zum Besten, was ich je in der Luft *oder* auf dem Boden zu mir genommen habe. Definitiv schlägt es ein trauriges Plastikschälchen voll Hühnchen und Soße. In meiner Jeans und dem schlabbrigen Zopfpulli wirke ich nur leider ein bisschen – okay, total – fehl am Platz. Wie eine verlotterte kleine Streunerin, die Daddy Warbucks aus dem Waisenhaus geholt hat. Die einzigen anderen Erstklässler könnten in meinem Augen glatt der Sultan von Dubai samt Familie sein. Aber würden die dann nicht im Privatjet fliegen?

Die Reise dauert etwa sieben Stunden, und nachdem ich erst versuche, mir zur Kompensation des Schulabbruchs diesmal etwas Anspruchsvolleres zuzuführen, gebe ich nach zwanzig Minuten Untertitellesen auf und gucke *Thor: Tag der Entscheidung*.

Der Flughafen Dubai ist ABGEFAHREN. Überall stehen goldene Palmen rum. Wieder holt mich ein Fahrer in der Ankunftshalle ab. Er fährt mich durch eine … Wüste im Dämmerlicht. Arabische Nächte. Obwohl ich hundemüde bin, reiße ich die Augen so weit auf, wie ich kann. Der Himmel steht *in Flammen*. So etwas habe ich … noch nie … Noch nie habe ich so etwas gesehen. »Oh, wow …«

»Zum ersten Mal hier?«, fragt der Fahrer und wirft grinsend einen Blick über die Schulter.

»Ja. Der Wahnsinn.« Als führen wir über einen fernen Planeten. Tatooine vielleicht, oder Jakku. Wunderschön, einsam und, na ja, sandig. Mit meinem Handy versuche ich, den Eindruck für Ferd auf Video zu bannen, doch heraus kommt nur oranges Rauschen. Also lege ich das Handy weg und gucke nur noch mit den Augen.

Was bin ich für ein Glückspilz.

Plötzlich ragen am Horizont die Umrisse einer anderen, wesentlich technologisierteren *Star Wars*-Landschaft in den Himmel. »Da vorne sehen Sie das Burj Khalifa«, erklärt der Fahrer. »Das höchste Gebäude der Welt.« Als würde eine Stahlklinge tief in die Wolken stechen. Fast ein bisschen bescheuert, um ehrlich zu sein. Ich meine, was soll das? Auf die Größe kommt es doch nicht an, wie wir alle wissen.

»Cool«, sage ich.

Das Atlantis The Palm sieht *wesentlich* beeindruckender aus als das heruntergekommene Apartmenthaus in Brooklyn. Nämlich genau so, wie ich mir die Unterkunft eines Models vorgestellt hatte. »Willkommen im Atlantis, Miss Novak«, sagt ein lächelnder Butler mit weißen Handschuhen. »Darf ich Ihnen das Gepäck abnehmen?«

»Ähm, ja, danke.«

»Hier entlang, Ma'am.«

Ma'am? Das ist doch bekloppt! Die Decke der Lobby wird von gewaltigen weißen Säulen getragen und der Boden glänzt wie Wasser. In der Mitte des Raums steht eine riesige Skulptur, bei deren Anblick ich sofort an den Kronleuchter im Victoria & Albert Museum denken muss, weil sie aus den gleichen blauen Glaswürmchen besteht, und ich bin ziemlich stolz, dass ich das erkannt habe. Trotzdem muss doch jeden Augenblick jemandem auffallen, dass ich eine gottverdammte Hochstaplerin bin und überhaupt nicht an einen Ort wie diesen hier gehöre. Während ich an mir heruntergucke, werde ich das Gefühl nicht los, dass ich meine Converse besser vor der Tür stehen gelassen hätte.

Nachdem ich fertig eingecheckt habe, bringt mich ein Hotelpage zu meinem Schlafzimmer für die nächsten drei Nächte. Auf dem Weg durch die makellosen Flure halte ich den Atem an. »Dies ist Ihre Suite, Miss Novak.«

Meine Suite? »Ich danke dir, Coda«, murmele ich. Der Page öffnet die Tür und ich schnappe nach Luft. Alles hier drin ist a) aus Gold oder b) aus Marmor. Wie ein Barbie-Traumzimmer. Und fast größer als unser ganzes Haus. Verfickte Scheiße, *das Bett* ist fast so groß wie mein Zimmer.

»Ist so weit alles zu Ihrer Zufriedenheit, Miss Novak?«

Ich drehe mich zu ihm um und mir tut der Mund weh, so breit muss ich grinsen. »Dein Ernst? Ja, Alter, vollauf zu meiner Zufriedenheit! Tausend Dank.«

Nachdem ich ein Trinkgeld gegeben habe – wie von Dad angewiesen –, galoppiere ich im Zimmer herum. Wow, wow, wow. Das kann einfach nicht ernst gemeint sein. Vom Balkon aus blicke ich auf den Sonnenuntergang, die Wanne ist groß wie ein Schwimmbecken, im Schrank hängt eine Armada flauschig weißer Bademäntel und auf dem Couchtisch steht eine *riesige* Coda-Geschenktüte für mich bereit.

Ich tue, was jeder vernünftige Mensch in dieser Situation tun würde. Unter schallendem Gelächter hüpfe ich auf dem Bett herum.

Aber ich ziehe die Schuhe vorher aus, bin schließlich keine Barbarin.

Mein Wecker klingelt um zwanzig vor sechs. Absolut unchristlich. Niemand sollte vor sieben wach sein. Aber um sechs werde ich abgeholt. Also schleppe ich meinen Körper vor den Hoteleingang, während mein Hirn noch mehr oder weniger im Bett liegt.

Ein Minivan rollt mit mir zurück in die Wüste. Ungeachtet des prächtigen Sonnenaufgangs, in dessen Licht wir die Wolkenkratzer hinter uns zurücklassen, penne ich immer wieder kurz weg. Eine gefühlte halbe Stunde fahren wir auf einer Straße zwischen golden aufwirbelndem Sand, bis sich schließlich eine Oase aus Wohnwagenanhängern, weiteren Minivans und ein paar Zelten in der Ferne abzeichnet. Unser Wagen biegt vom Weg ins Gelände ab, und vor lauter Flugsand kann ich einen Moment lang überhaupt nichts mehr erkennen. *Was bitte geht hier ab?*

Als ich schließlich aussteige, ziehe ich mir den Hoodie enger um die Schultern. Meine Haare sind noch nass vom Duschen und es ist weiterhin ziemlich kühl. Im Laufe des Vormittags, so wurde mir gesagt, würde es sich aufwärmen. Ro meinte, ich soll froh sein, dass ich in Dubai fotografiert werde. Denn alle Sommerkampagnen werden im Winter geshootet, weswegen man normalerweise mit seinem Bikini in der Eiseskälte herumsteht.

»Hallo, Jana, Süße!« Ein Mann in knallbuntem Hawaiihemd und mit Handy am Ohr kommt auf mich zu. »Ich bin Simon, vom Coda-Markenmanagement.« Er und ich haben bereits telefoniert. Er scheint nett zu sein. »Komm mit, dann können sie dir schon mal Haare und Gesicht machen.«

Ich bin das erste Model vor Ort, sodass sich im Styling-Zelt die gesamte Crew auf mich stürzen kann. Nicht mehr lange, dann habe ich die Kunst des Sitzschlafs perfektioniert. Irgendwann kommen die anderen Models an. Viviane, eine markante Senegalesin, die nicht viel Englisch spricht, und Kami Brennan. Auch ihren Namen kannte ich bis gerade noch nicht, aber definitiv ihr Gesicht. Eine schwere blonde Mähne umrahmt einen goldenen Teint und einen Mund, in dem mehr schneeweiße Zähne aufblitzen, als eigentlich hineinpassen können. Schon in Hunderten verschiedenen Anzeigen habe ich dieses Gesicht gesehen und nie gemerkt, dass es immer das gleiche Mädchen war. »Hey, yo!«, begrüßt sie mich mit australischem Akzent. »Ich bin Kami, wie geht's?«

»Gut, danke, ich bin Jana.«

Sie lässt sich in den Klappstuhl neben mich fallen. »Schön dich kennenzulernen, Jana. Da haben wir einen langen Tag vor uns, was? Ich hoffe, du kennst ein paar gute Witze!«

»Ich bin eine grottige Witzeerzählerin.«

»Kommste von der Insel? Aus England?«

»Ja.«

»Okay, los geht's. Warum war Aussie-Ann enttäuscht, als sie nach London kam?«

»Weiß ich nicht.«

»Weil sie sich verhört hatte, als es hieß, Big Ben würde so schön *ticken*!«

Um uns her ertönt Gelächter und ich entspanne mich mit einem Lächeln. Kamis Auftreten scheint die Stimmung im Zelt zu verändern, weil alle merken, dass sie sich in einer divafreien Umgebung befinden.

Während der *Ewigkeit*, die für Haare und Make-up draufgeht, verstehe ich langsam, warum sie uns so früh herbestellt haben. Kami und mir wird falsche Sonnenbräune auf die Haut geairbrusht und dann gibt es eine Verzögerung, weil kein Genie an passendes Make-up für Viviane gedacht hat *und* weil der Fotograf auf einmal entscheidet, dass ihm ihre kurz rasierten Haare doch nicht gefallen, weswegen einer noch mal losfahren muss, um eine fluffige Afro-Perücke zu holen. Jetzt sieht Viviane ganz geknickt aus, noch bevor das erste Foto geschossen wurde.

Codas Sommerlook besteht aus viel Geflatter und Gold – Kaftane, Perlen, Federn und tausend Accessoires. Während ich zum Set stapfe, fühle ich mich mit der schweren Sonnenbrille, den zahllosen Armreifen und Ketten und den schulterlangen Ohrringen wie ein Weihnachtsbaum. Die Haare haben sie mir zu einer Art Iro hochgegelt. Die »Story« besteht darin, dass wir einen Flugzeugabsturz in der Wüste überlebt haben und nun in diversen absonderlichen Posen auf Rettung warten.

Langsam, aber sicher gelange ich zu der Überzeugung, dass es in dieser Branche zum guten Ton gehört, vor der Arbeit mindestens einen durchzuziehen.

Jedenfalls haben sie aufgesprungene Koffer und zerfetzte Passagiersitze malerisch um das angekokelte Trümmerstück eines Flugzeugrumpfs drapiert. Ich bin nicht ganz einig mit mir, ob das für echte Absturzopfer beleidigend ist oder nicht. Der Fotograf, Roberto, ist ein schwatzhafter Italiener, dem eindeutig Quantität über Qualität geht. Mit hundert Aufnahmen pro Minute klick-klick-klickt er vor sich hin.

Ich folge Kamis Beispiel, für die der ganze Quatsch offenbar schon ein alter Hut ist. Ohne Unterlass dreht und faltet und verbiegt sie ihren Körper vor der Kamera. Das Ganze sieht fast eher nach Ausdruckstanz denn nach Posieren aus. Ergänzend hat Roberto ein Assistententeam dabei, das uns so hin und her schiebt und zerrt, wie seine auf Italienisch gerufenen Befehle das anscheinend vorsehen. Ich sitze, ich liege, ich stehe, ich hocke.

Und das wäre auch alles kein Problem, wenn es in der Sonne nicht mit jeder Sekunde heißer würde. »Augen auf!«, ruft Roberto uns zu, was in dem grellen Licht allerdings fast unmöglich ist.

»Hey, Kleine«, sagt Kami, »halt sie einfach geschlossen, während er da nur rumhampelt, und mach sie erst dann auf, wenn er wieder fotografiert.«

»Danke.« Das hilft tatsächlich.

Als die Sonne zu unerträglich wird, legen wir eine Mittagspause ein. Roberto scheint mit den bisherigen Ergebnissen zufrieden. Für die nächsten Aufnahmen sollen wir in der Abenddämmerung durch die Dünen wandern, was sich also hoffentlich wesentlich kühler gestalten wird.

»Scheiße.« Im Catering-Zelt inspiziert Kami ihr Dekolleté. »Ich hab Sommersprossen gekriegt.«

Ich auch. »Ist zumindest kein Sonnenbrand.«

»Nein, Kleine, du verstehst das nicht. Mein Agent wird mich umbringen. Du darfst vor der Fashion Week nicht braun werden. Dann kicken sie dich aus der Show, einfach so!« Sie schnippt mit den Fingern.

Erst jetzt fällt mir wieder auf, wie sehr sich meine Essensauswahl von der eines anderen Models unterscheidet. Auf meinem Teller liegen Pasta mit Thunfisch, zwei Scheiben Weißbrot und Butter. Auf Kamis ein Apfel.

Sie muss gemerkt haben, wie ich hingestarrt habe. »Oh, lass dir nicht den Appetit verderben, Süße!«, sagt sie. »Als ich so jung war wie du, konnte ich auch einfach essen, was ich wollte! Aber bis zum Ende der Fashion Week bin ich auf einer strikten Apfeldiät. Äpfel sind super, weil sie irgendwas enthalten, wovon man sich satt fühlt. Gott bewahre, dass ich alt *und* fett werde!«

»Du bist *so was* von nicht fett«, sage ich und picke in meinen Nudeln herum. Vielleicht lasse ich das Brot besser über. Weißbrot ist schlecht, war das nicht so? »Und alt bist du definitiv auch nicht.«

Sie wirft sich das kunstvoll wie von Sonne und Meerwasser gebleichte Haar über die Schulter. Nur bei genauem Hinsehen kann ich die Extensions vom Rest unterscheiden. »Mal nur unter uns, Jana: In ein paar Wochen werde ich siebenundzwanzig. Das war's dann für mich. Meine letzte Fashion Week, bevor die Titten nachgeben.«

»Aber du bist wunderschön«, widerspreche ich. »Du siehst aus – und das meine ich als Kompliment – wie Barbie!«

»So nennen sie mich alle!« Kami knabbert an ihrem Apfel. »Ich mache das, seit ich fünfzehn bin. War ein Mordsspaß.«

Ich schweige.

»Hör zu, Jana, wenn du's in dieser abgefuckten Welt aushältst, hast du zehn Jahre, max. Zehn Jahre Reisen, Partys und Geld. Hol so viel raus wie möglich, solange du kannst. Falls du dem Druck standhältst, im Gegensatz zu anderen.« Sie nickt in Richtung des Make-up-Zelts, wo Viviane in ihr Handy heult.

»Wird sie wieder?«

Kami zuckt die Schultern. »Keine Ahnung, wahrscheinlich hat sie bloß Heimweh. Und Hunger. Wie wir alle, hm? So ist das mit den Models. Keine von uns *wollte* eins sein. Wir *sind* halt groß und dünn. Als einzigen Beruf auf der Welt kann man modeln nicht *wollen*, man kann es nicht üben. Entweder kann man's oder man kann's nicht. Ich jedenfalls zähle nur noch die Tage, bis ich wieder nach New York fliege. Und dann da bleibe.«

»Willst du nicht zurück nach Australien?«

Sie lacht. »Zurück nach Wagga Wagga? Scheiße, nein.« Sie schwenkt ihre linke Hand vor meinem Gesicht herum, sodass der Diamantring daran sogar noch heller funkelt als die Mittagssonne. »Hab mir den Ruhestand schon vor Jahren gesichert. Daniel Winters der Dritte. Investment Banker. Er betet mich an. Selbst der Boden, auf dem ich wandle, ist ihm heilig.«

Ich kann partout nicht sagen, ob sie Witze macht oder nicht.

»Wenn du schlau bist, Jana, planst du schon mal für dann vor, wenn alles zu hängen beginnt. Wir können nicht alle Elle oder Naomi sein! Such dir einen netten reichen Typen und drück seine Bälger raus«, so rät sie mir grinsend und haut sich ihr »Mittagessen« rein.

Wow. Das war bestimmt die deprimierendste Unterhaltung, die ich je geführt habe.

Erst bei Sonnenuntergang ertönt das erlösende »It's a wrap!«.

Ich bin so müde, dass sogar *meine Knochen* müde sind.

Und in jeder Falte, jeder Ritze meines Körpers steckt Sand.

Ich will eine Dusche.

Kami, Viviane und ich werden in einen der Minivans gesteckt und zurück ins Hotel gebracht. Morgen haben wir einen weiteren Tag wie heute, nur dass es dann schon um fünf losgeht.

Wir fahren auf die glitzernden Lichter und Wolkenkratzer der

Stadt zu. Als wir bei ihren Ausläufern ankommen, überholen wir ein paar schrottig aussehende Busse, die in die gleiche Richtung unterwegs sind.

»Sklaven«, sagt Kami.

»Was?«

»Nichts anderes im Grunde. Immigranten. Sie werden zu den Baustellen für die Luxushotels und so gekarrt. Vorher nimmt man ihnen die Pässe ab, damit sie die Kosten für die Einreise abarbeiten, aber dazu kommt es nie, deswegen sind sie im Endeffekt Sklaven.«

Ich starre die grimmigen Gesichter der Männer im Bus an, die zum Großteil Inder zu sein scheinen, einige vielleicht auch Thailänder. »Oh mein Gott«, sage ich.

»Aber die Touristen sollen natürlich nicht mitkriegen, wie Dubai gemacht wird.«

»Das ist ja schrecklich«, sage ich und schaue dem Bus durch die Rückscheibe nach.

»Abgefuckt, stimmt's?«, fragt Kami.

Da hat sie recht. Toto, wir sind nicht mehr in Kansas. Ich bin nicht mehr in Battersea.

Während ich auf dem Rücksitz des Minivans wegdöse, kommt mir vage wieder in den Sinn, was Westley auf der Dachterrasse in Brooklyn sagte.

Menschenfleisch.

Bevor mir die Augen zufallen, sehe ich noch einmal die angestrahlten Glastürme Dubais auf mich zukommen. *Es ist nicht alles Gold, was glänzt.*

Meine Akkuladung muss auf null Prozent gefallen sein, denn ich werde erst wieder wach, als Kami vorm Atlantis an meiner Schulter rüttelt.

– Also, ja, Dubai hat mich runtergezogen.
– Hat es gutgetan, wieder nach Hause zu kommen?
– Schon komisch. Ich erinnere mich noch genau daran, wie ich mir an einem Schultag zum ersten Mal keinen Wecker stellen musste. Das beste Gefühl der Welt, ungelogen. Vielleicht das Highlight an der ganzen Sache. Aber danach bin ich kaum mehr zum Luftholen gekommen. Termin auf Termin, Test-Shootings, Editorials für Zeitschriften … und eh ich mich's versah, war schon Februar und die nächste Fashion Week stand an.
– Erklär mir, was das bedeutet.
– Na ja, zunächst mal ist es gar nicht eine, sondern es sind *vier* Wochen: erst die in New York, dann die in London, anschließend Mailand, zum Schluss Paris. Ich habe keine Ahnung, warum sie es Fashion Week nennen. Fashion Month müsste es vielmehr heißen.
– Und was ist der Zweck dahinter?
– Zweimal im Jahr präsentieren die Designer ihre neuen Kollektionen den Kunden und Journalisten und so. Deswegen finden zahllose Modenschauen statt. Hunderte. Vielleicht sogar noch mehr. Und die Models gehen auf Castings. Je mehr Shows man läuft, desto öfter klingelt die Kasse.
– Hast du die Fashion Week genossen?
– …
– Jana?
– Tja, du weißt ja, was passiert ist.

LHR > JFK

Trent händigt mir eine sehr verwirrende Liste aus. Es ging direkt vom Flughafen hierher, ins Büro von Face First auf der Park Avenue. Im Flieger – diesmal wieder Economy – habe ich kaum geschlafen. Ein Baby hat die ganze Zeit über vor sich hin geplärrt. Wirklich, ununterbrochen. Ich fühl mich wie ein Haufen Scheiße. »Okay, Jana, hier die Infos zu deinen Castings.«

Immer mehr Mädchen mit Jetlag und Rollkoffer drängen in das Büro. Alle hier – die Agenten ebenso wie die Models – wirken ausgelaugt und aggro. Es herrscht ein großes Geseufze, Gepampe und Haaregeschmeiße.

»Ich hab dir angemarkert, wo du *unbedingt* hinmusst. Bei Marc Jacobs könnte zum Beispiel ein Exclusive drin sein und hier, TANK hat dich per Vorschuss gekauft.«

Seine Worte ergeben keinen Sinn für mich.

»Wenn du die anderen *dazwischen*schieben könntest, wäre das super, ist aber kein Muss. Der Andrang ist der Hammer, Jana. Für ein so neues Mädchen ist das absolut abgefahren.« Er reicht mir einen Umschlag. »Hier hast du Geld fürs Taxi und so. Sei pünktlich, nimm Wasser mit und stell dich auf Warten ein. Ab mit dir, um halb elf musst du bei Calvin Klein antanzen. Hopp!«

Ich habe keine zehn Minuten in diesem Büro verbracht. Eigentlich wollte ich erst zum Apartment und mich umziehen. Aber dafür ist offenbar keine Zeit. Ich wende mich zum Gehen.

»Ach, Jana?«

»Ja?«

»Hat Maggie das wegen dem Essen mit dir geklärt?«

Wovon redet er? Essensgeld? »Nein.«

Er schiebt mich den Flur hinunter, wo wir neben einem Kopierer einigermaßen ungestört sind. »Für Kampagnen und Editorials darfst du dir ja etwas mehr auf den Rippen erlauben. Welche Größe trägst du? Eine Vier?«

»Mit dem amerikanischen System kenne ich mich nicht so aus.«

»Sechsunddreißig?«

»Ja ... Meistens jedenfalls.«

Trent kaut an seiner Unterlippe und mustert mich von oben bis unten. »Für den Laufsteg solltest du wirklich näher an die Vierunddreißig kommen.«

Halluziniere ich? Immerhin bin ich schwer übermüdet. Noch absurder wird's dadurch, dass Trent mir mit seinem über den Jeansbund hängenden Kugelbauch wie ein tapsiges Babybärchen gegenübersteht. »Aber ... ich bin eins achtzig groß.«

»Ich weiß, ich weiß, das ist *verrückt*. Aber Kleidung sieht nun mal an Knochen besser aus als an Fett, was soll ich tun? Es geht ja nur um diese zwei Monate im Jahr, Liebes. Halt dich in der Zeit einfach an deine Diät, dann ist alles supi.«

Lass mich raten. »Gedämpfter Fisch mit Gemüse?«

»Braves Mädchen!« Mit diesen Worten klatscht er mir auf den Hintern, als würde er ein Pony antreiben. »Los, hau sie um. Und nimm kein Gramm zu, Jana, ich mein's ernst.«

Ach, der kann mich doch mal kreuzweise.

Das Gute daran ist wohl, dass ich mit meiner endgültig beschissenen Laune wenig später bei Calvin Klein einen Volltreffer lande und vom Fleck weg gebucht werde. Bestimmt waren sie ganz hingerissen, wie angepisst ich aussehe.

Als Nächstes fahre ich zu Marc Jacobs und danach treffe ich mich mit Lien zum Abendessen. Ehrlich gesagt war ich völlig baff, dass sie sich bei mir gemeldet hat, deswegen wollte ich auch nicht Nein sagen. Wir treffen uns in West Village, wo sie sich offenbar vor Kurzem eine Einzimmerwohnung gekauft hat. Das Viertel ist aufgeräumt und bieder. Erinnert mich definitiv an Chelsea. »Gefällt dir die Bar?«, fragt sie und nippt an ihrem Wodka Soda.

Vor mir steht nur eine Diätcola, weil ich meinen Ausweis zeigen musste. »Wenn ich bloß Limo trinke, ist's eh egal«, antworte ich. Wobei ich ehrlich gesagt das Koffein verdammt gut gebrauchen kann. Der Jetlag macht mir schwer zu schaffen. Bei Minky Monky habe ich die Casterin schon über meine Augenringe lästern hören. Blöde Kuh.

»Ich date quasi den Barkeeper«, flüstert Lien. »Da, den mit den Tattoos.«

Ich schaue zur Theke, hinter der ein schwer angetüdelt wirkender Hipstertyp mit Beanie steht. »Mh-hm. Der ist süß.«

»Total, oder? Meine Mom würde mich *umbringen*, wenn sie's wüsste. Ständig versucht sie mich mit Treuhandschnöselärschen aus Upper East Side zu verkuppeln. Als ob. Lieber häng ich mich auf.« Der Barkeeper guckt zu uns rüber und lächelt Lien zu. »Mann«, raunt sie. »Er ist so heiß. Ganz schön schwer, dabei lässig zu bleiben. Hast du Hunger?«

»Ja.«

»Okay. Lass uns noch austrinken, dann gehen wir gleich eine Straße weiter. Ich muss unbedingt dieses vegane Sushi-Restaurant austesten.«

»Gute Idee«, sage ich lächelnd. »Also darf's nicht mal mehr gedämpfter Fisch sein? Mein Agent hat mir vorhin erst eine Predigt gehalten.«

»Ach, scheiß auf ihn. Ich meine, wir *wissen*, dass wir aufs Essen achten müssen, auch ohne dass diese Ärsche es uns vorbeten, hab ich recht?«

Ich zucke die Schultern. Mir erschließt sich einfach nicht, wie sie oder ich noch dünner sein könnten.

»Okay, hör zu«, fängt Lien an und lehnt sich herüber. »Letztes Jahr in Mailand ist – ich schwöre bei Gott – eins von den Mädchen backstage bei Allonqué *tot umgefallen*. Das mussten sie dann natürlich im großen Stil vertuschen. Aber ich habe es mit eigenen Augen gesehen. Eine Brasilianerin war's, vielleicht auch eine Portugiesin oder so. Echt traurig.«

»Dein Ernst?«

»Ich schwöre es beim Leben meines Großvaters.«

»Das ist ja grauenhaft.«

»Und wir alle behaupten, wir würden essen. Alle von uns. Ich meine, find mal eine, die offen darüber redet, mit welchen Miniportionen wir uns am Leben halten. Wären wir ehrlich, würden wir zugeben, dass es hauptsächlich auf Diätcola und Zigaretten hinausläuft, aber dann würden unsere Agenturen uns feuern, weil wir sie schlecht aussehen lassen. Dabei sind genau sie es, die uns zum Abnehmen drängen.«

Aber ... ich esse tatsächlich. So mehrmals am Tag. Vielleicht sollte ich wirklich besser aufpassen. Obwohl ich mich dafür hasse, vergleiche ich meine Arme mit Liens. Ihre sind dünn, meine sind dünn. Ihre vielleicht noch ein *bisschen* dünner. Was will sie denn jetzt hören? Dass sich zu Tode hungern normal ist? Ich wechsle das Thema. »Einfach verrückt. Diese ganze Fashion-Week-Sache ist absolut gaga.«

»Babe! Sie hat doch noch nicht mal angefangen.«

»Weiß ich.« Ich atme tief durch. »Und ich krieg jetzt schon die Krise. Letztens habe ich ein Interview mit Clara in der *Vogue* gelesen. Voriges Jahr ist sie demnach an die fünfzig Shows gelaufen. Wie geht so was?«

»Pff, wenn du Clara bist, läuft das anders. Da musst du nicht mal mehr zu den Castings gehen.«

Ach so.

»Hast du sie schon kennengelernt? Clara, meine ich?«

»Nein. Wobei, einmal habe ich drei Worte mit ihr gewechselt. Ist sie nett?«

Lien lehnt sich erneut herüber und flüstert diesmal sogar. Ganz als wäre das Thema so pikant, dass sie sich den Mund daran verbrennen könnte, wenn sie es laut aussprechen würde. »Wie viel weißt du über sie?«

»Hm?«

»Sie lebt so zurückgezogen. Ich meine, getroffen habe ich sie schon hundertmal, und sie ist auch echt nett und alles, aber niemand von uns weiß eigentlich wirklich etwas über sie. Dido Gant denkt, dass Clara mit dreizehn heimlich ein Baby gekriegt hat und deswegen so zugeknöpft ist.«

»Was?«

»Doch, echt! Ihre Mom oder Pflegemom oder was auch immer läuft doch immer mit diesem gemischtrassigen Kind durch die Gegend. Ich meine, wer ist das?«

»Ein anderes Pflegekind?«

Der Ausdruck in Liens Gesicht macht mir klar, dass ihr dieser Gedanke noch nie gekommen ist. »Ach, Quatsch. Da steckt irgendwas im Busch. Bei solchen Sachen irre ich mich nie.«

Clara hat so nett gewirkt, hoffentlich stimmt es nicht. Also, dass sie sich für ihr Kind schämt. Wenn es denn ihrs ist. Ich weiß ja nicht, in was für einer Gegend Lien aufgewachsen ist, aber wo ich herkomme, sind Teenie-Schwangerschaften nichts Schockierendes. Man nimmt sie halt in Kauf, oder eben nicht. Keine große Sache. Einmal glaubte ich auch, schwanger zu sein, weil ich ein paar Tage drüber war. Behalten hätte ich es nicht, aber ich urteile über keine Mädchen, die sich anders entscheiden.

»Zu welchen Castings gehst du?«, fragt Lien. »Lass mal vergleichen, damit ich sehe, ob meine Agentin ihren Job macht.«

Ich hole Trents Liste aus der Tasche.

»Interessant«, sagt Lien und kaut an einem Fingernagel. »Du hast Fran Tulip dabei. Die Arschgeige hat noch nie eine Asiatin gebucht. Scheißrassistin.«

»Rassismus? Heutzutage?«

Lien zuckt die Schultern. »Vorletzte Saison kriegte man noch vor lauter Asiatinnen keinen Fuß auf den Boden. Den Modefuzzis ist offenbar endlich mal aufgegangen, was China für ein Riesenmarkt ist. Aber diese Saison und letzte ... ist das wieder abgeflaut. Wir sind vermutlich nur eine Trenderscheinung.«

»Wie frustrierend.«

»Trenderscheinungen sind wir alle. Das hier ist *deine* Gelegenheit, Jana. Du hast genau den Look der Saison.«

»Denkst du?«

Lien nickt. Fast widerwillig. »Alle reden sie sich den Mund fusslig von ›diesem britischen Mädchen‹. Nutz das aus. Du wirst dich vermutlich erst mal nicht retten können vor Aufträgen. Aber leg dir nächstes Jahr auf jeden Fall eine neue Frisur zu, sonst wird kein Hahn mehr nach dir krähen. Frag Lexx.«

»Fuck.« Mir dreht sich der Magen um. Ich weiß nicht, ob ich bereit dafür bin.

»Was hast du? Freu dich doch!«

»Es ist alles ... so viel auf einmal, weißt du?«

»Das legt sich schon wieder.«

Plötzlich wird mir ganz anders.

»Hey, alles okay bei dir?«

Ich weiß es nicht. »Ja, schon gut. Ich bin nur ... müde, hab Jetlag und ein bisschen Heimweh.«

»Ach, das kenne ich von früher. Dann habe ich mit Xanax angefangen. Nimmst du das nicht auch?«

»Was?«

»Ach, Babe, ich werde dein Leben verändern.« Sie greift in ihre Handtasche und zaubert ein orangefarbenes Pillenröhrchen hervor. Das hält sie mir vor die Nase und lässt es fröhlich klappern. »Gern geschehen!«

»Was ist das?«

»Xanax halt!«

»Was ist Xanax?«

»Davon wirst du entspannter. Alle Teenies in Amerika nehmen es. Ich weiß schon gar nicht mehr, wie ich überhaupt ohne klargekommen bin. Hier! Die kannst du behalten.«

»Brauchst du sie nicht selber?«

»Hab zig weitere zu Hause. Die bringen mich schön relaxt durch die Fashion Week.«

Ich nehme das Röhrchen und lasse es auch mal hübsch klappern. ALPRAZOLAM 0.25MG steht vorne drauf. Zwanzig, fünfundzwanzig Pillen sind noch drin. »Und wie nimmt man die? Eine am Tag?«

»Vorgesehen sind drei, aber ich mach so nach Gefühl.«

»Und sie wirken sofort?«

»Nein. Aber fang heute an, dann bist du gerüstet, wenn die Shows losgehen. Ehrenwort. Vertrau mir!«

Hmm. Mit dem Zopiclon für den Rückflug letztens lag Lien auch schon richtig. Hat traumhaft funktioniert. Vielleicht ist sie ja die Modelapotheke oder so. Ich schüttle eine von den Pillen auf meine Handfläche und schlucke sie mit etwas Cola.

»Wohl bekomm's!«, wünscht Lien lächelnd.

Drei Pillen am Tag, easy.

Die Castings laufen so: Ich melde mich in irgendeinem schäbigen Dachgeschoss, Lagerhaus oder Büro. Wenn man schön früh da ist, kommt man meist ziemlich schnell durch. Die Designer treffe ich nie. Meist sind's halt Caster. Einige wenige sind echt nett. Die anderen sind geisteskranke Despoten, die uns Models offenbar abgrundtief hassen.

Wir warten.

Stundenlang.

Manchmal, wenn man Glück hat, gibt es Stühle.

Meist sitzen alle auf dem Boden, den Treppen, im Flur. Es ist

Februar und wir sind in New York. Es herrscht eine beschissene EISESKÄLTE. Kein einziges Mal erblicke ich etwas Essbares. In der Regel kommen alle in der Reihenfolge dran, in der sie sich angemeldet haben. Dann nimmt man sein »Buch« – das Portfolio – mit und gibt es dem Caster beziehungsweise der Casterin.

»Laufen«, bellen sie dann.

Man läuft ein paarmal hin und her.

Manchmal probiert man was an, manchmal nicht.

Manchmal trifft man eine Bekannte. Gerade warten Lien und ich auf den eisigen Fliesen bei Fabrizio Harman und fragen uns, ob man vom Sitzen auf kaltem Boden tatsächlich Hämorriden kriegen kann, da rauscht plötzlich Domino Gant (die Brünette) an uns vorbei. Die Gant-Schwestern warten offenbar auf niemanden.

»Scheißfotze«, sagt Lien. »Und ihre Schwester ist sogar noch schlimmer.«

Bei Proenza Schouler entdecke ich Viktoria in der Raucherecke, wo sie in einer Gruppe Russinnen steht, die alle nahezu so aussehen wie sie. Eigentlich sind das gar nicht unbedingt Russinnen, so viel habe ich schon gelernt. »Russinnen« ist hier die Kurzform für Mädchen aus Osteuropa: Lettinnen, Litauerinnen, Estländerinnen, Ukrainerinnen, Weißrussinnen – wie Viktoria – und, natürlich, Russinnen. Das klingt jetzt *total fies*, aber es sind *jedes Mal* diese »Russinnen« da, die mit niemandem außerhalb ihres Kreises reden und zum Großteil Heather-Daley-Schlampen sind, nur dass man sie dankenswerterweise nicht versteht. Ach, sieh an, jetzt nickt Viktoria mir immerhin zu und sagt (vermutlich) den anderen, dass sie mich nicht so finster anstarren sollen. Wie nett von ihr.

Warten, laufen, warten.

Immer wieder.

Aber das Xanax scheint allmählich seine Wirkung zu tun. Ab dem dritten Tag oder so ist mir alles irgendwie *egaler*. Ich bin nach Möglichkeit pünktlich, und wenn ich mich verspäte, mach ich mir nichts draus. Wenn ein Caster mich davon abhält, rechtzeitig zum nächsten zu kommen, rufe ich da halt an und sage Bescheid. Dabei hasse ich Telefonate eigentlich mehr als Zahnarztbesuche. Sonst lasse ich das immer Mum oder Dad übernehmen.

Ich treffe hundert neue Leute. Ich lächle. Ich smalltalke. Ich esse allein im Restaurant. Gegenüber vom Apartment hat ein Vietnamese, der Trent-tauglichen braunen Reis mit Brokkoli verkauft, die ganze Nacht offen. All das würde mich normalerweise in den Wahnsinn treiben. Aber jetzt nicht mehr. Ich weiß, dass ich gestresst sein *müsste*, aber das ist mir einfach zu anstrengend.

Stattdessen fühle ich mich gut.

Vielleicht kann ich das hier doch.

Dass ich schon seit drei Stunden vor Young York warte, habe ich bis gerade nicht mal gemerkt. Ich will eigentlich ein Buch lesen, muss aber die gleiche Seite immer wieder von vorne anfangen. Durch die Glastür sehe ich das verliebte Caster-Pärchen – Vanessa und Vito –, die auf völlig jugendunfreie Weise die Finger nicht voneinander lassen können und hier eine Schreckensherrschaft an den Tag legen, bei der sie uns in völlig willkürlicher Reihenfolge aufrufen.

Ich bin schon drauf und dran, die Biege zu machen (obwohl Trent mir den Laden auf seiner Liste markiert hat), als ich eine Nachricht von Westley bekomme: *Schon in NY?*

Damit hatte ich nicht gerechnet. Ich schreibe ihm sofort zurück, dass ja.

Später Lust auf 'n Drink? Wann biste durch?

Oh, ich bin jetzt schon so was von durch. Und allein beim Gedanken an das zugige Apartment in Upper West Side – voller Schimmel, Schaben und schauriger »Russinnen« – kriege ich Ausschlag.

»Jana Novak!«, ruft Vito mich auf. Ärks.

Um zehn soll ich eigentlich zu noch einem Casting, aber drauf geschissen, das ist keins von den markierten. Ich sage Trent einfach, dass sie mich bei Young York vier statt drei Stunden haben warten lassen.

Ja, Westley hat mir die Adresse der Bar in East Village geschickt, aber ich kann sie partout nicht finden. Zu allem Unglück schwirren mir jetzt auch noch dicke, fusslige Schneeflocken vor der Nase herum, sodass ich kaum etwas sehe. Der Taxifahrer hat mich »ganz in der Nähe« abgesetzt, trotzdem muss ich erst zweimal den Block umrunden, bevor ich Westley am Kopfende einer schmalen Kellertreppe entdecke. Ach so. Mir war nicht klar, dass das Ziel *unter mir* liegt. Er sieht fantastisch aus. Zwischen kuschliger Daunenjacke und pelzbesetzter Mütze leuchten mir seine vor Kälte geröteten Wangen entgegen.

»Jana!«, ruft er. »Ich dachte schon, du versetzt mich.«

Mir tun die Füße weh und ich verhungere. Seit halb sechs morgens bin ich unterwegs.

Ich breche in Tränen aus.

»Jana? Jana, was ist los?«

Er breitet die Arme aus und ich falle mehr oder weniger hinein. »Weiß ich selbst nicht!«

»Nicht?«

»Ich bin echt müde.«

»Herzlich willkommen bei der Fashion Week.«

»Es geht gleich wieder.« Ich wische mir die Augen mit dem Ärmel ab.

»Hör zu, hast du einen gefälschten Ausweis parat?«

»Nein!« Ich heule schon wieder los. Nicht mal ein mickriges Bier kann ich mir in diesem Scheißland bestellen.

Westley muss lachen. »Hey, kein Problem. Mein Apartment ist gleich um die Ecke. Kein Ausweis vonnöten. Was du jetzt brauchst, ist ein ordentlicher Drink.«

Da mag er recht haben. Eigentlich soll ich zu dem Xanax keinen Alkohol trinken, aber scheiß drauf.

Wir laufen los und Westley hält im dichten Schneetreiben meine Hand fest. Wie sich herausstellt, kann sich selbst das berühmteste Male Model der Welt in East Village nur ein vergleichsweise kleines Apartment leisten. Das glänzende, moderne Gebäude riecht brandneu. Unbewohnt.

Wir fahren mit dem Fahrstuhl in den Vierten und Westley schließt uns auf. Seine Wohnung sieht aus wie eins von diesen Ansichtszimmern bei Ikea. Bestimmt, weil er so selten hier ist. Alles – von den schneeweißen kahlen Wänden bis zur marmorschwarzen Küchenarbeitsfläche – wirkt nahezu steril. Andererseits ist es schön warm, es schneit nicht und keine Chinesin schimpft über unseren Köpfen ihren Ehemann aus, wie im Modelapartment.

»Ich will schon seit Ewigkeiten ein bisschen Kunst für die Wände kaufen«, erzählt Westley, während er mir den Mantel abnimmt. »Also, richtige Kunst von richtigen Künstlern. Das kommt mir sehr erwachsen vor. Allerdings kenne ich eigentlich gar keine Künstler. Ich habe keine Ahnung, was gut ist.« Er reicht mir ein Bier aus dem teuer schimmernden Kühlschrank.

Ich lache. »Kauf doch einfach, was dir gefällt.«

»In meinem Zimmer in Nixa hängen Ferrari-Poster.«

»Jedem Tierchen sein Pläsierchen.«

Jetzt lacht er. »Was? Sprich nicht in fremden Zungen mit mir! Letztes Jahr habe ich mir einen echten Ferrari gekauft. Und dann gleich wieder verkauft. Ich sah dermaßen bescheuert damit aus. Roter Ferrari, was habe ich mir bloß gedacht? Mehr Klischee geht schwer. Mach's dir gemütlich.« Wir betreten ein langes, schmales Wohnzimmer. Auch das wirkt recht kahl und lieblos. Der Fernseher nimmt fast eine gesamte Wand ein. Westley ist so ein Junge, wer braucht ein derartiges Monstrum?

Ich ziehe meine nassen Sneaker aus, hänge meine Socken zum Trocknen über die Heizung und klemme dann auf dem Sofa meine nackten Füße unter den Po. Immerhin hat Westley gesagt, ich soll's mir gemütlich machen. Er holt eine Schale Chips aus der Küche und ich greife beherzt zu. »Danke«, sage ich mit dem Bier in der einen und den Chips in der anderen Hand. »Das war echt nötig.«

»Kurz habe ich mir da draußen richtig Sorgen um dich gemacht.«

Mittlerweile fühle ich mich wesentlich normaler. »Alles wieder gut.«

»Sicher?«

Ich sage ihm lieber nicht, dass ich Psychopillen schmeiße. Das klingt wie etwas, das ein Psycho tun würde, und ich bin keiner. »Sicher.«

»Sollen wir …«, als er sich herüberlehnt, um mir ins Ohr zu flüstern, streicht mir sein Atem über den Hals. *»… uns eine Pizza bestellen?«*

Ich schlage die Hand vor den Mund. »Westley Bryce! Das ist Gotteslästerung! Gibt es Gedämpfter-Fisch-Pizza überhaupt?«

Er lacht. »Die können mich mal kreuzweise.«

Keine zwanzig Minuten später sitzen wir einander am Couchtisch gegenüber und teilen uns eine Salami-Pepperoni-Herrlichkeit von Pop's Pizza. Ich grinse ihn an. Was wir hier tun, kommt mir extrem rebellisch vor.

Nach dem Essen schaltet er *Next Top Model* auf seinem Monsterfernseher an und wir lachen uns scheckig darüber, wie wenig die Sendung mit dem echten Modelbusiness zu tun hat. Einmal verlangt Tyra sogar von einem Mädchen, es solle *mehr* essen. Der Brüller. Nach dem ersten Bier trinke ich noch eins, und dann noch eins.

»Langsam sollte ich mich auf den Weg machen«, sage ich schließlich. Doch als ich aufstehe, um meinen Mantel anzuziehen, scheint das Zimmer umzukippen und ich stolpere gegen den Couchtisch. »Whoa.«

»Bist du betrunken?«, fragt Westley grinsend. Er hat nach dem ersten Bier aufgehört.

»Nein!« Aber dann fällt mir ein, dass ich die Biere auf das Xanax getrunken habe. Die Wände drehen sich. »Mir geht's gut.«

Sein Gesicht ist mal verschwommen, mal scharf. »Danach sieht's aber nicht aus.« Er steht vom Sofa auf und stützt mich.

»Mir ist nur ein bisschen schummrig. Ich ruf mir einfach ein Taxi.«

»Warum schläfst du nicht hier?« Ich lasse seinen Arm los. Will er etwa …? »Nein! Nicht so! Ich nehme dann das Sofa. Ich weiß doch, dass du einen Freund hast.«

Verlockend. Wie bereits erwähnt befinden sich in Westleys Wohnung weder Schaben noch Schimmel, noch schaurige Osteuropäerinnen. Es ist warm und sauber. »Okay«, sage ich. »Aber *ich* nehme das Sofa.«

»Kommt gar nicht infrage. So hat meine Mom mich nicht erzogen. Ich bestehe darauf.«

Dann lasse ich ihm mal seinen Willen. »Hättest du eine Zahnbürste für mich?«

Er lächelt. »Jepp.«

»Topp.«

Nach dem Zähneputzen falle ich mehr oder weniger mit dem Gesicht voran in seine raschelnde graue Bettwäsche. Sie riecht nach seinem Aftershave. Keine Ahnung, nach welchem genau. Irgendwie waldig. Es ist einfach herrlich in diesem Bett. Selbst mit benebeltem Kopf wandern meine Gedanken immer wieder zurück zu seinen Worten: *Ich weiß doch, dass du einen Freund hast.* Wenn ich also keinen hätte, dann …?

Scheiße, nein. Auf keinen Fall.

Ich *muss* auf einem Trip sein, denn das ist das reinste Hirngespinst. Westley Bryce, dieser *American God*, will Winstanley-Jana vögeln? Aber klar doch.

Kurz bevor ich in tiefem Schlaf versinke, beschließe ich trotzdem, Ferdy besser nichts von dieser Übernachtung zu erzählen.

- Warum hast du's trotzdem getan?
- Bei Westley übernachtet?
- Die Fashion Week mitgemacht!
- Wegen des Geldes.
- Es kann nicht nur das gewesen sein.
- Ich habe viel darüber nachgedacht.
- Und?
- Okay. Also. Wenn irgendwann endlich alle aufhören, an einem rumzufummeln, wenn die mit dem Headset »LOS« sagt und man auf sich gestellt ist. Wenn man auf den Catwalk läuft, die Musik einen erfüllt und die Blitzlichter aufleuchten, dann ist das ... wie ein Traum. Oder wie eine Achterbahnfahrt. Ja, genau so. Etwa sechzig Sekunden lang ist man komplett unter Strom. Wenn man dann vorne steht – ich müsste lügen, wenn ich sagen wollte, dass sich das nicht fantastisch anfühlt. Man suhlt sich geradezu darin. Alle lieben einen und man fühlt sich *wunderschön*, auch wenn man irgendwas Beklopptes anhat. Man ist nicht mehr menschlich, sondern eine Göttin. Und dann ist es geschafft, alle atmen wieder, einen überkommt dieser wahnsinnige Rausch, dieses High, man wird mit Komplimenten überschüttet und alle sind eine halbe Stunde lang ganz ausgelassen und trinken Champagner.
- Und danach?
- Dann ist die Fahrt vorbei. Aber das hält einen nicht davon ab, gleich für die nächste anzustehen, oder?

Naomi! Kate! Lexx! Cara! Clara, und jetzt Jana! London gilt schon seit Langem als die Modehauptstadt der Welt, wenn es um markante, einzigartige Schönheiten geht. In letzter Zeit erobert besonders die Teenagerin Jana Novak alle Herzen im Sturm! Innerhalb weniger Monate hat die Senkrechtstarterin eine Kampagne für TANK und eine für den Branchengiganten Coda geshootet.

Die berühmteste Newcomerin der New York Fashion Week lief für Marc Jacobs, DKNY, Proenza Schouler und Calvin Klein. Während sie sich schon für die London Fashion Week vorbereitet, dürfen wir die androgyne Schöne backstage bei TANK interviewen.

Jana! Wir von Fashion TV freuen uns sehr, dass du dir Zeit für uns nimmst!

»Das Vergnügen ist ganz auf meiner Seite.«

Diese erste Saison läuft fantastisch für dich! Du bist HEISS BEGEHRT!

»Es war … viel los.«

Wie hat es sich angefühlt, für all diese tollen Designer zu laufen?

»Ich hatte ehrlicherweise so viel um die Ohren, dass ich mich nur darauf konzentriert habe, in einer geraden Linie zu laufen und nicht hinzufallen!«

Welche war deine Lieblingsshow?

»Sie waren alle klasse, aber hier bei TANK meine Freunde von der Werbekampagne wiederzusehen ist natürlich besonders schön.«

Nächster Halt, London!

»Ich weiß! Ich bin so müde! Da kann ich endlich wieder in meinem eigenen Bett schlafen!«

Und du wirst also in der neuen Coda-Kampagne zu sehen sein?

»Genau. Ziemlich große Sache. Soweit ich weiß, wird sie im Frühling weltweit veröffentlicht.«

Natürlich sind wir alle noch ganz erschüttert von den Vorkommnissen in Bangladesch.

»Wie bitte?«

Hast du das gar nicht mitbekommen? Letzte Woche starben in Dhaka dreihundert Arbeiterinnen bei einem Feuer in einer Textilfabrik, die Kleidung für Coda herstellt. Es besteht der Verdacht, dass schlechte Arbeitsbedingungen und unzureichende Sicherheitsvorkehrungen für das Unglück verantwortlich waren. Was denkst du darüber?

»Ich ... Es tut mir leid ... Das wusste ich nicht. Aber es tut mir natürlich leid. Das ist schrecklich ...«

JFK > LHR

Wie bin ich hierhergekommen? Ich bin bei Prestige. Saß ich bis gerade in einem Taxi? Ich kann mich nicht erinnern.

»Verfickte Scheißkacke!« Maggie knallt ihren Laptop zu. »Wer genau hat dich interviewt? Die werde ich so was von feuern lassen!«

Ich penne fast ein in diesem Sessel. Der Jetlag ist zurück, meine Haut ist am Ende und meine Haare sind so kaputt, dass sie allen Ernstes wehtun. Anscheinend stehe ich immer noch unter dem Einfluss der Zopiclon-Tablette, die Lien mir backstage bei der TANK-Show gegeben hat. Die totale Bombe. Ich habe sie auf der Fahrt zum Flughafen eingeworfen und danach erinnere ich mich erst wieder daran, dass eine Stewardess mich nach der Landung geweckt hat. »Keine Ahnung, die haben mich einfach kurz vor der Show mal eben eingesammelt.«

»Inakzeptabel!« Maggie spuckt Gift und Galle. »Was zur Hölle hast du mit der Sache in Pakistan zu tun?«

»In Bangladesch«, murmele ich.

Und es ist wahr, es ist tatsächlich passiert. Zwar kam es nicht in den Nachrichten und stand auch nicht auf den Titelblättern, aber zweihundertsiebenundachtzig Textilarbeiterinnen fielen diesem Feuer zum Opfer. Weil die Treppe zusammengestürzt ist, sind sie bei lebendigem Leib verbrannt. Ich habe Bilder vom Unglücksort gegoogelt. Es sah entsetzlich aus.

Coda ist *zutiefst erschüttert*, übernimmt jedoch keine Verantwortung für die Bedingungen in ausgesourcten Betrieben. Sie hatten *darauf vertraut*, dass ausreichend auf die Sicherheit geachtet werde. Ach so, ja dann. Was zur Hölle? Ich habe Vierzigtausend für das Fotoshooting in Dubai gekriegt. Was haben sie wohl diesen armen Menschen in Dhaka bezahlt? Allein wenn ich darüber nachdenke, will ich mir in den Mund kotzen.

Dreckiges Geld.

Ich wische mir die Hände an der Jeans ab, aber es hilft nichts.

»Jana, meine Kleine, jetzt müssen wir dich noch schnell in die Castings für nächste Woche reinkriegen. Nach New York wollen sie dich alle haben.«

Nein! Nicht noch mehr Castings! Habe ich das laut ausgesprochen? Fuck. Meine Augenlider sind so schwer. Was, wenn ich träume und eigentlich immer noch im Flieger bin?

»Für Dermot und Burberry bist du ja schon gebucht, Honey, aber bei Heritage, Pam Hogg und JW Anderson wollen sie dich auch sehen. Ist das nicht aufregend?«

Cheska, die etwas abseits steht, sieht so kaputt aus, wie ich mich fühle. Das ganze Büro erweckt den Eindruck, als wären sie die ganze Nacht hier gewesen. Der unverkennbare Geruch von Red Bull hängt in der Luft. Morgen ist Tag eins der London Fashion Week. »Maggie, so können wir Jana nicht zu Veroniqa Heritage schicken. Sie sieht doch ganz zugedröhnt aus.«

Maggie kaut an ihrer Unterlippe. »Das könnte Veroniqa sogar gefallen, aber du hast recht.«

»Hm?«

»Jana, geh nach Hause. Und schlaf halt, zur Hölle. Wasch dir die Haare. Um fünf hast du das Fitting bei Republic of Deen. Komm nicht zu spät.«

Cheska verfrachtet mich in ein Uber, und als ich wieder zu mir komme, bin ich zu Hause.

»Jana, Honey? Hier ist Sabah. Ferdy und ich sitzen schon bei Nando's. Bist du auf dem Weg, Babe? Ruf mich an, wenn du das hier liest.«

Scheiße. Ich habe das Mittagessen verschlafen. Eigentlich wollten wir uns auf der Northcote Road treffen.

Nachdem ich Sabah zurückgerufen und um Vergebung gebettelt habe, nehme ich ein sehr, sehr langes Bad. Ich fühle mich immer noch beschissen. Statt des Mittagessens haben wir ein abendliches Treffen nach meinem Fitting vereinbart. Von unter Wasser betrachte ich die tanzenden Lichter an der Decke und zähle, wie lange ich die Luft anhalten kann. Dann wasche ich mir die Haare. Meine Kopfhaut ist wund vom ganzen Styling-Gefolter in New York. Mum umwuselt mich, bringt mir ein Schinkensandwich. »Hier, iss. Du bist zu dünn.«

Sollte ich in New York Gewicht verloren haben, lag das weniger an einer Absicht als an dem fünftägigen Durcharbeiten. Wenn man vom einen Laufsteg direkt ins Taxi zum nächsten Fitting springen muss, bleibt keine Zeit zum Essen. Vielleicht setzen sie ja genau auf diesen Effekt.

Letzte Woche habe ich sehr vielen sehr dünnen Mädchen beim Apfelessen zugeguckt. Eine bei Jayden G war so knochig, dass ich ernsthaft befürchtete, ihre Beine könnten beim Aufstehn entzweibrechen. Hoffentlich sehe ich mittlerweile nicht auch so aus.

Zwar muss ich bei dem Scheiß noch drei Wochen mitmachen, aber ein Schinkensandwich wird mich schon nicht umbringen. Nachdem ich es verschlungen habe – oh Gott, war das gut, dick bestrichen mit Butter und Grillsoße –, überkommt mich jedoch die Horrorvorstellung, dass ich nicht in Dermots Kleider passen könnte. Bis zum Fitting werde ich keinen Bissen mehr anrühren.

»Hey, Babe, wo steckst du?«

»Ferdy, es tut mir so leid, ich kann nicht kommen.«

»Was? Warum nicht? Geht's dir nicht gut?«

»Ich bin immer noch bei House of Holland. Sie haben mich für die Show gebucht und wollen jetzt direkt das Fitting machen.«

»Jetzt? Gleich ist Mitternacht!«

»Ich weiß, aber es wird noch etwas dauern.«

»Oh, okay. Na ja … kein Problem.«

»Wohl! Ich wollte dich doch sehen!«

»Jana, schon gut! Dann treffen wir uns eben morgen.«

»Ich wollte heute zu dir, Ferdy! Ich vermisse dich.«

»Ich vermisse dich auch. Geht es dir gut? Du klingst ganz elend.«

»Bin nur müde.«

»Dann geh schnurstracks ins Bett, wenn du zu Hause bist. Ist ein Befehl.«

»Ich liebe dich.«

»Alles klar. Bis morgen.«

Er legt auf.

Hm.

Ist kein gutes Zeichen, wenn man es nicht zurückgesagt kriegt, oder?

– Wenn ich mich richtig erinnere, bin ich in der Woche für Dermot, Burberry, Veroniqa Heritage, House of Holland, Burdock & Rasputin, Pam Hogg, Vin + Omi, Ashish und Topshop gelaufen.
– Hat es Spaß gemacht?
– Klar. Bei Heritage saßen Mum und Dad dabei, um mir zuzugucken. Das war cool. Obwohl man meine Möpse sehen konnte. Das Kleid war durchsichtig. Aber so was kümmert mich ehrlich gesagt schon gar nicht mehr.
– Was, glaubst du, hielten sie davon?
– Von der Show? Sie waren wohl stolz auf mich. Irgendwie.
– Glaubst du?
– Na ja, ihre einzige Tochter hatte das Wort SCHLAMPE in schwarzem Filzer auf der Stirn stehen, von daher ... Absurder geht's nicht mehr, oder? Arme Mum! Sie dann so: »Oh, du siehst ... hübsch aus.« Dabei hatte ich praktisch die Möpse nackt und buchstäblich ein Schimpfwort im Gesicht!
– Warst *du* denn stolz auf dich?
– ...
– Jana?
– Irgendwas muss ich richtig gemacht haben.

CLARA

Während ich schon auf den morgigen Flug nach Mailand keine Lust habe, muss ich heute noch auf die Party vom British Fashion Council. Die machen sie immer zum Abschluss der London Fashion Week, obwohl eigentlich alle eher so aussehen, als wollten sie nur noch zusammenbrechen. Oder heulen. Oder beides.

Offenbar *muss* ich aber dahin.

Denn jeder, der jemand ist, nimmt teil, und ich bin mittlerweile jemand.

Ein Wagen bringt mich also von der Topshop-Show auf der Old Street zum Café de Paris auf dem Leicester Square. Ist mir alles egal, echt.

Am Eingang passiere ich eine Fotowand und auch die *muss* ich mitnehmen, wie es hieß. Es fühlt sich komisch an, dass die Fotografen meinen Namen kennen. Ich trage einen Jeansrock über einer Netzstrumpfhose zu Doc Martens und einem Spice-Girls-Shirt. Meine Haare sind immer noch voller Schmier von der Topshop-Show und meine Augen so schwarz geschminkt, dass ich locker als Waschbär durchgehen könnte. Ich muss aussehen wie eine Irre. Dafür, dass ich das hier eigentlich beruflich mache, posiere ich meine sechzig Sekunden ziemlich ungelenk weg und flüchte dann nach drinnen.

Damit ich nicht aus den Latschen kippe, exe ich vom ersten Tablett, das an mir vorbeikommt, einen pappsüßen Cocktail und schaufle mir vom zweiten eine Handvoll Chorizo-Canapés in den Schlund. Ich bin so hungrig, dass ich mich schon ganz hohl fühle. Auf der anderen Seite des Raumes unterhält sich Cheska mit Arabella und ich gehe hinüber, um Hallo zu sagen. »Hallo.«

»Oh mein Gott, Jana!« Arabella wirft die Arme um mich. Mmmh, sie riecht wie Erdbeerkuchen. »Du räumst ja total ab! Du bist überall!«

Ich verdrehe die Augen. »Danke. Wie läuft's bei dir?«

»Ach, nicht so toll«, antwortet sie. »Mich haben sie bloß für *eine* Show in London gebucht.«

»Hey«, wendet Cheska ein. »Sei nicht so streng mit dir. Du bist eben kein Laufstegmädchen. Jede Show ist ein Erfolg.«

Arabella und ich tauschen Erfahrungen von den Castings aus. Auch sie hat unter der Tyrannei des schrägen Sexpärchens, alias Vito und Vanessa, leiden müssen. In New York war sie nicht, versucht es aber in Paris übernächste Woche, von daher treffe ich sie da hoffentlich. Weil sie weiter zur Schule geht und für ihre Prüfungsfächer lernen muss, konnte sie sich nicht den ganzen Monat freinehmen. Schule ... Ich habe überhaupt nicht mehr ans Hollyton gedacht. Nicht ein Mal ist es mir während der ganzen Zeit in den Sinn gekommen. Nach dem Fashion Month, das schwöre ich, setze ich mich hin und kümmere mich um diese Fernkurse. Bisher hatte ich einfach nicht mal ansatzweise Zeit dafür.

Maggie und irgendein Typ schlängeln sich an uns heran. »Hallo, Jana, Liebes.« Maggie küsst mich auf beide Wangen. »Was siehst du heute niedlich aus! Hier ist jemand, mit dem ich dich bekannt machen möchte. Jana, das ist Lucas Blo. Lucas, das ist mein neues Baby, Jana.«

Der Mann ist klein, rundlich und hat einen feuerroten Bart. Zwischen seinen Lippen blitzt ein Goldzahn auf. Baseballmütze, klobige Kette auf Minky-Monky-Shirt. Lucas Blo ... Da klingelt doch was. Gerade noch rechtzeitig fällt mir ein, wie ich am Flughafen Heathrow das Interview mit ihm quergelesen habe. Dieser Fotograf ist das. »Oh, hi!« Stolz wie Oskar prahle ich mit meinem Wissen. »Wie verkauft sich der Jubiläumsbildband bisher?«

Fast hörbar atmet Maggie auf.

»Fantastisch, fantastisch!« Er reibt sich die Nase. »Und Gratulation für das alles. Scheiße, Baby, du bist ja überall mittlerweile.«

Er mustert mich von oben bis unten und ich spüre, wie ich rot werde. »Danke.«

»Mit der hast du ja verfickte hundert Punkte abgesahnt, Maggie.«

»Oh, das weiß ich doch, Darling. Irgendwann müssen wir sie dir mal nach Portland schicken.«

Erneutes Nasereiben. »Aber so was von! Sieh sie dir an! Lass uns direkt was fest ausmachen. Du hast ja meine Nummer.« Blo guckt zu jemandem rüber, zu diesem Lil 69er, glaube ich, und springt hinter ihm her. »Entschuldigt mich.«

»Gut gemacht, Herzchen!« Maggie packt mich an den Armen. »Das Shooting mit Lucas wird die Krönung deiner Saison! Gute Arbeit! Ach, seht mal, da ist Kate Moss!« Mit diesen Worten eilt auch sie von dannen.

Während das Café de Paris sich langsam füllt, entdecke ich immer mehr bekannte Gesichter. Lien, Lexx, Dermot, Viviane, Matty, Dido Gant, Domino Gant und noch einige mehr, die ich schon mal bei Castings oder Shows gesehen habe. Lustig. Ich weiß nicht, ob es an den Xanax liegt, die ich immer noch nehme, oder einfach an meiner Müdigkeit, aber alles schimmert irgendwie. Als hätte jemand Vaseline über uns ausgekippt. Ich bin gar nicht richtig hier.

Gerade wasche ich mir auf dem Klo die Hände – die haben hier stapelweise diese dekadenten kleinen Frotteehandtücher zum Abtrocknen –, als eine vertraute Stimme an mein Ohr dringt. »Hi! Jana, richtig?«

Clara Keys entsteigt in einem metallisch glänzenden Hängerchen, dessen Rückenausschnitt erst knapp über ihrer Poritze endet, göttinnengleich der Klokabine. »Hi. Wow. Tut mir leid«, stammele ich. »Ich bin ganz baff. Wie ist es möglich, dass du dich an meinen Namen erinnerst?«

»Was glaubst du denn, Honey? Zum einen ROCKST DU'S GE-

RADE TOTAL. Und zum anderen bist du das Mädchen aus der Winstanley, die mir Kaugummi gegeben hat, als ich Kotzeatem hatte. Seine Schutzengel vergisst man nicht, Schwester. Wie zur Hölle geht's dir?«

»Gut! Gut. Nur müde. So richtig, richtig müde.«

»Deine erste Saison? Wirst dich dran gewöhnen. Los, wir wollen doch nicht bloß Klofreundinnen sein. Ich sitze an Edward Enninfuls Tisch. Möchtest du dazukommen?«

Auf einmal bin ich noch nervöser als vor meinem ersten Laufstegauftritt. »Ähm, klar, gerne.«

Ich folge Clara auf eine Empore, von der aus man die Tanzfläche überblicken kann. Offenbar gibt es auf dieser VIP-Party noch einen VVIP-Bereich. Wir kommen an Dido Gant vorbei (der Rothaarigen), die sich an ihrem Tisch mit Jared Leto und Sienna Miller unterhält.

Mein Leben ist *echt* schräg.

Wir steuern offenbar auf den *Vogue*-Tisch zu. »Jana Novak, das sind Edward Enninful und Anna Wintour.«

Oh scheiße.

Ich trage ein Spice-Girls-Shirt.

»Hallo, Jana«, sagt Edward und schüttelt mir die Hand. »Gute Arbeit in New York.«

»Danke.«

»Wie schön, dich kennenzulernen, Jana. Meinen Glückwunsch für die äußerst erfolgreiche Saison.« Ich schüttle Anna Wintours Hand und wage kaum zu atmen.

Clara zieht mich mit sich an den beiden vorbei und wir setzen uns weiter hinten in die Ecke. »Möchtest du Champagner?«

»Gerne. Das war Furcht einflößend.«

»Sind ganz zahme Kätzchen.« Wir stoßen an. »Und morgen geht's nach Mailand, Babe?«

»Ja«, antworte ich. »Aber eigentlich will ich gar nicht. Vielleicht frage ich Maggie, ob ich eine Woche freinehmen kann.«

»Tu das nicht. Sie wird dich mit *dem Blick* strafen.«

»Den kenne ich wohl noch gar nicht.«

»Wohl nicht, und glaub mir, den willst du auch nicht kennenlernen. Vielleicht geht's nur mir so, aber Mailand und Paris scheinen irgendwie schneller vorbeizugehen. Weil man die Hälfte schon hinter sich hat, vielleicht. Oder man ist einfach zu müde, um noch groß was mitzukriegen.« Sie ext ihren Champagner und gießt sich einen neuen ein. »Möchtest du noch mehr unverlangte Ratschläge?«

»Von Clara Keys?« Ich sollte wirklich damit aufhören, sie in der dritten Person anzureden. »Ja!«

»Immer schön mittreiben lassen.« Sie verdreht die Augen. »Versuch nicht, gegen den Strom zu schwimmen. Das ist meine siebte Saison. Ich habe viele dürre weiße Mädchen kommen und gehen sehen. Entweder akzeptiert man, wie verrückt das alles ist, oder man wird selber verrückt. Vergiss nur nicht, worauf das ganze Brimborium am Ende hinausläuft: steinreichen Ärschen Klamotten verkaufen. Mehr steckt nicht dahinter. Wer dir erklären will, es wäre Kunst oder so, der redet nur Scheiße. Vergiss das nie.«

Sie hat recht. Sie hat so was von recht. Ich muss an die Wildwasserbahn im Thorpe Park denken, auf der man in so kleinen Bötchen fährt. Genau in so einem Bötchen scheine ich zu sitzen. Ich pralle von Felsen zu Felsen und werde von der Strömung immer weiter vorwärtsgetrieben. Sich irgendwo am Ufer festzuhalten ist zwecklos, der Fluss zieht mich weg von meinem Leben: weg von Ferdy, weg von zu Hause. Weg von mir. Vielleicht sollte ich einfach aufgeben und loslassen.

LHR > MXP

Hier sitze ich also. Das ist jetzt mein Leben.

Mailand ist laut: Motorroller schnarren wie fette Wespen zwischen sich anschreienden Hupen und Sirenen hindurch, während alle in den verstopften Gassen irgendwie vorwärtszukommen versuchen. In diesem Verkehr dauert es fast eine Stunde bis zu Pantera, der Mailänder Partneragentur von Prestige, wo sie sofort einen Riesenaufstand um mich veranstalten. Nachdem ich meine Castingliste in die Hand gedrückt bekommen habe, werde ich Rafael anvertraut, einem dicklichen kleinen Typen, der hier mein Ansprechpartner sein wird. Ich zwänge mich in seinen winzigen Punto und so geht es nach Porta Genova, wo mich mal wieder ein Modelapartment erwartet.

Als ich drinnen mein Gepäck abstelle, erblicke ich Viktoria, die wie Gollum in der Ecke hockt und Cashewkerne kaut. »Handy aufladen«, sagt sie, was vermutlich erklärt, warum sie sich in Unterwäsche neben die Waschmaschine gezwängt hat.

»Hi, wie geht es dir?«, frage ich.

»Ist scheiße.«

Irgendwie mag ich sie. In dieser völlig abgedrehten Welt lässt sich zumindest vorhersehen, was Viktoria tun wird. Viel fluchen und Kette rauchen. »Ich gehe zum Gucci-Casting«, sage ich. »Du auch?«

»Gucci? Ja.«

»Willst du mit? Gehen wir zusammen?«

»Ja. Warte.«

Statt sich jetzt in große Körperpflege zu stürzen, zieht Viktoria den nächstbesten Pulli an, steigt in eine Jeans und bindet ihre fettigen Haare zu einem Dutt auf dem Kopf zusammen. Gemeinsam quetschen wir uns auf Rafaels Rückbank.

Mailand könnte kaum italienischer aussehen – Pizzerien, Kapellen, Eisdielen, süße Cafés. Nur ein leichter Nieselregen stört den Postkarteneindruck ein wenig. So gut Rafael das in seinem gebrochenen Englisch kann, weist er uns auf ein paar Museen und Restaurants sowie den »Duomo« – ein spitzenbewehrtes Kirchending – hin, weil wir uns dies und das ja mal näher angucken könnten. Genau. Als wäre das mit unserem Zeitplan auch nur ansatzweise vereinbar.

Nach dem Termin bei Gucci versinkt alles wieder im Chaos. Castings über Castings, nur dass die Mailänder Modeleute sogar noch schrecklicher sind als die in New York. Besonders garstig ist die lederhäutige Hexe von Mancari, die mir im Vorbeigehen klatschend auf den Arsch haut. »No«, urteilt sie schlicht.

Dann bucht sie mich eben nicht. Was soll's?

Gucci, Moschino, Fendi und Versace hingegen wollen mich haben, deswegen: Ficken Sie sich, Madame Mancari. Dass ich weiterhin Xanax nehme, gestaltet die Sache machbar. Es ist, als würden die kleinen Stimmen in meinem Kopf, denen zufolge ich gestresst sein sollte, durch eine chemische Barriere von meinem Körper ferngehalten. Mein Hirn steckt in einem Goldfischglas, das mich von den Schrecken der Außenwelt abschirmt. Sorgen bereitet mir einzig der Umstand, dass mittlerweile kaum noch Tabletten übrig sind. Ich muss mal Lien fragen, wo ich mehr herbekomme.

Am Abend vor der ersten Show schmeißt das Hotel Italia Style eine protzige Party, auf der ich für die Leute von Pantera mein müdes Gesicht zeigen soll. Zwar bin ich nach dem abendlichen Fitting bei Moschino eigentlich überreif fürs Bett, aber eine schnelle Runde bekomme ich wohl noch hin.

Die Party ist *Irrsinn* und ich bin heilfroh, dass Jeremy Scott mir für den Anlass eins von seinen hippen Pulloverkleidern »geborgt« hat. Unter den Kronleuchtern tummeln sich so viele Prominente, dass ich gar nicht mehr weiß, wo ich zuerst hingucken soll. Wäre es arg peinlich, hier oder da um ein Foto zu bitten? *Beyoncé* hat mich gerade *angelächelt*. Wenn ich jetzt sterben würde, wäre das okay für mich.

Ich sehe mich um, wechsle ein paar Worte mit den Leuten von meiner Agentur, kann aber nirgendwo Clara oder sonst jemand Vertrauten entdecken. Als Häppchen gibt es stinkende Fischeier in Wichse und das esse ich nicht. Für ein McNugget würde ich töten. Gerade als ich entschieden habe, dass ein Abstecher zum goldenen M der vernünftigste nächste Schritt ist, entdecke ich Viktoria. Sie winkt mich zu sich. »Jana! Hallo! Komm!« Zwischen einer Meute Kerle im Anzug sitzen sie und eine zweite Blondine an einem der Nischentische. Die Kerle sehen reich aus, aber schmierig reich. Wurstdicke Zigarren, schwere Goldketten und -uhren. »Das sind meine Freunde«, stellt Viktoria sie vor.

»Hi«, sage ich und gebe ihnen aus Höflichkeit die Hand. Einer schiebt seine Sonnenbrille ein Stück runter und checkt mich von oben bis unten ab. Plötzlich muss ich an Rotkäppchen denken. *Was hast du für große Augen!*

»Engländerin? Ich liiiiiebe englische Mädchen«, lallt einer. Vielleicht sind's Italiener, aber genau kann ich es nicht sagen. Auf jeden Fall tragen sie eine holzlackdunkle Bräune im Gesicht.

»Hier, hübsches Mädchen, trink«, sagt der Nächste. »Ist gut.« Er gießt mir ein Glas Dom Pérignon ein und klopft auf den Platz neben sich. Als ich mich dazuhocke, behalte ich ein Bein außerhalb der Nische.

Zwar nippe ich mal, habe aber nicht vor, lange zu bleiben. Die Atmosphäre gefällt mir ganz und gar nicht. Die Kerle grinsen sich an und haben was Animalisches an sich. Sie sind ein Rudel. Viktoria, die Blondine und ich sehen zwischen diesen Vierzig- oder Fünfzigjährigen beunruhigend nach Kinderprostitution aus. Sie wären allesamt alt genug, um unsere Väter zu sein.

Was hast du für ein entsetzlich großes Maul!

Ich schaue mich um. Es ist, als wäre ich auf den MTV Awards.

Zwischen hundert berühmten Gesichtern sehe ich niemanden, den ich kenne. Kein Fluchtweg in Sicht.

Einer der Männer, eine Art angeschwollener Daumen auf Beinen, zieht Viktoria an sich und knurrt ihr etwas ins Ohr. Mit einem knappen Winken verabschiede ich mich und bin schon ein paar Schritte weiter, als Viktoria mir hinterherkommt und mich am Arm festhält. »Jana, warte. Mein Freund ... mag dich.«

»Ich habe Prestige versprochen, mich mit Domino Gant bekannt zu machen.« Das ist gelogen, aber ich sehe die Brünette gerade am anderen Ende des Raumes.

»Warte trotzdem. Meine Freunde«, sie senkt die Stimme zu einem Flüstern, »haben *Geld*.«

»Ja und?«

Um sich verständlich zu machen, schaut Viktoria mir tief in die Augen. Ich schweige. »Dreitausend Euro für jede Nase. Wir müssen nur mit ihnen ... *feiern*.«

Schlägt sie da ernsthaft gerade vor, was ich denke? »Feiern?«

»Bringt Spaß. Und gutes Geld für hübsche Mädchen.«

Ich schaue zum Tisch, wo jetzt die Blondine von einer haarigen Hand das Bein gekrault kriegt. Irgendwoher kenne ich sie sogar, glaube ich. Anja ... Irgendwas. Aus Litauen, wenn ich mich nicht irre. Sie ist etwa in meinem Alter. Die Hand verschwindet unter ihrem Rock. »Viktoria! Nein! Ich bin keine ... Nein!«

Viktoria blitzt mich böse an. »Okay. Freie Entscheidung. Ist aber einfach. Ist Geld.«

»Nein«, sage ich mit Nachdruck und gehe. Der Blick über die Schulter zeigt mir, wie sie sich zurück in die Nische setzt. Eine neue Champagnerflasche wird knallend geöffnet und Viktoria jubelt und klatscht begeistert in die Hände. Sie kann echt gut schauspielern, wenn sie nur will.

Mir wird so schlecht, dass ich mir unwillkürlich die Hand vor den Mund halte.

Viktoria hat das selbst so entschieden. Hat sie ja gerade gesagt. Trotzdem quält mich, gleich einem Steinchen im Schuh, eine störende Frage: Stimmt das tatsächlich? Ich weiß ja, wie dringend sie Geld braucht. Ich weiß ja, dass sie es zu ihrer Mutter nach Weißrussland schickt. Dreitausend Euro sind viel Geld.

Wie viel echte Entscheidung steckt also in ihrer Wahl?

Noch einmal schaue ich zurück und sehe Viktoria einem der Männer die Schulter massieren. Ich will nach Hause. Schnurstracks laufe ich an Domino Gant vorbei und fliehe durch den nächsten Ausgang nach draußen.

MXP > CDG

Paris.

Noch eine Woche von diesem Scheiß und dann ab nach Hause. Wenn ich mir erlaube, länger als eine Minute an Mum, an Ferdy oder überhaupt an London zu denken, steigen mir die Tränen in die Augen. Paris ist wie Mailand, nur dass ich keinen Rafael habe, der mich überall hinkutschiert. Stattdessen muss ich mich auf die durch den zähen Verkehr kriechenden Taxis verlassen oder – die schnellere Variante – mit der Metro fahren. Mein Leistungsfachfranzösisch gerät hart an seine Grenzen.

So schön Paris auch ist, wie in Mailand sehe ich alles nur im Vorbeifahren und habe kaum genug Zeit, mal von meiner blöden Liste hochzugucken, ganz zu schweigen davon, in Ruhe die Stadt zu genießen. Sicher bin ich mittlerweile schon tausendmal am Eiffelturm vorbeigefahren, bin aber immer so müde, dass da genauso gut ein Telefonmast stehen könnte.

Zu allem Übel sieht das Hotel, in dem ich dank meiner Pariser Agentur übernachte – eher ein Hostel eigentlich, das über einer Schnellküche liegt –, original wie eine Crackhöhle aus. Sein einziger Vorteil besteht darin, dass es in der Nähe von vielen Showlocations liegt. Drinnen riecht es nach *le pain* und *le fromage*, was eine beschissene Folter darstellt, wenn man beides nicht mal angucken darf.

Nachdem ich Chanel und Alexander McQueen coolerweise schon im Sack habe, werde ich als Nächstes Ceasar's Bones absahnen, sofern ich es denn finde. Während ich noch versuche, mir am Metro-Ausgang von Place d'Italie eine Orientierung zu verschaffen, sehe ich auf der anderen Straßenseite drei superdünne Mädchen ihre Modelbücher an sich drücken. Klare Sache, also hinterher.

Das Casting findet in einem Gebäude statt, das früher mal eine Schule oder so gewesen sein muss. Der Wind fegt mit einem undefinierbaren Klappern durch die traurigen kalten Flure. Weiter hinten in einem schier endlosen düsteren Gang stehen sie bereits Schlange. Ich gehe zunächst vorbei, um mich anzumelden. Die hinterm Schreibtisch erkenne ich wieder. Sie arbeitet für das Sexpärchen. Na toll. Vanessa und Vito mit ihrem Nicht-System. Hier werde ich eine Weile feststecken.

Ohne mit der Wimper zu zucken, behält die Anmeldungslady mein Modelbuch bei sich. Ein durchtriebener Schachzug, so kann ich nicht einfach irgendwann aufgeben und die Biege machen.

Als ich an der Schlange entlang wieder zurückgehe, um mich hinten anzustellen, höre ich jemanden meinen Namen rufen. Es ist Arabella, die sich auf den Boden gehockt hat. »Arabella! Hallo! Wie lange wartest du schon?«

»Pff, so eine Stunde? Das sind die –«

»Die nach Lust und Laune drannehmen. Weiß ich doch. Darf ich?« Da die blonden »Russinnen« sich auch immer gegenseitig vorlassen und die eigentliche Reihenfolge in Vanessas und Vitos Welt eh keine Bedeutung hat, spricht wohl nichts dagegen. Ungeachtet der finsteren Miene des Mädchens hinter uns quetsche ich mich neben Arabella.

»Wie geht's dir?«, frage ich.

»Ach, nicht so toll«, antwortet sie. »Ich wurde für McQueen gebucht, aber das war's erst mal.«

»Aber für McQueen! Das ist doch super.«

Arabellas große blaue Augen beginnen feucht zu glänzen. »Ich weiß, aber ... Wenn ich nur wüsste, was ich falsch mache.«

»Nichts. Du machst gar nichts falsch. Entweder mögen sie dein Aussehen oder eben nicht.«

Jetzt weiten sich ihre Augen auf Anime-Größe. »Was ist falsch an meinem Aussehen?«

»Nichts! So meine ich das nicht. Es ist nur …«, ich suche nach Worten, »Clara hat mir letztens geraten, mal einen Schritt zurückzutreten und die Wahrheit zu erkennen. Wir sind … Schaufensterpuppen, oder nicht? Laufende Schaufensterpuppen. Es gibt nichts, was wir sagen oder tun könnten, um diese Leute von uns zu überzeugen.« Puh, da habe ich mich gut wieder rausgeholt, schätze ich.

Arabella lässt die Schultern ein Stück sinken. Nach einer Weile sagt sie: »Ich sehe was, was du nicht siehst, und das ist grün.«

»Der Apfel da.«

»Du bist dran.«

Aus einer Stunde werden zwei. Im Flur ist es eiskalt. Ein paar der Mädchen fangen an zu weinen oder rufen ihre Agenturen an. Sie werden angewiesen, es auszusitzen. Im Großen und Ganzen ist Ceasar's Bones unseren Agenturen wohl wichtiger, als wir es sind.

Was erlauben die sich?! Und, nein, nicht im Sinne von WISSEN-DIE-ETWA-NICHT-WER-ICH-BIN?, sondern im Sinne von IST-DAS-ÜBERHAUPT-NOCH-LEGAL? Arabella und ich rationieren meine halbe Flasche Wasser, aber mehr haben wir nicht. Mein Hunger ist so groß geworden, dass mir schon fast schwindlig ist.

Nachdem wir uns *dreieinhalb Stunden* den Arsch platt gesessen haben, rufen sie Arabella, mich und zwei andere Mädchen auf. Wir stehen, posieren, laufen. Für den Versuch, charmant oder charismatisch rüberzukommen, bin ich zu durchgefroren und ausgehungert. In überdimensionalen Ceasar's-Bones-Clownsschuhen stelze ich auf und ab.

Dann sollen Arabella und ich ein paar Kleider anprobieren. Ich habe schon lange damit aufgehört, überhaupt *wahrzunehmen*, was ich da immer so anziehe, aber bei den Klamotten hier fällt sogar mir auf, wie bescheuert sie sind. Genau so etwas hätte ich letztes Jahr um diese Zeit auf einem Laufsteg erwartet. In dem halb durchsichtigen Plastikding fühle ich mich wie ein in einen Duschvorhang gewickeltes Mordopfer. Zudem ist es dermaßen eng, dass ich so mühsam vorwärtstrippeln muss, als wären meine Beine gefesselt. Denn, na ja, genau das sind sie.

Am anderen Ende des Zimmers versucht Sexfrau Vanessa Arabellas Gummirock zuzumachen, aber der Reißverschluss will nicht über ihren Hintern gehen. Ich bekomme nicht alles mit, was sie sagt, aber definitiv höre ich *grosse vache* heraus. Sie hat Arabella eine fette Kuh genannt.

Mich überkommt der plötzliche Drang, hinzustampfen, Vanessa den blöden Herrenhut vom Kopf zu reißen und ihn ihr so weit in den Arsch zu schieben, dass er vorne wieder rauskommt. Wie kann sie es *wagen*? Wie kann sie so etwas raushauen, während Arabella ihr *direkt gegenübersteht*? Einziges Trostpflaster: Arabella ist nicht so gut in Französisch.

Jeder mit Augen im Kopf kann sehen, dass dieses Mädchen nicht fett ist. Zierlich wie ein Sperling ist sie. Und hat Po und Hüften, wie das bei Menschenfrauen sein soll. Ich bin der Freak. Sie ist perfekt. »Hände weg«, sage ich zu dem Typen, der gerade meine Brüste in ein Korsett zu stopfen versucht. Er protestiert, doch ich schiebe ihn weg. »*Hände weg.* Ich mache das selber.«

Nicht in tausend Jahren werde ich für diese Leute laufen. Die sollen sich ficken. Der ganze Scheiß hier soll sich ficken. Wie kann etwas, bei dem es um Schönheit geht, so abgrundtief hässlich sein?

Abends nehme ich ein Bad in meinem Hotelabklatsch. Die Wanne ist klitzeklein, meine langen Beine ragen weit über die Kante. Als mein Blick in den Rasierspiegel fällt, zucke ich erschrocken zusammen. Ich sehe zum Fürchten aus. Make-up-Schlieren laufen über ein Gesicht, das fast nur noch aus Akne besteht, weil sie mich in den letzten drei Wochen mit diesem ganzen Scheiß zugekleistert haben. Wie ich hier so dem schaumigen Wasser entsteige, könnte ich ein *echt überzeugendes Monster* abgeben.

Ich vergrabe das Gesicht im Handtuch und weine.

»Hi. Ich bin's. Schläfst du schon? Rufst du mich an, wenn du das hier kriegst?«

»Hi, Ferdy, ich noch mal. Ich bin in diesem echt beschissenen Hotel, draußen auf der Straße prügeln sie sich und alles ist so unheimlich. Ich wollte nur deine Stimme hören. Ich hasse es hier. Ich hasse es.«

»Ignorier die letzte Nachricht. Ich war ein Baby. Mir geht es gut. Ich bin nur so müde. Ich weiß ja, es dauert nur noch eine Woche, aber ich habe trotzdem richtig übles Heimweh. Na ja, jetzt nehme ich ein Bad und gehe dann schlafen. Ich liebe dich.«

– Es besteht ein Unterschied zwischen *Angst* und *Gefahr*.
– Was meinst du damit?
– Angst ist Fantasie, Gefahr Realität. Blöderweise hatte ich nicht gelernt, auf meinen Bauch zu hören.
– Würdest du das weiter ausführen?
– Na ja, mittlerweile weiß ich, dass diese Beklemmung, dieser Knoten im Bauch die Kampf-oder-Flucht-Reaktion des Körpers ist. Und klar, oft ist alles nur eingebildet. Genau dann helfen Medikamente. Aber manchmal reagiert der Körper eben auch *begründet*. Ich hätte auf ihn achten sollen. Er hat mir mitzuteilen versucht, dass etwas nicht in Ordnung war. Statt zuzuhören, habe ich mich einfach weiter mit diesen Pillen betäubt. Trotzdem … wusste ich es, verstehst du? Im Ernst. Ich *wusste* es.

BLO

Irgendwie schleppe ich mich über die notwendigen Laufstege. Klappt alles. Bei Dior stolpere ich kurz, aber das merkt gar keiner, glaube ich. Nur tut mir jetzt der Knöchel weh. Morgen kommt noch die Abschlussshow von Chanel und dann heißt es AB NACH HAUSE!

Oh mein Gott. Ich zähle schon die Minuten.

Langsam kapiere ich es. Models sehen immer so angepisst aus, WEIL SIE ANGEPISST SIND. Das Xanax wirkt irgendwie kaum noch. Ich schreibe Lien eine Nachricht und sie antwortet, dass man sich ziemlich schnell an die Dosis gewöhnt, deswegen soll ich einfach eine mehr pro Tag nehmen. Sie schickt mir auch die Internetadresse von einem Arzt, bei dem ich mir Nachschub besorgen kann. Offenbar kriegt man aus irgendeinem bescheuerten Grund kein Xanax in England, aber die Onlineapotheke liefert trotzdem. Bäm. Easy.

Ich habe mittlerweile ein Stadium erreicht, in dem ich sofort einschlafe, wenn ich mehr als drei Minuten stillhalte. Mein Körper fährt dann einfach runter. Gerade döse ich in einem Ruderboot auf der Seine mehr oder weniger vor mich hin, während eine Fotografin über mir ihre Bilder schießt. Dies ist meine »Freizeit«, in der ich im sonnengelben Chloé-Wallekleid ein Editorial-Shooting für die französische *Elle* absolviere. Da ich »verträumt« gucken soll, ist es hoffentlich okay, dass ich fast schlafe. Ernsthaft mal, ich bin so müde, dass ich wie im Nahtod über mir zu schweben scheine, während mein Körper von einem anderen Mädchen gesteuert wird. Von einem Kuckucksmädchen, das mein Leben übernommen hat. Sie sieht verdammt gut aus.

»Irgendwer klingelt!«, beschwert sich der Fotoassistent.

»Oh, das bin ich«, erkläre ich im Wachwerden. Prestige ist dran. Ich stöhne. »Tut mir leid, den muss ich annehmen.« Die Fotografin nickt und macht sich daran, das Objektiv zu wechseln. »Hallo?«

»Hallo, Liebes, hier ist Maggie. Wie läuft's bei dir?«

»Gut.« Ich reibe mir die Augen. Leider habe ich dabei vergessen, dass sie dick bestrichen sind mit fettigem grünen Glitter.

»Wunderbar. Cheska und ich kommen morgen zu Chanel, um dich laufen zu sehen. Wir sind so dermaßen stolz auf dich, weißt du das?«

»Okay, super. Maggie ... ich mache hier gerade dieses Shooting ...«

»Ein Minütchen noch, ich habe tolle Neuigkeiten!«

»Ja?«

»Lucas Blo will dich treffen.«

Nur vage erinnere ich mich an den Rothaarigen von der Party in London. »Wer ist das noch mal? Tut mir leid, ich bin ganz schläfrig.«

»Der wichtige Fotograf, Schätzchen. Er castet gerade für eine neue Kampagne von Burdock & Rasputin und ich habe ihm zugesagt, dass du ihn treffen wirst, wo ihr schon mal beide in Paris seid.«

»Aber wann denn?« Ich setze mich auf und streiche mir die Haare aus dem Gesicht. Die müsste man mal nachschneiden.

»Freitag. Wir ändern einfach dein Eurostarticket und buchen dir ein Hotel für die weitere Nacht. Du musst dich um nichts kümmern.«

Nein. Oh nein. »Maggie ... ich will einfach nur nach Hause.« Vor lauter Müdigkeit schießen mir die Tränen in die Augen. Ich war schon so nah dran. Das ist doch die reinste Folter.

»Ach, Herzchen, ich weiß ja, dass du müde bist, aber hier geht es doch nur um einen letzten Tag. Wir buchen dir auch ein richtig schönes Hotel, großes Ehrenwort.«

»Können wir das nicht verschieben? Im Ernst, ich bin kaputt bis zum Gehtnichtmehr und sehe auch genauso aus. Niemand würde mich in diesem Zustand für irgendetwas casten.«

»Kleines, einen wie Lucas Blo lässt man nicht warten. Mit ihm stehen und fallen ganze Modelkarrieren. Er ist einer von den Großen, von den richtig Großen. Glaub mir, ich würde dich nicht bitten, wenn ich nicht genau wüsste, dass er deine Laufbahn auf das nächste Level heben wird. Du weißt doch, dass er einer der Ersten war, die mit Clara gearbeitet haben, und guck, wie weit sie es gebracht hat!«

»Ist der Termin wenigstens morgens?«

»Ich sehe, was ich tun kann, versprochen. Und zurück lasse ich dich erste Klasse reisen. Das könnte dein Riesendurchbruch werden, Darling, und uns in Amerika die Türen sperrangelweit öffnen. Vermutlich kennen viele jetzt schon dein Gesicht, aber sie müssen auch deinen Namen kennen.«

So labert sie immer weiter. Irgendwann nicke ich ein.

Die Chanel-Show ist ein Riesenevent. An die hundert Models (okay, leichte – aber wirklich nur leichte – Übertreibung) laufen zum Thema *Alice im Wunderland*. Der Catwalk, wenn man ihn überhaupt so nennen kann, ist ein gewundener Pfad durch einen botanischen Garten, in dem sich echte Schmetterlinge, exotische Vögel und sogar kleine Äffchen herumtreiben.

Vor lauter Müdigkeit verlaufe ich mich glatt ein bisschen auf der »verspielten« Strecke. Merkt aber keiner, glaube ich. Wir wurden angewiesen, »besonders Alice« zu sein, und das kriege ich offenbar ganz hervorragend hin. Sicher blicke ich ausgesprochen verwirrt, wenn nicht gar neugierig drein, wie ich hier in meiner gestreiften Strumpfhose und der zurückgekämmten blonden Perücke durch die Landschaft stromere.

Nach der Show posieren wir alle backstage in langen flauschigen Chanel-Bademänteln, während Annie Leibovitz »Schnappschüsse« knipst. Maggie und Cheska kommen nach hinten, um mir zu gratulieren, von daher habe ich wohl einen guten Job abgeliefert.

»So, junge Lady«, sagt Maggie. »Dein Hotelzimmer im Le Meurice wartet auf dich. Gönn dir ein schönes Entspannungsbad. Und morgen geht's früh zum Termin, wie versprochen.«

»Vielen Dank.« Ich will Zimmerservice. Ich will einen Burger. Einen CHEESEburger. MIT POMMES. Und ich will Ferdy und Mum anrufen. Fürs Umziehen haben sie uns so Paravents hingestellt. Ich wickle mich aus dem Bademantel und überlege, ob ich die hautfarbene Unterwäsche, in der ich seit vier Wochen durch die Gegend laufe, jetzt wohl verbrennen darf. Obwohl ich sie jeden Abend im Badezimmer gewaschen habe, lässt sich ihr ranziges Aroma nicht mehr ignorieren. Modeln – was für ein Glamourleben.

Maggie guckt auf ihr Handy. »Gut. Die Fahrer sind da. Hau sie morgen vom Hocker. Und grüß Lucas von mir, ja?«

»Mach ich.« Ich ziehe mir mein T-Shirt über den Kopf und suche nach meiner Jeans.

Als Maggie einem der Chefcaster nachrennt, bleibe ich allein mit Cheska zurück. Sie scheint die Fashion Week genauso gründlich sattzuhaben wie ich. »Brauchst du noch etwas, Jana? Draußen wartet ein Fahrer, der dich zum Hotel fährt und morgen auch wieder zum Casting abholt.«

»Nein, danke dir.« Endlich habe ich meine Hose gefunden. Gerade als mein eines Bein schon drin und das andere noch draußen ist, wird mir schwindlig. Es ist, als würde Flüssigkeit in meinem Hirn nach vorne schwappen, vor meinen Augen leuchtet es blendend hell auf. Meine Beine fühlen sich an wie nasse Schwämme und ... da springt Cheska herbei und stützt mich.

»Jana?«

Es geht vorüber. Ich zwinkere heftig und schüttle den Kopf. »Oooh, das war schräg.«

»Alles okay?«

»Ja. Ja, mir geht's gut.«

Cheska wirkt nicht überzeugt. »Wann hast du zum letzten Mal was gegessen?«

Tatsächlich kann ich mich beim besten Willen nicht erinnern, wann ich zuletzt vor einer ordentlichen Mahlzeit Platz genommen habe, statt nur am Buffet etwas auf die Hand zu nehmen. »Vor der Show. Eine Banane.«

»Himmel, Jana. Vergiss um Gottes willen das Essen nicht. Du musst auf dich achten. Wir brauchen dich doch fit und gesund.«

Nickend mache ich meine Hose zu.

»Jedenfalls vielen Dank noch mal für all deine harte Arbeit. Du hast es voll gerockt. Und nach ein paar Nächten im eigenen Bett kannst hoffentlich auch du erkennen, wie sehr sich die Mühe gelohnt hat. Hast einen Riesenarsch voll Geld verdient.« Cheska wendet sich zum Gehen.

Vom Boden, wo ich mir gerade die Schuhe zubinde, lächle ich zu ihr hoch.

»Hey, Jana?« Sie kommt noch einmal zurück.

»Ja?«

»Pass ... einfach auf dich auf morgen bei Blo. Er ist ... ein bisschen komisch.«

Wie eine allmächtige Amazone ragt sie über mir empor. »Komisch?«

»Er kann ein fieser Schwanz sein hin und wieder. Nimm nicht alles persönlich, was er sagt.«

Ohne Scheiß, ich bin echt zu müde, um irgendetwas mitzubekommen, geschweige denn persönlich zu nehmen.

Wie Wasser von einer Scheibe, so perlt alles an mir ab.

Schon interessant, was ein Bad, ein Burger und ein schönes großes Bett für einen Unterschied ausmachen. Am nächsten Morgen wache ich erfrischt auf. Hinter meinem Fenster erstrahlt Paris im Frühling und ich bin so überwältigt, als würde ich es zum ersten Mal sehen. Die Seine, Notre Dame, der Eiffelturm, Arc de Triomphe. *Très jolie.*

Wie »Blos Leute« es angewiesen haben, dusche ich mich und lege nicht das kleinste bisschen Make-up auf. Gestern Abend habe ich kurz noch seine Arbeiten gegoogelt. Ziemlich schräges Zeug. Mir ist klar, warum er mich will. Viele seiner Models gehören zu diesen flachbrüstigen Androgynen, die schon fast wie Aliens aussehen. Passe wohl ins Schema.

Außerdem macht er viele Nackt- oder Halbnacktbilder, so wie das von Clara in der Dusche. Da er mich ja aber für die *Kleidung* von Burdock & Rasputin casten will, werde ich wohl kaum meine Möpse auspacken müssen. Obwohl Nippel tatsächlich sehr in sind. Bei Heritage hatte ich ja auch das halb durchsichtige Blusenkleid an, was mich schon gar nicht mehr groß gestört hat, weil es in der Gesamtkollektion Sinn ergab und alle anderen Models – inklusive der Jungs – auch so was trugen.

Da die Shows jetzt vorbei sind und ich also *vermutlich* wieder wie ein normaler Mensch essen darf, nehme ich ein Schokocroissant auf die Hand und verputze es im Auto.

Nachdem wir etwa eine Viertelstunde durch zähen Verkehr gekrochen sind, hält der Fahrer vor einem großen eleganten Hotel an. »Hier ist der Termin?«, frage ich erstaunt. Wo ist das stillgelegte Lagerhaus, wo das schäbige Büro?

»Oui, mademoiselle.«

»Oh, okay.« Während ich aussteige, holt er mein Gepäck aus dem Kofferraum. Nachher nehme ich die Öffis zum Bahnhof. Aber erst mal: todschicker Laden. Le Palais. Es geht ja vorerst nur um ein Treffen, wie es hieß, von daher, warum nicht?

In der Lobby versuche ich mich zu orientieren. »Jana?«, ertönt da eine Stimme. Ich drehe mich um und erblicke ein winziges Hipstermädchen in Beaniemütze und zeltartigem Karohemd.

»Ja.«

»Hi, ich bin Suzuki, Lucas' Assistentin. Kommst du bitte mit? Wir haben eine Suite gebucht.«

»Cool, klar.«

Mit dem Aufzug fahren wir in den siebten Stock. Nachdem wir ein Labyrinth aus Fluren durchquert haben, erreichen wir die doppelflügelige Tür zum Penthouse. »Warte kurz, lass mich gucken, ob sie bereit sind.« Ich tue wie geheißen und keine Minute später kehrt Suzuki zurück. »Okay, komm rein.«

Die Suite sieht so nobel aus wie erwartet, stinkt aber nach Zigaretten, Gras und Whiskey. Alle Vorhänge sind zugezogen. Aus einer Stereoanlage ertönt Musik von Prince. Ich frage mich, ob die Anwesenden die Nacht durchgemacht haben.

»Hi, hi, hi!« Lucas tanzt auf der Couch. Dass seine roten Haare zu Rastazöpfen geflochten sind, blieb bei unserer letzten Begegnung gnädig unter der Baseballmütze verborgen. Bah, der Kerl ist echt unterste Kanone. Zu der klobigen Goldkette trägt er diesmal nichts als eine knallkurze rote Hose und Sneaker. »Spitze, dass du hier bist, Jana, komm rein, feier mit! Magst du Prince? ›Raspberry Beret‹ – so ein geiler Song!«

Außer Lucas befinden sich noch zwei weitere Typen im Zimmer, von denen der eine allerdings mehr oder weniger komatös in der Ecke hängt. »Ja. Prince ist super.« Wer mag ihn nicht?

»Wusste doch, dass du cool drauf bist. Ne Line Koks gefällig?«, fragt Lucas. »Wieso, meinst du wohl, heiße ich Blo? Ja, okay, zum einen kommt's vom Nachnamen. Blomfeld. Aber halt vor allem von *Blow*, wie Koks, gibt doch auch den Film, kennste?«

»Hm-hm.« Ich stelle mein Gepäck neben der Tür ab.

»Also willste, Baby?«

»Es scheint mir noch recht früh am Tag dafür.«

Vor ihm liegt eine Zeitschrift mit Claras Gesicht auf dem Cover, von dem er sich jetzt eine fingerdicke Linie weißes Pulver in die Nase zieht. »Himmel, ihr Kids. Was seid ihr nicht alles für vegane, entgiftende Clean-Eating-Freaks! Ich bin jetzt seit drei Tagen wach und dabei alt genug, um dein Daddy zu sein. Möchtest du ein Bier oder so?«

Als ich ihn in London traf, war ich mir nicht sicher, ob ich ihn leiden kann, und jetzt weiß ich, dass nein. Ist einfach so. Können wir's bitte hinter uns bringen, damit ich zum Bahnhof kann? Andererseits sollte ich mich wohl an meine guten Manieren erinnern. »Ein Kaffee wäre schön, vielen Dank.«

»Suzuki! Ein Kaffee für Jana.« Die Assistentin huscht davon. »Brody, beweg deinen fetten Arsch und lass Jana sich hinsetzen. Sie ist unser Gast, zur Hölle.« Ein dicklicher Typ, wenig älter als ich, rutscht für mich zur Seite. Ich hocke mich neben ihn.

»Hi, ich bin Brody.«

»Jana.«

Blo zieht noch eine Line und kneift sich in die Nase. »Mein Dealer ist der beste – liefert überallhin. Feinstes bolivianisches Marschierpulver der Welt. Was ist los, Jana? Du siehst so verkrampft aus!«

Ich bin verkrampft, weil ich die einzige nüchterne Person auf einem Drei-Tage-Besäufnis bin. Außerdem will ich nur noch nach Hause, aber statt dieser Wahrheit sage ich: »Bin einfach kaputt von der Fashion Week.«

»Schon klar.« Er zündet sich eine Zigarette an und nimmt ein Bier aus dem Kühlschrank. »Tja, entspann dich, Babe. Es ist nämlich so: Wenn du mit Lucas Blo arbeitest, ist das eine Party. Ich schieße keine Bilder, ich fange eine gottverdammte Stimmung ein. Jetzt sag: Wirst du mit mir feiern?«

Ich zwinge mich zu einem Lächeln und hoffe, dass es weniger künstlich aussieht, als es sich anfühlt. »Ich werde mir alle Mühe geben.«

»JA, MÄDCHEN! MEINE JANA!«, schreit Lucas aus vollem Hals. »Wir werden FEIERN! Ich liebe diese Schlampe jetzt schon.«

Suzuki bringt mir den Kaffee, verschwindet dann aber wieder. Ich wünschte, sie würde bleiben. Dann wäre ich nicht die einzige Frau im Zimmer. Lucas und Brody teilen sich einen Joint und wollen ihn auch an mich weiterreichen. Es ist halb zehn Uhr morgens. »Komm schon, Jana, du wolltest doch feiern«, sagt Lucas. Ich nehme einen winzigen Zug, den ich nicht mal richtig inhaliere.

»Brav, Babe, entspann dich einfach. Wo bleibt dein Sinn für Humor? Sei nicht so steif. Wir machen gleich ein paar Testfotos.«

»Hier?«

»Ja. Ich ziehe echte Locations dem Studio vor. Im Studio ist alles bloß vorgespielt. Ich meine, warum bescheuerten Fake-Müll aufhäufen, wenn man das Mädchen einfach zur nächsten Müllhalde bringen kann? Weißt du, was ich meine?«

»Klar.« Eigentlich nicht, aber egal.

»Das wird super. Ich arbeite eh lieber mit natürlichem Licht. Einfach ein paar Testfotos, um zu gucken, ob's mit uns funktioniert.«

»Für Burdock & Rasputin.«

»Genau. Die Herbst/Winter-Kampagne. Ich will was Echtes draus machen. Dreckig und abgefuckt.« Er nimmt einen altmodischen Fotoapparat hoch und knipst mich ohne Vorwarnung.

»Oh. Ich war noch nicht bereit.«

Er knipst erneut. »Ich scheiß auf bereit.«

»Okay.« Was für eine Pissnelke, echt mal.

»Hmm ...« Er blickt im Zimmer umher. »Hier, zieh den an.« Er wirft mir einen riesigen Pelzmantel zu.

»Ist der echt?«

»Ja, Nerz. Aber vintage.«

Himmel, dieser Typ ist tatsächlich ein Schwanz, Cheska hatte recht. Ich will keinen Pelz tragen. Ist doch mehr als unnötig. Nur um endlich hier rauszukommen, streife ich ihn über.

»Nein, Honey, *nur* den Mantel. Ohne T-Shirt, ohne BH. Für ein bisschen Pelz-auf-Haut-Action! Heiß, oder? Als wärst du ein verdammtes Tier.«

Großartig. »Okay, dann gehe ich mich kurz umziehen.«

»Süß! Ihr britischen Mädels!« Als ich zum Nebenzimmer gehe, knipst er meinen Rücken. »Sag mal, Jana, rasierst du dir den Busch?«

»Was?«

»Ihr Europäerinnen seid echt haarig, oder? Bestimmt läufst du mit nem richtig fetten Busch durch die Gegend, stimmt's? Ich liebe so was.«

Ich bin sprachlos. Wie vom Donner gerührt. Habe ich mich gerade verhört?

»Und? Hast du nun eine haarige Pussy?«

Mein Mund geht zwar auf, aber ich kann nichts sagen. Bin handlungsunfähig.

Und dann fängt Blo an zu lachen. »Ach, Baby! Du bist zu niedlich! Geh und zieh dich um.«

Die Suite besteht aus zwei Bereichen. Wohnzimmer und Schlafzimmer. Ich gehe nach nebenan, ziehe T-Shirt und BH aus. Dann schlüpfe ich wieder in den Mantel.

Ein Licht blitzt auf und hinter mir steht Blo mit dem Fotoapparat. »Hey!«, schimpfe ich.

»Sorry, konnte nicht widerstehen. Du siehst einfach scheißencool aus. Sollen wir anfangen? Setz dich auf den Sessel da am Fenster.«

Ich gehorche.

»Rauchst du?«

»Nein.«

»Tu für mich so. Brody! Gib ihr eine Kippe.« Der Junge kommt herein und reicht mir seine brennende Zigarette. »Das ist scheißengeil. Bedeck aber deine Titten.« Da braucht er keine Sorge zu haben. Ich bedecke meine Titten. »Genau. Gut.«

Während er weiterknipst, entspanne ich mich allmählich. Da wir endlich arbeiten, fühlt sich alles gleich viel weniger schräg an. Ich rutsche tiefer in den Sessel und blinzle ins Licht, das durchs Fenster fällt.

»Du bist scheißlebendig!«, ruft Blo. »Und so dreckig. Wie … ein Gangsterboss! Ein Lude! Ja, das ist es, du bist ein Lude.«

Ich stecke die Zigarette zwischen meine Lippen, weil das gut aussehen könnte. Asche rieselt auf den Nerz.

»Fick mich, das ist heiß. Liebe es. Sie ist gut, oder?« Nach noch ein paar Schüssen reicht er den Fotoapparat an Brody weiter. »Übernimmst du?«

»Klar.«

»Ich gesell mich mal zu dir, Jana. Okay?«

»Wie bitte?«

Mein steinerner Tonfall kann ihm schwerlich entgehen. »Ach, das mache ich ständig. Ich bin meine eigene verfickte Muse.« Er schnappt sich einen braunen Ledergürtel vom Bett und legt ihn sich wie eine Leine um den Hals. »Hier, zieh da dran, als wär ich deine Schlampe. Scheiße, das liebe ich.«

»Das ist doch ... schräg«, sage ich.

»Nein! Sondern cool! Ich bin deine Schlampe und du bist der Lude.«

Er geht auf alle viere und bellt wie ein Hund. Ich nehme den Gürtel in die Hand. Sag ich doch, ist schräg.

»Worauf zur Hölle wartest du?«, fährt er Brody an. Brody nimmt sich eine modernere Kamera vom Tisch und ich mache meinen Job. Werfe mich in eine starke Pose, tue so, als würde ich Blo unterwerfen. *Das ist mein Job, einfach den Job machen. Ist nur ein Job.*

»Sieht total abgefahren aus«, urteilt Brody mit einem Blick aufs Kameradisplay.

Blo springt hin und guckt ihm über die Schulter. »Scheiße, ja!« Dann hüpft er wieder zu mir. »Oh, warte.« Er bleibt stehen, pellt sich aus seiner kurzen Hose und kickt sie in die Ecke. Die Sneaker lässt er an. Er trägt keine Unterwäsche.

Was zur heiligen Scheiße?

Ich weiche zurück und hebe die Hand, um seine haarige Kimme aus dem Blickfeld zu kriegen. »Himmel ...«

»Was denn?«, fragt er. »Wegen meinem Schwanz? Komm schon,

sei nicht so britisch, ist doch nur ein Schwanz!« Er wackelt vergnügt damit herum und ich schaue hochnotpeinlich berührt zur Seite. Das muss ich mir wirklich nicht angucken. »Jana! Ich bin doch ein Hund!« Er geht wieder auf alle viere. »Okay, hast du die Leine? Dann los, Brody! Mach weiter!«

Brody knipst.

Irgendwann mittendrin steht Blo auf und sein Schwanz landet direkt vor meinem Gesicht. Ich kann ihn riechen.

»Stopp!«, japse ich, fast aus Reflex.

»Was ist los?«, fragt Blo. »Zu viel für dich?«

»Es ist nur ... du bist ... *nackt*.«

»Alles cool, oder nicht? Ist bloß ein Körper. Warte.« Er nimmt meine Hand und legt sie über seinen weichen, schrumpeligen Penis. Das Ding fühlt sich warm und feucht an. »So, jetzt bin ich nicht mehr nackt. Brody?«

Bevor ich die Hand zurückziehen kann, hat Brody schon abgedrückt. »Großer Gott!«

»Na gut. Dann halt nicht.« Blo macht eine wegwerfende Geste. »Dann sind wir hier wohl fertig. Wer so eine Einstellung hat, mit dem kann ich nicht arbeiten.«

»Tut mir leid, ich ... hatte nur nicht erwartet ...« Warum entschuldige ich mich? Vermutlich, weil ich das Shooting versaut habe. Verdammt, ich werde bei Prestige so was von Ärger bekommen.

»Nein, schon gut«, sagt Blo und schlurft von mir weg. »Manche Models kapieren's halt nicht. Es sollte eine *Party* sein, Jana. Und du hast nicht mitgefeiert. Aber nimm's nicht persönlich. Ich will ja nicht zu *hart* rüberkommen.« Er schwenkt seinen schlaffen Penis in meine Richtung und bricht mit Brody in wieherndes Gelächter aus.

»Tut mir leid, wenn ...«

»Du kannst jetzt gehen«, sagt Blo gleichgültig und holt sich im Wohnzimmer ein neues Bier. »Behalt den Mantel, wenn du willst.«

Ich streife ihn ab und halte mir den Arm vor die Brüste. »Würdest du …?«, sage ich zu Brody, der einfach stehen geblieben ist und mir beim Umziehen zuguckt.

»Oh, klar.« Auch er geht zurück ins Wohnzimmer und ich bücke mich nach meinen Klamotten.

Mit angehaltenem Atem durchquere ich die Suite. Ich verabschiede mich nicht mal, aus Sorge, dass sie mich nicht gehen lassen könnten. Den ganzen Flur hinunter bis zum Aufzug halte ich weiter die Luft an.

Ich drücke den Knopf.

Gucke über die Schulter, ob mir jemand gefolgt ist.

Mit leisem *Ping* kommt der Aufzug an und ich steige ein. Ich kann mich nicht mal im Spiegel angucken.

Die Türen gleiten zu.

Ich breche in Tränen aus.

– Möchtest du eine Pause?

– Nein. Nein, schon gut.

– Sicher?

– Ja. Genau deswegen machen wir das ja.

FOLGEERSCHEINUNGEN

Im Zug muss ich immer noch heulen. Echt bescheuert. Es ist hell, behaglich, riecht nach Kiefernnadelraumspray, aber, keine Ahnung ... mein ganzer Körper schüttelt sich und ich kann nicht aufhören zu weinen. Eine mitreisende ältere Lady wirft mir über ihre schicke Katzenaugenbrille hinweg einen Blick zu und fragt, ob alles in Ordnung ist. Mir fällt nichts Besseres ein, als abwiegelnd zu lachen und es auf meine Hormone zu schieben. Auch der Zugbegleiter macht sich offensichtlich Sorgen. Er bringt mir einen Tee mit viel Zucker, der in meinen zitternden Händen nur leider fast überschwappt.

Es geht mir durch und durch. Elektroschocks. Meine Knochen rasseln, meine Zähne klappern.

Gefühle, und zwar alle möglichen, folgen aufeinander in stroboskopischem Wechsel.

1. *Wut*, weil er seinen Schwanz rausgeholt hat.

2. *Ekel*, weil sein Schwanz mich berührt hat.

3. *Sorge*, weil ich womöglich Ärger bekomme wegen des misslungenen Termins.

4. *Angst*, dass Ferdy mich nicht mehr will und womöglich glaubt, ich hätte sogar mit Blo geschlafen, um den Job zu kriegen.

5. *Verwirrung*, denn: Wie konnte das passieren?

Ich bin ein verdammtes Wrack.

Letzten Endes setze ich mich im Flur zwischen den Abteilen auf den Boden, weil es dort kühler und mir schlecht ist. Der kalte Durchzug hält mich vom Kotzen ab.

Die arme Lady muss mich für verrückt halten.

Erst als wir in St Pancras einfahren, legt sich meine Hysterie. Allein der Anblick von London bewirkt, dass ich mich wieder menschlicher fühle. Ich bin fast zu Hause. ich bin in Sicherheit.

Nur allmählich wird mir klar, wie viel schlimmer es hätte ausgehen können. Ich habe Glück gehabt. Wenn Suzuki, Brody oder der Typ im Koma nicht dabei gewesen wären, wer weiß, was Blo dann getan hätte? Ich bin noch mal davongekommen. Mir wurde nicht wehgetan.

Es war abgefuckt. Aber mir geht es gut.

Denke ich.

Warum schreit dann meine Haut? Warum will ich sie abziehen und das Fleisch darunter mit Bleiche waschen?

Auf dem Weg nach Vauxhall esse ich einen Schokomuffin mit Füllung. Dadurch komme ich mir stabiler vor. Als hätten meine Füße festeren Bodenkontakt. Jetzt nur noch die Bahn nach Clapham Junction und dann die letzten Schritte durch die Winstanley, wo mein großer Koffer lautstark hinter mir herrollt.

Sündhaft hässlich, die Dinger, aber noch nie war ich glücklicher, den Kieselrauputz der beiden Miettürme, die grauen Garagen und überlaufenden Mülltonnen zu erblicken. Ich habe das Graffitigekritzel vermisst, die verlassenen Asda-Einkaufswägen und abblätternden Plakate für Reggae- oder Gospelabende. Ein verdreckter Fuchs, eher schwarz als rot, stolziert kackendreist im hellen Tageslicht mitten auf der Ingrave Street herum.

Ich bin *zu Hause.*

Als ich über unseren Gartenweg laufe, fühlt sich das so gut an, dass ich fast schon wieder weinen muss.

Mum erscheint in der Tür. »Du bist da!«, ruft sie. »Komm, gib. Gib mir deinen Koffer. Wie viel Dreckwäsche du haben musst. Am besten stelle ich gleich die Maschine an.«

Ein kleiner Schluchzer bahnt sich seinen Weg ins Freie und ich falle ihr in die Arme.

Sie streichelt mir über den Rücken. »Jana! Alles okay?«

Sag es ihr.

Aber ich bringe die Worte nicht heraus. Sie bleiben mir auf halbem Wege im Hals stecken. Ich kann *meiner Mum* doch nicht erzählen, was irgendein schmieriger Dreckskerl mit seinem Schwanz gemacht hat. Ich kann nicht »Schwanz« zu meiner Mum sagen. Sie würde tot umkippen. Außerdem fühlt sie sich eh schon schuldig wegen meinem Schulabbruch und ... oh Gott, ich kann einfach nicht.

»Mir geht's gut«, sage ich. »Ich bin nur echt müde.«

»Ach, arme Kleine. Ich mache mir Sorgen um dich.«

»Ich bin heilfroh, wieder zu Hause zu sein.« Die reine Wahrheit.

Schon im Flur riecht es nach *zu Hause*. Nach über der Heizung trocknenden Socken, nach Milos' stinkenden Fußballschuhen auf einem Stück Zeitung, nach dem grässlichen blauen Käse, den nur Dad isst und den man bis hierher noch wahrnimmt, obwohl er im Kühlschrank liegt. Hier ist zu Hause. Ich bin zu Hause.

Mum besteht darauf, dass ich ein Schinkensandwich und etwas Tomatensuppe esse, und währenddessen erzähle ich ihr von den Shows. Woran ich mich noch so erinnere. Von *Alice im Wunderland* und wie ich bei Dior fast hingefallen bin. »Und wie lief dein ... Casting? Das von heute?«, fragt sie und gießt mir Tee in eine verblasste *High School Musical 2*-Tasse.

»Gut«, antworte ich und bekomme auf einmal die Suppe nicht mehr runter. »Eigentlich war es nur ein Kennenlerntreffen.«

Ich stelle mich sehr, sehr lange unter die Dusche. Das fühlt sich ziemlich nach Klischee an, hilft aber. Ich wasche mir den Tag vom Körper. Meine Haare stinken nach dem verrauchten Hotelzimmer. Ich muss immer noch daran denken, wie sich sein schrumpelig-feuchtes Ding unter meiner Hand angefühlt an. Igitt. Gleich zwei Mal seife ich mich ab. Das Wasser ist so heiß, dass es meine oberste Hautschicht abzuschälen scheint. Trotzdem kommt es mir so vor, als würden sich unter Schwarzlicht immer noch seine Fingerabdrücke auf mir abzeichnen. Ich bleibe so lange unter der Brause, bis das Zimmer wie eine Dampfsauna aussieht.

Meine Schultern entkrampfen sich.

Ich bin zu Hause.

Mir geht es gut.

Denke ich.

Am Abend des gleichen Tages treffe ich mich vorm Starbucks mit Ferdy. Zwar zerren meine Knochen mich fast buchstäblich Richtung Bett, aber wir haben uns ja seit Wochen nicht gesehen. Ich erkenne ihn kaum wieder. Er hat sich die Haare im Nacken zusammengebunden und trägt eine Krawatte überm Karohemd. In der Hand hält er einen Strauß Pfingstrosen, meine Lieblingsblumen. »Oh mein Gott! Was ist hier los?«

»Willkommen zu Hause!«

»Du siehst so cool aus!«

Wir küssen uns, aber es fühlt sich … seltsam an. Das hier ist *Ferdy*, nicht Blo, aber … ach, das stört einfach. Es ist, als hätte ich irgendwas Wichtiges vergessen. Oder als wäre das ein schreckliches Déjà-vu. Völlig grundlos schrillen meine Alarmglocken. »Ich hab uns für halb acht einen Tisch bei Alessandro's reserviert.«

»Bei Alessandro's?« Ich versuche ein strahlendes Lächeln. »Nobel! Okay!«

Er nimmt meine Hand und geht mit mir los zur Battersea High Street. »Wie war Paris?«

Meine Füße stemmen sich gegen den Asphalt. Mein Magen bockt und fast kotze ich vor den Dampfzigarettenladen.

»Jana? Alles okay?«

Und es geht vorüber. »Ja. Ja, mir geht's gut.«

Er runzelt die Stirn. »Sicher?« Ich nicke. »Okay«, sagt er. »Sollen wir dann?«

Ich komme mir underdressed vor. Das Alessandro's ist eins von diesen Restaurants, in denen es fünf Gänge oder mehr gibt und der Chefkoch alle paar Minuten an den Tisch kommt, um einem zu erklären, was man da gerade isst. An solchen Orten fühle ich mich immer, als wäre ich wieder elf oder so. Nando's wäre mir lieber, aber Ferdy hat sich solche Mühe gegeben, deswegen sollte ich es ihm nachmachen.

Der Magen hängt mir auf die Knie, bis meine in einer Kokosnuss servierte (warum?) Carbonara vor mir steht, denn da schrumpelt er mit einem Mal auf Rosinengröße zusammen. Ferdy erzählt mir, was ich alles verpasst habe. »Also, Laurel gehört jetzt voll zur Make-up-Clique. Das musst du sehen, sie hat sich total verändert. Als hätte Heather sie komplett assimiliert ... Jana?«

»Hm?«

Er lächelt. »Hörst du mir zu?«

Ich lasse es sein, meine Spaghetti in der Kokosnuss umherzuschieben. »Ja.«

»Was habe ich gerade gesagt?«

»Ähm. Irgendwas über Heather?«

»Du bist gar nicht richtig hier.«

»Tut mir leid.« Fast mein ganzes Hirn ist sich einig, dass Ferdy mir rückhaltlos glauben wird, wenn ich es ihm erzähle. Nur eine abtrünnige Windung erinnert mich daran, dass ich schließlich selbst in das Hotelzimmer gegangen bin, wo ich mit einem Mann, der mein Vater sein könnte, freiwillig für Nacktfotos posiert habe. Was, wenn Ferdy sauer wird? Wenn er mit mir Schluss macht? Auf keinen Fall werde ich Ferdy wegen dieses *Perverslings* verlieren.

Zudem sage ich mir immer wieder, dass ich mich eigentlich unnötig anstelle. Ich meine, *eigentlich* ist doch gar nichts passiert, oder? Er hat mir nichts angetan oder so. Mir geht es *gut*. Jetzt bin ich wieder zu Hause bei meinem Freund, den ich liebe, und höre dennoch kaum ein Wort von dem, was er sagt.

»Ich weiß, dass man von Paris an und für sich keinen Jetlag kriegen kann, trotzdem fühle ich mich ziemlich dreckig«, sage ich. »Maggie hat irgendwann mal von der Fashion-Week-Grippe erzählt. Vielleicht habe ich mir die eingefangen.«

»Hey, schon okay«, sagt er, aber ich kenne ihn. Er will verstecken, dass er sich ärgert. Da hat er sich so viel Mühe gemacht und ich sitze hier rum wie ein Lobotomieopfer. »Ich bin einfach nur froh«, sagt er, »dass du wieder zu Hause bist.«

Ab jetzt versuche ich mich auf das Essen und unser Gespräch zu konzentrieren. Nach dem Hauptgericht teilen wir uns ein Tiramisu. Auf dem Weg zur Toilette bestellt Ferdy die Rechnung. Noch bevor er zurück ist, serviert die Kellnerin sie auf einem Silbertablett. Ich schiebe die Minzbonbons darauf zur Seite. Wow, fünfundachtzig Pfund. Ferdy hat keine fünfundachtzig Pfund. Schnell hole ich mein Portemonnaie raus. Während das meiste vom Modelgeld bis zu meinem achtzehnten Geburtstag auf einen Treuhandfonds wandert, zahle ich mir doch selbst ein Taschengeld, mit dem ich während der Jobs mein Essen und so weiter bezahlen kann.

Gerade als die Kellnerin meine Kreditkarte mitnimmt, kommt Ferdy zurück an den Tisch. »Hat was nicht gestimmt mit der Rechnung?«, fragt er im Hinsetzen.

»Nein«, sage ich. »Das geht auf mich.«

»Jana!« Er wirkt angepisst. »Ich wollte doch *dir* was Gutes tun.«

»Und das hast du auch! Endlich haben wir mal wieder einen ganzen Abend miteinander verbracht!«

»Darum geht es nicht. Du hast meine große romantische Geste versaut.«

Jetzt bin ich angepisst. »Himmel, Herrgott, warst du gerade auf Klo oder in der verfickten TARDIS? Wir sind hier nicht im viktorianischen England. Mädchen dürfen ihrem Freund das Essen bezahlen.« Ein paar der versnobten Gäste drehen die Köpfe. Wütend erwidere ich den Blick einer Frau, die uns über ihren Merlot hinweg missbilligend anguckt. Blöde Kuh. Möchte wetten, ich verdiene mehr als sie.

Ferdy schluckt eine Erwiderung runter und setzt neu an: »Ich ... So hab ich das nicht gemeint. Ich wollte dir etwas Besonderes bieten.«

»Es war ja auch etwas Besonderes. Aber ich kann es mir leisten und ...«

Ferdy senkt den Kopf. »Und ich nicht, weil ich der Loserfreund bin«, murmelt er leise, aber eindeutig laut genug, dass ich es höre.

Ich seufze. Der heutige Tag kann sich echt mal ins Knie ficken. Womöglich geht meine Heulerei wieder los. Oder ich fange an zu schreien und höre nie wieder auf. »Niemand denkt das von dir«, gebe ich zurück und schaffe es nur gerade so, meine Stimme im Zaum zu halten.

»Du musst mich in dein Leben lassen, Jana, sonst sind wir am Arsch.«

»Ferdy.« Eine Träne rollt mir über die Wange. Ich habe Scherben im Hals. »Du *bist* mein Leben. Bitte verlass mich nicht.«

Seine Miene wechselt von angepisst zu besorgt. »Was? Jana! Darüber rede ich überhaupt nicht. Ist wirklich alles in Ordnung?«

»Ja. Ja, mir geht's gut. Ich will bloß nicht weiter über eine verdammte Rechnung streiten!«

»Tut mir leid«, sagt er. »Und du bist sicher, dass es nur daran liegt?«

»Ja.« Ich tupfe mir die Augen mit der Serviette ab. »Woran sonst?«

»Keine Ahnung. Du warst fast einen Monat lang weg. Ich meine, vielleicht hast du ja jemanden kennengelernt ...«

»Ferdy, nein!« Meine Stimme überschlägt sich und jetzt gucken noch mehr Gäste rüber. Die Merlotfrau schnalzt mit der Zunge. Leiser rede ich weiter. »So etwas ist nicht passiert. Ich schwöre es.«

Er sieht erleichtert aus. Hat er das von mir gedacht? Dass ich hinter seinem Rücken eine Meute Kerle ficke? »Wenn du das sagst, glaube ich dir. Es ist nur … Ach, scheiße, ich weiß nicht, wie ich das sagen soll, ohne wie ein Idiot zu klingen … Du hast ein neues Leben, Jana. Und ich gehöre nicht dazu.«

»Aber natürlich gehörst du dazu. Die ganze Zeit, während ich weg war, wollte ich nichts lieber als bei dir sein. Weißt du, in Dubai habe ich diese eine Kollegin kennengelernt, Kami, und sie meinte, dass eigentlich keine von uns Model sein will. Niemand von uns hat sich bewusst dafür entschieden.«

Er seufzt. »Das weiß ich ja alles. Ich habe dich einfach vermisst.«

»Ich habe dich auch vermisst. Und ich weiß gar nicht mehr, ob ich den Job noch leiden kann.«

»Dann … hör doch auf.«

Wie er das so sagt, klingt es ziemlich naheliegend. Ich habe während der letzten Monate eine Scheißtonne Kohle verdient. Vielleicht muss man es wie in Las Vegas machen. Im richtigen Moment die Jetons einlösen. »Stimmt. Du hast recht.«

Er wirkt überrascht. »Echt?«

»Ja, ich meine, wenn ich es hasse, warum soll ich dann damit weitermachen?«

Wir gehen zu Ferdy. Seine Eltern und seine Schwester sind schon wieder zu einem Tanzwettbewerb gefahren. Wir haben die ganze Wohnung für uns.

Ich bin schon leicht beschwipst vom Bier im Restaurant. Zu unserem Glück wollten sie gar nicht die Ausweise sehen. Ferdys Krawatte muss sie geblendet haben. »Willst du noch ein Bier?«

»Jepp.«

»Meinst du, du kannst über Nacht bleiben?«

»Glaube nicht. Mum will morgen einen großen Familientag starten.«

»Auch okay.«

Ferdy knipst den künstlichen Kamin an, wir legen uns auf den

Teppich vor den Fernseher und gucken *Der Exorzist*. »Soll das gruselig sein?«, frage ich an ihn gekuschelt. Ich bin jetzt besonders lieb, um die Sache im Restaurant wettzumachen. Dass ich dabei übertreibe, ist ihm genauso bewusst wie mir, trotzdem spielt er mit.

»Sie ist gerade rücklings die Treppe runtergekrabbelt. Hat dich das kein bisschen geschockt?«

»Nö. Du weißt doch, dass mir so was keine Angst einjagt.« Grinsend gebe ich ihm einen Kuss.

Dann gucke ich zurück zum Fernseher, aber er dreht mein Kinn wieder zu sich. Er will rummachen. Hat er mir vergeben? Es fühlt sich herrlich an, endlich wieder in seinen Armen zu liegen. Ich schmelze dahin wie Butter auf Toast.

Gerade spüre ich der Wärme des elektrischen Feuers auf meinen geschlossenen Lidern nach und komme angenehm in Stimmung, da fährt er mit den Händen über meine Hüften.

Das fühlt sich fremd an.

Mein Rückgrat verkrampft.

Mir wird kalt.

Eiskalt.

Ich öffne die Augen, und etwa eine Sekunde lang ist da Lucas Blo, der mich sabbernd anglotzt. Wie ein erschreckter Igel scheine ich überall Stacheln aufzurichten. Ferdys Berührung tut fast weh.

Ich stoße ihn von mir und setze mich auf.

»Jana?« Er guckt mich verletzt an.

»Tut mir leid.«

»Was ist los?«

»Tut mir leid, das ... hat gekitzelt. Und nicht auf die gute Art.«

»Ach so? Sorry ... war keine Absicht.«

»Ja, nein, weiß ich doch.« Ich kuschle mich wieder an ihn und wir küssen uns, aber den Moment habe ich gründlich versaut. Die Stimmung ist verflogen. Und sobald der Film vorbei ist, gehe ich.

Zu Hause im Bett kann ich nicht aufhören, an das verdammte

Hotelzimmer zu denken. Mein Körper tut weh vor Müdigkeit, meine Augen brennen und mir schwirrt der Kopf. Ich will bloß noch schlafen, damit dieser Tag vorbei ist, kann aber einfach nicht abschalten. Was ich nicht alles hätte anders machen können.

Ich *hätte* ihn auslachen und sagen können, er soll das Ding wegpacken.

Ich *hätte* ihm androhen können, meiner Agentur davon zu erzählen.

Ich *hätte* sofort die Biege machen können, als er die Hose auszog.

Ich *hätte* um Hilfe rufen können.

Ich *hätte* ihm eine verpassen und ihm das Knie in die Eier rammen können.

Ich *hätte* mich unter dem Vorwand verabschieden können, dass mir auf einmal schlecht ist oder so.

Aber ich habe nichts von alldem getan. Stattdessen habe ich wie eine Pussy im Pelzmantel dagesessen, während er mir den Schwanz ins Gesicht gerieben hat.

Ich rolle mich auf den Bauch und vergrabe meinen Kopf im Kissen. Es soll aufhören. Irgendetwas stimmt nicht. Das spüre ich tief im Innern. Ich wünschte, ich könnte aus mir rauskriechen.

Und einfach irgendwo anders sein.

Sabah: Heyho! Wer zu Hause?

Sabah: Lebst du noch, Honey?

Sabah: ???

Sabah: Hey. Hast du noch auf dem Schirm, dass Mo dieses Wochenende heiratet?

Jana: Sorry! Klar doch! Werde da sein.

Sabah: Ok x

VERLEUGNUNG

Sabahs großer Bruder hat heute geheiratet und ich bin zur abendlichen Party eingeladen, bei der es sich um eine laute, bunte Veranstaltung mit Liveband und Tanzfläche in einem riesigen Festzelt handelt. Mo und Farah, seine Braut, sehen absolut umwerfend aus und wirken aufrichtig glückselig. Es herrscht die reinste Bollywood-Stimmung und ich wünschte, ich könnte so tanzen wie Sabahs Familie, doch den Versuch lasse ich besser bleiben, denn ich tanze bestenfalls wie Dad, und dann sieht es so aus, als wollte ich mich lustig machen.

Seit ich zurück bin, habe ich hauptsächlich geschlafen. Mum und Ferdy halten mich wohl für krank. Echt schräg, ich habe gar kein richtiges Leben mehr. Weder muss ich zur Schule, noch will ich den Einladungen zu den Branchenevents folgen, die bei mir neuerdings ständig im Mailpostfach landen. Diese »Partys« gehen mir am Arsch vorbei. Parfümvorstellung, Kosmetikfirmeneröffnung, Modeblabla. Jeden Abend ist irgendwas los. Ich antworte einfach nicht. Mir kommt es vor, als wäre mein Leben schlecht synchronisiert, als bliebe ich immer zwei Sekunden hinter den Geschehnissen zurück.

Aber jetzt bin ich doch froh, hier zu sein. Froh, dass ich die Hochzeitsparty nicht schwänzen konnte, auch wenn ich noch so gern zu Hause bei meinen Netflix-Serien geblieben wäre. Mos Hochzeit steht schon seit Monaten in meinem Kalender. Gestern Abend war ich bei Sabah und ihre Cousine hat uns mit Henna wunderschöne Mehndis auf die Hände gemalt. Außerdem habe ich von Sabah einen hinreißenden Seidenschal – violett mit goldfarbenen Stickereien – ausgeliehen bekommen, den ich mir um den Kopf drapiert habe.

Dermaßen ausgestattet fühle ich mich glatt wie Prinzessin Jasmin im Wüstenpalast.

Während ich hier und da etwas aus dem Buffet picke, lasse ich die Party um mich herum ihren Gang nehmen. Alles in den Pfannen, Schalen und Töpfen sieht absolut köstlich aus. Genüsslich probiere ich mich durch die Eintöpfe, Currys und Lammsächelchen. Wie mir gesagt wurde, handelt es sich – zum einen Mos und zum anderen Farahs Familie zuliebe – um eine Mischung aus somalischen und gujaratischen Spezialitäten.

Sabahs Familiengeschichte ist *kompliziert* und ich wollte sie nie groß darüber ausfragen, aber ich weiß, dass ihr Dad im Krieg umgekommen ist, als sie noch ein Baby war. Nachdem sie, ihre Mum und die anderen dann als Flüchtlinge nach London gekommen waren, gab es zunächst eine Art Skandal, weil ihre Mum außerhalb der Verwandtschaft neu geheiratet hat. Keine Ahnung. Jedenfalls musste Sabah häufig umziehen, als wir so neun waren. Mittlerweile hat sich aber alles wieder einigermaßen beruhigt. Sabahs Stiefvater, Abdi, ist ein echter Schatz und sie hat ihn nie anders als »Dad« genannt. Gerade tanzt er mit Farah.

Ich bin zwar pappsatt, könnte aber noch einen winzigen Happen von dem würzigen Lamm vertragen. Voll Vorfreude lade ich mir einen ordentlichen Löffel auf den Teller.

Da spüre ich Hände auf meinem Hintern.

Blo.

Ich kreische auf und fahre herum, bereit, zu fliehen oder zu kämpfen. »Finger weg!«, platzt es aus mir heraus.

Vor mir steht Sabah in ihrem wunderhübschen pfirsichrosa Brautjungfernkleid und reißt die Augen auf. Sie hebt beschwichtigend die Hände. »Tut mir leid! Ich dachte, du hättest mich kommen sehen.«

»Hab ich aber nicht!«, schimpfe ich, während mein Herz in seinen normalen Rhythmus zurückfindet. Was für eine scheißbescheuerte

Erwiderung. *Sag es ihr. Sag ihr, was passiert ist. Sie ist die Einzige, der du es erzählen kannst.* »Sabs ...«

Doch da verhärtet sich ihr Gesichtsausdruck. »Brauchst mir ja nicht gleich den Kopf abzureißen! Fuck! Weißt du was? Du verhältst dich, als ob ... Ach, vergiss es.«

Was? »Nein. Wenn du etwas zu sagen hast ...« Ich stelle meinen Teller ab und halte ihren Blick fest.

Sie hebt erneut die Hände. »Ich werde hier nicht damit anfangen, okay?«

»Womit anfangen? Sabah?« Ich kann das nicht. Ich kann mich zu allem Übel nicht auch noch mit meiner besten Freundin verkrachen. Das würde mich umbringen.

»Jana«, zischt sie, »das ist die Hochzeit von meinem Bruder. Können wir's bitte gut sein lassen?« Ein paar Leute gucken schon.

Sie wendet sich ab, doch ich halte sie am Arm fest. »Sabah, bitte! Was habe ich falsch gemacht?«

»Gar nichts«, seufzt sie. »Es ist nur ... Du bist ja nie hier.« Sie verdreht die Augen und lässt die Schultern hängen. »Laurel hat sich abgemeldet, du bist ein verdammtes Supermodel und ich bin immer noch hier. An der gleichen Stelle wie vorher. Die gleiche alte Sabah, ganz alleine.« Beim letzten Wort gerät ihre Stimme ins Wanken. Sabah – *Sabah* – fängt fast an zu weinen. Fuck.

Jetzt kann ich ihr natürlich nicht mehr von Blo erzählen. Wäre ja wie Überbieten oder so. »Hör zu, es tut mir ehrlich leid. Aber jetzt ist die Fashion Week endlich vorbei. Ab sofort werde ich wieder öfter mit von der Partie sein, großes Ehrenwort.«

Es sieht kurz so aus, als wollte sie widersprechen, doch dann nickt sie nur. »Cool.«

»Alles wieder gut zwischen uns?«

»Ja, alles wieder gut.« Und das meint sie wohl auch ernst. Ich bin nur nicht sicher, ob sie es *glaubt*. Denn die Freundlichkeit in ihrer Stimme schmeckt wie Süßstoff.

Ich ziehe sie an mich und drücke sie ganz fest. Sie drückt mich auch, aber nicht so richtig.

Ich will ja, ich will ihr alles erzählen.

Aber ich kann nicht.

Es soll doch alles gut sein zwischen uns.

Wenn ich es Sabah nicht erzählen kann, erzähle ich es eben doch Ferdy. Gleich am Morgen nach der Hochzeit gehe ich zu ihm, obwohl das bedeutet, ihn bei der Arbeit stören zu müssen. Als sich eine Gelegenheit bietet, zieht er einen Hoodie übers Starbucks-Shirt, kommt zu meiner Sitznische und gibt mir einen Kuss. »Hallo! Das ist ja eine schöne Überraschung.«

Lächelnd setzt er sich mit einem Iced Mocha mir gegenüber.

Sag es ihm.

»Ferd ...«

»Ja?«

Ferdy, ich habe mich in einem Pariser Hotelzimmer mit einem Mann namens Lucas Blo getroffen. Ich habe mir Shirt und BH ausgezogen und er sich alles. Dann musste ich seinen Schwanz anfassen. Ich spüre ihn seitdem die ganze Zeit auf der Haut. Und mein Mund schmeckt nach Batteriesäure. Die verbrennt mir den Hals. Ich wollte es nicht tun, ich schwöre es ...

Oh Gott, ich kann das nicht. Ich kann das einfach nicht.

Lucas Blo hat mich verändert. Ich bin angequetscht, eingedellt wie fauliges Obst.

Ferdy soll nicht wissen, dass ich jetzt faulig bin.

Er soll mich weiter so lieben wie früher, als ich noch frisch und schön war.

»Was ist los?«, fragt er.

»Nichts!« Ich zwinge meine Mundwinkel nach oben. »Ich wollte dir nur erzählen, dass ich gestern Nacht echt heiß von dir geträumt habe!«

Er grinst so breit, dass er Grübchen kriegt. »Echt? Ein heißer Traum? Was haben wir gemacht?«

»Oh, das ist zu versaut. Du würdest nur rot werden.« Ich lehne mich für einen langen Iced-Mocha-Kuss zu ihm hinüber. »Und ich habe auch darüber nachgedacht, was du über meinen Job gesagt hast. Ich find's scheiße, dass ich nie da bin. Ich werde versuchen, eine bessere Freundin zu sein.«

Mit finsterem Blick nimmt Big Angie unseren Tisch ins Visier. »Kai Ferdinand!«, ruft sie. »Du hast noch nicht Pause.«

»Also, hör zu.« Er nimmt meine Hand. »Wie auch immer du dich entscheidest, ich werde dich unterstützen. Komischer Zufall. Letztens kam *Der Teufel trägt Prada* im Fernsehen und mir war sofort klar, dass ich niemals wie dieser Arschlochfreund sein wollen würde. Andererseits ... Dein Job ... Dein Job ist vielleicht tatsächlich bescheuerter Bockmist.«

Mir gelingt ein Lächeln. »Du hast *Der Teufel trägt Prada* geguckt?«

Er lächelt zurück. »Meine Schwester, ich hab nur mitgeguckt«, antwortet er und macht sich wieder an die Arbeit.

Wie schon so oft schlucke ich den Geschmack nach Batteriesäure runter.

Ich bin auf mich allein gestellt.

Am Montag erreicht mich ein weiterer Überweisungsbescheid von Prestige. Einhundertfünfundzwanzigtausend Pfund. So viel habe ich in New York, London, Mailand und Paris insgesamt verdient.

Es kommt mir wie Schweigegeld vor.

Oder vielleicht bin ich keinen Deut besser als Viktoria an dem einen Abend in Mailand.

Vielleicht bin ich eine Hure.

Sie bezahlen mich dafür, dass ich mich auf den Rücken lege und sie mit meinem Körper tun dürfen, was sie wollen.

Und ich muss es geschehen lassen, weil mein Körper nicht mehr mir gehört. Sondern ihnen, sie besitzen ihn. Mein Geist hat keinen Platz mehr darin.

Ich gehöre ganz und gar ihnen.

Ich bin eine Ware.

Ich bin Fleisch.

Sie sieht *so* jung aus.

Wie ein Baby.

Sah ich auch so aus?

Ein New Face wartet mit mir am Empfang von Prestige. Mit ihren unwirklich großen Disneyaugen sieht sie aus wie ein menschliches Bambi. Die Haare fallen ihr in dicken, walnussbraunen Locken fast bis zur Hüfte. Sie ist offenbar von Natur aus so dünn – Vögelchenknochen – und fast so groß wie ich. Ich habe genug gesehen, um zu erkennen, dass sie es in dieser Branche sehr weit bringen wird.

Während ich die neue *Vogue* mit Domino *und* Dido auf dem Cover durchblättere, erwische ich das Mädchen dabei, wie sie mich mit ihren Bambiaugen anstarrt. Schnell guckt die Arme wieder weg und wird rot.

»Hi«, sage ich.

»Hi.« Sie wird noch röter. »Du bist Jana Novak, stimmt's?«

Immer noch schräg. Daran werde ich mich nie gewöhnen. »Ja.«

»Maggie hat mir deine Fotos gezeigt. Du bist … echt cool.« Sie trägt eine feste Zahnspange.

Wie verrückt, dass so ein Mädchen nach kaum einem Jahr schon meinen Namen kennt. Schmeichelhaft auch, klar, aber ich muss mich auf das konzentrieren, wofür ich hergekommen bin. Ich muss mich von Prestige trennen, ungeachtet des, na ja, Prestiges. »Wie heißt du?«

»Elyssa. Elyssa Sayers.« Sie hat einen leichten Birmingham-Dialekt.

»Und gehörst zu den New Faces?«

»Richtig. Tom hat mich beim Winter Wonderland entdeckt,

aber weil ich nach Weihnachten noch Klausuren schreiben musste, konnte ich erst im Februar herkommen. Letzte Woche dann habe ich bei Prestige unterschrieben! Ich bin so aufgeregt! Nicht zu glauben, dass ich ein Model werde!«

»Du siehst *hundertpro* wie ein Model aus.« Ich lächle.

»Findest du?«

»Ja!«

Elyssa strahlt. »Es gibt da diesen fiesen Jungen an meiner Schule, Jake Kirby, der ruft immer ›Stabheuschrecke‹ und so was hinter mir her. Ich kann es gar nicht erwarten, sein Gesicht zu sehen, wenn ich meinen ersten Job habe.«

»Wie alt bist du?«

»Vierzehn. Aber im Mai werde ich fünfzehn.«

»Vierzehn!« Ich kann das Entsetzen in meiner Stimme nicht verbergen. Sie ist in der Zehnten!

»Elyssa bleibt im Aufbau, bis sie sechzehn ist.« Cheska kommt an den Empfang und hat offenbar meinen Tonfall gehört. »Wie schön, dass ihr euch kennengelernt habt. Ely, du kannst viel von Jana lernen. Jana, wir sind jetzt so weit.«

Ich folge Cheska in den Konferenzraum. Er riecht nach Kaffee und Maggies leicht aufdringlichem Parfüm. Ro und Tom sind auch da. Wir haben uns getroffen, um meine Modelzukunft zu besprechen. Oder zumindest denken sie das.

»Also, Jana, Darling«, sagt Maggie, nachdem sie sich gute zehn Minuten darüber verbreitet hat, wie super die Fashion Week lief. Sie trägt eine knallpinke glänzende Bluse, die sich mit ihren roten Haaren beißt. »Wir müssen dich für eine Weile nach New York schaffen. Erstens wachsen da die Jobs nur so an den Bäumen, und zweitens besteuern sie hier schon die Scheiße aus dir raus.«

Ganz offensichtlich befinde ich mich auf dem besten Weg, ein Supermodel zu werden.

Und bin doch ernsthaft hier, um zu kündigen.

»Nein«, sage ich. »Ich will nicht nach New York.«

»Aber all die Kampagnen werden da produziert«, gibt Cheska zu bedenken.

»Und wenn du weniger als hundertdreiundachtzig Tage in Großbritannien verbringst, musst du hier keine Steuern zahlen«, fügt Tom hinzu.

Allein bei der Vorstellung kriege ich Zustände. Ich will nicht die Hälfte des Jahres im Ausland verbringen. Noch dazu habe ich kein Problem damit, Steuern zu zahlen, bin schließlich kein Arschloch. »Nein«, wiederhole ich.

Die drei gucken mich verdutzt an, machen aber einfach weiter.

»Na gut, wenn du keinen New Yorker Wohnsitz willst, können wir dich auch wieder im Modelapartment unterbringen«, sagt Maggie. »Da hast du es schön und bist ja auch nur acht Stunden unterwegs hin und zurück.«

»Nein«, sage ich ein drittes Mal. »Mir reicht's. Ich will *nirgendwo* mehr hin.«

Aha, das ruft eine Reaktion hervor. »Was?«, macht Maggie.

Es fällt mir schwer, ihnen in die Augen zu gucken. »Es tut mir ehrlich leid, aber ... ich denke, mir reicht's. Das alles ... Das alles mit der Fashion Week hat mir echt nicht gefallen. So was will ich nicht noch mal durchmachen.«

Die Temperatur im Zimmer fällt auf weit unter null. Ein unheilvolles Schweigen tritt ein. »*Jedes* Mädchen sagt das nach der Fashion Week!«, flötet Ro schließlich, doch Maggie bringt sie mit einem Blick zum Schweigen.

»Jana, Herzchen, die Laufstegjobs sind wichtig, um dich herumzuzeigen, aber mit ihnen wirst du nicht ewig zu tun haben. Je berühmter du wirst, desto öfter kannst du dir die Aufträge aussuchen und musst dich immer weniger mit Castings rumschlagen.«

»Nein.« Das vierte Nein. War es Petrus, der Jesus in der Bibel dreimal verleugnet hat? Offenbar verlangt die Modelbranche härtere Bandagen. »Ich bin wirklich dankbar für alles, was ihr für mich getan habt und überhaupt, aber …«

»Nichts aber!«, macht Maggie und ihr Lächeln wirkt etwas gezwungen. »Dann nimm halt in Gottes Namen eine Auszeit, aber schon bald kommt etwas wirklich, *wirklich* Aufregendes auf dich zu.«

»Verrat es ihr schon«, sagt Tom.

»Was denn?«

Die vier tauschen ein Grinsen aus. »Jana, meine Kleine«, Maggie zwinkert mir zu, »du hast mal eben so die chinesische *Vogue* überzeugt! Sie wollen dich auf dem Cover! Dein erstes *Vogue*-Cover!«

Oh, wow. Das ist ziemlich cool. »Für China?«

»Jepp. Wir wollten es erst noch geheim halten, aber … na, egal. Der Markt in Peking ist *riesig*. *Vogue* können wir als Ausgangspunkt nehmen, um dir Castingtermine bei den asiatischen Branchenvertretern zu verschaffen. Da ist *ordentlich* Geld drin, Jana.«

»Mindestens fünfstellig«, ergänzt Cheska.

»Ach, und außerdem«, fällt Maggie ein, »habe ich heute Morgen eine Nachricht aus L.A. bekommen. Du wurdest für die Kampagne von Burdock & Rasputin mit Lucas Blo gebucht. Ist das was?«

»NEIN!«, rufe ich so laut, dass mir ein paar Leute jenseits der Glaswand die Köpfe zudrehen. Aber beim Klang dieses Namens kommt es mir vor, als würde eine Bombe hochgehen. Mir klingeln die Ohren davon.

»Entschuldigung?« Maggie schnappt nach Luft.

»Nein, auf keinen Fall.« Mit diesen Worten stütze ich die Hände auf den Tisch und stehe auf.

»Jana …?« Tom sieht besorgt aus. »Was hast du?«

»Dieses Schwein … Dieses Schwein ist einfach widerlich. Unter keinen Umständen gehe ich noch einmal in seine Nähe.«

»Was ist passiert?«, fragt Cheska behutsam und schaut Tom vielsagend an.

»Er hat sich nackt ausgezogen und dann hat er ihn mir ins Gesicht gehalten … und dann … musste ich …«

»Okay, Kleines, schon gut, wir können es uns vorstellen. Setz dich wieder.« Maggie tauscht einen Blick mit den anderen aus. »Hast du jemandem davon erzählt?«

»Nein«, antworte ich, und weil ich jetzt doch auf ihre Reaktion gespannt bin, nehme ich zähneknirschend wieder Platz.

»Maggie …«, fängt Cheska an, doch Maggie hält einen Finger in die Höhe. Krallenscharf sticht der rot lackierte Nagel in die Luft.

»Kann ich bitte mit Jana allein reden? *Sofort.*«

Im Gänsemarsch verlassen Tom, Ro und Cheska den Konferenzraum.

Maggie geht um den Tisch herum und setzt sich neben mich. »Erzähl mir jetzt mal genau, was er gemacht hat.«

Ich tue wie geheißen.

»Oh, Jana, Jana, Jana. Was ist das bloß für einer, hm?« Maggie birgt das Gesicht in den Händen. »Er ist *so* ein böser Junge. Das sage ich ihm ständig.«

»Dann *wusstest* du davon?«

Sie streichelt mir den Rücken. Falls sie mich trösten will, funktioniert es nicht. »Nein!«, antwortet sie. »Wie hätte ich das wissen können? Doch was soll ich sagen, er ist halt ein Schürzenjäger.«

»Aber er –«

»Nimm es nicht persönlich. Als ich in deinem Alter war, habe ich auch ein bisschen gemodelt, und da konnten noch *alle* Fotografen ihre Finger nicht bei sich behalten. So war das halt, davon durfte man sich nicht irritieren lassen.«

»Aber, Maggie, er –«

»Er provoziert gerne, Liebes, das ist sein Beruf! Aber dir geht es doch gut, oder? Er hat ja nicht wirklich was *gemacht*.«

»Na ja, er –«

»Ach, da hat er doch bloß rumgealbert, nicht wahr? Hör zu, Kleines, ich will dich nicht unglücklich machen. Wenn du die Burdock-Kampagne nicht machen möchtest, dann canceln wir sie eben. Das ist in Ordnung. Lucas ist Geschmackssache. Das weiß er. Deswegen wird die Absage auch nicht zu hart rüberkommen. Dafür sorge ich schon.«

»Aber«, versuche ich erneut zu Wort zu kommen, »was er gemacht hat, war … Sollten wir das nicht irgendwo melden? Wenn er so was schon mal gemacht hat, dann …«

Maggie steht auf und schließt die Tür. »Hör zu, Janaschatz. Ich *kenne* Lucas und bin mir sicher, dass er es nicht böse gemeint hat, und du musst auch das größere Ganze betrachten. Wir sind alle … eine große Modefamilie. Jeder kennt jeden und wir passen aufeinander auf. Ich werde mir Lucas zur Brust nehmen, keine Sorge. Es wird nicht das erste Mal sein, dass ich ihm einen Klaps auf die Finger gebe.«

Ich gucke nach unten auf meine abgewetzten kirschroten Doc Martens. »Er kriegt bloß einen Klaps auf die Finger?«

Sie schnalzt mit der Zunge. »Immer noch besser, als wenn die Leute dich als Unruhestifterin ansehen. Mal von Frau zu Frau, Jana, wenn du einen Ruf als Heulsuse wegkriegst, dann … na ja.«

»Wär mir egal.« Ich zucke die Schultern. Wär mir wirklich egal.

»Sollte es aber nicht, Darling. Weißt du, was die Leute über dich sagen?«

Ich schüttle den Kopf.

Sie beugt sich verschwörerisch vor. »Sie sagen, dass du das neue britische It-Girl bist. Die neue Lexx, die neue Kate, die neue Clara. Du könntest das berühmteste Model der Welt werden. Wir reden hier von vielen Millionen Pfund. Du wirst dir nie wieder Sorgen um Geld machen müssen. Und noch was: Heute Morgen habe ich in der *Metro* gelesen, wie ein Friseur ›den Jana‹ erklärt hat. Du hast es geschafft. Du bist ein Star.«

Oh Gott.

Ich bin ein Haarschnitt.

»Weißt du überhaupt, wie selten es das gibt, Herzchen? Dass ein herkömmliches Model öffentlich mit *Namen* bekannt ist? So was kommt vielleicht alle verdammten Jubeljahre vor. Denk mal drüber nach.« Sie geht zur Tür und hält sie für mich auf. »Vermassel's dir jetzt nicht.«

Als ich zu Hause ankomme, parkt ein Transporter der Gasfirma vor unserer Tür. Drinnen stemmt Dad sichtlich besorgt die Hände in die Hüften. »Dad? Was ist los?«

»Der Boiler ist los. Wollte duschen, kommt aber kein heißes Wasser mehr.«

»Scheiße. Solltest du nicht längst bei der Arbeit sein?«

»Ich hab schon angerufen und gesagt, es wär ein Notfall. Hat keine Begeisterung ausgelöst, aber was will man machen, hm? Und nicht fluchen, bitte.«

Ich nicke Richtung Küche, wo man den Klempner herumklappern hört. »Kann er es reparieren?«

»Er sagt, der Boiler ist hin. Wir brauchen einen neuen. Gott weiß, was ich dafür ausgeben muss. Bestimmt mehrere Tausend.«

Ich schüttle den Kopf. »Ich bezahl den!«

»Nein! Jana! Dein Geld soll doch für die Zukunft sein. Für die Uni.«

»Red keinen Scheiß. Ich schulde euch was. So etwa siebzehn Jahre Miete zum Beispiel.«

»Nicht fluchen.«

»Tut mir leid. Aber ich bezahl den. Schluss aus. Als ob ich das dich und Mum stemmen lassen würde.«

Dad zieht mich in eine Umarmung. »Oh, Jana, du hast das gute Herz deiner Mutter. Es ist echt seltsam, wenn die Kinder anfangen, mehr Geld als man selbst zu verdienen. Das kannst du mal glauben.«

»Ist doch nur Geld.«

»Leicht gesagt, wenn man's hat.«

Ich grinse ihn an.

»Wie lief der Termin bei der Agentur?«

Und auf einmal kann ich ihm nicht mehr erzählen, dass ich eigentlich aufhören will.

– Also bist du nach Peking geflogen?

– Ja. Obwohl ich eigentlich nicht wollte.

– Und warum?

– Kennst du sonst noch einen Job, bei dem eine Siebzehnjährige ohne einen Hauch von Qualifikation hundertfünfundzwanzigtausend Pfund in vier Wochen verdienen kann?

– Nope.

– Da hast du's.

LHR > BJS

Auf dem ganzen Set spricht kein Mensch Englisch. Warum auch? Ich bin in China. Na ja, die eine von *Vogue* kann schon ein paar Brocken. Als Vermittlerin zwischen dem Team und mir ist sie allerdings so erfolglos, dass wir auch gleich aufs Winkeralphabet umsteigen könnten. Das Studio, ein Untergeschoss in einem Stadtteil namens Fengsheng, ist hergerichtet wie ein Kirschblütengarten, in dessen Mitte ich im bodenlangen pastellrosa Straußenfedermantel posiere – alles sehr Hello Kitty. Bestimmt werden die Fotos der Hammer, trotzdem fühle ich mich dank Jetlag, als hätte man mir Beton durch die Ohren gegossen.

Meine Ankunft in China ist weniger als vierundzwanzig Stunden her. Hier bin ich wortwörtlich eine Riesin. Überrage alle um grob einen Meter. Schon auf dem Weg vom Flughafen zum Hotel wurde ich unverhohlen angegafft. Ich fühle mich wie Godzilla. Zu allem Übel wird von diesem Staat irgendwie alles blockiert: kein WhatsApp, kein Google Maps, kein Instagram. Ich bin völlig abgeschnitten von zu Hause. Kaum einen Tag habe ich hinter mir und jetzt schon die Schnauze voll.

Der Fotograf, Lin Jing, ist offenbar sehr berühmt und scheint auch nett zu sein, allerdings läuft unsere Kommunikation mehr oder weniger auf Pantomime hinaus. Er macht vor, wie ich posieren soll, und ich mache es so gut wie möglich nach. Wenn es nicht klappt, versucht Soo, die von der *Vogue*, für ihn zu dolmetschen. Aber meist ist es letztendlich einfacher für Lin, dass er mich nach seinen Vorstellungen zurechtbiegt wie eine voll bewegliche Actionfigur. Auf diese Weise werden wir zwei Tage verbringen. Erst das Cover, dann ein Editorial. Mir schwant, das werden zwei *sehr lange* Tage.

Und das Bescheuerte daran ist, dass wir *in einem Zimmer* stehen. Dieses Studio könnte sich genauso gut in London befinden. Warum *mailen* wir die Fotos nicht einfach?

Immerhin haben Prestige und die chinesische Agentur mir ein schönes Hotel bezahlt, und als *Vogue* dann durch ist, nutze ich meine kurze Auszeit bis zu den geplanten Castings als Erstes dafür, die Verbotene Stadt zu besichtigen. Ziemlich cool. Hier, zwischen den Touristenmassen, ist es immerhin zu etwas gut, dass ich fast allen über die Köpfe gucken kann. Wunderschön sieht es aus und ich mache einen Haufen Fotos zum Zeigen für zu Hause. Allerdings bin ich, da niemand bei mir ist, mit dem ich es genießen könnte, schon in einer guten Stunde einmal durch. Was jetzt? Die Zeit vergeht sonderbar langsam, wenn man sie allein verbringt.

So spannend Peking auch ist – ich hatte Riesenspaß, mich blindlings durch die Straßenstände zu futtern, waren bestimmt ein paar sehr fragwürdige Fleischsorten dabei –, es herrscht dort ein solcher Smog, dass ich über meine Nase hinaus kaum etwas sehen kann.

Selbst die Hotelflure sind voll davon. Jetzt verstehe ich, warum die chinesischen Touristen in London Mundschutzmasken tragen – sie sind es nicht anders gewöhnt. Am zweiten Tag kaufe ich mir auch eine, nur um sicherzugehen. Allmählich finde ich das mit meiner Größe echt nicht mehr witzig. In der Bahn auf dem Weg zu einem Go See behandeln die Einheimischen mich wie das Maskottchen im Freizeitpark und stehen allen Ernstes Schlange, um mit mir ein Selfie zu schießen.

Damit ich ordentlich was von China mitkriege, versuche ich, möglichst viel zu Fuß zu gehen. Die Händler halten mich offenbar für eine Amerikanerin und rufen »iPHONE!« oder »GUCCI!«. Man hat mich vor Trickbetrügern gewarnt, deswegen ignoriere ich sie ebenso wie die Leute mit der »Teefalle«. Die schleppen Touristen in einen süßen kleinen Teeausschank, wo man dann mit einer Rechnung über zweihundert Pfund oder was abgezogen wird. Die Pekinger Straßen und Bürgersteige laufen schier über vor Menschenmassen. Früher mal hätte mich das ohne Ende gestresst, aber auf Xanax fühlt sich alles machbar an. Play-Doh-Hirn. Wenn die Seekrankheit zurückkehrt und mich die Panik wieder befällt, erhöhe ich einfach die Dosis, wie Lien es mir empfohlen hat. Das mit dem Nachschub aus der Onlineapotheke funktioniert einwandfrei.

Irgendwann laufe ich auf Autopilot. Es gilt nichts weiter zu tun, als rechtzeitig aufzustehen und zu duschen. Bei Bedarf holen sie meinen Körper dann aus der Lobby ab und bringen ihn dahin, wo er gebraucht wird.

Alles kommt mir dermaßen fremd vor, dass ich genauso gut auf einem anderen Planeten gelandet sein könnte. In den U-Bahnen hängen Plakate, die – zumindest laut meinem hiesigen Agenten – vor Spionen aus dem Westen warnen. Vielleicht verarscht er mich auch nur, wer weiß? Mir ist klar, wie brexit das ist, aber mittlerweile gehe ich meist einfach zu McDonald's oder Starbucks, weil ich da wenigstens weiß, was ich bestelle.

Sie shooten mich für Kataloge. Klamottenwechsel auf Klamottenwechsel. Die Outfits sind ... funktional und werden oft einfach mit Klammern und Nadeln an mir in Form gebracht. Auch für eine Werbung wurde ich gebucht, in der ich Milch aus einer lebensgroßen pinken Plastikkuh direkt in eine Schale Müsli melke. Dabei trage ich ein Bauernmädchenkostüm. Ich fühle mich wie auf Klebstoff. Oder wie aufs Filmset von *Zoolander* versetzt. *Denk an das Geld, denk an das Geld, denk an das Geld.*

Inzwischen verbringe ich die Abende nur noch in meinem Hotelzimmer. Da sitze ich auf meinem Kingsize-Bett, gucke mir schlecht synchronisierte Hotelkanal-Filme an und verzehre mein Happy Meal. Als heutiges Extra ist ein Plastikhamburger mit Kulleraugen dabei. Ich stelle ihn auf den Nachttisch neben all meine anderen Happy-Meal-Freunde.

BJS > ICN

Seoul ist eigentlich wie Peking, nur dass man hier viel mehr Zeug aus dem Westen sieht. Die Stadt ist modern, voller Hightech und beherbergt um einiges freundlichere Menschen. Gott sei Dank. Schon komisch, wie fließend wir die Sprache der Marken und Logos beherrschen, ohne uns dessen bewusst zu sein. Ohne ein Wort Koreanisch zu können, erkenne ich problemlos Coca-Cola, Adidas, Nike, Starbucks, Burger King und was sonst noch in den glänzenden Einkaufszentren zu finden ist. Macht das Leben einfach. Aber langweilig. Wüsste ich es nicht besser, könnte ich genauso gut in London sein. Abgesehen vielleicht von den riesigen Reklamen, auf denen statt geschminkter Mädchen befremdlicherweise vor allem geschminkte Jungs zu sehen sind. Bezaubernde Exemplare mit rosafarbenen oder babyblauen Haaren, androgynen Gesichtern und Smokey Eyes, die mit glänzenden Lipgloss-Lippen in die Kamera küssen.

Ziemlich cool.

Und noch wichtiger: Mein Handy geht wieder. China war *die Hölle* ohne WhatsApp. Eine ganze Woche Gruppenchat muss ich aufholen. Weiß der Teufel, was zu Hause los ist. Ich bin überhaupt nicht mehr auf dem Laufenden. Tatsächlich kann ich mich kaum noch erinnern, wann ich das zum letzten Mal war. Das Laufende läuft laufend weg vor mir.

Mein Terminplan in Korea gibt ordentlich Gas. Fünf Tage durchgehend Shootings für die koreanische *Vogue*, die koreanische *Elle* und ein Musikvideo mit jemandem namens K-Boy, der, wie mir gesagt wurde, einer der berühmtesten K-Popstars weltweit ist. Der Dreh dauert zwei lange Tage, die ich größtenteils damit verbringe, liebevoll verdreckte Filmstudiogassen rauf- und runterzulaufen.

In dem Video soll ich ein entflohenes Model sein und K-Boy ist mir als Detektiv auf den Fersen. Oder so.

Zu allem Übel hat K-Boy, alias Koen, Komplexe wegen seiner Körpergröße und besteht darauf, sich für die gemeinsamen Szenen auf eine Kiste zu stellen. Hättest doch gleich beim Casting drauf achten können, oder? Na ja, man muss ihm vielleicht zugutehalten, dass ich in den schwindelerregenden Heritage-Plateauschuhen, die man mir zu dem weinroten Burberry-Trenchcoat gegeben hat, eher gut eins neunzig statt knapp eins achtzig messe. Am Schluss verliebt sich der Detektiv in mich (was sonst?) und das Video endet mit einer hochromantischen Kussszene. Ich bin viel zu müde, um mich groß dafür zu interessieren. Einmal muss der Regisseur sogar schimpfen, weil mir glatt ein Gähnen rausgerutscht ist.

Morgen um fünf geht der Weckruf für meinen Flug nach Tokio, deswegen steuere ich direkt nach Drehschluss mein Hotelzimmer an und bestelle was vom Zimmerservice. Weil das koreanische Catering am Set *irrsinnig* scharf war (was sonst?), bestelle ich sicherheitshalber einen hoffentlich harmlosen Truthahnburger. Während ich auf das Essen warte, setze ich mich auf die Fensterbank. Mein Zimmer liegt im siebzehnten Stock, sodass ich auf das nächtliche Seoul hinunterblicken kann. Sehr *Blade Runner*.

London liegt neun Stunden hinter Seoul. Ein Blick auf Sabahs Feed verrät mir, dass die Truppe ins Kino gegangen ist. Ist heute Samstag? Ich weiß nicht mal mehr, welchen Wochentag wir haben. Sabah hat ein Video davon gemacht, wie alle im Foyer herumalbern. Robin will sich eine süße Tüte zusammenstellen, während Ferdy ihm immer mehr von der gleichen Bonbonsorte in den Beutel schaufelt. »Lass das, du Arsch!«

Sabah lacht schadenfroh. Bei ihnen ist ein Mädchen. Wer ist das? Lange blonde Haare mit rosablauen Strähnen im Meerjungfrauen-Style. Mit einem Mal schmecke ich bittere Eifersucht auf der Zunge. Ich weiß, wie blöd das ist, schließlich kenne ich sie überhaupt nicht, aber augenblicklich hasse ich sie. Toll, ein Doppeldate. Ohne mich. Euer Ernst? Wer zur Hölle ist das? Verspieltes Blödchen. Sieht aus, als wäre sie den feuchten Träumen aller Computernerds der Welt entsprungen.

Ich wette, sie steht auf Schallplatten und hat einen Nasenring. Ich wette, sie trägt Bandshirts und spielt Videospiele. Beschissene Klischeetante. So ein Möchtegern.

Sie ist die neue Ich. Ich wurde ersetzt.

Hör auf, hör sofort damit auf.

Meine Augen brennen und eine erste Träne rollt mir über die Wange.

Als ich meine Stirn an die Scheibe lehne, spiegelt sie mir ein verzerrtes Gargoylegesicht entgegen.

Ein höfliches Klopfen an der Tür.

Zimmerservice.

Jana: Wer ist das Mädchen mit den langen Haaren?

Sabah: Dir auch einen schönen Tag.

Jana: Sorry. Musste früh raus. Hab miese Laune.

Sabah: Sie heißt Amber. Sitzt mit mir im Englischkurs. Ich hab dir schon von ihr erzählt. Sie ist cool. Aber nicht du ;)

Jana: Hab wohl leicht verrückt geklungen.

Sabah: Ja. Aber ich vergebe dir. Wo steckst du gerade?

Jana: Am Flughafen. Auf dem Weg nach Tokio.

Sabah: BRING MIR GEILEN HELLO-KITTY-SCHEISS MIT!

Jana: Wird erledigt ;)

Jana: Sind Amber und Ferdy …?

Sabah: Boah, als ob! Bist du nachher doch verrückt?

Jana: BIN ICH???

Sabah: Auf jeden! Oh, und mir geht's übrigens gut :p

Jana: Entschuldige.

Sabah: xxx

ICN > NRT

Da ich ein paar Wochen in Tokio bleiben werde, stecken sie mich wieder in ein Modelapartment. Das Gebäude sieht trostlos aus – grauer Betonklotz mit schmalem umlaufenden Balkon – und das Apartment selber ist *winzig*, aber sauber und zumindest vorläufig muss ich es mit niemandem teilen. Die pfirsichrosa Badewanne ist so klein, dass ich mir die Knie unters Kinn klemmen muss. Chihuahua-Maße. Und mit der Fernbedienung neben dem Klo komme ich erst recht nicht klar. Das Teil hat ... fünfzehn Knöpfe. *Wofür?*

Am ersten Abend muss ich Lebensmittel einkaufen. Ein Unterfangen, das sich als nicht ganz einfach herausstellt. Ich durchquere einen riesigen Fischmarkt, auf dem sie Oktopusarme, ganze Kraken und Furcht einflößende Schwertfische feilbieten. Vage erinnere ich mich an Robins Geschichte von Sushi, das einen umbringen kann.

Also kaufe ich von dem Instant-Ramen im Supermarkt so viel, wie ich getragen bekomme. Erscheint mir sicherer.

Tokio ist abgefahren. Es summt geradezu vor Betriebsamkeit. Als wäre ich auf einer Raumstation der Zukunft. *Alles* ist hier so anders. Nichts erschließt sich mir sofort. Und die Leute rennen den ganzen Tag. Durch eine elektrische, neonfarbene Welt. Selbst die Luft scheint pink zu schillern. Irgendwie cool, aber auch hier wieder fehlt mir die Begleitung. Jemand, mit dem ich die Eindrücke teilen könnte.

Ich schieße Selfies, schneide Grimassen. Die Fotos kriegen viele Likes. Sehen nach Mordsspaß aus, schätze ich.

Beim Treffen mit meiner japanischen Agentur stellen sie mir meine Dolmetscherin vor, Aiko, die mich zu Castings und so begleiten wird. Ich schließe sie auf Anhieb ins Herz. Gott segne die Dolmetscher! Übermorgen steht eine riesige Kampagne für das neue Handy von Fujitsu auf dem Plan, mit der ich so viel Geld verdiene, dass sich der Trip auch dann gelohnt haben wird, wenn ich keine weiteren Jobs an Land ziehen sollte. Und die Leute von der Agentur hier sind ja echt cool drauf, trotzdem fühle ich mich immer noch sehr einsam.

Meine Abende verbringe ich meist im Club Sega in Akihabara. Der Laden ist verdammt durchgeknallt. Halb Museum, halb Videospielhalle für Profis. Angeboten werden sowohl Klassiker – Tekken, Virtua Fighter – als auch der brandneue Scheiß. Die brechend volle Halle ist dunstig, laut und mit sexy Manga-Pin-ups tapeziert. Kleinere Grüppchen sehen den Supernerds dabei zu, wie sie einander den Garaus machen. Ich hingegen halte mich abseits und vergraule romantisch interessierte Japaner mit einem kurzen Verweis auf meine nicht existenten Japanisch-Kenntnisse. Einige sind deswegen beleidigt. Wird ignoriert. Kann ein Mädchen nicht in Frieden die Scheiße aus was rausprügeln?

Den Großteil meiner Zeit bringe ich mit Castings rum. Bei der Hälfte davon weiß ich nicht mal, worum es eigentlich geht. Wie immer rotten die missgelaunten »Russinnen« sich zusammen und ignorieren mich weitestgehend. Ein paar von ihnen sehen wie Kinder aus. Wenn ich zwischendurch allein klarkommen muss, verlaufe ich mich meist hoffnungslos und finde dann niemanden, der meine Fragen versteht. Bei dem einen Casting habe ich mich einfach so lange auf den Bürgersteig gesetzt, bis Aiko mich schließlich suchen kam.

Für den Fujitsu-Shoot sind zwei Tage angesetzt. Einer für die Print-Kampagne und einer für den Fernsehspot. Beide sind im Retrostyle à la Swinging Sixties gehalten und mich haben sie mehr oder weniger als Twiggy verkleidet. Die Idee gefällt mir richtig gut, aber am Drehtag sind wir um zwei Uhr nachts noch nicht fertig und dann soll ich auch noch was Japanisches in die Kamera sagen. Nach soundso vielen erfolglosen Versuchen schreit der Regisseur mir irgendwas ins Gesicht und stürmt davon. Auch gut.

Synchronisier mich halt, Vollidiot.

Weil mich ein Designer noch für sein Lookbook bucht, muss ich ein paar Tage länger bleiben, kriege aber einen davon frei. Entgegen meinem Plan, irgendeinen Tempel im Kirschgarten zu fotografieren und auch sonst den ganzen Tourikram zu machen, schalte ich den um neun klingelnden Wecker wieder aus und ziehe mir die Decke über den Kopf. Ich will einfach nur nach Hause.

Gegen eins raffe ich mich dann doch noch auf und ziehe mich an. Schließlich habe ich Sabah versprochen, ihr etwas cooles Japanisches mitzubringen, und ich will mich dringend wieder gut mit ihr stellen. Mit einem Coffee to go steige ich in die U-Bahn zum Harajuku-Viertel. Ein paar kichernde Mädchen in Schuluniformen à la *Battle Royale* knipsen mit ihren Handys heimlich Fotos von mir. Langsam sollte ich Geld verlangen.

Harajuku ist so durchgeknallt, wie ich es mir erhofft hatte. In London, wo es ja schon grob dreißig Pfund kostet, aus dem Haus zu gehen, gibt es eigentlich gar keine Gegend, in der haufenweise junge Leute abhängen, aber vergleichen könnte man das hier am ehesten mit Camden Market – endcoole Einkaufsgegend mit kleinen Lädchen, Straßenständen und Musik. Das allgemein vorherrschende, von Pink und Jadegrün unterbrochene Zuckerwatterosa allerdings ist mit nichts in London zu vergleichen. Es ist der Hammer und mit jeder Faser sehne ich Sabah oder Ferdy herbei.

Was den Streetstyle angeht, scheint es keine Grenzen zu geben. Trotzdem kann ich nach einer Weile verschiedene Kategorien von Harajuku-Mädchen unterscheiden. Die Lolitas kenne ich zwar schon, aber ihre Spielarten waren mir bisher noch nicht so aufgefallen. Goth-Lolitas, Puppenlolitas … Ich weiß nicht recht, was ich davon halten soll, dass sich Mädchen als Wichsvorlage einer pädophilen Romanfigur verkleiden. Einmal habe ich versucht, *Lolita* zu lesen, habe mich aber nach ein paar Seiten zu Tode gelangweilt und stattdessen meinen *Squirrel Girl*-Comic aufgeschlagen. Na, wie auch immer, sie sehen jedenfalls mega aus.

Auf der Suche nach Kiddy Land, wo ich Sabahs Geschenk kaufen will, verlaufe ich mich fast schon wieder. Der Laden ist gigantisch – mit nichts, das ich kenne, vergleichbar – und sehr, sehr japanisch. Mein Hirn scheint durch Kawaii-Glitzerkaugummi ersetzt worden zu sein. Ehrlich gesagt würde ich mit Freude den Rest des Tages bei Hello Kitty verbringen.

»Jana Novak. Wie unwahrscheinlich ist das?«

Ich breche mir fast den Hals, so schnell fahre ich herum. Es kommt reichlich unerwartet, auf einmal meine Sprache zu hören, und noch unerwarteter, einen mit Ray-Bans und Lakers Cap getarnten Westley Bryce hinter mir zu entdecken. Ich presse mir unwillkürlich die Hand aufs Herz. »Oh mein Gott! Bist du echt?«

Er grinst verlegen. »Als ich das letzte Mal nachgeguckt habe, war ich's noch.«

Ich werfe mich in seine Arme. Nie habe ich jemanden fester gedrückt.

»Jana, alles okay bei dir?«

»Mir ist so langweilig! Seit vier Wochen habe ich kein bekanntes Gesicht um mich gehabt! Du bist mir grad glatt wie eine Hallu vorgekommen!«

»Was?« Bestimmt hält er mich für betrunken.

Ich lasse ihn los. »Westley, ich war in Peking, in Seoul und jetzt bin ich in Tokio. Ich verliere den Verstand! Was führt dich denn her?«

Er sieht sich um, will vermutlich sichergehen, dass ich keine Aufmerksamkeit auf ihn gelenkt habe. Bestimmt halten uns aber alle hier für irgendein stinknormales Touripärchen. Zu dem gleichen Schluss gelangt er offenbar auch. »Ein wichtiges Shooting für Toshiba«, antwortet er. »Und dann eröffne ich aus irgendeinem Grund noch einen Apple Store.«

»Natürlich machst du das. Und zufällig stehst du auf Hello Kitty?«

»Ha! Ich bringe meiner kleinen Schwester immer was mit.«

»Ah, cool. Echt süß.«

»Ich sag dir, was cool ist! Statt einen langweiligen Abend im Hotelzimmer zu verbringen, könnten du und ich was essen gehen, oder?«

»Ja!«, schreie ich geradezu. »Ich weiß schon kaum noch, wie man Sätze formt! Oh mein Gott, Westley! Es tut so gut, dich zu sehen!« Ich umarme ihn noch einmal. Null Selbstbeherrschung.

»Ein einsames Leben, hab ich recht?«

Ich nicke. Ist mir ein bisschen peinlich, das einzugestehen.

»Tja, ich kenne jedenfalls ein wahnsinnig gutes Sushi-Restaurant. Magst du Sushi?«

»Logisch!«

»Ich übernachte im Mandarin. Beim Sushi Sora schmeckt's unsagbar lecker, plus, es liegt in der achtunddreißigsten Etage, deswegen kriegt man *den* Ausblick schlechthin.«

Er hätte mir gestampften Fischmagen aus der Mülltonne anbieten können und ich hätte allein der Gesellschaft wegen zugelangt. »Bin dabei!«

»Cool! Weißt du, wo das Mandarin liegt?«

»Nö.«

»Wo schläfst du denn?«

Ich versuche, so gut ich kann, den Standort des Apartments in der Nähe vom Bahnhof Ochanomizu zu erklären.

»Okay. Ich schicke dir dann einen Fahrer vom Hotel.«

»Dein Ernst?«

Er zuckt die Schultern. »Klar!« Er seufzt, als sein Handy vibriert. Schnell pflückt er die nächstbeste Plüsch-Hello-Kitty aus dem Regal. »Okay, ich werd dann besser mal. Der Termin mit dem Apple-Team ruft. Aber sagen wir so um acht?«

»Perfekt!«

Er tippt zum Abschied die Hand an die Schläfe und ich strahle ihn noch einmal an, bevor er sich auf den Weg macht. Tokio ist schlagartig um einiges erfreulicher geworden.

Da ich das Outfit vom *Elle*-Shooting behalten durfte, kann ich mich nach dem Duschen in ein silberfarbenes Saint-Laurent-Kleid mit passenden Stiefeln werfen. Werde schließlich nicht so bald wieder rohen Fisch aus einer echten Sterneküche essen gehen. Außerdem bin ich schon ganz aufgeregt, endlich wieder eine Unterhaltung zu führen. In meiner Sprache. Ganz ohne Eile. Und mit Westley! Seit der New York Fashion Week habe ich ihn nicht mehr gesehen. Er ... hat irgendwas an sich. Vielleicht liegt es daran, dass er nicht im Entferntesten die Hohlbirne ist, für die man ihn von Weitem halten würde. Oder daran, dass wir uns beide so gern über diesen Witz namens Modebranche beömmeln. Keine Ahnung. Jedenfalls kann ich die Verabredung kaum abwarten.

Aus den MAC-Gratisproben, die ich noch von London mitgebracht habe, wähle ich einen pflaumenlila Lippenstift namens »Sünde« aus. Schon komisch, während ich eigentlich nur komatös dagesessen habe, muss ich offenbar doch ein paar ganz brauchbare Schminktricks von den tausend Visagisten aufgeschnappt haben, die mich das letzte Jahr hindurch malträtiert haben. Denn nachdem ich die Lippen fertig habe, verpasse ich mir tatsächlich ziemlich gelungene »Smokey Eyes«. Immer schön verblenden, darauf kommt's an. Jetzt fühle ich mich zwar immer noch nicht wie eine Erwachsene, sehe aber zumindest wie eine aus.

Kurz vor acht fährt ein glänzender Mercedes vor, der mich etwa eine Viertelstunde durch den irren Verkehr kutschiert. »Sind wir da? Beim Mandarin?«, frage ich, als der Fahrer den Wagen zum Stehen bringt.

»Hai.«

Wie ein riesiger Glasdolch sticht das Hotel so tief in den Abendhimmel, dass seine Spitze vom Boden aus schon gar nicht mehr zu sehen ist. »Oh, wow.«

Die Concierge zeigt mir den Weg zum achtunddreißigsten Stock. Mit einem so schwindelerregenden Tempo schießt der Lift in die Höhe, dass ich mich Halt suchend ans Geländer lehne. Das Sushi Sora sieht genauso schick aus wie erwartet. Zum Glück erweckt das Saint Laurent den Eindruck, ich würde in so eine stylische Umgebung hineingehören. Nur acht Plätze gibt es an der Sushi-Bar und zwei Köche bereiten das Essen direkt vor den Gästen zu.

Westley winkt mir vom letzten Stuhl in der Reihe aus zu, aber ich muss direkt erst mal an ihm vorbeigucken. »Oh mein Gott«, sage ich im Näherkommen. »Sieh dir den ...«

Der Ausblick ist atemberaubend. Das weiß ich, weil ich kaum Luft kriege. Wir sind *so* weit oben. Ich kann ganz Tokio überblicken oder zumindest fühlt es sich danach an. »Ja, oder?«, nickt Westley. »Manchmal komme ich einfach nur her, um aus dem Fenster zu schauen.«

»Hmm, ganz schön tiefsinnig.«

»Geht so.« Er grinst. »Man sieht nämlich die Flugzeuge irre nah vorbeischießen. Beim ersten Mal ich so *whoa*!«

Ich lache. Wie süß.

»Du siehst fantastisch aus«, sagt er. »Saint Laurent?«

»Danke. Und, ja, gut erkannt. Du siehst aber auch toll aus.« Mintgrünes Ralph-Lauren-Hemd zu lässigen Chinos. An den Füßen: Converse. All-American Boy.

Statt bei den vier weiteren Gästen sitzen wir am anderen Ende der Bar, am Fensterplatz. Westley bekommt offenbar die VIP-Behandlung, wir scheinen einen der zwei Köche ganz für uns zu haben. Vermutlich sollte ich nicht gerade jetzt zugeben, dass meine bisherige Sushi-Erfahrung sich auf einen Besuch bei YO! im Westfield beschränkt, wo mir der rohe Fisch gar nicht mal so gut geschmeckt hat. Zur Not kann ich ja immer noch einen auf Vegetarierin machen.

Der Sake allerdings gefällt mir auf Anhieb. Schmeckt ein bisschen wie Wein, aber so trocken, dass ich fast Luft zu trinken scheine. Ein Träumchen.

Westley erzählt mir seine neuesten Abenteuer. Zum Beispiel fehlt nicht mehr viel, dass sie ihn für einen echten Hollywoodstreifen casten. Trotz seiner einundzwanzig Lenze gehört er zu den letzten zwei Kandidaten für die Rolle des heimlich schwulen Highschool-Footballers in der Verfilmung eines Jugendromans, von dem ich noch nie gehört habe. *Unsere Herzen erstrahlen in den Farben der Sonne.* »Ich fände es cool«, sagt er, »mal wieder was zu machen, das mich fordert. Denn im Modelgeschäft habe ich mittlerweile alles durch, glaube ich. Und das Drehbuch ist super.«

»Ach ja?«

»Total. Meine Rolle wäre ›Colby‹, ein Quarterback, der erst Selbstmord begehen will und sich dann in einen Jungen vom Umerziehungscamp verliebt.«

»Hoppla. Harter Tobak.«

»Absolut. Und mein Agent sagt, dass ›so Schwulenkram‹ immer ordentlich Filmpreise abräumt.«

Fast verschlucke ich mich an meinem erstaunlich köstlichen Thunfisch-Sashimi. »Sehr stilvoll.«

»Oder? Warst du inzwischen mal in L.A.?«

Ich schüttle den Kopf.

»Als wären große weiße Haie aus dem Ozean gekrochen, hätten sich Beine wachsen lassen und wären damit in Hollywood auf Jobsuche gegangen. Ungefähr so kannst du es dir vorstellen. Völlig verrückt. Und lebensgefährlich.«

»Was meinst du damit?« Die Essstäbchen wollen mir nicht recht gehorchen, aber ich werde hier ums Verrecken nicht nach einer Gabel fragen.

»Ach. Die haben irgendwie alle ihre Seele ans Kino verkauft. Du willst gar nicht wissen, was mir da alles schon untergekommen ist.«

»Doch! Erzähl!«

»Ist echt keine schöne Geschichte.« Er schüttelt den Kopf und nippt an seinem Sake. Dass er eigentlich keinen Alkohol trinkt, scheint in Japan nicht zu gelten. »Vor ein paar Jahren hat ein Agent mal zu mir gesagt, dass, wenn ich mit ihm ... du weißt schon ... dann würde er mir eine Rolle in einer hochkarätigen Comicverfilmung besorgen.«

Mir dreht sich der Magen um. Ich lege meine Essstäbchen beiseite.

»Als Nächstes hat er mir ... die Hand da unten hingelegt. Und ich war schneller raus aus seinem Büro, als er gucken konnte. Manchmal treffe ich ihn noch auf Partys. Da wirft er mir dann immer diese Blicke zu und ... Jana?«

Ich reiße mich zusammen. »Ja?«

»Was ist los?«

»Nichts«, antworte ich zu schnell.

»Komm schon. Ich weiß, Klischeealarm, aber du siehst aus, als hättest du einen Geist gesehen.«

»Was? Nein. Es ist nichts.«

Er runzelt die Stirn. »Ganz offensichtlich doch.«

Mir ist schon ein bisschen schwummrig vom Sake. Den ich mir heute zu geschätzt fünf Xanax reinziehe. Vermutlich nicht ideal. »Ach. Ich will aus deiner Erfahrung keine Geschichte über mich machen.«

»Doch, tu das bitte. Mir hängt es zum Hals raus, über mich zu reden. Ich mache den ganzen Tag nichts anderes.«

Seufzend starre ich an die Decke. »Es ist nur ... na ja, mir ist etwas Ähnliches passiert.«

»Auch mit einem Agenten?«

»Nein.« Ich zögere. »Mit einem Fotografen.«

Westley kneift die Augen zusammen. »Mit Lucas Blo, hab ich recht?«

Ich weiß nicht mal, ob ich lachen oder weinen soll. Eine Mischung aus beidem platzt aus mir raus. Und endlich, einfach so, bin ich es losgeworden. Fuck, ich fühle mich um Tonnen leichter. »Volltreffer, ganz genau. Woher wusstest du das?«

»Ach, der Typ ist ein totaler Schwanz. Mir haben schon verschiedene Mädchen erzählt, wie wenig gentlemanlike er sich benommen hat.«

»So kann man es auch ausdrücken.« Allein vom Gedanken an rohen Aal wird mir jetzt schlecht, deswegen schiebe ich den Teller entschlossen von mir. Mir glitschen gefühlt schon genug rohe Aale im Bauch herum, vielen Dank.

»Möchtest du darüber reden?«

Ich schüttle den Kopf. »Eigentlich nicht.«

»Wann ist es passiert?«

»Bei der Pariser Fashion Week.«

»Also vor Kurzem erst? Oh Gott, das tut mir leid.«

Etwa eine Monatsladung aufgestauter Gedanken schwappt wie ein Ölteppich aus mir heraus. »Und weißt du, was das Schlimmste daran ist? Nachdem ich ihm schon entkommen war, wollte er mich noch für seine Kampagne buchen, damit ich hätte zurückkommen müssen. Ich glaube, er weiß es ganz genau. Wie mächtig er ist.«

Westley verzieht das Gesicht. »Was für ein Schwein. Wobei, das wäre den Schweinen gegenüber nicht fair. Gegen die habe ich nichts.« Zögernd ergreift er meine Hand. Seine Haut ist warm und weich. »Geht es dir gut? Kann ich etwas für dich tun?«

»Nein. Ich glaube nicht.« Noch einen Schluck Sake. »Offenbar arbeiten wir in einer Branche voller Schweine. Oh, ich meine, voller Schwänze oder so. Geht es denn *dir* gut? Ich wollte deine Geschichte nicht kapern.«

»Das ist schon lange her. Wann immer ich seitdem neue Male Models oder Schauspieler treffe, bläue ich ihnen ein, den Typen zu meiden wie die Pest. So schlafe ich nachts besser.«

Es kommt mir so vor, als wäre ein schwerer Nebel verflogen. Hier sitzen wir. Beide unversehrt. Langsam kann ich daran glauben, dass alles wieder gut wird.

Eh ich mich's versehe, ist es halb eins. Seit Stunden plappern wir vor uns hin und der arme Koch will ganz offensichtlich nach Hause. Aber ich nicht. Der Gedanke an mein steriles Apartment ist deprimierender, als sich mit Worten ausdrücken lässt. Zu allem Übel gießt es jetzt auch noch, wie das offenbar in Tokio drei- bis viermal am Tag der Fall ist, wie aus Eimern auf die Neonstadt herunter.

Westley und ich warten im Foyer auf das Ende des Schauers. »Wann fängt dein Shooting morgen an?«, fragt er.

»Um elf, glaube ich.«

»Dann schlaf doch bei mir. In der Suite ist mehr als genug Platz. Ich nehme mit Freude das Sofa. Es ist riesig.«

Sein Vorschlag klingt nach tausendmal mehr Spaß, als jetzt da raus in den Regen zu müssen. Außerdem bin ich eigentlich eh noch nicht bereit, mich zu verabschieden. »Cool«, sage ich also. »Bestellen wir uns noch eine Flasche Sake? Pyjamaparty!«

Westley übernachtet in der Präsidentensuite, die, na ja, sehr präsidentisch daherkommt. Auch hier bietet sich durch die Fenster vom Boden bis zur Decke ein überwältigender Ausblick auf die Stadt. Im Wohnzimmerbereich setzen wir uns auf das schimmernde Ledersofa und trinken statt Sake Bier aus der Minibar. »Danke«, sage ich.

»Wofür?«

»Das klingt jetzt wie aus dem Mund einer Verrückten mit Alufolienhut, aber ich glaube, Westley Bryce, das Universum hat dich zu mir geschickt.«

»Oder vielleicht haben wir einfach den gleichen Job?«, fragt er und lächelt sehr sexy. Er hat nicht mehr getrunken als ich, ist es aber weniger gewohnt. Er schaut leicht glasig und nuschelt ein bisschen.

»Nichts da. Wie hoch ist bitte die Wahrscheinlichkeit, dass wir uns einfach so im Hello-Kitty-Laden über den Weg laufen? Du hast mich gerettet, Westley. Ich stand so kurz davor, den Verstand zu verlieren.«

Er trinkt den letzten Schluck aus seiner Flasche. »Einfach bescheuert, oder?«

»Was?«

»Wie einsam der Job ist.«

»Wie kannst *du* dich einsam fühlen?«

»Dazu habe ich eine Theorie«, sagt er und ich nicke aufmunternd. »Weißt du, wenn Leute berühmt sein wollen, dann wollen sie doch eigentlich nur geliebt werden. Sie verwechseln Ruhm mit Liebe, dabei hat das eine nichts mit dem andern zu tun. Ich bin sehr, sehr berühmt und sehr, sehr einsam. Millionen Menschen ›liken‹ meine Posts, aber keiner von ihnen hat meine Telefonnummer, keiner von ihnen ist mein Freund.«

Kreuzunglücklich sieht er aus. Er meint es ernst. »Westley«, beginne ich in dem Versuch, die Stimmung aufzuhellen, »das sagst du jetzt nur, weil du betrunken bist.«

»Nein.« Er schaut mich mit seinen unglaublich blauen Augen an. »Du hast meine Wohnung in Manhattan doch gesehen. Ich bin nie dort. Ich habe keine Wurzeln. Ich bin haltlos. Wie ein Tumbleweed. Es wäre sinnvoller, meine Post an einen Flughafen schicken zu lassen. Ein paar Jahre noch, dann hab ich genug. Glaub mir. Dann ziehe ich nach L.A. und kaufe ein Strandhaus in Malibu oder so. Gehe surfen. Lege mir nen Hund zu. Wenn man berühmt ist … *gibt* man irgendwie viel mehr, als dass man was *bekommt*. Und das geht mir mittlerweile gehörig gegen den Strich.« Gedankenverloren pult er das feuchte Etikett von der Flasche. »Ich will endlich irgendwo Wurzeln schlagen und herausfinden, was für ein Baum heranwächst. Ich kann ja nicht mal … jemanden daten, solange ich lebe wie jetzt. Ich würde glatt eingehen vor Sehnsucht. Nenn mich altmodisch, aber ich wünsche mir die Eine, mit der ich den Rest meines Lebens verbringen kann.«

Die Stille zwischen uns könnte man mit Händen greifen.

»Tja«, sage ich betont leichthin, weil diese Stille mir zu gefährlich wird. »Das beantwortet dann wohl die Frage aus den Klatschspalten. *Ist Westley Bryce schwul?*«

Er lacht. »Ja, oder? Unter anderem deswegen will ich so gerne diesen Film machen. Das könnte die Gerüchteküche glatt zum Explodieren bringen. Ich meine, was soll das überhaupt? Wenn ich schwul wäre, würde ich das ganz offen sagen. Und wäre längst mit Matty verheiratet! Wobei er im Grunde eher nicht so mein Typ ist.«

»Wer ist denn dein Typ?«

Grübchen. »Eigentlich habe ich gar keinen. Das klingt jetzt bestimmt ... wie sagtest du? Nach Alufolienhut? Aber mir geht es bei einem Menschen um ein bestimmtes Gefühl. Wärme, Sicherheit, Vertrauen. Das ist es, was ich brauche. Ist wie in der Mode. Zwischen all den Billigkopien erkenne ich immer das Echte.«

Er sieht mir in die Augen.

Ich denke an Ferdy. Er hat es. Bei ihm spüre ich die Wärme.

Mein Leben fühlt sich nach Billigkopie an, seit Monaten schon. Ferdy dagegen ist echt.

Aber auch Tausende Kilometer weit weg.

Mehr als vier Wochen habe ich ihn nicht mehr gesehen.

Stopp jetzt.

»Ist langsam Zeit fürs Bett«, sage ich und springe auf. »Hast du eine Decke über?«

»*Ich* nehme das Sofa.«

»Ach, Westley ...«

»Ich bestehe darauf.«

Beim Concierge bestellt er eine Zahnbürste und einen Bademantel für mich. Während ich mir die Zähne putze, denke ich an seine Augen, seine Lippen.

Stopp.

Ich wasche mir das Gesicht und denke an seine Finger, seine

Haut. Daran, wie er mit seiner Hand meine gehalten hat. Wie echt und greifbar sie war, aus Fleisch und Blut. Durch die Berührung habe auch ich mich wieder echt gefühlt. Einen Augenblick lang immerhin.

Hör auf damit.

Eine Parallelwelt, in der ich mit Westley zusammen bin, erscheint vor meinen Augen. Was, wenn ich seine Freundin wäre? Reinstes Ego-Gelaber, klar, aber wir wären das berühmteste Pärchen der Welt. Durch ihn wäre ich in aller Munde. Als Teil des Powerpärchens. Westley und Jana. Westa oder Janley. Die ganze Welt würde vor Neid auf uns platzen. Wir wären ein #Lebensziel. Jedes andere Mädchen auf der Welt würde uns bei Instagram sehen und sich wie Dreck fühlen. Und Laurel und Heather würden wahrscheinlich auf der Stelle tot umfallen.

Wenn ich mit dem schönsten Mann des Planeten zusammen wäre, was wäre ich dann?

Vielleicht ist es an der Zeit …

An der Zeit zuzugeben, dass ich nicht länger das gleiche Mädchen bin, das Tom Carney im Thorpe Park entdeckt hat.

So bin ich nicht mehr.

Mein Leben ist ein anderes.

Das hier ist mein Leben.

Ich zittere schier vor Aufgekratztheit und das liegt kaum am Alkohol. Meine Haut kribbelt von oben bis unten. Ich knipse das Badezimmerlicht aus, gehe ins Schlafzimmer und hocke mich aufs Fußende des riesigen Bettes. Neonblaues Licht sickert durch die Vorhänge. Hinter der Papierschiebewand zwischen Schlaf- und Wohnbereich kann ich Westleys Silhouette erkennen.

Groß und stark, der perfekte Mann.

Oh Gott.

Das Herz schlägt mir bis zum Hals.

»Westley?«, quieke ich.

Er macht die Schiebewand ein Stück auf und streckt den Kopf ins Zimmer. »Alles okay?«

Selbst mit meiner Modelgröße schrumpfe ich in dem Super-Kingsize auf Zwergenmaß. Ich weiß nicht, was ich tue, und tue es trotzdem. Führerlose Lokomotive. »Das Bett ist riesig. Du musst nicht auf dem Sofa schlafen.«

Er kommt herein. Im Neonblau kann ich sehen, dass er bloß noch eine Calvin-Klein-Unterhose trägt. Genau wie auf dem Calvin-Klein-Plakat. Als ob er nicht schon genug wie ein griechischer Gott aussähe, umfließt das Licht seine Haut auf eine Weise, dass sie silbern zu schimmern beginnt. »Bist du sicher?«, fragt er.

»Ja.« Und das bin ich wirklich. Ich will seine Wärme. Seine Haut auf meiner.

»Cool.« Sein Lächeln, hollywoodweiß, selbst im Halbdunkel. »Dann rutsch mal rüber.«

Ich tue wie geheißen und er lässt sich neben mich fallen. »Nach allem, worüber wir geredet haben, sollst du unbedingt wissen, dass ich dich nicht ... hierfür zu mir eingeladen habe.«

»Weiß ich. Deswegen bin ich ja mitgekommen.«

Ich berühre seine Wange. Um erst mal sicherzugehen, dass er real ist. Ist er. Dann streiche ich über seine Brust und seinen Bauch. Beides um einiges definierter als bei Fer – (*denk nicht mal dran*), aber trotzdem ganz weich. Gerade als ich wieder zu ihm hochgucken will, nimmt er mein Gesicht zwischen seine Hände und küsst mich.

Und es ist gut. Ich *weiß*, wie falsch das ist, deswegen hämmert mein Herz auch wie wild. Gleich bricht es mir durch die Rippen. Ich wüsste nicht, dass meine Sinne schon mal so wach gewesen wären. Das hier ist gleichzeitig ein neues Hoch und ein neues Tief.

Wie tief kann man sinken?

Ich ziehe ihn an mich. Als er die Hände unter meinen Bademantel schiebt, durchläuft mich ein Schauer. Ich lehne mich zurück, schalte den Kopf aus und fühle mich zum ersten Mal *seit Wochen* wieder mit meinem Körper vereint. Auf einmal *spüre* ich wieder etwas. Was seine Hände mit mir machen. Wo er mich küsst. Wie meine Haut kribbelt.

Unsere Küsse werden hungriger. Ich glaube nicht, dass ich aufhören kann.

Ich will auch nicht aufhören.

Ich will ihn in mir.

Es überrascht mich, wie eindeutig ich genau das will.

Also denke ich nicht nach, ich handle einfach.

BEICHTE

Als die Sonne aufgeht, haben sich die Dinge und wir beide verändert. Das Zimmer ist nicht länger sexy und dekadent, sondern ein Durcheinander aus Bettzeug und Klamotten, das nach Sperma und Schlafatem riecht. Etwa zwanzig Minuten bleibe ich reglos liegen, wo ich bin. Westley hat Arme und Beine um mich geschlungen und seine Morgenlatte drückt mir gegen die Pobacke.

Oh fuck.

Was zur Hölle habe ich mir gedacht?

Mir pocht der Kopf und ich scheine Katzenstreu im Mund zu haben.

Als ich mich vorsichtig rege, wacht Westley auf. »Oh, hey.« Er kuschelt sich noch näher an mich. »Guten Morgen.«

Ich robbe von ihm weg. »Muss los.« Schnell Bademantel und Kleid gepackt, dann ab ins Bad. Ich schließe die Tür ab, setze mich auf den Klodeckel und vergrabe das Gesicht in den Händen.

Fuck.

Mir geht's hundeelend vor schlechtem Gewissen. Ist schon mal jemand an Schuldbewusstsein gestorben?

Wenige Augenblicke später klopft es zaghaft an der Tür. »Jana? Geht es dir gut?«, fragt Westley.

»Ja«, antworte ich, obwohl ich vielleicht gleich kotzen muss. Der Magen sitzt mir schon in der Kehle. »Ich ... äh ... muss nur zurück ins Apartment. Kann ja nicht im Saint Laurent zum Shooting.«

»Wüsste nicht, was dagegenspricht.«

Ich drehe die Wasserhähne voll auf, um ihn zu übertönen, und lehne mich übers Waschbecken, bis der Brechreiz wieder nachlässt. Ich bin so ein Vollidiot. Wir haben nicht mal ein Kondom benutzt.

Zum Glück nehme ich die Pille. Der Gedanke an das Schreckensszenario, in Tokio eine Pille danach organisieren zu müssen, lässt mich tatsächlich kurzzeitig kichern wie eine Irre, doch beim Gedanken an Chlamydien und Co. vergeht mir das Lachen sofort wieder.

Was bin ich für eine Hohlbirne!

Und wo ist meine Unterhose? Na toll. Alles wirklich sehr, sehr würdevoll. Ungelenk ziehe ich mir das Kleid über den Kopf.

Ein Blick in den Spiegel. Ich sehe aus wie Scheiße. Ich habe etwas Abstoßendes getan und das hat mich hässlich gemacht. Mit Großbuchstaben steht es mir ins Gesicht geschrieben.

Wie soll ich das Ferdy beichten?

Denn das werde ich.

Muss ich.

Dadurch wird Schluss sein, oder?

Ich kann es spüren, ein quälendes Stechen unter den Rippen. Als hätte man mir eine Klinge in die Brust gerammt. Ein Schluchzer platzt aus mir heraus.

Liebe kann wehtun. Den Spruch kennt jeder. Allerdings hatte ich mir darunter immer eine abstrakte, emotionale Art von Schmerz vorgestellt. Mh-mh, nichts da. Ein ganz stinknormaler Schmerz ist das. Ich fange an zu weinen. Lasse mich neben das Klo fallen und heule leise vor mich hin, dämpfe die Schluchzer mit der Hand.

»Jana? Kommst du da auch mal wieder raus oder muss ich mir Sorgen machen?«, fragt Westley irgendwann. Wie lange hocke ich hier schon? Mit Klopapier wische ich mir die Tränen ab. Dann komme ich aus dem Badezimmer und fange an, nach meiner Unterhose zu suchen. Ich schaue Westley nicht in die Augen.

»Tut mir leid«, sage ich.

»Alles gut. Möchtest du Frühstück?«

Endlich gucke ich hoch und sehe, wie er sich im Bett auf den Ellenbogen stützt, als wäre er dem Pinselstrich eines Renaissancekünstlers entsprungen. Auch leicht zerknautscht sieht er noch genauso Westley aus wie immer. Das hier ist sein Leben. Nicht meins. »Ich … fahre wirklich besser zurück. Würdest du mir ein Taxi rufen?«

»Klar.« Aber erst steigt er aus dem Bett, inzwischen wieder im Calvin-Klein-Höschen, und will mich umarmen. Ich schiebe ihn weg. »Hoppla, komm, beruhige dich erst mal.« Er dirigiert mich zurück zum Bett, wo ich mich wie ein Kaktusmädchen mit hochgezogenen Schultern auf die Kante setze. »Jana, es ist okay. Es ist … passiert. Ich habe immer noch nicht vergessen, dass du einen Typen in London hast, und ich werde auch keinen Ärger machen. Trotzdem solltest du wissen –«

»Nein«, unterbreche ich ihn. »Was immer du sagen willst, Westley, sag es nicht. Es würde nichts helfen.«

Jetzt sieht er verletzt aus. Ich habe alles vermasselt. Weil ich nicht eine Sekunde lang geglaubt habe, dass jemand wie Westley *je* auf mich stehen könnte, habe ich überhaupt keine Rücksicht auf seine Gefühle genommen. Mit Herzen zu jonglieren ist keine gute Idee. Ich Trampel. Schnell weg von hier. »Tut mir leid.«

»Nein, schon gut. Du hast einen Freund, aber falls …«

»Kein Aber, kein Falls.« Ich lächle vorsichtig.

Er lächelt auch. »Den Versuch darfst du mir nicht übel nehmen. Ich mag dich sehr, Jana.«

Ich schüttle den Kopf. »Warum?«

Er betrachtet mich und sieht offenbar etwas, das ich nicht sehe. »Weil du echt bist.«

Hübscher Gag, schließlich fühle ich mich mit jedem Tag weniger echt. Gibt es nicht diesen Mythos, demnach eine Kamera einem Foto für Foto die Seele raubt? Wenn das stimmt, ist meine inzwischen auf Zahnstocherbreite runtergeschnitzt.

Westley wartet auf eine Reaktion. Mühsam suche ich nach Worten. »Wenn die Dinge anders lägen …«

Er legt mir seine warme Hand auf den Mund. »Wenn ich so was nicht sagen darf, darfst du das auch nicht.«

»Dann sagen wir einfach gar nichts mehr?«

»Ist vielleicht das Beste.« Kurz bleiben wir noch wie zwei begossene Pudel nebeneinander sitzen. Dann springt er auf. »Ich ruf dir ein Taxi.«

Die restlichen fünf Tokio-Tage ist mir schlecht. Egal, ob ich was esse oder nicht, mir ist zum Kotzen. Als hätte ich einen Kater, der einfach nicht weggehen will. Weil ich weiß, was ich tun muss. Und wie schlimm das wird. So schlimm, dass ich die bequeme Distanz von Skype oder Textnachricht nicht verdiene. Ich verdiene den Horror, es Ferdy persönlich zu sagen.

Es ihm zu sagen ist der erste Teil der Bestrafung und meine einzige Möglichkeit, das Urteil noch abzumildern. Totschlag statt Mord.

Mechanisch bringe ich die letzten zwei Jobs hinter mich und kratze mein Leben dann wieder in den Koffer. Auf dem Heimflug gibt's einen Zwischenstopp in Rom, aber durchs Zopiclon, das ich seit jenem ersten Rückflug aus New York auch immer öfter nehme, habe ich keine Augen für meine Umgebung. Es ist schon spät, als ich wieder in Heathrow lande, wo Prestige mich abholen lässt.

»Geht es Ihnen gut, Miss?«, fragt die Fahrerin.

Mir ist gar nicht aufgefallen, dass ich geweint habe.

Irgendwie ist es Frühling geworden. Während ich in Tokio war, ist die Natur erblüht, sodass die Bäume zwischen meinem und Ferdys Zuhause nun wie Zuckerwatte aussehen. Ich bin auf dem Weg zu ihm. Ich habe eine vage Vorstellung, was ich sagen werde, und ich weiß, welche Reaktion ich mir von ihm *erhoffe*, doch Hoffnung ist grausam.

Indem ich gestern fast durchgehend geschlafen habe, hatte ich gehofft, den Jetlag abwehren zu können. Weil mich dann aber nur Albträume darüber heimsuchten, was mich heute erwarten würde, fühle ich mich nicht mal ansatzweise ausgeruht. Mein Hirn hat das kommende Szenario wieder und wieder durchgespielt. Auch die mittlerweile dreimal täglich zwei Pillen Xanax konnten daran nichts ändern.

Mit finsterem Blick öffnet Ferdys Schwester mir die Tür. Sie hat mich noch nie gemocht und auch der Umstand, dass ich bald auf dem chinesischen *Vogue*-Cover zu sehen sein werde, scheint sie weitgehend kaltzulassen. »Er ist in seinem Zimmer«, sagt sie und ich beeile mich, an ihr vorbeizukommen.

Ferdy sitzt in seinen *Rick und Morty*-Boxershorts auf dem Bett und zockt Final Fantasy wie eh und je. Ich bin diejenige, die sich verändert hat.

Schon seltsam, nicht? Dieser Drang, Vollkommenes zu zerstören. Ich weiß noch, wie ich als Kind mal im frisch verschneiten Battersea Park war: eine unberührte, makellos weiße Fläche. Aus irgendeinem Grund kam ich damit nicht klar. Ich konnte nicht anders, musste mit meinen Gummistiefeln mitten hinein und alles zertreten. Aber nachdem aus dem vollkommenen Weiß eine matschige Pampe geworden war, fing ich an zu weinen und Mum verstand nicht, warum ich traurig war.

Ich hatte die Schönheit einfach nicht *ertragen* können.

Deswegen zerstörte ich sie.

»Hi!« Ferdys Gesicht leuchtet auf. Er pausiert das Spiel und springt herbei. »Ich hab das Klingeln gar nicht gehört!« Überschwänglich wirft er die Arme um mich und ich umarme ihn ebenfalls, weil ich das hiernach wahrscheinlich nie wieder tun kann. Dieses letzte Mal erlaube ich mir. »Ich habe dich so vermisst«, sagt er.

»Ich dich auch.« Bei diesen Worten beginne ich bitterlich zu weinen. Klappe in der Mitte zusammen und werde von Schluchzern geschüttelt.

»Jana?«

Jetzt, da ich hier bin, kann ich nicht mehr sprechen. Ich habe die Worte seit sechs Tagen in mir getragen, bin sie immer und immer wieder durchgegangen, und jetzt sind sie fort.

»Jana, was ist los?«

Ich sacke auf dem Boden in mich zusammen. Meine Beine tragen mich nicht mehr. Zu Ferdys Füßen knie ich nieder. Maria Magdalena.

»Jana?« Ferdys Stimme verändert sich. Bekommt einen leicht panischen Unterton. Er hockt sich vor mich. »Großer Gott, was ist denn los?« Und dann verändert sie sich ein zweites Mal, wird leiser, und todernst. »Jana, was hast du getan?«

Und einfach so weiß er es. Das hätte mir klar sein müssen. Ich habe schon immer geahnt, dass er manchmal Gedanken lesen kann.

Es ist mir unmöglich, ihm in die Augen zu sehen. Ich lade das Gewehr. »Ich hatte Sex mit wem.« Der Schuss verhallt.

Er schweigt.

Er schweigt für eine Zeit, die sich irgendwann sehr lang anfühlt. Ich wage es, aufzusehen. Er lehnt mit dem Rücken an der Heizung.

»Ferdy?«

Sein Gesicht ist kreideweiß, mit leerem Blick starrt er an die Wand. »Ich wusste es. Ich wusste es genau. Du warst so komisch am Telefon.«

Wie konnte ich ihm das antun? »Mir war nicht klar, was ich tue.« Meine Kehle ist so eng, dass es wehtut. »Es war … Ich kann nicht mal sagen, was es war.«

Er schließt die Augen. »Ich kenne dich gar nicht mehr.«

Nicht die Reaktion, die ich erwartet hatte. Warum bleibt er so kalt? Fast wie ein Roboter. »Ferdy! Doch! Ich bin's!«

Er schüttelt langsam den Kopf. »Nein, du bist anders.«

»Bin ich nicht!« Ich will zu ihm krabbeln, doch er hält die flache Hand hoch.

»Komm nicht in meine Nähe«, sagt er. »Du bist auf jeden Fall anders. Und siehst es nicht mal. Wir sind alle die Gleichen geblieben und du hast dich verändert.«

»Ferdy, bitte. Ich bin auch noch die Gleiche. Ich liebe dich immer noch, ich habe nur ...«

»Nur was? Lass es einfach, Jana.« Er hebt eine *GQ* auf und wirft sie in meine Richtung. Auf der Rückseite ist die TANK-Werbung abgedruckt. »Sie haben aus dir eine andere gemacht.«

Kurz steigt rot glühende Wut in mir auf. Wie kann er so etwas sagen? Eine Gegenrede liegt mir auf der Zunge. *Blo.* Ich werde Ferdy davon erzählen. Ich werde ihm erzählen, was ich in Paris erleben musste, und vielleicht wird er dann ...

Dann wird er was? Sich so schlecht fühlen wie ich? Was bei Blo passiert ist, ist keine Entschuldigung für mein Verhalten. Westley guckt von der *GQ*-Rückseite zu mir hoch. Mir wird schlecht.

»Es ist, als ob ...«, Ferdy fährt sich mit beiden Händen durch die Haare, »... als ob wir noch Kinder wären und du schon erwachsen.«

»Bitte, Ferdy ... Ich *weiß*, wie dumm ich war, aber ich liebe dich immer noch mehr als alles auf der Welt.«

Seine Schultern sacken nach vorne. Er wirkt völlig am Boden zerstört.

Und da weiß ich es.

Für ihn ist es vorbei.

Es gibt nichts, was ich noch sagen könnte.

»Ferdy ... nein.«

»Ich kann das nicht mehr. Hast du überhaupt eine Vorstellung, wie das für mich war? Mit einer Freundin, die es nur noch am Telefon gegeben hat? Es ist einfach zu schwer.« Ich finde keine Entgegnung. Er redet weiter. »Vielleicht ist das einfach so, wenn man erwachsen wird. Früher oder später musste es so kommen. Wir sind mit *fünfzehn* zusammengekommen, Jana. Wie kindisch von uns, zu denken, es würde ewig halten. Wie dumm, wie naiv, wie peinlich.« Das letzte Wort spuckt er regelrecht aus.

»Sag das nicht.« Jetzt heule ich schon wieder. Und kriege kaum noch Luft.

Auch er wischt sich eine Träne ab. »Ich … ich passe einfach nicht mehr zu dir. Du bist ja kaum noch ein Mensch.«

Was zur Hölle soll das bedeuten? »Ich bin kein *Mensch*?«

»Du bist so unvergleichbar größer als ich.«

»Das ist Bullshit.«

»Nein, das ist die Wahrheit.«

»Du kennst mich tatsächlich nicht mehr.« Ich stehe auf und nehme meine Jacke. »Unglaublich, was wir hier gerade tun.«

Mit geröteten Augen schaut er zu mir hoch. »Du hast es doch längst getan.«

Ich gucke im Zimmer umher: die Poster, die Actionfiguren, die Playstation. Ein kompletter Gegensatz zu den teuren Hotelzimmern. Zu Westleys Apartment. Aber diese Schachtel hier war unsere Welt. Ich will sie nicht verlassen. »Das war's? Dein Ernst? So soll es zu Ende gehen?«

»Offenbar ja.«

Ich schüttle den Kopf. »Dann … gehe ich wohl.«

Er sagt nichts mehr, sieht mich nicht mal mehr an.

Also gehe ich.

WECKER

»Bist du sicher?«, fragt Cheska. Mit der dicken schwarzen Nerd-Brille, die sie heute trägt, sieht sie auf unerklärliche Weise noch umwerfender aus.

Ich zucke die Schultern. »Warum nicht?«

»Das ist ein großer Schritt.«

Ohne Ferdy sehe ich keinen Grund mehr, in London zu bleiben. Wenn in New York mehr Geld zu machen ist, kann ich genauso gut dahin ziehen. Und das hat nichts mit Westley zu tun. Er hat mir gestern geschrieben. Ob es mir gut ginge. Und dass er die Rolle bekommen habe und daher die nächsten sechs Monate am Drehort in Vancouver verbringen werde.

»Ich probier's mal ein Jahr lang aus und sehe dann weiter.«

»Aber deine Familie ...« Wir sitzen im Empfangsbereich. Bei diesem Treffen wollen wir »die nächste Etappe meiner Karriere« besprechen. Ich weiß ja, wie sehr Maggie danach giert, dass ich nach New York ziehe, von daher wird sie bestimmt gleich Luftsprünge machen.

»Ich habe doch jetzt Geld«, sage ich tonlos. »Damit lasse ich sie einfach einfliegen oder fliege selbst und besuche sie.«

Cheska schüttelt den Kopf. »Du wirkst so niedergeschlagen, Jana.«

»Das bin ich auch.« Ich bringe ein klägliches kleines Lächeln zustande. Meine Tabletten nehme ich weiterhin, glaube aber nicht, dass sie noch viel bewirken. Stattdessen fühle ich mich wie von einer Dampfwalze überfahren.

Cheska lächelt. »Während ich als Model aktiv war, habe ich auch in New York gewohnt. Ich fand es herrlich dort. Das wird dir sicher auch so gehen, aber zu Hause ist es doch immer noch am schönsten.«

Ich zucke erneut die Schultern.

»Ah, da ist sie ja!« Cheska hat auf Arabella gewartet, die jetzt hereinkommt. Na ja, zwei Drittel von ihr. Nicht zu fassen. Sie hat *so viel* Gewicht verloren. Wo sie doch eh kaum welches zu verlieren hatte. Jetzt sieht sie eindeutig *krank* aus. Spitze Wangenknochen, eingesunkene Augenhöhlen.

»Oh mein Gott«, hauche ich.

Arabella kommt für eine Umarmung zu mir herüber und ich will sie zurückumarmen, greife dabei aber mehr oder weniger ins Leere. »Hallo, Darling! Wie geht's dir?«

»Mir geht's ... Also ... Ich bin okay. Und du?«

»Gut geht's mir, richtig gut.« Dabei sieht sie eindeutig nicht gut aus. Vielmehr, als würde sie unter einer biblischen Plage oder so was leiden. Aus glasigen, fast zombieartigen Augen schaut sie mich an.

Da kommt Maggie hereingerauscht. »Hallo, ihr Süßen«, flötet sie. »Arabella, Liebes, du siehst ja umwerfend aus. Kommst du gut klar mit der Saftdiät?«

»Ja«, lautet die schwache Antwort. Mit leerem Blick fügt sie hinzu: »Ich bin jetzt bei fünfzig Kilo.«

»Großartig! Gut gemacht! Weiter so! Dann kriegen wir dich bis zur Fashion Week noch auf die Knochen runter!«

Ich sinke zurück auf die mintgrüne Chaiselongue und kann kaum glauben, was ich da höre. Hat sie das gerade wirklich gesagt? Ernsthaft? Mir wird schlecht. Saftdiät? Was für eine abgefuckte Scheiße geht hier ab?

»Jana! Liebes! Komm her, lass dich drücken!«

Ich stehe wieder auf und Maggie umarmt mich so fest, dass mir die Luft wegbleibt. »Tolle Neuigkeiten! Dermot hat gefragt, ob du ihn im Mai zur Met Gala nach New York begleiten möchtest.«

Das hat er mir vor ein paar Tagen selbst schon geschrieben, aber ich bin immer noch zu taub, um mich um so was zu kümmern. Habe ihn einfach ignoriert. »Klar. Warum nicht?«

»Jana!« Cheska ist fassungslos. »Zur *Met Gala*! Andere würden dafür *töten*.«

»Dann schickt die doch hin.«

»Jetzt benimm dich, junge Dame!« Maggie gibt mir einen Klaps auf den Hintern und wir bewegen uns Richtung Konferenzraum.

»Maggie, warte!« Ro legt an ihrem Schreibtisch schwungvoll den Hörer auf. »Tolle Neuigkeiten! Elyssa Sayers wurde für das *Mode und Kunst Teil Vier*-Editorial mit Lucas gebucht.«

»Hervorragend! Wundervoll!«

»Mit Lucas Blo?«, frage ich, wobei mir der Nachname im Hals stecken bleibt.

Cheska, Ro und Maggie erstarren und tauschen Blicke aus.

Maggie räuspert sich. »Mit ebendem.«

Arabella sieht verwirrt aus. Ich habe sie seit Paris nicht mehr gesehen.

»Das könnt ihr nicht machen«, sage ich ruhig. Ich will keine große Szene veranstalten. »Elyssa ist … vierzehn?«

»Fünfzehn mittlerweile«, beeilt Ro sich zu sagen.

Jetzt kann ich nicht mehr verhindern, dass meine Stimme lauter wird. »Und dieser Blo ist ein –«

»Jana! Das reicht!«, zischt Maggie, bevor sie sich wieder fasst. »Herzchen, ich werde Elyssa höchstpersönlich als Anstandswauwau begleiten. Alles ist in Ordnung.«

Ro guckt verlegen zur Seite, Cheska auf ihre Füße. Maggie lächelt, aber ihr Blick ist kalt wie Eis.

»Nichts ist in Ordnung«, sage ich. »Ich mach da nicht mehr mit.« Endlich hebt der Nebel sich vollends, ich kann kilometerweit sehen.

»Jana –«, fängt Cheska an.

»Ich muss hier raus.«

Mit diesen Worten mache ich auf dem Absatz kehrt und marschiere los. Zumindest haben sie mich in dieser beschissenen Agentur gelehrt, wie man einen selbstsicheren Abgang hinlegt.

Als ich mich sämtliche Touristen verfluchend durch die Oxford Street Richtung U-Bahn kämpfe, erkenne ich das Gesicht, das mich vom Plakat an der Coda-Filiale Ecke Regent Street dumm anglotzt, erst beim zweiten Hinsehen. Ah, die Frühjahr/Sommer-Kampagne wurde veröffentlicht. Toll. Ich bin die Fünfzehn-Meter-Frau im goldfarbenen Zahnseidebikini.

Etwa auf Höhe der dritten Etage strecke ich einen makellosen Hintern in die Gegend, meine Beine sehen aus wie ellenlange Wiener Würstchen auf dem Grill und meine Titten gucken keck gen Himmel. Obendrein haben sie mich fast zu Tode geairbrusht: Jede Pore, jede Sommersprosse, jede Falte ist verschwunden. Ich bleibe stehen und starre mich an. Weil die Frau mir so wenig ähnelt, kann ich sie wie eine Fremde begutachten. Ich sehe wie eine Göttin aus. Eine Amazone. Eine goldgebräunte Überfrau.

Aber das macht mich nicht stolz.

So sehe ich nicht aus.

Keine menschliche Frau sieht so aus.

Ich frage mich, wie viele Hundert, wie viele Tausend Mädchen hier schon vorbeigekommen sind und sich scheiße gefühlt haben. Wie viele von ihnen haben auf ihr Sandwich geguckt und gedacht: *Oooh, Brot ist böse, lieber mit der Saftdiät anfangen.*

Und in dem Moment trifft es mich mit voller Wucht: Ich bin selbst ein Teil des Problems.

Coda scheint sich auf einmal wie schmelzende Butter zur Seite zu lehnen. Was zum ...? Meine Beine straucheln nach links. Mein Kopf fühlt sich an, als würde der Wind hindurchfegen. Leute umschwirren mich wie Wespen. Wann habe ich zum letzten Mal was gegessen?

Ich ... weiß es nicht.

Mein beschissenes Plakatgesicht starrt mich aus riesigen, von blankem Hass erfüllten Augen an.

Ich fühle mich nicht so ...

Spaghettibeine. Zerkochte Spaghettibeine.

Ich taumle gegen eine kleine Frau mit Baskenmütze. »Hey!«, fährt sie mich an.

Zu spät. Ich will mich noch entschuldigen, bekomme aber kein Wort heraus.

Und dann sehe ich ihn. Er kommt aus dem Topshop direkt auf mich zugelaufen. Roter Bart, Goldzahn, Baseballmütze. Blo.

Nein.

Habe ich das laut gesagt?

Alles wird schwarz.

Ich ...

Ich falle.

WACH

Es war natürlich nicht Blo. Sondern der Sicherheitsmann vom Topshop. Die beiden sehen sich einfach nur ähnlich.

Er sah mich taumeln und wollte helfen. Nachdem er mich vom Gehsteig gepflückt hatte, brachte er mich in den Laden. Hier hat er mir ein Glas Wasser gegeben, an dem ich mich nun festhalte. Bestimmt denken alle, ich sei betrunken oder high.

Nie im Leben erkennt in mir irgendwer die Frau vom Coda-Plakat, von daher ist es wohl okay.

Als der Krankenwagen eintrifft, geht es mir schon wieder gut. Na ja, besser.

»Jana«, spricht der Sanitäter, ein Hübscher mit Kinnbart, mich an, »was hast du genommen?«

»Nichts«, antworte ich. Er denkt, ich wäre auf Drogen, sieht mich an, als würde ich lügen. Erst da fällt der Groschen. Ich lüge tatsächlich. Quasi. »Ach, wobei, ich nehme ein Medikament gegen Angstzustände … und Schlaftabletten.«

Er nickt. »Okaaay. Wir würden dich mal mitnehmen. Du solltest von einem Arzt untersucht werden. In Ordnung?«

Pff, muss das sein? »Muss meine Mum davon erfahren?«

»Nicht, wenn du nicht willst.«

»Ich will nicht.« Sie würde sich nur Sorgen machen.

Da ich noch nie in einem Krankenwagen mitgefahren bin, hätte der kurze Trip zum University College Hospital unter anderen Umständen richtig spannend sein können. Jetzt aber ist mir einfach nur scheißenschwindlig. Der Wind in meinem Kopf hat sich in hin und her schwappendes Wasser verwandelt. Weil ich immer noch sehr wackelig auf den Beinen bin, karrt man mich mit dem Rollstuhl in die Notaufnahme, was echt peinlich ist, wenn man bedenkt, wie viele echte Notfälle sie hier jeden Tag behandeln müssen. Asche auf mein Haupt.

Sie laden mich auf einer Liege hinter einem mintgrünen Vorhang ab und drücken mir ein nierenförmiges Pappgefäß zum bedarfsweisen Reinkotzen in die Hand. Mein Schwindel hat sich nicht gelegt. Wieder einmal scheine ich wie im Nahtod über mir zu schweben, von wo ich die traurige Gestalt betrachten kann, deren dürre Beine da von der Liege baumeln. Aus dem Nichts erscheint vor meinem geistigen Auge Elyssa Sayers, wie sie mit genauso baumelnden Beinen in ihrer Schuluniform auf Lucas Blo wartet. Wird er sie auch über ihre Pussy interviewen?

Ich schlinge die Arme um den Bauch. Mein ganzer Körper tut weh.

Gott weiß, wie lange ich gewartet habe, als sich endlich ein Arzt durch den Vorhang schiebt. Er scheint nicht viel älter als Milos zu sein und sieht völlig gerädert aus. »Hallo, Jana. Ich bin Dr. Davies. Dann schauen wir doch mal.« Er setzt sich auf den Drehhocker vor mir und studiert die Akte in seiner Hand.

»Es ist nichts«, sage ich. »War bloß eine kleine Ohnmacht. Keine große Sache.«

»Hmm.« Er leuchtet mir mit seinem Kulilampendings in die Augen und ich gehorche seinen Anweisungen. Nach oben gucken, nach unten, nach links, nach rechts. »Du bist also Model? Dann sei jetzt mal ehrlich zu mir, Jana. Isst du genug?«

»Ja«, antworte ich wahrheitsgemäß. Solange keine Laufstegcastings drohen, esse ich so ziemlich alles, worauf ich Lust habe.

»Bist du sicher?«

Ich nicke.

»Okay. Du hast dem Sanitäter gesagt, dass du Mittel gegen Angstzustände und Schlaftabletten nimmst.« Ich nicke erneut. »Wie heißen die Medikamente?«

»Xanax und Zopiclon.« Ich weiß, worauf er hinauswill, bin ja nicht blöd. »Aber Zopiclon nehme ich nur, wenn ich nicht schlafen kann. Nicht jede Nacht.«

Er mh-hmt. »Und wie viel nimmst du von dem Xanax?«

»So sechs Pillen am Tag.«

Dr. Davies fixiert mich mit wissendem Blick. »Jana, wer hat dir die Medikamente verschrieben?«

Ich schweige. Weil ich diesem Menschen nicht ins Gesicht lügen werde. Das habe ich die letzten Wochen schon zu oft getan.

»Im Internet bestellt?«

Ich nicke.

Dr. Davies steht vom Hocker auf und setzt sich neben mich auf die Liege. Klassischer Ich-bin-kein-Arzt-ich-bin-dein-Kumpel-Move. »Du weißt, was ich dir jetzt sagen werde, oder?«

»Dass ich damit aufhören muss?«

»Bingo. Xanax wird in England aus gutem Grund nicht verschrieben. Das ist ein starkes Betäubungsmittel und kann schnell abhängig machen. Wusstest du das?« Oh. Den Teil hat Lien ausgelassen. »Und auch Zopiclon ist hochgradig suchterzeugend. Es wird ausschließlich für kurze Zeit verschrieben und Jugendlichen eigentlich gar nicht.« Auch das ist mir neu.

»Wenn ich zu Hause bin, nehme ich sie nicht. Also die Schlaftabletten.«

»Okay, hör zu. Du bist offenbar dehydriert und übermüdet, außerdem untergewichtig für deine Größe und die Tabletten haben das Ihre dazugetan. Du bist nicht das erste Model, das durch »bloß eine kleine Ohnmacht« hier landet. Und, keine Ahnung, vielleicht hast du ja tatsächlich Angstzustände, es könnte aber auch einfach Stress sein. Du solltest jedenfalls unter allen Umständen deinen Hausarzt aufsuchen. Wenn es sich dann als notwendig herausstellt, kann er dich zu einem Experten überweisen, der dir ein passendes Mittel verschreibt, vielleicht mit begleitender Therapie. Aber bestell dir bitte keine Tabletten mehr im Internet, okay?«

»Okay.« Ich wusste tatsächlich nicht, was ich da eigentlich einschmeiße. Hatte keinen Schimmer. Ich Volldepp.

»Du wirst jetzt von mir entlassen«, sagt Dr. Davies. »Aber bitte lass es ruhig angehen. Stehst du momentan unter Stress, Jana? Oder macht dir etwas Sorgen?«

Ich könnte es ihm sagen, oder?

Aber nicht ihm muss ich es erzählen.

OFFENBARUNG

Ich warte, bis ich in der Bahn sitze. Mit dem Chocolate-Chip-Cookie und dem Becher Tee im Bauch fühle ich mich schon besser.

Ich fühle mich bereit.

Es ist an der Zeit, in diese Glieder zurückzukehren.

An der Zeit, mir einen Körper wiederzuholen, den sie mir weggenommen haben.

Und ihn in ein Geschoss zu verwandeln.

Es klingelt viermal, bevor sie abnimmt. »Sabah?«

»Hi. Ist was?«

»Wir müssen reden«, sage ich. »Ich weiß, es läuft momentan komisch zwischen uns. Wo bist du?«

»Hab ne Freistunde. Sitze in der Bib.« Ihre Stimme wird sanfter. »Und langweile mich zu Tode, um ehrlich zu sein.«

»Ist Ferdy auch da?«

»Nein. Warum?«

»Können wir uns treffen?«

METROPOLITAN POLICE steht auf dem Schild. MIT VEREINTEN KRÄFTEN FÜR EIN SICHERES LONDON.

Sabah und ich stehen im kleinen Empfangsbereich der Lavender Hill Police Station und warten darauf, dass sich der Obdachlose vor uns mit der diensthabenden Polizistin hinterm Tresen fertig gestritten hat. Offenbar haben ihre Kollegen seinen Schlafsack weggeräumt und er will ihn wiederhaben.

Eine zweite Polizistin, eine ältere, mit kurzem silbergrauen Haar, taucht am benachbarten Schalter auf. »Hallo, Mädchen. Kann ich euch helfen?«

»Na los«, Sabah gibt mir einen Schubs.

»Hallo«, sage ich mit gedämpfter Stimme. »Ich muss ein Verbrechen melden.«

Ja, ich habe darin eingewilligt, mein T-Shirt auszuziehen, aber in nichts sonst.

Nein, mir wurde nicht gesagt, dass ich mit Nacktheit zu rechnen hätte.

Er hat mich nicht um Erlaubnis gefragt, bevor er sich auszog.

Er hielt meine Hand fest.

Was hätte ich denn machen sollen?

Warum ist es wichtig, ob er hart war?

Nein, er hat mich nicht angefasst.

Wobei, doch, meine Hand halt.

Nein, nicht meine Brüste.

Nein, auch nicht meinen Schritt.

Ob wir Sex hatten!?

Nein, wir hatten keinen.

Nein, auch vorher nie.

Ja, es gab Zeugen.

Ja, sie haben gehört, dass ich Nein sagte.

Ich schien keine Wahl zu haben.

Er sagte, dass er nicht mit mir arbeiten könne, wenn ich nicht bereit sei, ihn anzufassen.

Ich dachte, es würde meine Karriere beeinflussen.

Ich habe nicht eingewilligt, ihn zu berühren.

Er hat mich gezwungen.

Habe ich nicht. Ich hatte keine Wahl.

Es ist anstrengend und dauert *Stunden*. Immer und immer wieder kauen wir die Geschichte im Vernehmungsraum durch. Währenddessen kippen sie mir einen gefühlten Hektoliter pisswarmen Tee in den Schlund. Sabah sitzt die ganze Zeit schweigend neben mir und hält unter dem Tisch meine Hand. Die Polizistin, eine Nette namens Kate, bleibt ganz ruhig und freundlich, trotzdem werde ich das Gefühl nicht los, dass sie mir mit ihren Fragen ein Bein stellen will.

Irgendwann lässt sie uns allein. »Das hast du verdammt gut gemacht«, sagt Sabah und schaut nach rechts und links, wie um zu prüfen, ob wir immer noch aufgenommen werden.

»Wie lange hat das gedauert?«

»So anderthalb Stunden.«

»Himmel, es hat sich wie das Doppelte angefühlt.«

»Blöd, dass *deine* Zeit dabei draufgeht und nicht die von dem Arschloch.«

»Tja, na ja. Hoffentlich kriegt er, was er verdient, *bevor* er sich an der Nächsten vergreifen kann«, sage ich. Und dann: »Danke fürs Mitkommen.«

»Babe, ich bitte dich.«

Als sie mir zuzwinkert, stiehlt sich eine Träne aus meinem Auge. Ich habe meine Sabah zurück. »Es tut mir leid, dass ich es dir nicht gleich –«

»Halt die Klappe. Wage es nicht, dich zu entschuldigen, wenn eigentlich ich damit dran bin.« Sie drückt meine Hand. »Ich hätte wissen müssen, dass etwas nicht stimmt.«

»Aber –«

»Nein. Damit fangen wir gar nicht erst an. Alles wieder gut zwischen uns.«

Ich lege meinen Kopf auf ihre Schulter.

Kate kehrt etwa eine halbe Stunde später mit einer Frau im grauen Hosenanzug zurück, die sich als Detective Trish Affra vorstellt. »Hallo, Jana. Kate hat ja deine Aussage schon aufgenommen, von daher werde ich dich nicht noch einmal ausfragen.«

Gott sei Dank.

»Du sollst wissen, dass wir Sexualverbrechen sehr ernst nehmen.

Meine ganze Abteilung ist darauf spezialisiert. Und, Jana, du musst verstehen, dass es sich hierbei um einen potenziell sehr komplizierten Fall handelt. Eine Engländerin beschuldigt einen Amerikaner der Straftat in einem französischen Hotel. Verstehst du, was ich meine?«

Ich nicke.

»Aber natürlich werden wir die Untersuchungen aufnehmen. Folgendes tun wir als Erstes: Ich kontaktiere die Kollegen in Paris. Bestimmt kann die Überwachungskamera des Hotels deine Aussage stützen. Außerdem werde ich alles daransetzen, den Beschuldigten und die Zeugen ausfindig zu machen. Vielleicht hörst du erst mal eine Weile nichts von uns, aber sei versichert, dass wir in der Zeit eine Anklage zusammentragen, die vor Gericht Bestand hat. Letzte Frage: Wärst du bereit, diese Sache bis zur Anhörung durchzuziehen? Und denk dran, dass es sich auch um ein Gericht in Paris handeln könnte.«

Ich gucke zu Sabah. »Ja. Ich denke, er hat so was schon mal getan. Und würde es wieder tun.«

Trish nickt. »Das finde ich sehr mutig von dir.«

Ich gucke wieder zu Sabah, dann zurück zu Trish, und es kommt mir vor, als würden sie mir Kraft einflößen. »Schnappen wir ihn«, sage ich.

Als ich nach Hause komme, verkündet mir die Wand aus stickiger Heizungsluft, dass Mum zu Hause ist und Dad nicht. Der neue Warmwasserspeicher erfüllt definitiv seine Aufgabe. »Hallo?«, rufe ich und mache die Tür hinter mir zu.

»Hallo, mein Schatz«, ruft Mum aus dem Wohnzimmer. Sie sitzt auf dem Sofa und guckt *Grey's Anatomy*. »Alles okay, Liebling?«

»Ja«, lüge ich. »Mir geht's gut. Wo ist Dad?«

»Milos hatte ein Turnier in Twickenham. Dein Vater holt ihn. Hast du gegessen?«

»Nein.«

Sie setzt sich auf. »Mache ich dir ein Sandwich? Oder im Kühlschrank ist Nudelauflauf.«

Da krabble ich aufs Sofa und kuschle mich an sie. Wann ich so was zum letzten Mal getan habe, weiß ich gar nicht mehr. Aber ich glaube nicht, dass ich da schon größer war als sie.

»Na hoppla«, sagt sie und streichelt mir über die zerzausten Haare. »Wo kommt das her?«

»Muss ich einen Grund haben?«

»Nein. Mach das jeden Tag. Kuscheln ist schön.« Für eine Weile bleibe ich einfach so liegen, während Mum unter mir im durchgesessenen Sofa versinkt. »Immer noch meine Kleine«, flüstert sie.

MET GALA

Die Blitzlichter machen mich *blind.* Wie anhaltendes Wetterleuchten tanzen sie vor meinen Augen. »DERMOT!«, wird gerufen. »JANA! HIER DRÜBEN, JANA! LÄCHEL MAL, BABY! SCHENK UNS EIN LÄCHELN!«

Das Motto der diesjährigen Met Gala lautet »United Kingdom – Ein Hoch auf den britischen Stil!« Entsprechend ist jede Menge Heritage, McQueen und Galliano unterwegs, während ich – natürlich – an der Seite von Dermot von Kopf bis Fuß in Republic of Deen gekleidet bin. Als er irgendwann schier darum bettelte, dass ich ihn heute Abend begleite, konnte ich schlecht Nein sagen. Inspiriert von Britannia höchstselbst trage ich über einem bodenlangen kobaltgrauen Trägerkleid ein völlig bekloptes Rüstungsdings. Das Teil wiegt eine Tonne und ich bete darum, dass ich mich drinnen schnell hinsetzen kann. Außerdem muss ich höllisch aufpassen, mit den messerscharfen Stacheln an meiner linken Schulter keinen aufzuspießen. Dermot hat mich zu einem neuen Haarschnitt überredet: Lobotomie-Pony mit knallkurzem »Louise-Brooks-Bubikopf«. Wenn ich nur wüsste, wer Louise Brooks ist.

Zu allem Übel hat mein Hausarzt mir (natürlich) Xanax verboten und mich stattdessen auf Sertralin gesetzt, das mir auf den Magen schlägt. Selbst mit drei Imodium intus fühle ich mich nicht so richtig. Bei der Vorstellung, wie ich mir auf dem roten Teppich der Met Gala ins Kleid scheiße, muss ich kichern. Ein reines Nervenbündel war ich schon lange bevor ich gescoutet wurde, der Job hat alles noch hundertmal schlimmer gemacht. Na, lässt sich ja jetzt korrigieren. Hoffentlich.

Dermot hat mir eine, wie er sagt, großartige Therapeutin empfohlen, die offenbar auch ihm sehr geholfen hat. Wenn wir zurück in London sind, werde ich vielleicht einen Termin bei ihr machen, obwohl es mir komisch vorkommt, mit einer völlig Fremden über meine Probleme zu reden. Wobei, sie bleibt wahrscheinlich nicht lange eine Fremde.

Momentan versuche ich einfach, die Gala zu genießen. Ich habe schon Leonardo DiCaprio mit Dido Gant gesehen, und Clara Keys hat mir vom anderen Ende des roten Teppichs aus zugewunken, wo sie am Arm von Tom Ford hing.

Wir sind »Musen«. Soll das ein Beruf sein? Soll unser einziger Lebensinhalt darin bestehen, Männer zu inspirieren? Wer bitte schön inspiriert uns?

Überall Vierzig-, Fünfzig- oder Sechzigjährige, die dürre Models wie Handtaschen über den roten Teppich tragen. Stattdessen könnten sie doch, so kommt es mir vor, die Welt ein Stück besser machen. Dermot drückt meine Hand und ich lächle ihn an, doch auch er ist kein Vorbild. Dabei hätte er die Möglichkeit dazu. Warum schneidert er seine Kleider nicht ein Paar Nummern größer? Statt sie für Stabheuschrecken wie mich zu entwerfen, könnte er sich an Mädchen wie Sabah orientieren. Er und die anderen hier könnten neu definieren, was Schönheit bedeutet.

Während Dermot den Leuten von Fashion TV erzählt, wie man sich so fühlt »auf der Schaumkrone der britischen Modewelle«, werfe ich einen Blick nach hinten.

Bevor ich ihn sehe, höre ich die Fotografen seinen Namen rufen.

»WESTLEY!«

Und da kommt er. In diesem Smoking sieht er aus wie ein Filmstar der fünfziger Jahre. Einen Augenblick lang scheint alles schwarz-weiß und er Marlon Brando oder so zu werden. Ich erlaube mir die Erinnerung an unsere gemeinsame Nacht. Bisher habe ich sie immer ausgeblendet, als wäre allein das Zurückdenken schon ein weiterer Betrug gegenüber Ferdy. Jetzt aber erinnere ich mich. An seinen Körper auf meinem, seinen Hintern unter meinen Händen und ...

Doch da verwandelt das Blitzlichtgewitter den Schwarz-Weiß-Film wieder in Farbe.

Bei ihm ist ein Mädchen, das ich irgendwoher kenne. Richtig, aus der Netflix-Serie. Wie war gleich ihr Name? Estella Irgendwas. Ihre silberhellen Rastas sind zu einem Knoten auf ihrem Kopf verschlungen und in dem blutroten Vintagekleid von Heritage sieht sie einfach nur cool aus.

Verdammt, ein Teil von mir will auf der Stelle zu Westley hinlaufen und ihn küssen. Genau deswegen werde ich es nicht tun.

Unsere Blicke treffen sich und er lächelt. Ich lächle zurück.

Wir hatten, was wir hatten.

Eine Nacht.

Nicht mehr und nicht weniger.

»Und du bist siebzehn?« Die Maklerin, eine hochnäsige, dauergewellte Person im milkalila Kostümchen, mustert mich über den Rand ihrer Brille hinweg.

»Jepp.«

»Bist du dann nicht ein bisschen zu jung für so ein Eigentum, Liebes?«

Ich zucke die Schultern. »Mein Dad hält es für eine gute Investition.«

Das leuchtet ihr offenbar ein. »Ah, ich verstehe. Er hat absolut recht.«

»Aber die Anzahlung habe ich selbst verdient.« Das bringt sie erst mal zum Schweigen.

Das Apartment gefällt mir sehr. Es liegt in Williamsburg, mit Blick auf die Williamsburg Bridge, und sieht genau so aus, wie ich mir ein New Yorker Apartment dank des *Friends*-Marathons auf Netflix immer vorgestellt habe. Vom offenen Wohn-und-Ess-Bereich führt eine Wendeltreppe hoch zum Schlafzimmer auf der Galerie. Alles sehr großzügig und hell.

Kurz überkommt mich die Vorstellung, wie ich mit meiner Modelmappe unterm Arm durch diese Tür komme und Ferdy auf dem Sofa von seiner Kamera zu mir aufsieht. »Hi«, sagt er. »Wie war das Casting?«

»Furchtbar«, antworte ich und lasse mich neben ihn fallen. »Bestellen wir uns was zu essen?«

Danach verfliegt das Bild.

Ferdy ist fort.

Ich dachte, *er* wäre meine Zukunft. Ja, ich weiß. Irgendwann, mit der Zeit, wird es andere Jungs geben. Aber noch kann ich sie nicht sehen. Ich kann niemand anderen sehen, nicht mal Westley, der auf dem imaginären Sofa auf mich wartet.

Ich bin innerlich zerrissen. In London, wo mich alles an Ferdy erinnert, will ich nicht sein. In Paris erst recht nicht. Und mit dem hier bin ich mir auch nicht mehr sicher. Mit dem Modeln. Mir scheint eine Biene ins Hirn geflogen zu sein, die da jetzt in einer Tour herumschwirrt und summt: »Was du tust, ist eklig und falsch, eklig und falsch, eklig und falsch ...«

Aber was soll ich sonst machen? Wie könnte ich je in ein normales Leben zurückkehren? Manchmal überkommt mich dieser Albtraum, in dem ich wieder am Hollyton bin und mir ein Haufen fremder Leute auf den Fluren hinterherstarrt. Ich wäre dann nicht länger irgendeine anonyme »Bohnenstange« oder »Transe«, sondern »das gescheiterte Model Jana Novak«, was irgendwie wesentlich schlimmer ist. Auch wenn's eingebildet klingt.

Vielleicht habe ich bloß von Maggie und Prestige die Schnauze voll. Nachdem ich letzten Monat da rausmarschiert bin, habe ich mir mal meinen Vertrag genauer angesehen. *In England* gehört mein Arsch ihnen noch bis August, weil ich einen Ein-Jahres-Vertrag unterschrieben habe. Aber ich darf mich auch für eine Zusammenarbeit mit ihren Partneragenturen im Ausland entscheiden. Ich frage mich, ob es hier, wo ich nur mit Face First zu tun haben werde, besser laufen wird.

Ach, wem mache ich was vor? Bestimmt sind die noch schlimmer. Allein Trent ist schon ein kapitales Arschloch.

Als hätte ich ihn heraufbeschworen, vibriert mein Handy. Trent. »Entschuldigen Sie«, sage ich zu der Maklerin. »Da muss ich kurz drangehen.«

»Lassen Sie sich Zeit.«

»Jana! Süße! Tolle Neuigkeiten!« Das sagen sie immer, bevor etwas Schlimmes passiert.

»Ach ja?«

»Bist du bereit? Du. Dein Gesicht. FÜR DIE AMERIKANISCHE *VOGUE*! Die Novemberausgabe. AUF DEM COVER!«

Oh. »Was?«

»Ich weiß! Ein gewisser Chefredakteur war sehr beeindruckt von einer gewissen neuen Frisur. Und will dich buchen!«

»Im Ernst?« Sogar ich weiß, dass man, besonders als Model, sonst Jahre warten muss, um für die US-*Vogue* infrage zu kommen. Normalerweise nehmen die nur große Hollywood-Stars.

»Ich weiß, Liebes! Ich kann's auch kaum glauben! Die ganze Ausgabe soll halt im Zeichen von Großbritannien stehen oder so. Der Hammer, oder?«

Ich frage mich, ob das ein Zeichen ist. Ich meine, DIE *Vogue*. Für den Rest meines Lebens könnte ich dann sagen, dass ich auf dem Cover vom berühmtesten Modemagazin der Welt war. Ich könnte mich auf dem Gipfel meines Erfolges zur Ruhe setzen. Das klingt nach einem Plan.

Ich sage Dauerwellanie, dass ich's mir mit dem Apartment überlegen werde, und schaue im Taxi zurück zum Manhattaner Hotel den ganzen Papierkram durch, den sie mir mitgegeben hat. Der Portier öffnet mir die Autotür, ich marschiere mit gesenktem Kopf in die

Lobby und prüfe mein Handy auf Nachrichten. Inzwischen hasse ich das Teil regelrecht. Früher leuchtete mir fast immer eine Nachricht, wenn auch manchmal nur ein Emoji, von Ferdy entgegen. Doch mittlerweile blickt mich das Display immer öfter aus leeren Augen an. Als trüge ich eine kleine rechteckige Leiche mit mir herum.

»Miss Novak?«

Als ich aufsehe, stehen mir ein Mann und eine Frau in identischen schicken Anzügen und Trenchcoats im Weg. »Ja?«

»Ich bin Agent Richard Deichmann und das ist Agent Ana Perez, FBI«, sagt der Mann.

»Was?« Auf einmal fällt mir mit Schrecken ein, wie ich beim Ausfüllen der Einreiseformulare letzte Woche im Flieger noch halb geschlafen habe.

»Wir möchten Sie um ein Gespräch bitten«, sagt Agent Perez. »Es geht um Lucas Blo.«

In ihrem zivilen Dienstwagen fahren sie mich zur nächsten Polizeistation. Währenddessen versichern sie mir, dass ich mir keinerlei Sorgen machen müsse. Sie würden sich lediglich ungestört mit mir unterhalten und das Gespräch aufzeichnen wollen. Vor Ort setzen wir uns in einen Vernehmungsraum, der zwar nach Schweiß riecht, aber einen Wahnsinnsblick über den Central Park bietet.

Agent Deichmann holt uns Kaffee. Als er zurückkommt, erklären sie sich endlich genauer. »Entschuldigen Sie diesen Überfall, Miss Novak«, sagt Agent Perez. »Das Los Angeles Police Department hat uns darüber informiert, dass Ihre Anschuldigungen gegen Lucas Blomfeld in die dort laufenden Ermittlungen aufgenommen wurden.«

Diese Information muss ich einen Augenblick lang sacken lassen. Los Angeles? Was habe ich mit Los Angeles zu tun? »Er hat es also schon einmal getan. Ich wusste es.«

Die Agenten tauschen einen Blick aus, sagen aber nichts dazu.

Und das sagt schon alles.

– Also hab ich ihnen die ganze Geschichte erzählt.

– Und danach?

– Danach ... puh. Danach ist einfach alles ... in die Luft gegangen.

– Erzähl der Reihe nach.

– Na ja, angefangen hat es wohl mit *Fadenkreuz*.

FBI VERDÄCHTIGT LUCAS BLO
der sexuellen Gewalt an Models

Laut exklusiven Informationen, die der Redaktion von *Fadenkreuz* vorliegen, wurde der umstrittene Modefotograf Lucas Blo (41), alias Lucas Blomfeld, letzten Abend bei der Landung am Los Angeles International Airport zwecks Vernehmung in Gewahrsam genommen.

Wie es heißt, ist das FBI im Besitz von Aufnahmen einer Pariser Überwachungskamera sowie von Fotografien DER STRAFTAT SELBST, die ein ehemaliger Assistent des Beschuldigten aufgenommen hat.

Laut Kenntnisstand von *Fadenkreuz* ergänzt die neueste, von dem siebzehnjährigen britischen Model Jana Novak ausgesprochene Anschuldigung zahlreiche Vorwürfe aus der Vergangenheit, welche seit Langem untersucht werden. Vorwürfe wohlgemerkt, die in der Modebranche ein offenes Geheimnis darstellen, ohne dass je offiziell Anklage erhoben wurde.

Vor seinem Haus in West Hollywood wies Blo heute Morgen alle Schuld von sich.

FADENKREUZ

Zwei Welten prallen aufeinander.

Mein Zuhause, der Ort, an dem ich mit meiner Mum, meinem Dad und meinem Bruder lebe, ist auf einmal von *ihnen* umringt. Fotografen, Reporter und ganze Fernsehteams campen auf einmal da draußen in der Winstanley, obwohl es bestimmt schon seit Tagen keine einzige Messerstecherei mehr gegeben hat. Ist das überhaupt legal? Dürfen die das?

Offenbar ja.

Nachdem Mum die Polizei gerufen hatte, kam zwar ein Streifenwagen vorbei, aber die Beamten mussten uns mitteilen, dass man nichts unternehmen könne, solange niemand die Straße blockierte oder unser Grundstück betrat. Somit lungert dieses Pressepack jetzt noch immer wie ein Schwarm Geier auf dem Bürgersteig herum.

Vorsichtig schiebe ich die Gardine in Mums und Dads Schlafzimmer ein Stück zur Seite.

»JANA!«

»BITTE EIN INTERVIEW FÜR DIE BBC.«

»JANA! HAT LUCAS BLO DICH VERGEWALTIGT?«

»HAST DU EIN STATEMENT FÜR UNS, JANA?«

Keine Ahnung, wer *Fadenkreuz* die Story gesteckt hat. Irgendwie kommt jeder der Beteiligten infrage, schätze ich. Sogar Blo selbst.

Jedenfalls haben Agent Deichmann und Agent Perez mir eingebläut, dass ich ja kein Wort sagen soll, weil ich sonst die jahrelang gegen ihn laufende Ermittlung gefährden könnte.

»Jana«, sagt Mum. »Komm da weg.«

»Das ist doch scheiße.«

»Bitte keine Flüche in diesem Haus.«

»Ist es aber wirklich. Wie sollst du zur Arbeit kommen?«

»Ich habe sie angerufen. Heute bleibe ich hier bei dir.«

Ich schüttle den Kopf. »Mum, das musst du nicht.«

»Muss ich. Du hast bestimmt viel Angst.« Sie zögert kurz und setzt sich dann auf die Bettkante. »Und ich muss von dir hören, was dieser Mann getan hat.«

»Mum ...«

»Nein. Genug, Jana. Ich bin deine Mutter. Ich muss alles wissen.«

Trotz der Scheißsituation lache ich jetzt kurz auf. Vielleicht hat sie sich ungeschickt ausgedrückt, vielleicht beschreibt aber auch genau das ein Kernziel von Müttern: Allwissenheit.

»Okay.« Ich setze mich neben sie.

Wann ist endlich Schluss mit medialer Lynchjustiz?
Ein Beitrag von Monty Pearce

Kaum bricht ein neuer Tag an, schon wird ein weiterer unschuldiger Mann samt seinem guten Namen und unbescholtenen Ruf von der Presse durch den Dreck gezogen. Ich beschreibe den Fotografen Lucas »Blo« Blomfeld absichtlich als unschuldig, weil ich in unserem Vereinigten Königreich in dem Glauben erzogen wurde, dass ein jeder unschuldig ist, solange seine Schuld nicht bewiesen wurde.

Kein Gericht hat Blomfeld bisher eines Verbrechens schuldig gesprochen und dennoch gehen die »Sozialen Gerechtigkeitskrieger*innen [sic]« der »sozialen Netzwerke« scharenweise auf die Barrikaden, um ihre »Solidarität zu demonstrieren« mit einem minderjähriges Mannequin, das offenbar glaubwürdiger als ein Vater zweier Kinder sein muss, weil es hübsch, jung und weiblich ist.

Tut mir leid, aber der Hashtag #IchGlaubeJana wird kaum vor Gericht Bestand haben. Und sollte es auch nicht. Wann werden diese Kinder der Breitbandgeneration lernen, dass sie weder Richter noch Geschworene oder Henker sind. Die Gesetze unseres Landes beschützen unschuldige Männer vor haarsträubenden Anschuldigungen der Vergewaltigung oder der sexuellen Nötigung. Müssen nicht zudem wahre Opfer solcher Verbrechen bei derart theatralischen Aufschreien angesichts eines Klapses auf den Hintern, eines anerkennenden Pfiffs oder gar eines einfachen Blickes erst recht vor dem Schritt an die Öffentlichkeit zurückschrecken?

An dem Tag, sollte er denn kommen, da Lucas Blomfeld von einem Gericht verurteilt wird, möge man mich der johlenden Menge unter dem Galgen hinzuzählen. Doch bis dahin nenne man ihn nicht anders als einen unschuldigen Mann.

Ist es an der Zeit für ein paar ungemütliche Wahrheiten über Sex, Ladys? Ein Beitrag von Hattie Cope

Ja, ich spreche es jetzt an. Seit Jahren kriegen wir Mädels den Hals nicht voll. Wir ziehen an, sagen und tun, was wir wollen, und wenn jemand etwas dagegen hat, schreien wir »Sexismus!«. Vielleicht müssen wir langsam zugeben, dass wir nicht beides gleichzeitig haben können.

Der Fall des Teenie-Models Jana Novak gegen den Fotografen Lucas Blo hält dieser Tage sämtliche sozialen Netzwerke auf Trab. *Sie* behauptet, in einem Pariser Hotelzimmer sexuell genötigt worden zu sein, *er* gibt an, es habe sich um ein Fotoshooting wie jedes andere gehandelt. Zwar provokant, aber für die Modewelt durchaus nicht ungewöhnlich.

Novak ist mit ihren siebzehn Jahren ein Paradebeispiel jener überempfindlichen Generation, der man beigebracht hat, dass es völlig legitim ist, einerseits seine steifen Nippel für eine Werbekampagne herzuzeigen und andererseits vor Gericht zu ziehen, wenn jemand genau diese Nippel mal angucken will. Ein Mädchen, das in New York, Dubai oder Tokio mit halb nackten Male Models herumtollt, erzählt uns jetzt etwas von Vergewaltigung, weil sich jemand zu der Annahme hat hinreißen lassen, dass an ihr keine Jungfrau Maria verloren gegangen ist.

Ich meine, sind wir schon so weit gekommen? Warum schnallen wir uns nicht gleich einen Keuschheitsgürtel um und überreichen unseren Wunschpartnern einen »Schlüssel der Einwilligung«. Es kommt mir reichlich sonderbar vor, dass sämtliche sexuelle Macht mittlerweile uns Frauen übertragen wurde. Denn ich erinnere mich an eine Zeit, da Galanterie, die Pflicht des »Umwerbens« oder »die romantische Geste« in den Zuständigkeitsbereich der Männer fiel.

Ich gehöre zu den Frauen, die *einen Mann* wollen, einen echten. Wollen wir das insgeheim nicht alle? Wie sollen Männer je die Kunst der Verführung lernen, wenn wir mit diesem absurden Katz-und-Maus-Spiel weitermachen, bei dem wir zwar sexuell verfügbar erscheinen, es aber nie sind?

Nur zu, ihr Sensibelchen, tweetet mich zu Tode, tief im Innern wisst ihr, dass ich recht habe.

Matty: Halb nackt?!?! Herumtollt?!?!

Jana: Ich weiß. Entschuldige.

Matty: Quatsch, wofür denn? Aber wo haben die die Fotos her?

Jana: Instagram, schätze ich.

Matty: Ich hab dem Betreiber der Website schon geschrieben, dass sie sie runternehmen sollen. Weiß doch eh alle Welt, dass ich schwul bin.

Jana: Danke xxx

Matty: Wie geht's dir denn?

Jana: Lasse mich nicht blo-ckieren ;-)

Matty: Schnapp dir den aalglatten Vollarsch. Ich glaube an dich xxxxx

Arabella: Jana, es tut mir so leid, was du da durchmachen musst. Ich hab dich lieb und halte voll und ganz zu dir.

Jana: Danke. Ich hab dich auch lieb xxx

Arabella: Offenbar geht es in unserem Geschäft ganz schön übel zu …

Jana: Ha! Wie kommst du darauf?

Westley: Mit wie viel Kraft und Würde du diesen Shitstorm erträgst, inspiriert mich total, Jana. Falls du mal eine Pause von allem brauchst, sag einfach Bescheid. Ich buche dir einen Privatjet von Heathrow nach wohin du willst. Du könntest mich am Set hier in Kanada besuchen ODER es dir in meinem Apartment in New York gemütlich machen. Was immer dir guttut.
Grillen wir den Bastard x

MATRIARCHIN

Wiederum durch Mums Schlafzimmerfenster beobachte ich, wie Maggie auf der Einfahrt für die Fotografen posiert. Ihr flotter kleiner Maserati parkt direkt vor unserem Haus. Bestimmt sollen ja alle sehen, dass sie mir beistehen will. *The Observer* hat am Wochenende anlässlich des Blo-Skandals einen Bericht über das wahre Leben eines jungen Models veröffentlicht, in dem Prestige *nicht* gut wegkam. »Genug jetzt!«, bellt sie und stolziert zur Tür.

»Jana!«, ruft Mum die Treppe hoch. »Sie ist da!«

Weiß ich nur zu gut. Als ich runterkomme, macht Mum ihr gerade auf. »Meine Güte! Was für ein Zirkus!«, verkündet Maggie. »Ihr Armen!« Und dann sieht sie mich. »Verfickte Scheiße, Jana. Was hast du mit deinen Haaren gemacht?«

Wasserstoffblond gefärbt. Die Leute sollen mich nicht länger als das Mädchen aus den Nachrichten erkennen. Andererseits ziehe ich jetzt wohl nur noch mehr Aufmerksamkeit an. Ich kann mich immer noch nicht entscheiden, ob es cool oder bescheuert aussieht.

»Na, das kriegen wir wieder hin, bevor es zu *Vogue* geht. Wie fühlst du dich, Liebes?«

Ich bleibe auf halber Treppe stehen. »Rate mal.«

»Ich weiß. Muss echt fies sein.«

Darauf sage ich nichts. Starre sie nur böse an.

»Der Tee ist gleich fertig«, sagt Mum und verschwindet in der Küche.

Ich führe Maggie ins Wohnzimmer. In ihrem orangefarbenen Pelzteil (das hoffentlich nicht echt ist) wirkt sie auf unserem durchgesessenen Sofa lächerlich fehl am Platz. Als hätten wir uns eine sündhaft teure moderne Skulptur in die Bude gestellt. »Herzchen, du darfst dich von alldem nicht blockieren lassen, schließlich –«

»Was willst du?«, unterbreche ich sie.

»Jana …«

Zu gern gebe ich die eiskalte Business-Bitch, aber so richtig passt das dann ja doch nicht zu mir. »Maggie, es tut mir leid, aber ich habe endgültig genug. Ich könnte doch eh nicht mehr zurück, nachdem …« Grob weise ich in die Richtung, wo sich die Schakale auf dem Bürgersteig herumtreiben. Außerdem verstecke ich mich hier natürlich nicht nur vor der Presse. Ich schmiede Pläne. Und hole meine Abschlussprüfung im Internet nach – in Französisch und Englisch. Es fühlt sich gut an, mal wieder die grauen Zellen anzustrengen.

»Schätzchen! Die Leute interessieren sich mehr für dich als je zuvor! Du bist ein Star! Dein Name in aller Munde!« Ich schwöre, wenn ich genau hingucke, sehe ich die Dollarzeichen in ihren Augen rotieren.

Auf einem Tablett trägt Mum den Tee herein. Sie hat schon ihre Arbeitskleidung an, weil sie gleich zur Nachtschicht muss. »Kekse auch?«, fragt sie.

»Danke, Darling, aber nicht so kurz vor der Fashion Week.«

Mum geht zurück in die Küche. »Maggie«, sage ich, »als ich euch erzählt habe, was mir in Paris passiert ist, war dein einziger Ratschlag, dass ich es vergessen soll. Und obwohl du ja *spätestens dann* ziemlich genau Bescheid wusstest, hast du Elyssa zu dem Casting mit ihm schicken wollen!«

Maggies Hände zittern leicht, als sie sich einen der zwei Teebecher nimmt. »Kleines, wie gesagt, Lucas kann sich manchmal nicht benehmen, aber –«

»Nichts aber!« Ich halte ihren Blick fest. »Als du die Wahl zwischen ihm und mir hattest, hast du dich für ihn entschieden.«

»Das stimmt überhaupt nicht!«

»Oh doch.« Ich bin inzwischen wieder voll da. Schlafe wie ein normaler Mensch, habe keinen Jetlag mehr, bin nicht jeden Tag völlig ausgelaugt und werde auch nicht länger vom Xanax betäubt. Vom Sertralin kriege ich bloß noch einen trockenen Mund, damit komme ich klar. Ich bin bereit für den Kampf.

»Jana, bitte ... sei doch vernünftig. Sieh mal. Wenn es hier um deinen Honoraranteil geht –«

»Du hörst mir gar nicht zu!« Endlich hält sie mal die Klappe. »Maggie. Ich habe den Beitrag auf *Broadly* gesehen. Über dich und all die anderen Frauen, die Blo bisher gedeckt haben.«

Sie schürzt die Lippen. »Ich habe keine Ahnung, wovon du redest.«

»Das alles – das mit mir – wirft ein verdammt schlechtes Licht auf Prestige, oder? Ihr habt Teenager zu einem Mann geschickt, der –«

»Himmel, Herrgott, verdammte Scheiße noch mal, Jana, soll ich betteln?« Sie fällt allen Ernstes vor mir auf die Knie. »*Meine Mutter* hat Prestige siebenundsechzig gegründet. Wenn diese Hexenjagd nicht bald aufhört, muss ich womöglich *dichtmachen*.« Die völlige Abwesenheit von Bestürzung in meinem Gesicht entgeht ihr offenbar nicht. »Entschuldige«, sagt sie und setzt sich wieder, »ich hab's übertrieben. Aber meine Mädchen liegen mir ehrlich am Herzen. Das weißt du doch.«

Ich lege den Kopf schief. »Das *glaubst* du offenbar.«

Maggie setzt zu einer Erwiderung an, doch da kommt Mum noch mal ins Zimmer. »Mrs Rosenthal«, fängt sie an, »haben Sie ein Kind?«

Maggie drückt den Rücken durch. »Ja, eine erwachsene Tochter. Warum?«

»Würden Sie sie Model werden lassen?«

»Also ... das spielt doch überhaupt keine Rolle, schließlich –«

Mum schneidet ihr das Wort ab. »Ich habe Ihnen vertraut und Sie haben mein Kind in Gefahr gebracht«, sagt sie, und dann, zwischen zusammengebissenen Zähnen: »Jetzt gehen Sie bitte.«

Mich überkommt so viel Tochterliebe auf einmal, dass mir glatt etwas schwindelig wird. Zuckerrosa Herzen tauchen am Rand meines Blickfelds auf.

»Hören Sie –«, fängt Maggie noch einmal an.

»Sofort.«

»Nun gut.« Maggie nimmt Birkin-Tasche und Schal wieder an sich. »Aber ich halte das immer noch für einen Fehler, Jana.«

Ich zucke die Schultern. Wird sich zeigen. Jedenfalls fühle ich mich befreit.

Schülerin-Jana und Überraschungsstar-Jana – beide tot und begraben. Ich habe keine Ahnung, was die Zukunft bereithält. Was für ein Mensch jetzt aus mir wird. Erst mal ... warte ich. Ohne zu wissen, worauf.

Die Antwort erhalte ich wenige Tage später. Es klopft an der Tür. Die Reporter haben mittlerweile fast alle aufgegeben. Eine kleine Nachhut aus Fotografen hält aber noch in ihren Autos die Stellung.

Ich bin allein zu Hause. Vor lauter Schreck verstecke ich mich hinter dem Sofa und hoffe, dass wer auch immer es ist, unsere Hütte für verlassen halten wird.

Ein weiteres Klopfen.

Und noch eins. Sie geben nicht auf. Auf allen vieren krabble ich zur Tür. »Wer ist da?«, frage ich durch den Briefschlitz.

»Ich bin's«, ertönt eine sehr vertraute Stimme. »Ferd.«

Diesen Moment habe ich so schmerzlich herbeigesehnt, dass ich mich jetzt fragen muss, ob ich träume. »Ferdy?«

»Ja.«

Ich schiebe den Riegel zurück, hänge die Kette aus, schließe die Tür auf und öffne ihm. »Schnell«, sage ich und zerre ihn herein, bevor noch einer der Fotografen was merkt. Dann schließe ich hinter ihm wieder ab, hänge die Kette ein und schiebe den Riegel vor.

»Deine Haare ...«, sagt er.

Ich blinzle. »Wen kümmern *meine* Haare, was ist mit *deinen*?!« Er hat sich den Kopf rasiert. Nur noch raspelkurze Härchen statt der schulterlangen Mähne. Ich muss mich sehr zusammenreißen, um nicht darüberzustreichen. Erschiene mir unpassend.

»Ja. Ich hatte letzten Endes genug von Dads ewigem Gemecker, deswegen ... Gefällt's dir?«

Er sieht viel älter aus. Und ohne die ganzen Haare davor kommt sein schönes Gesicht noch besser zur Geltung. »Sehr.«

»Deine Frise ist auch niedlich.«

Ich fasse mir in die Haare, die sich trocken und strohig anfühlen. »Mh-hm. Wollte für eine Weile wer anders sein.«

»Deine Mum ist bestimmt hellauf begeistert.« Das Lächeln macht seine Gesichtszüge weicher. Ich grinse zurück. *Du bist mein Zuhause.*

Wir können nicht den ganzen Tag im Flur stehen und uns über Haare unterhalten. »Möchtest du einen Tee oder so?«

»Tee geht immer.«

Ich nicke und wir gehen in die Küche. Während ich den Tee zubereite, betreiben wir Small Talk: College, sein Kurs, seine Bewerbung für die Filmschule. Dann setze ich mich ihm gegenüber an den kleinen Frühstückstisch und wir legen die Hände um unsere Tassen. »Danke«, sage ich.

»Wofür?«

»Fürs Herkommen.«

Ansatzweise zuckt er die Schultern. »Jana, ich ...« Er hält inne. »Hör zu, ich will ehrlich sein. Sabah hat mir alles erzählt. Und das kannst du ihr nicht übel nehmen.«

»Bestimmt kann ich das, aber red weiter.« Ich werde nichts sagen, bevor ich nicht weiß, was Sabah erzählt hat. Sie weiß *alles*, inklusive Westley.

Ferdy starrt in seinen Tee. »Wie geht es dir?«

Ich liebe dich und vermisse dich so sehr, dass es mich umzubringen scheint. »Gut.«

»Jana …?«

»Okay. Ich bin eine Gefangene in meinem eigenen Zuhause und meine Haare sind das Zeugenschutzprogramm.«

Sein Lächeln wirkt gequält. »Es tut mir so leid.«

Ich runzle die Stirn. »Was tut dir leid?«

Er guckt an die Decke und sammelt sich kurz. Offenbar ist er den Tränen nahe. Ich möchte die Hand ausstrecken und ihn trösten, sehe mich aber nicht in der Position dazu. »Jana. Das mit diesem Blo-Typen … Ich … hätte für dich da sein müssen. Dass du dich … Dass du es mir nicht erzählen konntest … Weiß schon, um mich geht's hier nicht, aber ich habe das Gefühl, dich im Stich gelassen zu haben.«

Nein. Nein, nein, nein. »Nein. Ferdy …«

»Lass mich ausreden. Du … musstest eh schon eine so schwere Zeit durchmachen und dann mache ich dich auch noch dermaßen fertig wegen der Sache in Japan.«

»Ferd. Es war einfach nur scheiße von mir. Und hat nichts mit der Blo-Sache zu tun.«

Er sieht mich mit einem Blick an, der sagt: *Wirklich nicht?*

»Keine Ahnung. Vielleicht doch. Ich war völlig fertig mit der Welt.«

»Ich weiß noch, wie du aus Paris zurückkamst. An dem Abend im Restaurant war ich so ein Arsch, ganz ehrlich. Ich hab ja gemerkt, dass mit dir was nicht stimmt, und hab das nur auf mich bezogen. Ich sollte dich besser kennen als irgendwer sonst. Und doch habe ich alles falsch verstanden.«

»Was … meinst du damit?«, frage ich.

»Als ich sagte, du hättest dich verändert, da lag ich falsch. Sabah hat mir alles erzählt. Über Westley Bryce.« Fuck, ich werde sie *umbringen.* »Und über diese Elyssa, und warum du zur Polizei gegangen bist. Auf einmal hat alles viel mehr Sinn ergeben. Ich habe *dich* wiedererkannt.«

»Das mit Westley und mir …«

»Schon gut, ist cool. Na ja, *cool* ist vielleicht zu hoch gegriffen, aber es ist … *nachvollziehbar*? Wie oft ich es auch versuche, ich kann mir nicht vorstellen, wie das letzte Jahr für dich gewesen sein muss. Niemand von uns kann das. Aber einer wie Westley schon.«

Mir brennen die Augen. »Das ist keine Entschuldigung. Ich habe totalen Mist gebaut.«

Er blinzelt eine Träne weg. »Du musst dich so allein gefühlt haben.«

Wenn ich jetzt den Mund aufmache, schluchze ich los, deswegen nicke ich nur.

»Und ich war nicht für dich da.« Auch seine Stimme gerät ins Wanken. »Ich habe dir nicht geholfen.«

»Doch, *hast du*, Ferdy. *Du* warst immer der Grund für mich, nach Hause zu kommen. Jedes Mal, wenn ich in einem bescheuerten Fetzen in einem eiskalten Studio stand, habe ich daran gedacht, wie viele Tage, Stunden und Minuten es noch dauern würde, bis ich wieder bei dir wäre. Glaub mir. Deine Nachrichten auf meinem Handy. Der Gedanke an dich. Du hast mich durchhalten lassen.«

Für eine Weile sagt keiner von uns ein Wort. Nur das Klacken der schwanzwackelnden Katzenwanduhr ist zu hören.

»Wir müssen einander vergeben«, sagt Ferdy leise.

»Du hast nichts falsch gemacht.«

»Aber ich brauche das. Ich fühle mich … beschissen. Weil ich dich im Stich gelassen habe.«

»Du hast mich nicht –«

»Jana, bitte.«

»In Ordnung«, sage ich. »Wenn du es so dringend hören willst: Ich vergebe dir. Es soll einfach wieder so sein wie früher.«

Ferdy nickt und nimmt einen Schluck von seinem Tee. »Ich weiß nicht, ob das geht. Es ist zu viel passiert. Aber es kann … weitergehen. Anders, aber trotzdem. Keiner von uns muss der Böse sein und keiner der Gute.«

Ich hebe die Hand. »Du brauchst ganz ehrlich nichts weiter zu sagen. Wenn du mir tatsächlich vergeben kannst ... Wenn wir wieder zusammen sein können ... Ich habe dich so sehr vermisst. Und nicht nur wegen ... allem, sondern weil es sich angefühlt hat, als hätte eine Hälfte von mir gefehlt. Ich bin nur noch als Gespenst herumgeschlichen. Als wäre ich nicht mal mehr aus Fleisch und Blut. Ich weiß nicht, ob du mir wieder vertrauen kannst – keine Ahnung, ob ich es an deiner Stelle könnte –, aber wenn du mir die Chance geben würdest, um –«

»Ich liebe dich.« Er sieht mich an und mir ist bewusster als je zuvor, was für ein wunderschönes Gesicht er hat. Nein, es wird nie auf einer Plakatwand zu sehen sein, aber es ist warmherzig und freundlich und klug. Und diese neue Frisur ... passt dazu. Er sieht wie ein Mann aus. »Dass wir uns lieben«, spricht er weiter, »haben wir uns ja schon oft gesagt, aber erst jetzt meine ich es richtig ernst. Klingt bescheuert, aber als es zwischen uns aus war, habe ich es mit aller Wucht gefühlt. Scheißheftig.«

»Liebe kann wehtun?« Ich erlaube mir ein kleines, hoffnungsvolles Lächeln.

»Alter, das ist nicht bloß ne Redensart. Es hat sich angefühlt wie ein Tritt gegen die Rippen. Wie mehrere Tritte. Von einem Riesen. In Springerstiefeln.«

Ich lache. »Können wir es noch einmal versuchen? Bitte?«

»Ja.« Als er meine Hand nimmt, muss ich mich sehr zusammenreißen, um nicht in einen spontanen Freudentanz auszubrechen. »Hundertmal ja«, bekräftigt er. »Ich hatte unrecht. Du bist noch Jana. Mehr Jana als je zuvor. Und ich liebe dich.« Ich drücke seine Hand, aber er ist noch nicht fertig. »Jetzt muss ich bloß in die Pötte kommen, um irgendwie dabei mitzuhalten, wie irre grandios diese noch janaigere Jana geworden ist.«

Eine Träne rollt mir über die Wange und landet auf der Tischplatte. »Ich habe aber gar nichts erreicht, Ferd.«

»Na hör mal. Du hast mehr oder weniger im Alleingang einen mehrfachen Sexualstraftäter vor Gericht gebracht. Wer weiß, wie viele Mädchen du davor bewahrt hast, das Gleiche wie du durchzumachen. Erkennst du nicht, was das für eine Heldentat ist?« Spricht's und küsst mir allen Ernstes die Hand.

Bei dieser Berührung löst sich etwas in mir. Etwas tiefgehend Falsches rutscht wieder an die richtige Stelle. Ja, wir sind noch jung, trotzdem fühlt sich mein Herz einfach rosiger an, die ständige Unruhe verschwindet, wenn Kai Ferdinand bei mir ist.

»Du bist unglaublich«, sagt er.

Ich schüttle den Kopf und eine zweite Träne läuft mir übers Gesicht. »Ich habe *nichts* erreicht«, wiederhole ich schluchzend.

»Aber –«

»Nein, Ferd, hör mir zu. Ich habe es gestern erfahren. Die französische Polizei sagt, es gibt nicht genug Beweise für eine Anklage. Er wird davonkommen.«

- Und dann?
- Na ja, du weißt, was dann passiert ist.
- Erzähl es für die Kamera.
- Eine Freundin. Eine Freundin hat mir geholfen.

SUPERMODEL CLARA KEYS: AUCH ICH FIEL LUCAS BLO ZUM OPFER

Von Shawna Sands, Chefreporterin

Nach dem aufsehenerregenden Vorstoß der Branchenkollegin Jana Novak bricht nun auch das weltberühmte Supermodel Clara Keys, 23, ihr Schweigen. Lesen Sie hier das *New York Herald*-Exklusivinterview.

Ich treffe sie am ersten heißen Sommertag im Manhattaner Plaza-Hotel. Über einen gemeinsamen Freund hat sie Kontakt zu mir aufgenommen. Es war ihr wichtig, mit einer Frau zu sprechen, mit einer Journalistin, der sie vertrauen kann. Sie erwartet mich an der Bar, vor ihr ein Glas Rotwein. Zwar sieht sie nervös aus, im kleinen Schwarzen von Calvin Klein und Pumps von Louboutin aber auch umwerfend wie immer.

»Ich möchte mit Ihnen über Lucas Blo sprechen«, fängt sie an. »Davon habe ich noch nie jemandem erzählt, aber ich kann nicht schweigend danebenstehen, während Jana Novak in den Klatschspalten gekreuzigt wird.«

Ob sie Novak persönlich kenne, frage ich sie. Die beiden arbeiten für die gleiche Londoner Agentur, Prestige Models. »Ich habe sie ein paarmal getroffen«, antwortet Keys. »Sie ist sehr jung – fast noch ein Kind – und unglaublich liebenswert. Die Kleine weckt meinen Beschützerinstinkt.« Keys, die weder ihren Londoner Zungenschlag noch ihren Battersea-Charme verloren hat, verbringt mittlerweile die meiste Zeit des Jahres in ihrer neuen Heimat Manhattan.

Was sie mir zu berichten hat, bringt endlich etwas Licht ins Dunkel aus Geheimnissen, Gerüchten und anonymen Klatschpresseberichten. »Ich war gerade erst entdeckt worden«, erzählt Keys. »Hatte gerade meine erste

Fashion Week hinter mir, bei der alles anfing. Es war, glaube ich, im Backstagebereich von Mancari, wo ich Blo traf und er mir sagte, dass er mich in New York fotografieren will. Meine Agentur meinte natürlich, das wäre eine fantastische Gelegenheit, die ich nicht ausschlagen darf.«

Keys willigte ein, sich mit ihm in einem Hotel zu treffen, was er sechs Jahre später mutmaßlich auch von Novak verlangte. »Manche Castings finden in Hotels statt«, erklärt mir Keys. »In einem der Konferenzräume zum Beispiel. Aber das hier war anders.« Inwiefern? »Es waren nur er und ich in einer Suite. Ich habe mich sofort verwundbar gefühlt. Ich war damals erst sechzehn und kannte mich noch überhaupt nicht aus. Er wies mich an, ein paar Kleidungsstücke anzuprobieren, die ... wie für Kinder waren. Winzig. Ich kam mir blöd vor, aber er schoss währenddessen Fotos, deswegen musste es wohl normal sein. Dann aber meinte er: ›Oh, mir kommt eine verrückte Idee, stell dich unter die Dusche.‹ Natürlich sagte ich Nein, aber er versicherte mir, dass es wunderschön wird und meine Haut zur Geltung bringt.« Keys holt tief Luft.

»Er sagte, wie selten schwarze Mädchen den Durchbruch schaffen und dass er einen Star aus mir machen will.« Bis heute ist Keys eins der wenigen schwarzen Cover-Models. »Damit hatte er natürlich genau in die richtige Kerbe getroffen. Von meiner Agentur war mir das Gleiche gesagt worden. Das mit den geringen Erfolgschancen, meine ich.«

Ich frage Keys, ob sie das Shooting hätte abbrechen können. »Nein, ich meine, wie denn? Mir war gesagt worden, dass dieser Mann einer der wichtigsten Fotografen der Welt ist. Dass meine Karriere mit ihm steht und fällt. Und ich wollte auf keinen Fall zurück zu den Pflegefamilien, wissen Sie.«

Es ist ja weithin bekannt, dass Keys ihre Kindheit in sozialen Einrichtungen verbrachte. Ich frage, ob sie in das Fotoshooting eingewilligt habe. »Ja, aber *in mehr nicht*. Außerdem halte ich es für fragwürdig, ob es sich tatsächlich um Einwilligung handelt, wenn ein Mann die ganze Macht hat und man selbst keine. Ich war in einer Situation, in der ein Nein fast unmöglich war. Und das wusste er genau. Darauf baute er.«

Keys führt ihren Bericht fort. »Ich stellte mich also in T-Shirt, Shorts und Socken unter die Dusche. Nach den ersten paar Fotos holte er seinen

Schwanz raus und fing an zu wichsen. ›Das mache ich immer so, Baby‹, sagte er. ›So weiß ich, ob das Bild funktioniert. Wenn's mir kommt, dann auch dem Kunden.‹«

Wie sie sich dabei gefühlt habe. Keys schüttelt den Kopf. Die Erinnerung muss bis heute schmerzhaft sein. »Verängstigt. Angeekelt. Beschämt.« Ob er sie angefasst habe. »Meinen Körper nicht, aber meinen Geist. Wissen Sie, was ich meine? Dieser Vorfall vor sechs Jahren geht mir seitdem jeden Tag durch den Kopf.«

Ich muss die unangenehme Frage stellen. Warum Keys nicht damals schon ausgesagt habe. »Das habe ich! Ich habe es meiner Agentur erzählt, aber die lachten nur und meinten, so wäre Lucas Blo nun mal. Andere Models verdrehten die Augen, wenn ich mich ihnen anvertraute. Sie waren mit ihm befreundet! Und sagten so was wie ›Ach, daran gewöhnst du dich‹ oder ›Lucas halt‹. Es herrschte die Meinung, dass wir ihm etwas schuldeten. Er hatte Supermodels aus uns gemacht, deswegen hielten wir schön den Mund.«

Ob sie vermute, dass Ähnliches auch anderen Models passiert sein könnte. »Das vermute ich nicht nur, ich weiß es.«

Ob dieser Missbrauch in ihren Augen als kennzeichnend für die Modebranche anzusehen sei. Keys nippt an ihrem Wein, während sie die Antwort abwägt. Ich muss zugeben, dass sie wesentlich gefasster und umsichtiger ist, als ich es vor unserem Treffen erwartet hätte. Keys mag die Schule mit sechzehn verlassen haben, dennoch spricht sie mit der Autorität einer Frau, die älter ist, als ihre Lebensjahre es nahelegen. »Meiner Meinung nach werden die Mädchen von einigen in der Branche unnötig schlecht behandelt. Es gibt so viele von uns, deswegen vergessen sie wohl manchmal, wie jung und verletzlich wir sind. Oft sind wir zum ersten Mal allein, ohne Eltern, in einem fremden Land. Trotzdem schubst man uns herum, lässt uns ewig in irgendwelchen Fluren warten, schickt uns die ganze Nacht arbeiten, bringt uns in kakerlakenverseuchten Absteigen unter.« Keys Blick fällt auf die Nüsschenschale neben ihrem Glas.

»Und, ich will ehrlich sein, niemand ermuntert einen zum Essen. Ich hatte mit Designern und Agenten zu tun, die mich als zu fett, zu hässlich, zu schwarz bezeichnet haben. Ich war bei Hairstylisten, die mir die Extensions vom Kopf *gerissen* haben. Es ist brutal. Nicht alle sind so. Ich habe auch mit Herzensguten gearbeitet und mittlerweile wird mir eh das große Glück zuteil, dass mich wegen meines Status' alle wie einen Diamanten oder so behandeln. Aber ich werde nie vergessen, wie manche am Anfang zu mir waren. Und deswegen muss ich Jana unterstützen.«

Warum sie denn aber den *Herald* kontaktiert habe. Und nicht die Polizei.

»Die Kurzfassung lautet: Ich war schon bei der Polizei. Vor ein paar Wochen. Die Beamten waren sehr freundlich zu mir, konnten aber nichts tun, weil der Vorfall zu lange her ist und es keine Beweise gibt. Jana ging direkt zur Polizei. Dennoch blieb Blo auf freiem Fuß. Jetzt bin auch ich zur Polizei gegangen und er ist *immer noch* auf freiem Fuß. Zuerst fühlte ich mich machtlos. Als könnte ich Jana nicht helfen. Aber dann wurde mir klar, dass ich sehr wohl Macht habe. Ich bin Clara Keys! Die Leute hören auf mich! Wenn ich eine Feuchtigkeitscreme empfehle, folgen Millionen meinem Rat. Deswegen, so beschloss ich, musste ich das hier tun. Vielleicht inspiriere ich andere, meinem Beispiel zu folgen.«

Ein Sprecher von Lucas Blo bestreitet, dass je ein unangebrachtes Verhalten stattgefunden hat. Vom New York City Police Department erhielt ich auf meine Bitte um einen Kommentar keine Reaktion.

Unbekannt: Hi, Jana, hier ist Clara. Hab deine Nummer von Cheska gekriegt. Ist hoffentlich ok für dich. Wie geht's dir?

Jana: Hi! Mir geht's gut. Hab gerade den Herald-Artikel gelesen. Das muss bestimmt schmerzhaft für dich gewesen sein. Ich bin dir so dankbar. Es bedeutet mir mehr, als du dir vorstellen kannst.

Clara: Jederzeit wieder, Kleine. Jetzt lass uns diesen Wichser hinter Gitter bringen.

KETTENREAKTION

Es scheint eine Ewigkeit vergangen zu sein, seit ich das letzte Mal die Sonne auf dem Gesicht gespürt habe. Dermot hat mir eine echt coole Republic-of-Deen-Sonnenbrille schicken lassen, unter der ich mich mit meinen gefärbten Haaren hier auf der Wiese im Clapham Common einigermaßen inkognito fühle. Ich liege auf dem Rücken, mein Kopf auf Ferdys Schoß. Robin dreht einen Joint, Sabah spielt mit dem Handy rum. Die Neue, Amber, ist auch hier, mit ihrem Hund, einem alten, zahnlosen Chihuahua namens Gizmo.

Ich fühle mich so normal wie das ganze letzte Jahr nicht mehr. Ich bin zurück.

»Du hast sie gefeuert?«, fragt Robin und leckt das Blättchen an.

»Ja. Und zwar ganz offiziell. In dem Moment, als Maggie das Statement abgegeben hat.«

»'tschuldige, wer ist noch mal Maggie?«, fragt Amber. Wie sich herausgestellt hat, ist sie schwer in Ordnung, und ich fühle mich wie eine absolute Mistzicke, weil ich so schlecht von ihr gedacht habe.

Ich habe die Geschichte langsam schon zu oft erzählt. Zum Glück übernimmt Ferdy für mich. »Maggie gehört die Agentur, Prestige. In ihrem Statement behauptet sie, dass weder sie noch ihr Team etwas von Blos Verhalten gewusst hätten.«

»Und das, ohne mit der Wimper zu zucken«, ergänze ich. »Deswegen habe ich sie gefeuert.« Okay, genauer gesagt habe ich meinen ausgelaufenen Vertrag nicht erneuert, aber *gefeuert* klingt wesentlich besser.

»Und das war's jetzt?«, fragt Robin. Während ich in meinem persönlichen Drama festgesteckt habe, hat er offenbar das Fitnessstudio für sich entdeckt. Er sieht gut aus. »Bist du jetzt«, fragt er weiter, »durch mit allem?«

»Mit den anderen Agenturen arbeite ich weiter. Ich will immer noch nächsten Monat mein *Vogue*-Shooting machen.« Und das will ich wirklich. Bestimmt bin ich spätestens in fünfzig Jahren, wenn ich alt und grau bin, verdammt stolz auf ein Coverfoto.

»Außerdem«, sagt Ferdy, »mangelt es dir ja nicht an Anfragen.«

»Models 1, Premier, IMG und Elite würden mich alle unter Vertrag nehmen.«

»Holt sie euch!« Sabah stupst mir den Zeh gegens Bein.

»Ja, keine Ahnung«, sage ich und stupse sie zurück. »Irgendwie habe ich genug vom Versteckspiel. Rückblickend – und in erholtem Zustand – war die Zeit als Model schon auch ziemlich cool. Der Wirbel ist mir ans Herz gewachsen, wisst ihr? Dermot Deen würde mich auch gern für eine Kampagne haben.« Und, zugegeben, ich langweile mich. Obwohl ich ja online meine Kurse nachhole, parallel ein Auge auf den Blo-Fall habe und meinen Eltern im Haus helfe, werde ich langsam hibbelig. Andererseits ruft die Vorstellung, mich wieder in den Fashion-Week-Wahnsinn zu stürzen, eine Menge unschöner Erinnerungen wach. Mir ist noch lebhaft präsent, wie ich mich letzten Februar gefühlt habe. So was will ich nie wieder durchmachen. Aber ich will den Rausch. Den Rausch auf dem Laufsteg. Den will ich.

»Du siehst jedenfalls wahnsinnig gut aus da im Schaufenster von Coda«, sagt Amber.

Robin wiegt einen imaginären Busen vor seiner Brust. »Diese Möpse –«

»– sind gephotoshoppt«, sagen Ferdy, Sabah und ich gleichzeitig und prusten los.

»Fuck«, sagt Sabah leise und guckt auf ihr Handy.

»Was?«, frage ich.

»Willst du's wirklich wissen?«

»*Was* wissen?«

Sabah beißt sich auf die Lippe. »Mehr Blo-Zeug.«

Ich setze mich auf. »Hau raus.«

»Zwei weitere Models sind an die Öffentlichkeit getreten.«

»Wer?«, fragt Ferdy.

»Ähm … Rosanna Brujas und Kami Brennan.«

»Kami!«, rufe ich. »Die war bei der Coda-Kampagne dabei.«

Sabah überfliegt die Meldung. »Ähm. Sie sagt, Blo hätte sie in einem Whirlpool begrapscht. Vor etwa acht Jahren.«

»Eklig«, sage ich.

»Oh. Das hier ist interessant. Diese Rosanna Brujas hat ihn 2014 schon mal vor Gericht gebracht und sich dann aber auf ›eine unbekannte Summe‹ mit ihm geeinigt. Teil der Abmachung war, dass sie nicht darüber reden durfte.«

»Echt mal, wie kann so was in Ordnung sein?«, fragt Ferdy. »Amerika ist verkorkst.«

»Na und?«, frage ich traurig. »Alle wissen, dass Blo ein Triebtäter ist. Das wussten sie vorher auch schon.«

»Offenbar haben mehrere Zeitschriftenredaktionen verkündet, dass sie nicht länger mit ihm arbeiten werden.«

»Oh«, mache ich. »Das ist gut, hm? So kriegt er immerhin *etwas* an Konsequenzen zu spüren.«

Wir verfallen in Schweigen. Die ganze Sache kotzt mich dermaßen an. Vielleicht eine Stunde hat das im Hotel gedauert, und es ist einfach nicht fair, dass Arschloch-Blo mir auch die folgenden vier Monate genommen hat.

Ich gucke auf mein Handy. Eine neue Nachricht von Clara. »Oh.«

»Was?«, fragt Ferdy.

»Clara schreibt.«

»Keys?«, fragt Sabah.

»Ja.«

»Aha, können wir kurz innehalten und verdauen, dass du Nachrichten von Clara Keys kriegst?«

»Wir müssen uns treffen, schreibt sie. Weil sie das fehlende Puzzleteil gefunden hat.«

»Hä?«, macht Robin, bei dem der Joint offenbar seine Wirkung getan hat. »Seit wann geht's hier ums Puzzeln?«

»Seit du zu bekifft bist, um eine Metapher zu verstehen«, sagt Ferdy. Und dann, an mich gewandt: »Aber was genau meint sie damit?«

Ich zucke die Schultern. »Werd's herausfinden.«

Ich nehme die Northern Line nach Chalk Farm und ignoriere, so gut ich kann, die Mädchengruppe, die mich offensichtlich trotz meiner raffinierten Verkleidung erkannt hat. Könnte daran liegen, dass ich letztens im Park von einem Käseblatt-Paparazzo erwischt wurde. »FRISCH BLONDIERTE JANA ZEIGT BEIN.« Nein, ihr Wichser, ich hatte Shorts an, weil es warm war. Mir will nicht einleuchten, inwiefern diese Fotofuzzis im Gebüsch sich von stinknormalen Stalkern unterscheiden. Wieso dürfen die das?

Von der U-Bahn-Station bis zur Adresse, die Clara mir gegeben hat, sind's circa zehn Minuten zu Fuß. »Heilige Scheiße.« Ich gucke noch mal nach, ob ich richtig bin. Bin ich. Clara wohnt in einer *Villa. Real Housewives* lässt grüßen. Vorne muss ich klingeln, damit das furchterregend spitzenbewehrte Tor leise quietschend aufschwingt. Ich gehe hindurch und gelange zu einer kleinen Version des Weißen Hauses, vor dem ein schnittiges rotes Cabrio steht.

Clara erwartet mich an der Tür. Sie ist in ihre eigene Wohlfühlklamottenmarke gehüllt und eine flauschige Minihündin rennt ihr kläffend um die Füße. »Hi, meine Kleine!«, begrüßt sie mich und nimmt das hibbelige Fellbündel auf den Arm. »Komm rein!«

»Dein Haus ist ja riesig!«, staune ich, als ich über den glänzenden Marmorboden der *Vom Winde verweht*-Eingangshalle schreite.

»Willst du's haben?«

»Was?«

»Hast du vorne nicht das Zu-verkaufen-Schild gesehen? Komm mit in die Küche, ich mach dir Kaffee. Du trinkst doch Kaffee?«

»Klar. Warum verkaufst du es?«

Sie verdreht die Augen. Ihre Haare, diesmal frei von Extensions, hüpfen in einem fluffigen Pferdeschwanz auf und ab. Sie sieht sehr jung aus, erfrischt. »Hast du dir die Bude mal genauer angeguckt? Passt die zu mir?«

Auf dem Weg zur Küche kommen wir an ein paar Kartons vorbei. »Ehrlich gesagt: eigentlich nicht.«

»Jana, ich habe nicht mal ausgepackt! Was hat mein Erbsenhirn sich bloß dabei gedacht, hm? Schätze, wenn man aus dem Heim kommt, wünscht man sich eben ein riesiges Märchenschloss. Im Endeffekt haben wir dann aber nur das eine kleine Zimmer oben benutzt. Weil alles andere sich so lächerlich angefühlt hat. Und so kalt.«

Ich frage mich, wer »wir« ist. Stimmt nachher doch das Baby-Gerücht?

»Neenee, Schwester, ich verkaufe die Bude. Habe schließlich noch mein Apartment in Manhattan. Und für meine Mum kriege ich bestimmt ein nettes Plätzchen in Brooklyn oder so. Schön bodenständig. Eine Villa in Primrose Hill? Was zur Hölle habe ich mir gedacht? Und erst die Nachbarn! Lauter aufgesperrte Mäuler in weißen Gesichtern, als ich mit dem Umzugsunternehmen hier ankam.«

Die Küche sieht makellos neu aus. Der glänzende Herd scheint bisher nicht den kleinsten Bolognesespritzer abgekriegt zu haben. Stattdessen türmen sich in einer Ecke Lieferdienstkartons zur New Yorker Skyline auf. Domino's, Nando's, McDonald's. Ich lächle in mich hinein. Wir haben so viel Geld und leben doch wie Kinder.

Ein Mädchen mit knallpinken Haaren, das ich augenblicklich erkenne, kommt barfuß, in Bikinioberteil und Haremshose aus dem Garten in die Küche getapst. Oh mein Gott, das ist ...

»Jana, das ist Mik, Mik, das ist Jana.«

»Hi.« Sie streckt die Hand aus.

»Oh wow«, sage ich. »Tut mir leid ... Ich ...«

»Entspann dich«, sagt sie. Ihren Baltimore-Akzent höre ich dank *The Wire* sofort heraus. »Hey, ich will dir nur sagen ... Was du dich da getraut hast, das gegen Blo, war echt der Hammer. Ich bin dein Fan, Mädel.« Mik ist Mikita Flame. Ich habe sie mal als Gastauftritt bei einem Konzert in der O2 Arena erlebt. Sie ist der Wahnsinn. Dass jemand so schnell rappen kann! Jetzt wendet sie sich an Clara. »Baby, ich hüpf noch unter die Dusche, bevor mein Wagen kommt, okay?«

»Klar.« Mikita gibt der etwa einen Kopf größeren Clara einen flüchtigen Kuss, bevor sie in Richtung Prachttreppe verschwindet.

Wie ein Höhlenmensch, der zum ersten Mal Werkzeuge benutzt, fummelt Clara an der Nespresso-Maschine herum. Ich helfe ihr. Wir haben auch so eine zu Hause. »Danke«, sagt sie. »Okay, ich weiß, was du jetzt denkst. *Oh mein Gott, Clara Keys ist heimlich lesbisch? Riesensensation!*«

»Das denke ich überhaupt nicht.« Na ja, ein bisschen vielleicht.

»Ist wegen Miki. Was die Leute über mich sagen, ist mir egal, aber sie ist von lauter Arschlöchern umgeben und ihr Exmann will ihr das Kind wegnehmen. Eigentlich wissen es eh alle. Ein offenes Geheimnis.« Sie hält inne. »Ein weiteres.«

Ich behebe das Problem mit der Nespresso-Maschine, indem ich sie an die Steckdose anschließe. »Also ...«, fange ich an. »Ich habe nie darüber nachgedacht, wen du wohl datest.« Und das stimmt. Welcher Sterbliche könnte schließlich je einer Göttin wie ihr das Wasser reichen? Antwort: keiner, sondern nur eine andere Göttin. Liegt eigentlich auf der Hand.

»Ich hatte das nicht geplant. Als wir uns kennenlernten, war ich gerade mal neunzehn und sie achtundzwanzig. Liebe erwischt einen halt, hm?«

Ich schmunzle. »Bin voll und ganz bei dir. Ich für meinen Teil bleibe vermutlich auf ewig mit meinem Freund aus der Zehnten zusammen.«

»Wehr dich nicht dagegen, Babe. Warum solltest du? Wenn es Liebe ist, mach Nägel mit Köpfen, sag ich immer.« Als sie lächelt, wird mir mal wieder klar, warum viele sie für die schönste Frau der Welt halten. »Möchtest du was essen? Es ist noch Pizza da, die könnte ich uns warm machen. Ich mag Pizza ja kalt, aber Miki sagt, das wär eklig, von daher ...«

»Ich brauche nichts«, sage ich und nippe an dem bitteren – und sehr starken – Kaffee. »Aber lass mich noch einmal Danke sagen. Dafür, dass du mit dem Herald gesprochen hast.«

Clara zuckt die Schultern. »Ich habe mich ehrlich gesagt schuldig gefühlt. Wenn ich schon vor sechs Jahren was gesagt hätte, stünden wir jetzt vielleicht ganz anders da.«

»Pff, Lucas Blo ist nicht deine Schuld. Am laufenden Band entschuldigen sich die Leute wegen ihm. Nur *er* entschuldigt sich nicht.«

»Oder? Und jetzt hör mal, was mir letztens Schräges passiert ist.« Sie setzt sich auf die Arbeitsfläche und schlägt ihre langen Beine übereinander. »Bei einem Interview für Victoria's Secret waren sie regelrecht baff wegen meinem London-Akzent. Und mir wurde klar, dass ich in ganzen sieben Jahren noch fast nie ernsthaft das Wort ergriffen habe. Hier und da kam mir vielleicht mal ein ›Weil wir es uns wert sind‹ über die Lippen. Aber davon abgesehen ... Da muss man sich ja nicht wundern, dass keiner weiß, wie ich klinge.«

»Ein Mädchen soll man sehen, nicht hören?«

»Genau der Scheiß! Ich bin weltberühmt, die Leute hören mir zu! Und ich habe verdammt noch mal was zu sagen!«

»Du hast ihn in die Knie gezwungen!«

»Hmm. *Noch* nicht.«

»Wovon redest du? All die Zeitschriften, die ihm keine Arbeit mehr geben ...«

»Erst mal. Aber irgendwann wird die BLO-ckade bröckeln – haha und so weiter – und irgendein Schwanz wird ihn doch wieder buchen, nach dem Motto: ›Ooh, seht her, wie edgy und provokant wir sind.‹ Eine Menge solcher Kerle kriegen ihre fünfte und sechste zweite Chance, wenn du weißt, was ich meine. Nichts da, Schwester, wir müssen ihn endgültig dingfest machen. Und ich glaube, ich habe das fehlende Teil des Puzzles aufgetrieben.«

»Aha?«

Clara grinst. »Hast du morgen schon was vor? Was hältst du von einem Trip nach Frankreich?«

CELINE

Schwere Tropfen trommeln aufs Autodach und kilometerweit sehe ich nichts als düstere Wolken. Unheil verkündend. Vor etwa einer Stunde haben wir Paris hinter uns gelassen und scheinen ins Nichts zu fahren. »Sind wir hier auch richtig?«, frage ich Clara halblaut.

»Keine Ahnung. Frag den Fahrer.«

Spätestens am Flughafen ist klar geworden, dass Claras Französischkenntnisse nicht der Erwähnung wert sind. *»Excusez-moi? On est bientôt arrivé?«*

»Oui, oui, mademoiselle.« Unser Chauffeur ist in meinen Augen ein urfranzösisches Exemplar seiner Gattung. Stoppelkinn, Schiebermütze, riecht wie ein Aschenbecher. *»Cinq minutes.«*

»Fünf Minuten noch«, übersetze ich für Clara.

Sie lächelt. »Danke, Babe, so viel versteh sogar ich.«

Ich habe erst lange und gründlich darüber nachgedacht, ob ich Clara hierherbegleiten soll. Hatte es schließlich nicht gerade eilig, nach Frankreich zurückzukommen, aber dann dachte ich: Scheiß drauf. Letzten Endes habe ich 1.) nichts Besseres zu tun und 2.) selbst mit der ganzen Sache angefangen. Da sollte ich sie auch zu Ende bringen. »Weißt du genauer, was sie für uns hat?«

»Keine Ahnung«, antwortet Clara. »Aber nachdem ich das Herald-Interview gegeben hatte, hat Lien Yim – die kennst du auch, oder? – zu mir Kontakt aufgenommen und gesagt, ich müsse mich an Celine Marchand wenden. Und hier sind wir nun.«

Wie aufs Stichwort biegt der Lexus in einen unscheinbaren Feldweg ein, der zu einem halb hinter Bäumen versteckten Bauernhaus führt. Bei besserem Wetter verbreitet es bestimmt die reinste *Die Schöne und das Biest*-Märchenstimmung. Im verregneten Halbdunkel jedoch ... nicht. Blassblaue Fensterflügel quietschen im Wind. Ein Wetterhahn zielt auf uns mit schartigem Blechschnabel. Eins-a-Horrorfilmauftakt. Reifen knirschen über Kies, als uns der Fahrer so nah wie möglich an die Tür bringt.

»Die letzten paar Schritte rennen wir einfach«, beschließt Clara.

Der Fahrer sagt, dass er im Auto auf uns wartet. Glaube ich zumindest. Denn währenddessen wirft sich Clara schon mit einem Kampfschrei in den Sturzregen und ich folge ihr auf dem Fuß bis zur Haustür, die jetzt für uns geöffnet wird. Eine ältere Frau mit wirren grauen Haaren tritt für uns beiseite. »'allo«, sagt sie. »Schnell rein mit euch.«

Aus meinen Haaren tropft selbst nach dem kurzen Lauf schon das Wasser. Sie reicht mir ein Handtuch. *»Merci.«*

»Ich bin Clara, das ist Jana.«

»*Mais chérie*, ich erkenne euch! Ich bin Celines Mutter, Marie.« Sie geht voraus. »Ich mache euch Tee. Celine ist im Wohnzimmer.«

Sowohl Clara als auch ich sind zu groß für das niedliche Häuschen und müssen uns regelrecht unter dem Türsturz hindurchducken. Trotzdem ist es ein urgemütliches Heim mit Krimskrams, Blumensträußen und malerischen Holzbalken in den niedrigen Decken. Mum wäre sofort verliebt. Im Wohnzimmer steht eine Staffelei vorm Fenster mit einem halb vollendeten Ölgemälde des Ausblicks an einem wesentlich freundlicheren Tag. Dahinter, auf der nächsten Fensterbank, in den Anblick des Regens vertieft, sitzt Celine Marchand.

Langsam wendet sie uns das Gesicht zu. Sie scheint gar nicht recht hier zu sein. Und, ja, sie sieht schön aus, wenn auch ... irgendwie ... gespenstisch. Um nicht zu sagen, gruselig. So ein Gesicht vergisst man nicht schnell. Riesige kreisrunde Augen, perfekter Schmollmund, unglaubliche Wangenknochen. Doch nichts kann davon ablenken, dass sie sehr, *sehr* krank aussieht. Sie ist *viel* zu dünn und ihre Haut changiert fast leichenartig ins Graue. Ein zuckerwatterosa Strickpulli baumelt ihr von den mageren Schultern.

»Celine«, sagt Clara so leise, als könnte eine höhere Lautstärke ihr die Knochen brechen. »Wie schön, dich zu sehen, Babe.«

Celine hebt ein Paar Beine von der Fensterbank, die zu dünn sind, als dass sie ihre Skinny-Jeans ausfüllen könnten. Sie und Clara umarmen sich etwas unbeholfen. So ist das oft bei Models. Viel Aufeinanderprallen von Knochen, wenig zum Knuddeln. »Du siehst gut aus«, sagt Celine.

»Du auch, Honey. Das hier ist Jana.«

Sie küsst mich auf die Wange. »Ich 'abe dich in den Nachrichten gesehen.«

Da ich nicht weiß, was ich darauf erwidern soll, lächele ich bloß.

Madame Marchand steckt den Kopf ins Zimmer. »*Mes filles*, der Tee ist fertig.«

Wir folgen ihr in eine Küche, die einem Landhausstil-Bildband entsprungen sein muss. Mum wäre *hin und weg*. Wir nehmen an dem rustikalen Eichentisch Platz, auf dem eine Teekanne und ein Tablett mit selbst gebackenen Madeleines auf uns warten. »Ich lass euch in Ruhe reden«, sagt Celines Mutter und fügt mit Nachdruck hinzu: *»Celine, mange quelque chose, s'il te plaît.« Iss etwas, bitte.*

»Maman! Allez, ouste!« Celine verdreht die Augen und rutscht wie ein Blatt Papier auf ihrem Stuhl nach unten. »Sie macht mich wahnsinnig«, sagt sie, als Madame Marchand die Tür hinter sich geschlossen hat. »Ständig geht das so: Celine, iss dies, Celine, iss das.« Ohne das Tablett eines Blickes zu würdigen, zaubert sie eine Packung Camels hervor.

Clara hingegen nimmt sich eine von den Madeleines. »Wie fühlst du dich?«, fragt sie Celine. »Ich hab gehört, dass ...«

»Dass ich verrückt werde?« Celine lässt neben ihrem Kopf den Zeigefinger kreisen.

»Na ja ...«

»Letzten Sommer war ich in einer … Ich war in der Clarity-Klinik.«

»Hat es geholfen?«, fragt Clara.

»Sie ’aben mich gemästet.« Nicht gerade erfolgreich, würde ich sagen. »Aber sie ’aben mich auch von den Drogen weggekriegt, von daher war es wohl gut.« Finster starrt sie uns an und zieht gierig an der Zigarette.

»Celine«, sage ich und gieße mir dabei Tee ein, damit ich ihr nicht in die Augen sehen muss. »Du weißt, warum wir hier sind?«

»Ja.«

Clara übernimmt mit dem Taktgefühl einer Abrissbirne. »Was ist zwischen dir und Lucas Blo passiert?«

Celine lächelt verkrampft und drückt die Kippe aus. »Okay, ich erzähl es euch, aber nur euch. Und nur, weil Clara mich darum bittet. Ich ’abe mich sehr über deine Blumen gefreut, als ich aus der Klinik kam. Danke dafür.«

»Babe, das war doch selbstverständlich. Wir haben uns alle Sorgen um dich gemacht. Du warst schließlich *überall* zu sehen in der Saison damals und bist dann einfach so vom Erdboden verschwunden.«

»Also.« Sie zögert. »Also, letzte Woche war mein Geburtstag. Ich bin jetzt zwanzig Jahre alt.«

Mir leuchtet nicht ein, warum das wichtig ist, doch dann schaue ich zu Clara, die etwas nachzurechnen scheint. »Aber du warst doch … Wir sind unsere erste Saison doch zusammen gelaufen.«

Celine steckt sich eine neue Zigarette an und nimmt einen tiefen Zug. »Stimmt. Als ich vorm Centre Pompidou entdeckt wurde, war ich erst dreizehn. Aber der Fotograf meinte: Sag denen, dass du fünfzehn bist. Und ich sehe ja auch … älter aus.«

Als ich begreife, worauf das hinausläuft, dreht sich mir der Magen um.

»Mit vierzehn bin ich meine erste Fashion Week gelaufen und in dem Jahr ’abe ich auch mit Lucas geshootet.« Sie hebt den Finger, geht ins Wohnzimmer und kommt mit ihrem Modelbuch zurück. »Guckt.« Sie schlägt es auf.

Eine typische Blo-Inszenierung. Celine trägt nichts als schmuddelige hautfarbene Unterwäsche und steht aus einem unerfindlichen Grund in einem Planschbecken voller Dosenravioli.

»Da warst du *vierzehn*?«, frage ich baff.

»Oui.«

»Hat er … dir wehgetan?«, fragt Clara.

Celine reißt schockiert die Augen auf. »Nein! Wir waren ein Paar! Ich ’abe ihn geliebt. Ich dachte, er würde mich auch lieben.«

»Du … warst mit ihm zusammen?«, frage ich ungläubig und schaue zu Clara, die genauso entsetzt dreinschaut wie ich.

»Ich war seine Muse! Das ’at er gesagt. Und dass er mich liebt. Dass er seine Frau für mich verlassen würde. Ich war verrückt nach ihm.«

Clara schüttelt den Kopf. »Honey, du warst doch noch ein Kind!«

»Ja! Das weiß ich jetzt! Aber damals war ich dumm! Ich wusste eine Scheiße!«

Wenn das so weitergeht, brauche ich bald selbst eine Zigarette.

»Und habt ihr …?«

»Fuck! Ja! Wir ’aben nichts anderes gemacht.«

Clara und ich tauschen einen Blick aus. Niemand muss es aussprechen. Lucas Blo ist nicht bloß ein Triebtäter, er … ist ein pädophiler Triebtäter. Ob Celine eingewilligt hat oder nicht, macht hier keinen Unterschied, weil eine Vierzehnjährige in so was überhaupt nicht einwilligen *kann*. Gott, die arme Celine. Ich kann mir nur zu gut vorstellen, auf welche Weise ein Mann wie Blo es geschafft hat, dass sie sich als etwas Besonderes fühlte. Wie er so tat, als hätte sie die Kontrolle. Ich schätze, Männer überzeugen kleine Mädchen schon seit Anbeginn der Zeit davon, dass sie Frauen wären. Kleine Mädchen sind leicht zu überzeugen, genau deswegen suchen sie sie aus. Mir wird schlecht.

»Scheiße«, sagt Clara.

»Wir haben ihn«, murmele ich. Ein schaler Triumph.

»Celine«, fragt Clara, »würdest du darüber vor Gericht aussagen?« Und dann, in meine Richtung: »Schließlich war das rechtlich gesehen Vergewaltigung, oder?«

»Ja, soweit ich weiß«, antworte ich, obwohl meine innere Juristin einen Google-Kurs brauchen wird.

»Ich will nicht vor Gericht.« Celine rutscht auf ihrem Stuhl herum. »Es ist ... lange her.«

»Celine, komm schon.« Clara setzt sich aufrechter hin. »Das wird endlich den Ausschlag geben. Sie haben schon wegen allem Möglichen gegen ihn ermittelt. Du bist nicht allein.«

»Nein. Nein, ich will keinen Ärger machen.«

Wir verstummen. Claras Schultern sacken nach vorne. Aber ich kenne das zu gut. Ich weiß zu genau, wie sich das anfühlt: machtlos, hoffnungslos; etwas gegen ihn unternehmen – sinnlos. Aber wir sind zu weit gekommen, um jetzt umzukehren. Wir mögen seiner Karriere einen Dämpfer verpasst haben, aber – wie Clara gesagt hat – für wie lange? Früher oder später wird er sein *Mea culpa* sprechen, für ein paar Monate in irgendeine schicke Entzugsklinik verschwinden, ein paar Tausender an irgendeine wohltätige Einrichtung spenden und dann wird er wieder da sein. Lucas Blo muss *aufgehalten* werden. *Für immer.*

»Celine«, sage ich, »guck dir doch mal an, was wir schon geschafft haben. Hast du so was jemals zuvor erlebt? Wir sind so nah dran, wir könnten ... die Branche verändern. Nein, weißt du was, die Leute verbringen *Stunden* damit, uns anzugucken. Wir könnten glatt *die Welt* verändern.«

Celine schnaubt abfällig. »Ich weiß nicht. Ich bin mit alldem durch.« Sie zeigt auf uns beide. Offenbar meint sie das Modeln. »Ich will keine Puppe für Männer zum Spielen mehr sein. Ich bin müde, ich bin krank, ich bin erledigt.«

»Das verstehe ich«, sage ich. »Und es tut mir leid, was dir alles passiert ist. Aber wir … Zusammen können wir verhindern, dass es noch mehr Mädchen passiert.«

»Und es geht dabei ja nicht nur um Blo«, fügt Clara hinzu, »sondern um *alle* beschissenen Widerlinge, die denken, sie dürften uns auf der Tanzfläche im Club oder was weiß ich wo begrapschen. Um *alle* Ekelpakete, die im Vorbeifahren unsere Beine kommentieren und sich im Recht sehen, weil wir ja einen kurzen Rock angezogen haben. Machen wir ihnen einen Strich durch die Rechnung.«

Ich sehe zu Celine. Sie schließt die Augen, schüttelt dann aber den Kopf. »Nichts wird sich je ändern.«

»Doch«, widerspreche ich heftiger als gewollt. »Bestimmt haben Frauen vor hundert Jahren das Gleiche übers Wahlrecht gesagt, oder über das Recht, einen Beruf auszuüben, oder über Scheidung, über Abtreibung. Es ändert sich eben doch etwas. Wenn jemand wie Blo ins Gefängnis wandert, dann … keine Ahnung, dann ist das vielleicht eine Botschaft, die auch bei anderen ankommt.«

Celine seufzt. »Wartet. Ich geb euch was.« Sie steht noch einmal auf und holt ihr Tablet.

»Was denn?«, fragt Clara.

»Er 'at ein Sexvideo von uns gedreht. Das maile ich euch.«

Lien hat uns nicht umsonst hergeschickt. »Dein Ernst?«

Celine reagiert sehr französisch auf die Nachfrage. »Ja, nun, wir 'atten einen – wie sagt man? – flotten Dreier. In L.A. Wollt ihr sehen?«

»Nein!«, sagen Clara und ich gleichzeitig. Und laut.

»Dürfen wir es der Polizei geben?«, frage ich.

Ein weiteres Seufzen. »Ja, sagt ihnen, da war ich vierzehn oder vielleicht fünfzehn. Vom anderen Mädchen weiß ich das Alter nicht. Sie ist auch ein Model.«

»Man wird dich deswegen befragen wollen«, warnt Clara.

Celine zuckt die Schultern. Sie wirkt entsetzlich müde. Abgezehrt. Einmal durchgekaut und wieder ausgespuckt. Das Mädchen, die junge Frau aus der Modelmappe ist nicht die Gleiche, die mir hier am Tisch gegenübersitzt.

Photoshop. Unser Leben wird retuschiert. Wir alle werden von unseren Agenturen so lange umschmeichelt und bezirzt, bis wir uns für die erlesenen Orchideen halten, als die sie uns verkaufen wollen. Dabei sind wir in Wahrheit bloß Massenware. Tausende Elyssa Sayers warten in den Supermärkten, Parks oder Schwimmbädern dieser Welt darauf, gescoutet zu werden. Vor fünf Jahren war Celine an meiner Stelle. Jetzt ist die Retusche verschwunden und sie sitzt wieder zu Hause bei ihrer Mutter, ist krankhaft abgemagert und hat einen Entzug von Gott weiß was hinter sich. Aber keiner sieht sie mehr an, weil alle zu beschäftigt damit sind, mich anzusehen.

»Das Video«, überlegt Celine, »wäre dann wohl ein – wie sagt man? – Beweisstück?«

»Ja«, antworte ich. »Allerdings.«

Wir haben ihn.

ALTES EISEN

Etwa eine Woche nach meiner Rückkehr aus Frankreich sitze ich bei meiner besten Freundin in der Küche. Weil ihre Mum zu Besuch bei Sabahs Tante in Birmingham ist, muss Sabah ihre kleine Schwester babysitten. Dabei leiste ich ihr Gesellschaft und wir gönnen es uns, bei Nando's zu bestellen. Keine Viertelstunde später nehmen wir unser scharfes Peri-Peri-Huhn mit Halloumi und Fritten an der Haustür entgegen.

Nachdem wir Halima ins Bett gebracht haben, klicken Sabah und ich uns auf dem Teppich vorm Couchtisch bestimmt zwanzig Minuten durch Netflix, ohne auf etwas zu stoßen, das nicht mindestens eine von uns schon kennt. »Sollen wir einfach noch mal *Jurassic World* gucken?«, fragt Sabah und schluckt den Rest von ihrem Halloumi runter. »Chris Pratt geht schließlich immer.«

»Schon, aber müssen wir uns Bryce Dallas Howards Flucht vor dem T. Rex noch mal geben? Zieh die High Heels doch einfach aus, Dumpfbacke.«

»Okay, du hast es nicht anders gewollt, ich mache *Brautalarm* an.«

»Weh mir! Ich bin Trauzeugin und habe keinen Arsch voll Geld!«

Sabah schnaubt belustigt und wählt den Titel aus. Sie und ihre Familie leben nur zwei Straßen von uns entfernt in einer modernen Parterrewohnung. Nach vorne raus kriegt man die Straße ziemlich mit, aber hinten Richtung Terrasse ist's ruhiger. »Willst du noch Hühnchen?«, fragt sie und schiebt die Schachtel in meine Richtung.

»Danke, bin pappsatt. Beim nächsten Bissen platze ich.«

»Okay.« Sie nimmt einen Schluck von ihrer Diätcola. »Wenn ich dir jetzt was erzähle, versprichst du, mich nicht zu verurteilen?«, fragt sie, ohne mich anzusehen.

»Ich verspreche es. Leg los.«

Sie vergräbt das Gesicht in den Händen. »Ach, ich kann nicht! Ich schäme mich zu sehr!«

Sollte ich mir Sorgen machen? »Sabs?«

»Aber du warst ehrlich zu mir, deswegen sollte ich auch ehrlich zu dir sein.«

Oh Scheiße, was kommt jetzt?

Sie drückt ihr Gesicht so tief ins leopardengemusterte Sofakissen, dass ihre Stimme nur ganz gedämpft zu hören ist. »Irgendwie … date ich … Rob.«

Das muss ich erst verarbeiten. »Wie bitte?« Ich ziehe ihr das Kissen weg. »ROBIN Rob?«

»Ich weiß!« Sie schüttelt den Kopf. »Aber hast du ihn in letzter Zeit mal angeguckt?«

»In letzter Zeit nicht. War schließlich in Frankreich auf Pädojagd. Hörst du zu, wenn ich was erzähle?«

»Tja, Babe, er sieht jedenfalls mjammihammihammermäßig heiß aus.«

Etwas in der Richtung ist mir wohl letztens im Park durchaus aufgefallen. »Aber … er ist … *Robin*.«

»Seit er zum Fitnessstudio geht, verwandelt sich sein Babyspeck in ›*Baby! Schleck!*‹«

»Du bist eine wahre Poetin.«

»Wenn er das T-Shirt auszieht, sind da auf einmal überall diese Linien!«

Ich muss grinsen. »Du hast Robin ohne T-Shirt gesehen?«

»Ach, halt dein Schandmaul! Du kleine Hure bist zu Westley Bryce in die Kiste gehüpft.«

»Autsch! Aber fair. Seit wann läuft das zwischen euch?«

»Es fing an, nachdem du nach Asien geflogen bist. Während du weg warst und Laurel zur dunklen Seite der Macht wechselte, sind er und ich uns nähergekommen. Ich fühle mich sicher bei ihm. Aber, verdammt noch eins, ich bin Muslimin, er Jude. Wie soll das gut gehen?«

Wow, so lange schon? Ich bin ein bisschen verletzt, dass sie mir nicht eher was gesagt hat, kann es aber andererseits auch verstehen. »Ist es euch denn ernst?« Sie zuckt die Schultern. »Dann macht euch in vielleicht zehn Jahren darüber Sorgen. So lange genießt es einfach! Genießt du es denn?«

Sie lächelt verschmitzt. »Ist alles sehr Romeo und Julia des einundzwanzigsten Jahrhunderts. Erzähl *keinem* davon. Was wir da tun, ist verboten. Es ist *haram*. Und er mein *Harammler*.«

Ich hebe die Hände. »Bitte, verschon mich. Ich werde nichts erzählen. Aber willst du denn nicht selbst reinen Tisch machen?«

»Ach, ich weiß nicht recht. Eigentlich finde ich es ganz schön, dass die Sache zwischen ihm und mir bleibt, ohne dass die ganze Schule davon erfahren muss. Aber dir habe ich es jetzt dann doch mal erzählt, damit die Katze aus dem Sack ist.«

Ich umarme sie. »Ich gönne es dir, Honey. Euch beiden.«

Sie wirft den Kopf zurück und stößt den Atem aus. »Allah sei gepriesen! Es fühlt sich gut an, das los zu sein.«

»Was du nicht sagst.«

Sabah nickt. »Also gut. Reden wir dann jetzt über«, sie ahmt einen französischen Akzent nach, *»Celine Marchand?«*

Verdammt. Ich hatte gehofft, mich davor drücken zu können. »Führt ein Weg daran vorbei?«

»Nein.«

Ich muss schmunzeln. »Also schön. Wie es aussieht, hat Blo grob eine Million Gesetze gebrochen, indem er in Kalifornien mit einer Minderjährigen geschlafen hat. Jetzt muss er doch noch vor den Richter. Wie das genau läuft, weiß ich ehrlich gesagt nicht. Aber Clara hat eine der besten Anwältinnen der USA angeheuert, damit sie sich um alles kümmert.« Ich könnte ihr noch mehr erzählen, aber immer wenn ich an Blo denke, wird mir schlecht.

»Sehr gut.« Sabah nickt zufrieden. »Hoffentlich grillen sie ihn ordentlich durch.«

»In Kalifornien gibt es keine Todesstrafe.«

»Wie schade.«

»Sabs! Kritisches Thema!«

Sie grinst. »Und ich weiß, worüber du genauso wenig reden willst.«

»Und wirst es trotzdem ansprechen, richtig?«

»Vogue.«

Ein tiefer Seufzer macht sich Luft.

»Wie soll es danach weitergehen?«.

»Boah, keine Ahnung. Am liebsten würde ich ganz einfach in Ruhestand gehen. Mit siebzehn.«

»Und nie wieder modeln, einfach so?« Sabah runzelt die Stirn.

»Sabs, ich weiß es ehrlich nicht.«

»Okay, warte kurz.« Sabah geht in ihr Zimmer und kommt mit einem riesigen Fotoalbum zurück. »Sieh dir das an.« Sie schiebt unsere fettigen Teller beiseite und legt das Monstrum auf den Couchtisch.

»Was ist das?«

»Find's raus.«

Ich schlage es auf und schnappe nach Luft. Jede der Seiten quillt über vor Gesichtern von mir. TANK, Coda, die Met Gala, *Elle*, jede Menge aus vogue.com und Konsorten ausgedruckte Laufstegfotos, Zeitungssauschnitte über mich und Clara und Blo.

»Wow, Sabs. Da hast du dir ja einen gruseligen Stalker-Schrein gebastelt.«

Sie lacht und wirft das Kissen nach mir. »Miststück! Wenn dir erst die Titten auf den Knien hängen, wirst du mir danken!«

»Verrückt, das hier hatte ich schon ganz vergessen.« Ich zeige auf das Editorial-Foto für die französische *Elle*, bei dem ich in dem sonnengelben Designerkleid über die Seine geschippert wurde. Zart und verträumt sieht das aus – Romantik pur. Natürlich weiß ich, dass dieser entrückte Blick einer Mischung aus Xanax, Hunger und Erschöpfung entsprang.

»Echt ärgerlich«, sagt Sabah. »Eigentlich wollte ich's dir erst zeigen, wenn wir vierzig sind, aber das hier ist wohl ein Fashion-Notfall.«

»Wir werden mit vierzig noch befreundet sein?«

Sie grinst. »Babe, ich hab uns schon ein Doppelzimmer im Altersheim gebucht!«

»Ha! Ziehe ich da nächste Woche ein? Gehöre ja jetzt zum alten Eisen.«

»Was ich sagen will, Pissnelke: Du bist *verdammt gut* darin. Nicht viele können das.« Sie tippt mit ihrem Acrylnagel auf eins der Fotos.

»Groß sein?«

Sie schnalzt mit der Zunge. »Du bist nicht bloß *groß*. So war das nie. Andere Mädchen sehen dich und wollen wie du sein.«

Das klingt lächerlich. »Wer auf der Welt würde wie ich sein wollen?«, frage ich leise.

»Tu nicht so! Was du gemacht hast, war der Wahnsinn! Du bist die wackere Jana aus Winstanley, die einen Drachen getötet hat!«

Ich unternehme Anstrengungen, mich unter dem Couchtisch zu verstecken. »Hör … endlich … auf … über … Gefühle … zu reden.«

»Die Gefühle müssen raus, Mädel.«

Ich stoße einen weiteren tiefen Seufzer aus und hoffe, damit das Faulgas rauszukriegen. Es fühlt sich an, als würde ein Sumpf in meiner Lunge Blasen werfen. »Sabs, was soll ich tun?«

»Es geht um die *Vogue*. Das ist was Großes.« Sie zuckt die Schultern. »Was *willst* du denn tun?«

Ich schmeiße mein Hirn an. Mittlerweile geht das ja wieder. Ich bin raus aus dem Wäschetrockner, in dem ich das letzte Jahr verbracht zu haben scheine, weil ich weder über mein Leben noch über meinen Körper die Kontrolle hatte und mein Verstand dank Pillen und Müdigkeit wie ausgeschaltet war.

Doch auch was die Zeit davor angeht: Ich frage mich ehrlich, ob ich in meinem Leben schon mal selbstbestimmt den Tag verbracht habe. Erst war ich zu Hause, dann an der Schule, dann bei Prestige. Ich habe gemacht, was von mir verlangt wurde. Habe nie darüber nachgedacht, was ich selbst wollte. Na ja, ich wollte Ferdy, so viel war mir klar, aber da ich ihn zurückhabe … was jetzt?

»Schätze, ich will«, antworte ich, »etwas machen, das *zählt*.«

»Das hast du schon«, gibt Sabah zu denken. »Du hast Blo zu Fall gebracht.«

Sie hat recht. Aber das kann nicht alles gewesen sein. Ich habe noch zu tun. Mein Leben, meine Geschichte wird nicht auf Lucas Blo beschränkt sein.

VOGUE

Der Stylist, ein süßer schwuler Asiat namens Krishnan, zieht an den Schnürbändern des Korsetts und ich schnappe nach Luft. »Zu fest?«, fragt er.

Ja. »Geht«, keuche ich. Wer braucht schon innere Organe? Er schnürt es noch enger.

»Das sieht fantastisch aus«, sagt er und tritt bewundernd einen Schritt zurück.

Meine Rippen fühlen sich gebrochen an. »Ist es *vogue?*«

Er lächelt. »Oh, *absolut* vogue.« Der ganze Tag fühlt sich schon vogue an, irgendwie *heilig* – trifft es das? Hair- und Make-up-Stylisten haben mich in respektvollem Schweigen zurechtgemacht, als wäre ich eine jungfräuliche Braut oder so. Hierin gipfelt alles, worauf ich hingearbeitet habe. Ich betrachte mich im Spiegel und, ja, ich sehe sensationell aus, wenn ich das so sagen darf. Ich bin die Herzkönigin, ich bin Aphrodite, ich bin ein lebendes Kunstwerk. Das Cover haben wir heute schon im Innern des Hampton Court Palace geschossen. Zu dem roten Burberry-Trenchcoat in Schottenmuster sollte es meine ursprüngliche braune Haarfarbe fürs Foto sein, deswegen saß ich bereits um halb sechs bei der Hairstylistin und habe jetzt gefühlt einen ganzen Tag hinter mir. Das Blond mit rausgewachsenem Ansatz gefiel Miss Wintour wohl nicht so gut.

Der Rest des Nachmittags ist für die Interview-Fotostrecke vorgesehen. »Komm, ich helf dir nach draußen.« Krishnan rafft die Meter um Meter aus Taft und Seide in Schwarz und Rot zusammen. Ein Vintage-Stück von McQueen, so wurde mir gesagt. Gehört alles zu ihrer Spezialausgabe über britische Modedesigner. Das Kleid ist eine

Leihgabe des Metropolitan Museum of Art und hat – kein Scherz – einen eigenen Bodyguard.

Wie so oft in letzter Zeit kommen mir Celine, Blo und der Prozess in den Sinn und verursachen mir Grummeln im Magen. Kein Medikament gegen Angstzustände ist stark genug für so was. Gleich einer finsteren Gewitterwolke droht die Gerichtsverhandlung am Horizont. Entschlossen schüttele ich den Kopf. Ich sollte hier nicht daran denken. Das ist definitiv nicht vogue.

Vor dem Palast, wo der Umkleide- und Schminkbereich untergebracht ist, steht ein Golfcart für mich bereit, mit dem ich zur ersten Shooting-Location gebracht werden soll. Das wird noch ein laaanger Tag. Drei weitere Outfits warten auf mich. Da ich in dem Kleid nicht sitzen kann, muss ich mich irgendwie an den Stangen hinter mir festklammern. Es herrscht herrlichstes Augustwetter – nicht zu warm, nicht zu kalt. Die Sommerferien sind in vollem Gange, Schulkinder, für die der nervige Unterricht in weiter Ferne liegt, jagen sich kreischend über den Rasen.

Kaum eine Minute später kommen wir vor dem Hampton-Court-Irrgarten zum Stehen. Der Fotograf, ein Deutscher, schreit gerade seinen Assistenten an. Gunter König sieht *sehr* deutsch aus. Ein hellblonder Hüne mit durchdringend blauen Augen. Und er wirkt ganz und gar nicht zufrieden.

Ich kenne ihn ja vom Cover-Shooting heute Vormittag und schon da war er *nicht einfach*. Sicher wird das hier keine Verbesserung. Matilda von der *Vogue*-Redaktion kommt zu mir herüber. »Gunter gefällt das Licht im Irrgarten noch nicht. Gib ihm ein paar Minuten, dann kann es losgehen. Alles okay bei dir?«

»Klar«, sage ich, während das Korsett mir immer tiefer in die Taille schneidet. Ich winke die Visagistin zu mir, der ich mein Handy anvertraut habe. »Gib bitte kurz.«

Sie fischt es aus der Tasche. Eine Nachricht von Ferdy leuchtet mir entgegen: *Ein Shooting noch, dann bist du FREEEEEEEEI! Liebe dich.*

Gerade gebe ich lächelnd das Handy zurück, da sehe ich im Augenwinkel, wie eine Frau mit einem kleinen Mädchen an der Hand zögernd näher kommt. Der Park ist ganz normal geöffnet, nur den Irrgarten haben sie eine Stunde lang für uns abgesperrt. »Ach, hallo, entschuldigen Sie«, sagt die Frau. »Jana Novak, richtig?«

»Jepp.« Unbeholfen steige ich in meinen bescheuert hohen Plateauschuhen von dem Golfcart herunter. Dank ihnen bin ich an die zwei Meter fünfzehn groß. Ich muss furchterregend aussehen.

»Meine Kleine wollte Hallo sagen und um ein Autogramm bitten, ist doch okay, oder?« Die aufdringliche Mutter schiebt ihre vor Ehrfurcht erstarrte Tochter in meine Richtung. Das Mädchen ist vielleicht neun oder zehn, hat Zahnlücken und trägt eine Brille. Ihre Gesichtszüge müssen sich noch zurechtwachsen. Jedenfalls haben sie das über mich früher immer gesagt.

»Natürlich«, sage ich lächelnd, und zur Tochter: »Wie heißt du denn?«

»Georgina«, nuschelt sie und hält mir ein niedliches pinkes Notizbuch hin.

»Georgina will auch mal Model werden«, verkündet die Mutter. »Stimmt's, Georgina?«

Die Arme kriegt schinkenrote Wangen. Meiner Einschätzung nach will vielmehr ihre Mum, dass sie Model wird, aber egal. Sage ich jetzt die Wahrheit oder nicht? »Na, hübsch bist du schon mal«, sage ich lächelnd zu Georgina, worauf sie mich anstrahlt.

Das war nicht gelogen, aber auch nicht das, was ich ihr eigentlich gern übers Modeln sagen würde. *Es ist nicht alles Gold, was glänzt.*

»Jana!«, ruft Matilda. »Gunter ist jetzt so weit.«

Flankiert von Assistenten gehen wir in das Labyrinth. Ich helfe mit, das Kleid anzuheben, damit es nicht auf der Erde schleift. Offenbar werden wir im Zentrum des Irrgartens beginnen, weil da mehr Platz für die Beleuchtung ist. Es ist gar nicht so leicht, in dem Kleid zwischen den säuberlich getrimmten Ligusterhecken entlangzulaufen. Ich war hier schon mal. Hampton Court liegt nur fünfundvierzig Bahnminuten von Clapham Junction entfernt. Dad hat Milos und mich einmal hergebracht. In diesem Irrgarten haben wir stundenlang Fangen gespielt.

»Können wir dann anfangen, bitte?«, bellt aus der Ferne die Stimme von Gunter. »Schnell, bevor die Sonne wieder rauskommt und alles verkackt.«

Wir gehen weiter in die Richtung, aus der wir ihn gehört haben, wobei einer der Assistenten darauf achtet, dass wir in keine der Sackgassen geraten. In der Mitte des Irrgartens schließlich läuft Gunter schon ungeduldig mit seiner Kamera auf und ab. Was für ein Arsch, aber ehrlich.

Nach ein paar letzten Handgriffen an Haaren und Make-up geht es los. »Du bist Alice im Wunderland«, sagt Gunter. »Jetzt komm auf mich zu.«

»Okay!« Ich trete ein paar Schritte zurück und tue wie geheißen.

Er schießt ein paar Bilder. »Du hast dich verlaufen! Guck entsprechend.«

»Okay!« Ich gehe zurück auf die Startposition und reiße besorgt die Augen auf.

»Langsamer!«, schimpft er. »Du bist zu schnell!«

»Tut mir leid. Noch mal?«

»Was sonst?«

Unhöflich. Beim erneuten Zurücktreten verfängt sich das Kleid in der Hecke. »Oh, scheiße, tut mir leid.«

»Pass doch auf!«, fährt jetzt auch Krishnan mich an und eilt dem Kleid zur Rettung. Währenddessen verdreht Gunter die Augen und stützt die Hand in die Hüfte.

Wir versuchen es noch ein paarmal. »Das funktioniert nicht«, konstatiert Gunter. »Geh stattdessen von mir weg und guck über die Schulter.«

»Okay.« Diesmal folgt er mir ins Labyrinth und knipst vor sich hin, während ich ihn über die Schulter immer *noch* neugieriger anzuschauen habe.

»Nein!«, ruft er irgendwann und stampft ein paar Schritte von mir weg. »Das ist grauenhaft. Guck! Guck dir das an!« Er winkt Krishnan herbei und hält ihm das Kameradisplay vor die Nase. »Sie schaut fett aus in dem Kleid! Guck! Man sieht den Speck ja geradezu oben rausquellen!«

»Hmm, vielleicht sollte ich das Korsett etwas lockern?«

»Vielleicht ist sie auch einfach zu fett.«

Bin ich jetzt zum Geist mutiert? In Hampton Court spukt es ja durchaus, wie es heißt, aber das bin nicht ich, soweit ich mich erinnere. »Entschuldigung?«, sage ich laut und mache einen Schritt auf die beiden zu. »Was war das gerade?«

Gunter mustert mich von Kopf bis Fuß. »Du bist zu fett für das Kleid.«

Ich *könnte* heulen. Vor einem Jahr hätte ich das wohl auch getan. Aber jetzt lächle ich stattdessen. Und atme tief durch, um den nächsten Augenblick möglichst ausgiebig zu genießen und ihn mein Leben lang in Erinnerung zu behalten. »Weißt du was: Fick dich selbst.«

Gunter fällt die Kinnlade runter.

Matilda kommt herbeigerannt.

Ich hebe das Kleid hoch, drehe mich auf dem Absatz um und stolziere – oh, mein Walk ist dermaßen gut dieser Tage – Richtung Irrgartenausgang davon.

»Jana!«, ruft Matilda. »Du kannst doch nicht einfach … Komm zurück!«

Doch ich bin schon um die nächste Ecke. Hier beschleunige ich meine Schritte und bleibe dank der vielen Abzweigungen ihren Blicken verborgen. Ich ziehe mir die Schuhe von den Füßen und lasse sie auf dem Boden liegen. Jetzt kann ich rennen.

»Jana!«, kreischt jemand.

Dann eine tiefere Stimme: »Jana! Komm zurück! Dieses Kleid ist unbezahlbar!« Durch die Lücken im Grün kann ich sehen, wie sie mir nachjagen. Und dabei geradewegs hinein in die Sackgassen geraten.

Ich renne noch schneller. Und beginne zu lachen. Hinter der nächsten Ecke kann ich den Ausgang sehen. Unter wild aufflatterndem Schwarz und Rot fliege ich ins Freie.

Wie sich herausstellt, kannte ich den Weg aus dem Labyrinth.

Ich kannte ihn die ganze Zeit.

Einfach laufen.

BRAND IN TEXTILFABRIK KLAGE GEGEN MODEGIGANT ZURÜCKGEWIESEN

Der Oberste Gerichtshof in Madrid hat gestern die von Amnesty International erhobene Klage zurückgewiesen, dernach der spanische Modegigant Coda für die zweihundertsiebenundachtzig Todesopfer des Fabrikbrandes diesen Januar in Bangladesch hätte verantwortlich gemacht werden sollen.

Die Modekette, welche zweiundfünfzig Filialen im Vereinigten Königreich betreibt, gab an, dass nicht allein sie Teilbereiche ihrer Herstellung in die Fabrik am Rande Dhakas ausgelagert habe und nicht für die Sicherheitsstandards externer Betriebe verantwortlich sei. Das Gericht stimmte dem zu.

Jennifer Glazer, Sprecherin der Coda-Geschäftsführer Santiago und Alejandro Garçia, teilte mit: »Da wir stets darauf bedacht sind, die Arbeitsbedingungen unserer Fabrikarbeiterinnen und -arbeiter kontinuierlich zu verbessern, können wir gut verstehen, warum unsere treuen Kunden den Vorfall in Dhaka als niederschmetternd empfinden. In der gesamten Branche gilt es, ethisches Denken als Leitsatz allen Handelns zugrunde zu legen.«

In einem Interview für *Stylist* gab das britische Model Jana Novak letzte Woche bekannt, dass sie als Ausdruck ihrer Solidarität mit den Opfern des verheerenden Feuers nicht länger als Gesicht der Marke Coda tätig sein werde.

KEYS UND FLAME SCHÜREN GERÜCHTE BEI BRANCHENEVENT

Sind das Supermodel und die Rapperin mehr als nur Freunde?

Exklusive Online-Prominfo

Gestern Abend zog Supermodel Clara Keys alle Blicke auf sich, indem sie zur feierlichen Markteinführung ihrer Kosmetik-Linie Hand in Hand mit der amerikanischen Rapperin Mikita Flame erschien.

Gerüchte über das Paar kursieren bereits seit letztem Monat, als man sie beim trauten Herumplantschen am Strand auf den Malediven erwischte. Keys (22) ist schon immer sehr verschlossen gewesen, was ihr Privatleben angeht. Über Flame (31) hingegen ist bekannt, dass sie ein Kind mit ihrem Exmann, Detroit-Tigers-Pitcher Amari Ennis, hat.

Während keine von beiden ein offizielles Statement abgab, wurde uns von Insidern zugetragen, dass sie während der gesamten glamourösen Veranstaltung in der Selfridges-Filiale auf der Oxford Street, bei der sich neben zahlreichen Kolleginnen von Keys auch die Londoner High Society eingefunden hatte, die Finger nicht voneinander lassen konnten.

Nächsten Monat, so heißt es, wird Keys bei dem mit Spannung erwarteten Prozess gegen den in Ungnade gefallenen Modefotografen Lucas »Blo« Blomfeld in L.A. aussagen.

KEYS X CLARA, eine vegane Make-up-Linie, entwickelt ohne Tierversuche für alle Hautfarben und Geschlechter, ist ab sofort exklusiv bei Selfridges zu erwerben. Die Kaufhauskette rechnet damit, dass die erste Charge schon in Kürze ausverkauft sein wird.

HONEST MODELS

Das Display leuchtet auf. Cheska ruft an. Handy auf den Bauch drehen. So. Seit dem abgebrochenen *Vogue*-Shooting habe ich täglich etwa eine Million entgangene Anrufe. Von Trent in New York, von *Vogue*-Matilda, von Cheska – weiß der Teufel, was Prestige damit zu tun hat –, doch ich ignoriere sie alle.

Ich sitze in meinem Zimmer, höre Blondie – »Atomic« – und blättere durch die heute angekommene Ausgabe der chinesischen *Vogue*. Die Fotos sind ziemlich gut geworden und, ja, ich bin ein bisschen stolz. Auf dem einen lehne ich mich matrixartig nach hinten, während die meterlangen Ärmel meines lachsrosa Comme-des-Garçons-Kimonokleids verwegen in der Windmaschine flattern. Das sieht eindeutig nach ... *Kunst* aus. Nach echter, einwandfreier Kunst. Vielleicht eine ganz gute Entschädigung dafür, dass ich nun doch nicht auf der amerikanischen *Vogue* erscheinen werde.

Das triumphale Filmfinale-Gefühl während meiner Flucht aus dem Labyrinth hielt leider nur bis zur Ankunft bei der Umkleide. Sobald ich das Korsett vom Körper hatte, fühlte ich mich nicht mal mehr ansatzweise divenhaft genug für die Aktion. Trotzdem, selbst als sie mich *anbettelten*, zum Set zurückzukehren, weigerte ich mich. Stattdessen rief ich Dad an, der mich dann abholte.

Weil Dad aber nun mal Dad ist, meinte er, dass es keine Entschuldigung für meine unflätige Ausdrucksweise gebe und dass ich mich gefälligst per E-Mail bei Anna Wintour persönlich zu entschuldigen habe. Ächz.

Mein Handy meldet piepsend eine Nachricht auf der Mailbox.

Schätzungsweise kann ich mich nicht ewig vor der Welt verstecken. Dann lass mal hören:

»Sie haben EINE neue Nachricht.«

»Hi Jana, hier ist Cheska DeBrett. Ich kann absolut nachvollziehen, dass du meine Anrufe ignorierst. An deiner Stelle würde ich das Gleiche tun. Hör bitte trotzdem zu. Ich habe bei Prestige gekündigt. Aus vielen Gründen, vor allem aber wegen Maggies Umgang mit dem, was dir passiert ist. Jana ... er hat das auch mit mir gemacht. Ich ... Können wir uns bitte treffen? Diese Woche ... oder nächste, oder ... irgendwann? Du hast ja meine Nummer, von daher ... Okay, pass auf dich auf.«

»Um die Nachricht noch einmal zu hören, drücken Sie die EINS. Zum Speichern dieser Nachricht drücken Sie die ZWEI. Zum Löschen dieser Nachricht drücken Sie die DREI.«

Ich mache ein Treffen mit Cheska aus, denn wie könnte ich das nach dieser Nachricht ablehnen? Noch in der gleichen Woche finde ich mich im Soho House ein. Ja, als ihr Gast lassen sie mich rein in den Privatclub. Schick. Offenbar beweisen reiche Leute so anderen reichen Leuten, dass sie reich sind, oder so. Drinnen herrscht edles Schummerlicht. Von langen schmalen Gängen gehen zahllose Winkel und Nischen ab, in denen sich wichtig aussehende Leute in wuchtigen Ledersesseln gedämpft unterhalten. Ziemlich sicher laufe ich gerade an Benedict Cumberbatch vorbei, will aber nicht hinstarren. Trotzdem: Hallo, verdammt! Sherlock Fucking Holmes!

Cheska sitzt nahe der Bar in einem Sessel am Kamin und tippt manisch auf ihrem Laptop herum. »Jana! Hi!« Als sie aufsteht und mich umarmt, bin ich kurz so betört von ihrem Parmaveilchenparfüm, dass ich mich sehr zurückhalten muss, um sie nicht abzulecken. »Ich danke dir tausendmal, dass du gekommen bist«, sagt sie.

»Schon okay.«

»Möchtest du etwas trinken? Tee? Kaffee?«

»Gerne, ähm, einen Tee?«

»English Breakfast?«, fragt ein aus dem Nichts erschienener, unglaublich gut aussehender Kellner und ich nicke. Könnte mir gut denken, dass er nebenbei als Model jobbt.

Cheska klappt ihr MacBook zu und schenkt mir ihre volle Aufmerksamkeit. »Bitte entschuldige. Gerade geht alles drunter und drüber. Willkommen in meinem neuen Büro!«

Verwirrt blicke ich mich um. »Hier arbeitest du?«

»Als Übergangslösung, aber ja. Du befindest dich im temporären Geschäftssitz von Honest Models.«

Der Groschen fällt. »Du hast deine eigene Agentur gegründet?«

»Jepp.«

Ich lächle. »Aha, ich verstehe. Du willst mich unter Vertrag nehmen.« Nein, ich bin nicht länger grün hinter den Ohren. Ich weiß genau, wie viel ich wert bin.

»Was denkst du denn?« Cheska grinst. »Jede Agentur der Stadt will das.«

Auf einem Eiche-Massivholz-Balken serviert der Kellner ein Ensemble aus Glaskanne, Teetasse, Milchkännchen und Zuckerdöschen. Ein bisschen drüber, wenn man mich fragt. Als er gegangen ist, sage ich: »Es gibt einen Grund, warum ich keiner von ihnen zugesagt habe. Ich werde nämlich ziemlich sicher in den Ruhestand gehen. Mit siebzehn. Was meinst du, ist das ein neuer Rekord?«

»Das bezweifle ich, Jana, du kannst jetzt nicht aufhören. Dafür bist du einfach *zu gut* darin. Pass auf. Ich war immer bei Prestige, erst als Model, dann als Bürokraft, von daher kann ich nicht für die anderen Londoner Agenturen sprechen, aber ich kann für mich sprechen. Ich will es anders machen. Ich will nicht nur eine Agentur gründen, sondern auf lange Sicht eine Interessenvertretung ins Leben rufen, damit wir Models uns zusammentun und faire Arbeitsbedingungen erkämpfen können. Etwas Ähnliches geht momentan schon in den USA vor sich, aber auch hier in England muss jemand die Initiative ergreifen. Denn, glaub mir, ich kenne die Zustände. Habe schließlich fast zehn Jahre lang gemodelt.«

Ich hebe meine Tasse an die Lippen und lasse mir den aromatischen Dampf in die Nase steigen. Tee, ich liebe dich. »Was ist passiert zwischen dir und Blo?«

»Brauchst du die Details?«

Eigentlich nicht. Ich schüttle den Kopf.

»Ich habe versucht, dich zu warnen. Das habe ich bei vielen Mädchen versucht. Ich dachte, wenn ich bei Prestige bleibe, könnte ich auf euch aufpassen. Aber da habe ich mir wohl etwas vorgemacht.«

»Was du nicht sagst«, zische ich wütender, als ich wollte.

Sie lässt die Schultern hängen. »Ich weiß. Ach Gott, Jana, ich habe es versucht. Ich habe versucht, sicherzustellen, dass Maggie, Tom oder irgendjemand die Mädchen zu den Terminen bei ihm begleitet. Während ich selbst – und ich weiß, wie bescheuert das klingt – irgendwie so getan habe, als wäre das Erlebte bloß ein Albtraum gewesen. Als wäre es nicht real. Als hätte ich mir das Ganze bloß eingebildet. Jedes Mal, wenn ich seinen Namen hörte, habe ich alles möglichst weit weggeschoben. Es vergraben. Und jetzt, da ihr – du, Clara und all die anderen – so mutig Stellung bezogen habt, fühle ich mich dermaßen schuldig.«

Eine Träne rollt an ihrem perfekten Wangenknochen entlang und tropft ihr auf die Lederhose.

»Es ist nicht deine Schuld«, lenke ich ein. »Du hast sein Handeln nicht verursacht.«

»Aber wenn ich etwas gesagt hätte …«

Ich schüttle den Kopf. Mir brennen die Augen. »Cheska, scheiß drauf. Wenn du etwas gesagt hättest, hätten sie dich vielleicht als Lügnerin hingestellt. Dich Schlampe genannt. Dann hätten Reporter vielleicht Bullshit über dich und deine Familie geschrieben und irgendwelche Leute hätten dir noch mehr Bullshit per E-Mail geschickt. Und …«

»Jana, es tut mir so leid.«

»Wann hat er es getan?«

Cheska tupft sich die Augen mit einer Serviette ab. »Vor etwa zehn Jahren. Ich war so alt wie du. Vielleicht ein bisschen älter.«

»Sieh mal, Cheska, einige von den Mädchen haben durchaus etwas gesagt. Nur glaubte ihnen keiner. Oder Leute wie Maggie haben ihn beschützt.«

»Ihr hatte ich gesagt, was passiert war.«

»Da hast du's. Es ist nicht deine Schuld.«

»Danke. Obwohl ich deine Vergebung nicht verdient habe. Jedenfalls, was soll ich sonst tun? Wenn ich schon wohl oder übel bis zum Hals in dieser Branche stecke, kann ich doch auch versuchen, sie von innen heraus zu verbessern, oder?«

Ich weiß nicht, ob es die Branche überhaupt geben sollte. »Willst du nicht doch lieber ganz was anderes machen?«

»Zu spät. Ich habe schon Arabella Campbell-True und – aber verrat es keinem – Clara kommt ebenfalls mit an Bord.«

»Clara?«

»Ihr Vertrag mit Prestige läuft aus und ich habe ihr einen *richtig guten* Honoraranteil geboten. Ohne mindestens einen großen Namen geht es fast nicht und, Mannomann, das weiß sie auch.« Ach, meine Clara. »Ich fange klein an – mit einer Boutique-Agentur halt –, aber dank Clara ist die Grenze nach oben sperrangelweit offen. Wie gesagt, ich will es *anders* machen. Keine Diäten, keine abgeranzten Modelapartments, keine Minderjährigen, nichts dergleichen. Vielmehr Models in Freilandhaltung. Bio-Models!«

Spätestens jetzt muss ich grinsen. »Honest Models sind echte Models.«

»Das wird unser Wahlspruch! Jana, die Leute würden *sterben*, um mit dir zu arbeiten. Als die bei *Vogue* von Gunter Königs Verhalten erfuhren, haben sie sich in Grund und Boden geschämt. Nach der ganzen Blo-Sache ist die Branche verzweifelt darauf aus, sich zu rehabilitieren. Sie bieten dir an, das Shooting mit einem anderen Fotografen zu Ende zu führen.«

Ach. Okay. »Ich will Layla Palmer.«

»Alles klar! Da sind sie mit Sicherheit dabei! Sind eh schon ein Fan von ihr. Siehst du, genau das meine ich. Wir haben mehr Macht, als wir denken. Schon immer, wir mussten sie nur erst entdecken.«

Ich gieße mir Tee nach, weil der in meiner Tasse nicht stark genug ist. Anfängerfehler. Er hat ihn nicht lang genug ziehen lassen. Versonnen nehme ich ein paar Schlucke. Also doch wieder ins Modeln einsteigen? In diese Achterbahn von Berufsalltag? Das Problem an Achterbahnen ist, dass man keine Kontrolle hat. Stattdessen steckt man auf Gleisen fest, kann nicht anhalten, kann nicht raus, und am Ende fühlt man sich wie vom Sturmwind zerpflückt. Ja, vielleicht kann ich dieses schnelle Leben leben, aber dabei hätte ich dann gerne ein *Lenkrad* und *Bremsen*.

Cheska redet weiter. »Was, wenn du behalten könntest, was du am Modeln geliebt hast, und all das Hässliche einfach links liegen lässt.«

»Geht das überhaupt?«

Cheska lehnt sich vor. »Dafür hat man Agenten. Wir nehmen dir das Hässliche ab. So zumindest die Idee.«

»Ich weiß nicht recht ...«

»Denk drüber nach! Lass dir Zeit! Was steht bei dir in nächster Zeit an?«

»Trotz allem werde ich bei Dermots Fashion-Week-Show laufen. Und dann ... tja, dann weiß ich noch nicht.«

Sie legt fragend den Kopf schief. »Dann können wir ja weitersehen?«

Ich schließe die Augen und seufze tief. »Lass mich nur erst die nächste Woche überleben.«

»Was passiert da?«

»Der Prozess.« Ich öffne die Augen wieder. »Der Prozess beginnt nächste Woche.«

Cheska nickt. »Soll ich ... dich begleiten?«

– Jetzt erkenne ich es. Das Ganze ist nicht mal ansatzweise eine Aschenputtelgeschichte. Und war auch nie eine. Sondern vielmehr *Rotkäppchen*. Viele kleine Rotkäppchen und viele große böse Wölfe.

PROZESS

Unaufhaltsam steigt die Sonne über Beverly Hills höher und höher. Nicht mal zehn Uhr und schon liegen die ersten Muskelpakete in ihren Speedos wie Leguane am Pool. Oder vielleicht eher wie ölige Grillwürstchen. Fast kann ich sie bis hierher brutzeln hören. Unter blauem Himmel hängt ein dunstiger Smog über L.A., sodass es sich anfühlt, als würde man die Welt durch einen Instagram-Filter betrachten. In einer von Ferdys Boxershorts und meinem Top stehe ich auf dem Balkon und lasse meinen Blick über das Hotelgelände schweifen.

Da höre ich, wie hinter mir die Glastür aufgeschoben wird. »Ich wollte dich nicht wecken«, sage ich, ohne mich umzudrehen.

Auch er hat sich in der Nacht unruhig hin und her gewälzt. Keine Ahnung, ob einer von uns überhaupt Schlaf abgekriegt hat.

Lucas Blo. Seit Paris bin ich von seinem Anblick verschont geblieben.

Heute werde ich ihm gegenübertreten müssen.

»Ich war eh wach«, sagt Ferdy, umarmt mich von hinten und küsst mir auf den Nacken. »Wie fühlst du dich?«

Ich zucke nur die Schultern. Spare meine Worte für später, wenn ich sie brauchen werde.

Unsere Anwältin Manuela Hernandez hat mit der Richterin und dem Staatsanwalt ausgehandelt, dass jedes »mutmaßliche« Opfer während des Prozesses aussagen darf. Nicht alle von ihnen kenne ich persönlich, aber spätestens nachdem ich Celine in die Sache reingequatscht hatte, konnte auch ich mich nicht mehr drücken.

»Mach dir keine Sorgen«, sagt Ferdy. Ich weiß, dass er es gut meint, aber natürlich mache ich mir Sorgen. Ich werde mit diesem

Mann im gleichen Raum sein. Er wird Lügen über mich erzählen. Ferdy stupst mich in die Seite. »Wollen wir frühstücken?«

Ich schüttle schweigend den Kopf. Reden werde ich, wenn es so weit ist.

Der Rummel vorm Stanley-Mosk-Gerichtsgebäude erinnert mich stark an die Met Gala. Jedenfalls haben sich definitiv genauso viele tollwütige Fotografen zusammengerottet. Eine ganze Kette aus LAPD-Beamten muss sie zurückhalten. Zwischen den stoischen Polizisten hindurch bellen sie unsere Namen so gierig, dass ihnen der Speichel von den Lefzen fliegt. Wer hätte gedacht, dass ich mal nach Hollywood kommen würde? Und wer hätte gedacht, dass ich nach Hollywood kommen würde, um vor Gericht gegen einen Sexualstraftäter auszusagen? Tja, aber hier sind wir nun.

Wir werden in einem zivilen Polizeiwagen hingebracht und der Beamte hält mir den Rücken frei, während auf dem Weg nach drinnen ein Blitzlichtgewitter biblischen Ausmaßes auf uns niedergeht. Ferdy lässt kein einziges Mal meine Hand los.

Sobald sich die Türen hinter uns geschlossen haben, lässt der Irrsinn merklich nach. Tatsächlich sieht es ein bisschen so aus und riecht auch so wie in einer Stadtbücherei. Weitaus weniger schick, als ich befürchtet hatte. So fühle ich mich nicht *völlig* eingeschüchtert und fehl am Platz. Das Prada-Kleid ist unter den Achseln schließlich auch jetzt schon nass genug. Mindestens zehn verschiedene Designer-Teile wurden mir zugeschickt. Alle haben sich darum gerissen, uns für *das* Event der Saison einzukleiden. Die Blicke der Welt sind auf uns gerichtet. Es werden größere Einschaltquoten als bei den Oscars erwartet.

Allerdings lassen die Gäste weniger einen Filmpreis als eine Modenschau erwarten. Ich sehe Clara, Celine, Kami, Cheska und noch mehr von uns. Zwölf insgesamt. Eine hinter der anderen, als würden wir für den Laufsteg anstehen.

»Das Volk gegen Lucas Blomfeld. Gerichtssaal eins. Bitte begeben Sie sich in Gerichtssaal eins.«

»Okay, es geht los.«

Ferdy nickt. Er legt mir rechts und links die Hände auf die Schultern und sieht mich eindringlich an. »Du wirst das schaffen. Hörst du?«

Diesmal nicke ich. Ferdy muss im Publikum sitzen, wohingegen ich mich zu den anderen Mädchen in die Schlange stelle, um mit ihnen vom Saaldiener zum Platz gebracht zu werden. Wir alle sitzen *front row* – Fashion-Week-Feeling.

»Bitte erheben Sie sich für die ehrenwerte Richterin Gloria Rubin«, sagt der Saaldiener und schon beim ersten Blick auf die zierliche Lady fühle ich mich ein bisschen wohler. Ist vielleicht hirnrissig, aber ich stelle mir einfach vor, dass ich zu niemandem außer ihr reden muss.

Erst jetzt geht die Seitentür auf und Lucas Blo kommt mit seiner Anwältin, einer schicken Schwarzen aus der *How to get away with murder*-Gussform, in den Saal. Dieser hinterfotzige kleine Mistkerl. Sonnenklar, was er da tut. Dass auch nur ja alle sehen, wie sehr er Frauen schätzt und respektiert. Wie bringt sie es nur über sich, ihn zu vertreten? Mir kocht das Blut in den Adern. Blo sieht nicht mal in unsere Richtung. Clara, die meine Wut zu spüren scheint, nimmt meine Hand.

Blo, der sich den Bart hat stutzen lassen und einen sehr teuer aussehenden Anzug trägt, wird an unserer Reihe vorbei zu seinem Platz geführt. Heute läuft mal er für uns die Modenschau.

»Setzen Sie sich«, sagt Gloria Rubin und nimmt auf dem Richterstuhl Platz. Wir folgen ihrer Aufforderung. Sie nimmt einen Schluck Wasser und räuspert sich. Ihr Gesicht sieht geliftet aus, aber das war bei allen Frauen über vierzig so, denen ich bisher in L.A. über den Weg gelaufen bin. Jedenfalls würde ich mich nicht mit ihr anlegen. Obwohl sie so zierlich ist, wirkt sie knallhart. »Heute Morgen habe ich mich mit den Anwälten der Anklage und der Verteidigung getroffen. Dies ist ein höchst ungewöhnlicher Fall und ich ergreife die höchst ungewöhnliche Maßnahme, im Prozess wegen Zufügung psychischer Schäden, der dem Prozess wegen Vergewaltigung vorausgehen wird, alle Klägerinnen gemeinsam im Rahmen einer Sammelklage aussagen zu lassen. Ich erachte es für sinnvoll, dass wir sie alle am gleichen Tag anhören.«

Sie gibt das Wort an Hernandez ab, die zu beweisen ankündigt, dass Blo ein wiederholter Sexualstraftäter ist, der uns allen nicht nur psychisch, sondern einigen auch monetär geschadet hat. Amerika ist eine Sache für sich. Obwohl ich, falls wir gewinnen, um einiges reicher würde, will ich eigentlich keinen Cent von ihm. Er soll mit *Zeit* bezahlen, nicht mit Geld.

Und dann sind wir dran.

Hernandez legt ihren Fall in chronologischer Reihenfolge dar, beginnend mit einer Frau namens Brittany, die für Blo ganz zu Anfang seiner Karriere gemodelt hat. Mittlerweile ist sie in ihren Dreißigern und arbeitet als Nachrichtensprecherin in Texas. »Er hat sehr klargemacht«, fängt sie an, »dass ich entgegen unserer eigentlichen Abmachung nackt sein muss. Als ich … dem widerstrebend nachkam, fasste er meine Brüste und meinen Hintern an.«

Cheska. Die sich unserer Sammelklage erst ganz zum Schluss noch angeschlossen hat. »Ich weiß nicht, ob er mir was in die Drinks getan hatte oder ob die nur sehr stark waren, jedenfalls … Als ich wieder zu mir kam, war er schon dabei … Sex mit mir zu haben. Zu einer Einwilligung wäre ich in meinem Zustand gar nicht in der Lage gewesen.«

Kami Brennan. »Ich meine, es war ziemlich klar, was er meinte. Er wollte mich nur im Austausch für einen Blowjob buchen.«

Celine. »Er wusste, wie alt ich war. Die anderen ’atte ich angelogen, aber ihm ’abe ich mein wahres Alter gesagt.«

Clara. »Ich hatte keine Ahnung, ob das ein sexueller Übergriff oder unsittliches Entblößen oder was auch immer war. Ich wollte einfach nur aus dieser Dusche raus.«

Dann die anderen sechs.

Dann ich. Hoffentlich das letzte Opfer von Lucas Blo. Die paar Schritte zum Zeugenstand kommen mir zehn Kilometer lang vor. Ich hebe eine Hand, lege, obwohl ich nicht an Gott glaube, die andere auf die Bibel und schwöre, dass ich die Wahrheit sagen werde und nichts als die Wahrheit.

Ich habe es, und das ist nichts als die Wahrheit, noch nie gemocht, vor Publikum zu stehen. Noch weniger, vor Publikum zu sprechen. Auf einmal bin ich wieder in der Grundschule. Ich bin Krippenspiel-Erzählerin Nummer drei. Schrägerweise fällt mir sogar mein Text wieder ein. *Die Hirten waren bei ihren Schafen, als ein gleißendes Licht am Himmel erschien.* Damals hatte ich einen Aussetzer. Miss Skipsey musste mir vorsagen.

Tja, jetzt und hier kann ich mir keinen Aussetzer leisten.

Hinten im Publikum kann ich Ferdy sehen.

Fang an zu sprechen. »Meine Agentur hatte mich nach der Pariser Fashion Week noch zu einem letzten Termin geschickt. …«

URTEIL

Zusammen mit dem Rest der Welt erfahre ich das Urteil aus den Nachrichten. Ich wollte nicht die ganzen drei Wochen, in denen sie die Beweise für den Vergewaltigungsprozess hin und her wendeten, vor Ort bleiben.

Sabah und ich treiben uns am Themseufer herum, um Fotos für ihre Instagram-Seite zu schießen. Gerade als ich mit zwei Hotdogs mit Ketchup, Senf und Röstzwiebeln vom Imbisswagen zurückkomme, piepst ihr Handy. Ein Google-Alarm. »Das Urteil wurde bekannt gegeben«, sagt sie und wird blass.

»Lass uns was zum Hinsetzen suchen.« Vor der Royal Festival Hall finden wir eine leere Bank. »Okay. Schieß los.«

Eine gefühlte Ewigkeit liest sie sich schweigend durch den BBC-Artikel.

»Sabah! Ernsthaft!«

»Er hat vier Jahre gekriegt.« Sie sieht zu mir auf. »Vier Jahre im Bezirksgefängnis. Und muss eine ›nicht näher benannte Summe Schmerzensgeld‹ an seine Opfer zahlen.«

»Oh mein Gott.« Ich falle ihr in die Arme. All das angestaute giftgrüne Gas schießt mir aus dem Mund, als wäre ich dieses Mädchen aus *Der Exorzist*. Sabah hält mich ganz fest. »Wir haben es geschafft«, japse ich. »Wir haben es tatsächlich geschafft.«

»Du hast gewonnen«, stimmt sie zu.

London dreht sich vor meinen Augen. Tausend Gedanken auf einmal schwirren mir durch den Kopf und ich weiß genau, dass ich nicht die Welt gerettet habe. Aber vielleicht, ganz vielleicht habe ich sie *verändert*, zumindest ein bisschen. Unter all den Männern, die damit davonkommen, ist dieser eine nicht davongekommen. Diesmal nicht.

FADENKREUZ-EXKLUSIVBERICHT: RICHTERIN GLORIA RUBINS STATEMENT ZUR VERURTEILUNG VON LUCAS BLO

Der Prozess des in Ungnade gefallenen Modefotografen Lucas »Blo« Blomfeld endete heute mit dem Urteil der L.A.-Bezirksrichterin Gloria Rubin, demnach Blomfeld vier Jahre Haft für die Vergewaltigung der zur Tatzeit minderjährigen beiden Models, Celine Marchand und Raya Gutierrez, auferlegt werden sowie die Zahlung einer nicht veröffentlichten Summe Schmerzensgeld an sie und zehn weitere Opfer. Zu letzteren zählen auch Clara Keys und Jana Novak, die heute bekannt gaben, dass sie ihren Anteil an ein Londoner Frauenhaus spenden werden.

Im Stanley-Mosk-Gerichtssaal, Downtown Los Angeles, erließ Rubin folgenden Richterspruch: »Für mich und dieses Gericht ist eindeutig erwiesen, dass Sie wiederholt sexuelle Straftaten begangen haben. Dass Sie Ihren beruflichen Status und Ihre Autorität als Entscheidungsträger bewusst dazu eingesetzt haben, um junge, wenn nicht gar minderjährige Mädchen zu missbrauchen. Für dieses Verhalten gibt es keine Entschuldigung. All Ihre noch nicht verjährten Taten werde ich daher mit der höchstmöglichen Strafe belegen. Dies diene zudem als glasklare Botschaft an all jene, die in der Mode- und Unterhaltungsbranche mehr schlecht als recht versteckt vor den Augen der Öffentlichkeit momentan noch ihr Unwesen treiben.«

ACHTZEHN

Die Wohnung kostet auf den Penny genau eine Million Pfund. EINE MILLION PFUND. Das ist ein Scheißriesenhaufen Kohle. Außer natürlich, man ist in London auf Wohnungssuche. Dann sind eine Million Pfund eher so Durchschnitt.

Und die Bude ist ein Traum.

Ich stehe im Wohnzimmer. Der ehemalige Lagerraum wurde in eine Wohnung »im Maisonette-Stil« umgebaut. Was auch immer das heißen soll. Sie liegt genau in der Mitte zwischen Hoxton und Old Street, ist mit Holzdielen ausgelegt, hat ein kombiniertes Wohn- und Esszimmer, Ziegelwände, eine Dachterrasse, ein großes Schlafzimmer und ein kleines Schlafzimmer, in dem Ferdy sein Studio einrichten könnte.

Mum und Dad wollen natürlich nicht, dass ich das Nest schon verlasse, aber es ist an der Zeit, erwachsen zu werden, finde ich. Ich bin jetzt achtzehn. Mit der Hand fahre ich mir durch die leicht fettigen Haare. Sie sind länger geworden, streifen bereits meine Schultern.

Letzte Woche habe ich die Wohnung schon einmal allein besichtigt, jetzt bin ich mit Ferdy wiedergekommen. Der Makler hat sich auf die Terrasse verzogen, um uns etwas Raum zum Nachdenken zu lassen. Und Raum haben wir in der möbellosen Wohnung mehr als genug.

Ferdy vollendet seinen Rundgang und streckt den Kopf aus dem großen Schlafzimmer. »Was meinst du?«, frage ich.

»Was meinst du, was ich meine? Das ist die arschgeilste Studentenbude der Welt!«

Ich lache. »Aber könntest du dir vorstellen, hier zu leben? Du sollst dich ja nicht wie ein Untermieter oder so fühlen, sondern es wäre auch dein Zuhause.«

Er durchquert das Wohnzimmer und legt seine Hände an mein Gesicht. »Solange du drin wohnst, ist es das.« Er küsst mich.

»Dann kaufe ich wohl eine Wohnung.« Laut stoße ich den Atem aus und setze mich im Schneidersitz auf die Holzdielen. »Verfickte Scheiße, ist das zu glauben?«

Ferdy grinst. Er zeigt zur Fensterfront. »Schon gesehen?«

Ich nicke. Mein Calvin-Klein-Plakat hängt auf der anderen Straßenseite. Die linke obere Ecke schon leicht abgerollt. Layla hat darauf verewigt, wie Matty und ich uns im endlosen Orangerot des Death Valley leidenschaftlich umschlingen. Da die Kampagne mir im Großen und Ganzen die Anzahlung für die Wohnung finanziert, nehme ich das Plakat als gutes Omen.

Ferdy setzt sich ebenfalls im Schneidersitz mir gegenüber. Ich liebe seine neue Frisur. Kurze Seiten, langes, nach hinten gestyltes Deckhaar. Mann, er ist heiß. »Das wird so großartig, Jana. Ich kann es gar nicht abwarten, mit dir zusammenzuziehen.«

»Mir geht's ja genauso.« Und ich sage mir, dass es eher eine verlängerte Übernachtung, komplett mit Domino's, Ben & Jerry's und Netflix, wird, statt dass ich schon mit achtzehn zum Hausfrauchen mutiere.

»Was stört dich also?«

Ich schüttle den Kopf. »Keine Ahnung. Diese Bude kostet«, ich senke die Stimme, »eine Million Pfund. Wir sind achtzehn!«

»Schon klar. Aber du arbeitest wie ein Tier. Das ist *verdientes* Geld.«

Ich lege den Kopf schief. »Ja, sicher. Niemand leidet mehr als wir Topmodels. Das Leben ist hart in der Mine.«

»Du weißt, was ich meine.«

Ich lehne mich zurück. Ein wunderschönes Licht fällt durch die Fenster. Goldene Stunde. Wie Honig fließt es über den Boden. Die

Strahlen wärmen meine Schläfe und beleuchten seine. »Meinst du, ich habe etwas bewirkt?«

»Ja«, antwortet er ohne Zögern.

Seit dem Prozess ist fast ein Jahr vergangen. Inzwischen hatte ich ein paar coole Aufträge, Riesenkampagnen: *Vogue* USA, *Vogue* Großbritannien, die Fashion-Week-Auftaktshow bei Versace ... Aber manchmal, obwohl Blo hinter Gittern sitzt und ich nicht mehr für Prestige, sondern für Honest Models arbeite, kommt mir das Ganze immer noch ... schmutzig vor. Seit einer Weile schon denke ich darüber nach, was mein nächster Move sein könnte. Dabei spielt der Rat eine Rolle, den sowohl Clara als auch Cheska mir mit auf den Weg gegeben haben. Mit dem Namen Jana Novak kann man ganz schön was reißen. *Ich habe mehr Macht, als ich denke.* »Ferdy, wollen wir einen Film drehen?«

Er grinst sehr sexy. »Für ein bisschen mehr Spannung im Bett?«

»Ha! Nicht so, obwohl das auch eine Überlegung wert ist. Aber ich meine einen Film über mich. Beziehungsweise über das, was passiert ist.« Da. Jetzt ist es raus. Gesagt ist gesagt.

Er guckt plötzlich sehr ernst. »Willst du das ehrlich machen?«

»Ja. Ich meine, ›Jana Novak‹, damit lässt sich doch was anfangen. Wie viele haben nicht schon gefragt, ob sie ›meine Geschichte‹ an den Mann bringen dürfen, aber wenn, dann sollst du das machen.«

»Jana, bist du sicher? Damit würdest du dich total ... preisgeben.«

»Ich weiß. Aber ich vertraue dir. Du kriegst das hin.«

Er nickt langsam. Ich kann sehen, wie die Zahnrädchen in seinem Kopf bereits zu arbeiten beginnen. »Wow. Okay. Lass uns das beim Abendessen genauer besprechen. Hast du Hunger?«

Ich grinse. »Könnte ein Pferd verdrücken. Die vietnamesischen Restaurants hier in der Gegend sollen zum Niederknien gut sein. Aber zuerst hole ich mal Grant von der Terrasse.«

Ferdy springt auf die Füße. »Warte noch.« Er streckt eine Hand aus. »Willst du tanzen?«

»Was?«

»Ein Tänzchen kommt mir gerade genau richtig vor.«

Ich blinzle ihn an wie eine Drogenhallu. »Du bist doch verrückt. Tanzen? Einfach so? Wir haben auch gar keine Musik.«

Er zuckt die Schultern. »Na und?«

»Voll peinlich.« Nichtsdestotrotz ergreife ich seine Hand und lasse mich hochziehen.

Er umfasst meine Taille, ich seinen Nacken. Schmiege den Kopf an seine Schulter. Draußen vor dem Fenster sinkt eine bernsteingelbe Londoner Sonne gen Horizont. Ich schließe die Augen und mir wird klar, dass ich mir gerade über nicht eine Sache Sorgen machen muss. »Und?«, fragt er. »Gar nicht so verkehrt, oder?«

Zum Klang der nicht existenten Musik wiegen wir uns hin und her. »Noch muss ich nicht kotzen.«

»Ich liebe dich.«

Wir spiegeln uns in der Scheibe. Ein Mann und eine Frau. Ich erhasche einen kurzen Blick, eine leise Andeutung auf die Erwachsenen, die wir mal werden könnten. »Ich liebe dich mehr, Arschgesicht.«

Ist aber noch ein bisschen hin.

– Jana, warum wolltest du diesen Film machen?

– ...

– Jana?

– Ich überlege.

– Okay.

– Weil ... ich meine Stimme gefunden habe.

– Wie meinst du das?

– Na ... in dieser Branche denken viele, dass man Mädchen nur sehen sollte, nicht hören. Wie Blo eben, der *Fotos* von Mädchen macht. Nie Filme. Wir sollen nur betrachtet werden. Existieren nur ... visuell, als Deko. Als Verbrauchsgut, das man kauft und verkauft. Und das gilt doch auch für Mädchen ganz allgemein, egal ob Model oder nicht. Wenn wir den Mund aufmachen, gelten wir als laut, dumm, daneben, nörgelig, verlogen, schrill ... äääh ... hysterisch, militant, zickig oder rechthaberisch. Leute wie Blo *brauchen* Mädchen, die den Mund halten. Genau daraus erwächst ihre Macht. *Erzähl's keinem, sonst wird's nur schlimmer.* Ich habe das Wort ergriffen und, na ja, habe all das in Gang gebracht. Wahrscheinlich möchte ich andere dazu ermutigen, das Gleiche zu tun.

– Hm-hm.

– Deswegen mache ich das. Ich werde nicht wieder schweigend zusehen. Nie wieder. Ich kann meinen Job machen und gleichzeitig eine Meinung haben. Ich bin nicht bloß ein Gesicht oder ein Körper. Ich habe eine Stimme, die werde ich benutzen. Und die Welt wird zuhören.

Folgenden Menschen gilt unser Dank für die Mitwirkung an diesem Film:

Sabah Sayeed steht kurz vor ihrem Abschluss an der Nottingham University. Ab September wird sie im Rahmen eines Volontariats bei Condé Nast als Fashion Assistant für die britische *Vogue* arbeiten.

Kami Brennan-Winters erwartet diesen Dezember ihr erstes Kind und verfolgt eine neue Laufbahn als Innenarchitektin.

Matty MacDonald befindet sich momentan mit seinem Angetrauten auf Weltreise. Vor dem Sonnenuntergang in Honolulu gaben die beiden sich das Jawort. Nach ihrer Rückkehr wollen sie eine Familie gründen.

Cheska DeBretts Agentur, Honest Models, vertritt mittlerweile über einhundert Namen, darunter Arabella Campbell-True, Elyssa Sayers, Jana Novak, Lexx und Clara Keys.

Dermot Deen wurde bei den British Fashion Awards zum Designer des Jahres gekürt. Gemeinsam mit zwanzig weiteren britischen Modehäusern hat er sich dazu verpflichtet, nur noch Models über achtzehn mit gesundem Körpergewicht zu beschäftigen.

Arabella Campbell-True studiert derzeit Schauspiel an der Royal Academy of Dramatic Art. Mit ihrem Debüt in *Der Gott des Gemetzels* am Young Vic Theatre erntete sie begeisterte Kritiken.

Westley Bryce gewann den MTV Movie Award für seinen schauspielerischen Durchbruch in *Unsere Herzen erstrahlen in den Farben der Sonne*. Demnächst wird er als *Gambit* im Marvel-Film gleichen Titels die Hauptrolle spielen. Seit einiger Zeit ist er mit seiner Schauspielkollegin Estella Fray liiert.

Viktoria Jarasova hat sich aus dem Modelgeschäft zurückgezogen und plant ein Studium aufzunehmen. Gemeinsam mit ihrem Lebenspartner, einem freischaffenden Künstler, wohnt sie in Paris.

Lien Yim modelt weiterhin. Sie lebt nach wie vor in New York und wurde vor Kurzem als ein Gesicht der Kosmetiklinie KEYS X CLARA der Öffentlichkeit präsentiert.

Celine Marchand schreibt ein Enthüllungsbuch über ihre Zeit in der Modelindustrie und über ihren Kampf gegen die Magersucht, das nächstes Jahr bei Hachette Books erscheinen wird. Sie lebt als freiberufliche Autorin in Paris.

Clara Keys arbeitet nach wie vor als Model. Im Rahmen von Model Behaviour, einer Vereinigung, die sie gemeinsam mit Cheska DeBrett und Jana Novak ins Leben gerufen hat, setzt sie sich für Modelrechte und bessere Arbeitsbedingungen ein. Ihre Kosmetik-Linie, KEYS X CLARA, deren Produktpalette besonders für People of Colour gedacht ist, gehört zu den am schnellsten wachsenden Marken im Vereinigten Königreich. Sie wohnt mit ihrer Lebenspartnerin in New York.

Bei all diesen Menschen bedankt sich zum einen …

Kai Ferdinand, dessen Dokumentarfilm *Meat Market – Schöner Schein* beim London Independent Film Festival den Preis für das beste Debüt gewann. Ab Winter wird der Film bei Netflix zu sehen sein. Derzeit studiert Ferdy Filmwissenschaften am University College London. In seinem nächsten Projekt wird er, wieder gemeinsam mit Jana, über die Arbeitsbedingungen in den Textilfabriken Bangladeschs berichten.

Und zum anderen bedankt sich …

Jana Novak, die ein Studium in den Fächern Jura und Gender Studies am University College London angetreten hat. Sie wohnt mit ihrem Lebenspartner in London und modelt, wenn sie Lust dazu hat.

Rat und Hilfe

Während *Meat Market – Schöner Schein* und Jana erfunden sind, gibt es überall da draußen echte junge Menschen, die mit verschiedensten Problemen zu kämpfen haben, zum Beispiel mit sexueller Gewalt, Essstörung und Abhängigkeit. Wer sich beraten und helfen lassen will, findet weiterführende Informationen sowie die nächsten Anlaufstellen unter:

Nummer gegen Kummer: 116111
Über Probleme reden hilft. Jeder Anruf ist anonym und wird vertraulich behandelt. Auch eine Chat-Beratung ist möglich.
Kostenfrei anrufen: montags bis samstags 14–20 Uhr
www.nummergegenkummer.de

Essstörungen-Onlineberatung: 040/4914941
Kompetente Hilfe und Beratung zum Thema, telefonisch oder per Mail und Chat (anonym und vertraulich).
Anrufen: montags 9.30–11 Uhr, donnerstags 15.30–17 Uhr
www.essstoerungen-onlineberatung.de

Psychenet.de
Informationen zu verschiedensten psychischen Erkrankungen. Unter »Hilfe finden« gibt es viele Angebote, ob man nun akut Unterstützung braucht oder Anlaufstellen in der Umgebung sucht.
www.psychenet.de

Keine Macht den Drogen:
Bietet Fakten, Unterstützung und Beratung zum Umgang mit Drogen und Alkohol.
www.kmdd.de

Bundesweite Sucht- und Drogen-Hotline:
Anrufen: 01805/313031 (rund um die Uhr)
www.sucht-und-drogen-hotline.de

Telefonseelsorge: 0800/1110111 oder 0800/1110222
Ob Mobbing, Sucht, Krankheit, Sinnkrisen usw., sobald man an seine Grenzen stößt, kann man anrufen und Hilfe in einem Gespräch suchen. Auch Mail-, Chat- und Vor-Ort-Beratung ist möglich (anonym und vertraulich).
Kostenfrei anrufen: rund um die Uhr
www.telefonseelsorge.de

Danksagung

Zuallererst möchte ich mich bei den Models, Agentinnen und Agenten, Fotografinnen und Fotografen, den Scouts sowie den Redakteurinnen und Redakteuren bedanken, die mir – ganz inoffiziell – von ihren Erfahrungen in der Modebranche berichtet haben. Ohne eure Einsichten und eure Offenheit gäbe es dieses Buch nicht. Was ihr mir erzählt habt, war bald zum Schreien komisch, bald haarsträubend schlimm. Ich hoffe, dass mein Text in gewisser Weise zur weitaus größeren Diskussion darüber beiträgt, wie die Arbeitsbedingungen in allen Bereichen der Branche – von der Fabrik bis zum Laufsteg – verbessert werden können. Ich liebe Mode und wünsche mir, sie ohne schlechtes Gewissen genießen zu können.

Danken möchte ich zudem all den bewundernswerten Frauen, die Models sind oder waren und mich zu der Figur Jana Novak inspiriert haben: den Pionierinnen Eva Fahler, Dunja Knezevic und Victoria Keon-Cohen, durch deren Verdienst Models in Großbritannien der Equity, einem Berufsverband für Kreative, beitreten dürfen. Sara Ziff, die in den USA Model Alliance gegründet hat, eine gemeinnützige Organisation, die unter anderem dafür gesorgt hat, dass im Staat New York Models unter achtzehn vom Schutz für minderjährige Beschäftigte im Kreativsektor profitieren. Dadurch müssen Arbeitgeber zum Beispiel auf schulische Verpflichtungen Rücksicht nehmen und dürfen ein bestimmtes Maß von Arbeitsstunden nicht überschreiten. Der Engländerin Leomie Anderson, die auf ihrer Website – LAPP, Leomie Anderson the Project the Purpose – Frauen die Möglichkeit bietet, über ihre Erfahrungen mit Weiblichkeit zu berichten. Der US-Amerikanerin Cameron Russell, die die Bewegung #MyJobShouldNotIncludeAbuse ins Leben gerufen hat, welche Fälle von Missbrauch in der Modebranche anprangert.

Natürlich danke ich außerdem allen von meiner Agentur, insbesondere Sallyanne Sweeney, Marc Simonsson, Max Edwards und Ivan Mulcahy. Und euch bei Hachette Children's und Quercus – Sarah Lambert, Kate Agar, Lily Morgan und Jenny Glencross: vielen Dank für eure Geduld. Auweia, ihr hattet es sicher nicht leicht mit mir!

Dir, Unstoppable, vielen Dank für deinen Enthusiasmus, der mir alles bedeutet hat. Ich kann es kaum abwarten, das Gespräch fortzusetzen.

Der echten Elyssa Sayers einen herzlichen Dank dafür, dass sie bei der Authors-for-Grenfell-Tower-Spendenauktion so großzügig geboten hat, damit ihr Name im Roman auftaucht.

Ich danke euch, Kerry Turner und Amy Swales, für eure Hilfe bei den Schauplätzen China, Südkorea und Japan. Wie immer herzlichen Dank an Sam Powick für die erste Durchsicht. Kim Curran und Niall Caverly danke ich für die Gründung von »Lookers«, jener fiktionalen Agentur im Thorpe Park, mit der alles begann.

Und schließlich, an alle Mädchen und Jungen, die dieses Buch lesen, denkt dran: Ihr seid mehr als euer Aussehen. Euer Körper beherbergt einen scharfen Verstand, ein tapferes Herz und eine mächtige Stimme. Er vollbringt Erstaunliches, also kümmert euch um ihn, beschützt ihn und – vor allem – habt Spaß damit.